Knaur

Über die Autorin:

Cornelia Canady, geboren 1942 in Berlin, arbeitete lange als Regieassistentin bei namhaften Regisseuren und als Cutterin am Max-Planck-Institut für Verhaltensforschung (Prof. Eibl-Eibesfeldt). Im Januar 1990 unternahm sie ihre erste Expedition zu den Pygmäen in der Zentralafrikanischen Republik und im Kongo, und bereits im September 1990 brach sie in Deutschland alle Zelte ab, um für immer nach Afrika zu gehen. Seither kämpft sie für das Überleben der letzten traditionell lebenden Pygmäen, deren Lebensraum durch die Abholzung des Urwaldes und Brandrodung der Siedler existentiell bedroht ist. In Zusammenarbeit mit dem WWF engagiert sie sich für Ökotourismus und für den Nationalpark, der zunehmend durch Wilderei gefährdet wird. In jüngster Zeit jedoch ist ihre Arbeit – und ihre eigene Sicherheit – durch den immer wieder aufflammenden Bürgerkrieg im Herzen Afrikas mehr als in Frage gestellt.

CORNELIA CANADY

Tränen am Oubangui

ROMAN

Knaur

Besuchen Sie uns im Internet:
www.droemer-weltbild-de.

Originalausgabe August 2000

Redaktion: Anne Löhr-Gößling
Umschlaggestaltung: Agentur Zero, München
Umschlagabbildung: TCL/Bavaria, Gauting
Satz: Brigitte Apel, Hannover
Umbruch: Ventura Publisher im Verlag
Druck und Bindung: Nørhaven A/S
Printed in Dänemark
ISBN 3-426-61619-X

1

Glück ist der Stuhl, der plötzlich da steht, wenn man sich gerade zwischen zwei andere Stühle setzt. Ich hatte ihn getroffen, saß nun fest darauf und bewegte mich zügig in Richtung Linz. Dabei dachte ich an Afrika, an Bangui, diese unbekannte Stadt am Regenwald, zu der es mich nun verschlagen sollte; dachte an die verschiedensten Farben, an Palmen, Blüten, Hütten, Menschen, Tiere. Ich war voller Spannung und kontrollierte vorsichtshalber noch einmal die Tasche mit meiner Fotoausrüstung. Die große Chance für meinen ersten eigenen Fotoband war gekommen, und ich würde Aufnahmen von den aufregendsten Motiven machen, die einer Fotografin aus München-Giesing jemals vor die Linse geraten waren … Pygmäen, Elefanten, Schimpansen, Löwen – gab es dort überhaupt Löwen?

Plötzlich empfand ich tiefe Dankbarkeit gegenüber Adalbert, dem österreichischen »Hofrat«, daß er mich zu dieser Urwaldexpedition überredet hatte. Eigentlich war Urwald – dampfendes grünes Labyrinth, wie ich es mir vorstellte –, nicht meine Sache. Aber Adalbert fand, wir sollten mit dieser Expedition in den Tropenwald am Oubangui einen Wunsch von Wolfgang, seinem tödlich verunglückten Sohn, erfüllen. In Wolfgang war ich sehr verliebt gewesen, und dann war er von einem Tauchgang nicht mehr zurückgekommen. Sein Tod hatte mich tief getroffen, und obwohl er fünf Monate zurücklag, erholte ich mich nur langsam von dem Schock. Doch diese Reise sollte mich auf neue Gedanken bringen.

Während der Zug sich der österreichischen Grenze näherte,

sah ich Adalbert in seiner dünnen, grau schattierten Erscheinung vor mir, wie er mich vor einigen Monaten in seinem Naturkundemuseum mit Marillenschnaps und Mozartkugeln davon überzeugt hatte, daß meine Ängste vor dem Dschungel und seinen Bewohnern unangebracht seien. Natürlich hatte er mich bei meinem Sportsgeist gepackt, ich wollte nicht als typisch weibisch eingestuft werden. Also hatte ich das Angebot angenommen, seinen neuen Katalog zu bebildern. Er hatte nicht mit österreichischem Charme gegeizt und in den höchsten Tönen von meiner letzten Fotoausstellung geschwärmt. Ja, meine Vernissage mit den Obdachlosen-Porträts war ein großer Erfolg gewesen.

Schließlich hatte mich auch mein Big Boss, »Il Professore« vom Max-Planck-Institut, zu der Reise ermuntert und mir wichtige Informationen über Fauna und Flora im Regenwald mit auf die Reise gegeben. Großzügig beurlaubte er mich von meiner Arbeit im Fotoarchiv.

Die Fahrt verlief reibungslos. In meinem Abteil saßen zwei Amerikaner und ein Student aus Schweden; polnische Würstchen wurden von einem türkischen Kellner angeboten, und ein griechischer Schaffner knipste gerade meine Fahrkarte. Leichter Patriotismus überkam mich. München-Giesing war schließlich auch nicht übel.

In Linz wartete Inge, Adalberts Assistentin, bereits auf mich, und während die winterlich fahle Sonne in dem alten Bahnhof ausgerechnet auf meinen schäbigen Armysack fiel, rief Inge erstaunt aus: »Servus Julia, ist das etwa dein ganzes Gepäck?«

»Ja. Ich dachte, so könnte ich leichtfüßig und schnellstmöglich aus brenzligen Situationen flüchten.«

Inge umarmte mich. »Wenn dich der Pygmäenhäuptling jagt?«

»Zum Beispiel.«

Aufgekratzt fuhren wir zum Museum. Dort ging es hektisch

zu: ein »kleiner Brauner« mit Schlagobers und letzte Kontrolle der Medikamente – Antihistamine, Fansidare, Penizilline, Antischlangendings, Malariapips und Pipapo. Ein bärtiger junger Mann tapste mit einem Schmetterlingsköcher zwischen der Ausrüstung herum und versuchte mit bärenhafter Grazie, die dichtgestapelten Tüten und Kartons zu umgehen. Gebannt sah ich zu.

»Das ist unser Biologe und Zoologieprofessor Nosbusch. Er reist mit uns«, erklärte Adalbert, dem plötzlich einfiel, daß wir uns noch gar nicht begrüßt hatten. »Entschuldige, Julia, aber die Hektik ...« Und er drückte mich eilig an seinen langen, hageren Körper.

Der Biologe hielt mir seine kräftige Hand entgegen: »Nenn mich einfach Nossi, okay?«

»Freut mich, ich bin Julia, das Greenhorn.«

Der Chauffeur kam, Gepäck wurde verladen, Inge weinte zum Abschied, und weiter ging es nach Wien.

Auf der Fahrt fanden wir endlich Zeit, uns in Ruhe zu begrüßen. Adalbert nahm mich väterlich in die Arme. »Ich freue mich so, daß du doch noch zugesagt hast. Du wirst sehen, daß deine ganze Angst unnötig war. Nosbusch kennt sich in Afrika bestens aus, und schließlich sind wir immer in deiner Nähe.«

Die letzte Bemerkung gefiel mir überhaupt nicht, und mir kamen wieder Zweifel. Hatte es eigentlich schon Expeditionen mit weißhäutigen langhaarigen Großstädterinnen auf Pygmäenjagd gegeben? Die beiden anderen waren zumindest Biologe, Ethnologe, Mediziner und »Hofrat«, ich hingegen war nur ein fotografierendes Greenhorn. Wenigstens sprach ich als einzige französisch – glaubte ich zumindest.

Flughafen Wien, 18 Uhr, sechs mal acht Meter Rucksack, acht prall gefüllte Plastiktonnen und drei Meter mittelgroße Taschen standen vor uns, unser »Handgepäck«. Ich kannte bereits den Schmerz einer zehn Kilo schweren Tasche, die möglichst leicht und elegant am kleinen Finger baumeln sollte. Nosbusch hatte Erbarmen und verteilte sämtliche Rucksäcke am eigenen Körper. Sein Gesicht lief gerade blutrot an, als Adalbert ihm noch drei Taschen entgegenhielt. »Kannst du das noch umhängen, wir müssen sonst ein Vermögen für Übergewicht bezahlen.« Nosbusch sah so ratlos aus, daß ich ihm eine Reisetasche abnahm und zusätzlich über meinen Tragesack hängte. Das Gewicht zwang mich fast in die Knie. Bei der Paßkontrolle folgte uns ein spöttischer Blick ... Rucksacktouristen, aber man ließ uns hindurch.

Weiter nach Paris. Dort der Transitgang, nein, zurück, verdammt, die Zeit wurde knapp. *Air Afrique*, wo bitte, *vite*. Ahhh, am anderen Ende, Dauerlauf, schweißtreibende Kontrollen. Bei der Gepäckdurchleuchtung wäre ich beinahe auf dem Fließband mitgefahren, ein Riemen hatte sich an meinem Ärmel verheddert. Dabei sollten wir uns doch unauffällig verhalten wegen des ›Handgepäcks‹. Nosbusch schubste mich von hinten weiter, schob mich mit der einzigen unbepackten Stelle seines warmen Bauches voran, bis wir im Flugzeug endlich unsere Plätze erreichten.

Entnervt ließ ich alles zu Boden fallen und verschwand auf die Toilette. Die Schulter schmerzte, und ich entdeckte unter der Bluse einen dicken rotblauen Striemen, der sich bis zum Busen zog und tief ins Fleisch gekerbt hatte. Die Expedition hatte offensichtlich begonnen. Der Spiegel verriet mir mein gegenwärtiges Alter: der vergrämte Blick einer Mittfünfzigerin ... Ja, ich fühlte mich tatsächlich doppelt so alt, wie ich war. Sachte kühlte ich meine lädierten Körperstellen, versuchte mein Kostüm herzurichten, das einem frisch ausgewrungenen Scheuerlappen glich, und gesellte mich wieder zu meinen Begleitern.

Erschöpft fiel ich in den Sitz am Fenster und freute mich auf einen großen Drink mit klirrendem Eis. Ich spürte das Vibrieren der Motoren, und plötzlich wußte ich: Dies war der Anfang einer langen Geschichte. Afrika wartete auf mich mit vorschriftsmäßig blühenden Akazienbäumen, Sklaven, die mit Straußenfederfächern wedelten, untergehender Sonne am Ende eines langgezogenen Savannenpfades ... Regenwald mit Schmusekatze, Vanilleeis an Dschungelbeeren ...

In der Morgendämmerung begann der Anflug auf Bangui. Abenteuer verhieß der Blick durch das Fenster: Tief unten dampfte der Urwald. Die Landung war so hart, daß Gepäck, Kartons, Tüten und Proviantreste in den Mittelgang stürzten. Dazu tönte aus dem Lautsprecher die samtige Stimme des Piloten: »*Bienvenue à Bangui* – Wir haben 41 Grad. *Air Afrique* wünscht Ihnen einen angenehmen Aufenthalt ...«

Auf der Gangway erstickte mich der erste Atemzug fast, schnürte mir die Kehle zu und war zu heiß für meine Lunge. Feuchtigkeit kroch mir in die Bluse, und im Nu war ich völlig naßgeschwitzt. Neugierig ließ ich die Blicke schweifen. Vereinzelte, ausgedörrte Palmlinge belebten das monotone Bild des verbrannten Geländes, aus dem sich der klotzige, verrottete Flughafenbau erhob. Die Hitze war so drückend, daß ich kaum atmen konnte. Das Gepäck wurde von schwarzen Uniformierten Stück für Stück durchwühlt und in einer fremden Sprache kommentiert.

Nosbusch kauderwelschte bereits mit einem Zollbeamten. »Julia, hilf doch mal. Ich glaube, er will wissen, was wir in der Zentralafrikanischen Republik vorhaben.«

Nun kam die Stunde der Wahrheit, in der sich mein Schulfranzösisch bewähren sollte. »*Mais oui*«, entschlüpfte es mir fließend, und ich versuchte dem Menschen mit meinem schönsten Lächeln zu erklären: »Wir ... äähhh, bleiben im ähhh ... *forêt* ... Urwald ... *avec* ... *pygmées.*«

Hilfesuchend blickte der Zollmensch zu einem Kollegen in Tipptopp-Uniform und schneeweißem Hemd. Ich vertiefte mein Lächeln. Da kam er auch schon und blickte auf meinen glänzenden Kugelschreiber.

»*Pour vous, monsieur.*« Mit diesem wunderbaren Satz schenkte ich ihm den Stift. »Bitte Nosbusch, kümmere dich um unser Gepäck, ich regle das hier schon.« Mir war es peinlich, daß er bei meinen weiteren Sprachversuchen zuhören würde, denn offensichtlich hatte ich das meiste vergessen.

Der Uniformierte begleitete uns freudig zur Paßkontrolle, und dann ging es zügig voran.

Ein gestreßter, völlig verschwitzter Mensch näherte sich uns, Felsfurch, der vierte Teilnehmer unserer Expedition. Er hatte sich bei unserer Begegnung in München bereit erklärt, die Verantwortung für diese Expedition zu übernehmen, allerdings unter der Voraussetzung, daß wir uns ausschließlich nach ihm zu richten hätten. Das machte ihn mir auf Anhieb unsympathisch, wie alles, was mich unter Zwang setzte. Seit langem lebte er schon im Lobaye-Gebiet bei den Pygmäen, zu denen er uns jetzt führen sollte.

»*Ti lasso alingbi awe.*« Er zahlte die Gepäckträger aus. Auf meinen fragenden Blick antwortete er: »Das heißt auf Sango: ›Es reicht für heute‹. Ein Satz, den Sie lernen müssen, Julia. Ihr solltet euch beeilen, wir haben noch viel zu erledigen.« Mit diesen knappen Worten brachte er uns zum Rover und bestätigte mich in meinem Gefühl, daß ich diesen Menschen nicht mochte. Er war mir zu rüde und autoritär.

Als ich einstieg, fiel mein Blick auf einen orientalisch wirkenden Mann auf der Straße, der lebhaft in einer Gruppe Schwarzer diskutierte. Ein faszinierendes, geheimnisvolles Gesicht. Unsere Blicke begegneten sich, und ich versank in den dunkelsten Augen, die ich jemals gesehen hatte. Ich konnte den Blick nicht von ihm lösen, mir war, als brannten

meine Haare. Wie aber hätte ich erst reagiert, wenn ich geahnt hätte, wie sehr dieser Mann noch mein Leben beeinflussen sollte!
»Julia, geht's dir nicht gut?« Adalbert sah mich besorgt an.
Ich kam wieder zu mir. »Alles in Ordnung. Mich hat nur gerade ein geheimnisvoller Fremder in orientalische Gefilde ...« Ich brach abrupt ab, denn Felsfurchs eisiger Blick ließ mich erstarren.
Wir fuhren an dem bunten Treiben des großen Markts von Bangui entlang, der sich über einige Kilometer erstreckte. Schwarze feilschten um den Preis von getrocknetem Fleisch, das auf dem Boden ausgebreitet lag und von Schwärmen schillernder Fliegen bedeckt war. Aufgeschlitzte, blutige Affen lagen übereinander, Berge von leuchtenden Orangen, roten und gelben Pimentschoten, Gemüsesorten in allen Farben waren zu sehen; Stände mit zerlöcherten T-Shirts und gebrauchten Schuhen, Kisten mit Brillen, Medikamente in praller Sonne, Erdnüsse in Flaschen, Glitzerschmuck, falsche Haare, Brennholz, zerlumpte Kinder und Afrikanerinnen in bunte Tücher gewickelt, die ihre Habe in großen Körben auf dem Kopf balancierten. Über allem lag der Duft exotischer Gewürze. Begeistert nahm ich die neuen Eindrücke in mich auf.
Felsfurch richtete meine Aufmerksamkeit auf unser Tagesprogramm. »Zuerst müssen wir ins Ministerium, die Dreh- und Fotogenehmigung abholen, danach Proviant kaufen. Julia kann das ja machen, während wir den Rover zur Inspektion bringen, die Bremsflüssigkeit läuft aus.«
Adalbert und Nosbusch fragten fast gleichzeitig: »Und wie lange dauert das?«
»Woher soll ich das denn wissen? Ich stecke doch nicht drin«, erwiderte Felsfurch barsch. Sein Gesicht, das fast ausschließlich aus Längsfalten bestand, wurde noch etwas länger.

Die afrikanische Mentalität ermöglichte uns einen verlängerten Aufenthalt in dieser bunten Stadt, in der kaum Weiße zu sehen waren. Im Ministerium hatte niemand unsere Genehmigung gefunden, selbstverständlich würde das aber sofort erledigt. »Sofort« hieß hier »morgen«. Am nächsten Morgen hieß es »am Nachmittag«. Ich war froh über diese Verzögerungen, denn mich interessierte alles hier.
Mein Französisch entpuppte sich als ein Desaster. Doch als ich im Supermarkt einkaufte, bekam ich auf meine erste fragend vorgetragene Bestellung: »*Cinq paquets de cigarettes?*« umstandslos, was ich wollte. Begeistert fuhr ich in meiner Liste fort und orderte fünfhundert Büchsen Sardinen, fünfzig Büchsen Thunfisch und – da ich alles, was mit »fünf« anfing, so gut aussprechen konnte – weitere fünfzig Kilo Reis, fünfzig Tüten Kartoffelpüree, fünfzig Büchsen Tomatenmark, fünfzig Tütensuppen, fünf mal fünf Säcke Salz, fünfhundertfünfzig Teebeutel, fünfzig Päckchen Kaffee, fünfhundert Päckchen Kekse, fünf Säcke Zwiebeln, fünf mal hundertfünfzig Beutel Spaghetti, fünf mal fünfzehn Stück Seife, fünfzig Kartons Zucker, fünf Flaschen Palmöl ... Mein Verhältnis zu Zahlen war zugegebenermaßen immer schon schwierig gewesen. Beim Zahlen mit all den bunten Scheinen, die Felsfurch mir gegeben hatte, dachte ich mir noch nichts Böses. Als aber der Boy die Proviantkisten ins Auto lud, kam mir die Menge übertrieben vor. Andererseits sollten wir für sechs Wochen versorgt sein. Für einen Umtausch war es nun zu spät, außerdem wußte ich nicht, was »umtauschen« auf französisch hieß.
Felsfurch beobachtete mißtrauisch, wie die Kisten eingeladen wurden. »Geben Sie mir das Restgeld zurück?«
Erstaunt sah ich ihn an. »Welches Restgeld?«
Er preßte die Lippen zusammen. »Von dem Geld sollten noch der Rover überholt und die Gaskartuschen gekauft werden«, antwortete er mit drohendem Unterton.

In schlechter Stimmung und brütender Hitze wurden wir im Hotel abgeliefert. Der deutsche Botschafter hatte uns eine Einladung zum Dinner hinterlassen. Bis dahin hatten wir glücklicherweise genug Zeit, um uns von den Strapazen zu erholen.

Fast eine Stunde lang duschte ich mir den roten Staub und die vierzig Grad Hitze vom Körper, wusch meine langen Haare, sicherlich für lange Zeit zum letzten Mal. Liebevoll cremte ich dann meine geschundenen Schultern ein. Ich fühlte mich schlaff in diesen feucht-tropischen Temperaturen.

Im Rucksack fand ich, zerknüllt und kaum wiederzuerkennen, mein einziges Kleid. Ich zog es unter lauwarmem Wasser in Form und hängte es in den Wind. Noch Rouge und Lippenstift, und ich war zufrieden mit meinem Spiegelbild, das mich erwartungsvoll aus grünen Augen anblitzte. Doch schon klebten wieder die ersten kleinen Schweißperlen an meiner Oberlippe, und zwischen dem Busen bildete sich ein Rinnsal. Mißmutig beschloß ich, nochmals unter die Dusche zu gehen und die restliche Zeit unter dem wohltuenden Strahl zu verbringen.

Abends wurden wir von einem hochaufgeschossenen, blonden und blauäugigen Mann an der Rezeption begrüßt. »Gestatten, Hans Schnell, ich hoffe, Sie haben sich inzwischen von den ersten Strapazen erholt?« Ein charmantes Lächeln traf mich aus den Augen unseres Botschafters. Glatt frisiert, adrett und Ton in Ton gekleidet, stand er in strammer Haltung vor mir und musterte mich. Ein wenig zu direkt, fand ich, keine Chance, mein Lieber, du bist mir irgendwie zu deutsch in dieser exotischen Umgebung. Mir fiel der geheimnisvolle Fremde vom Flughafen wieder ein … ich sah sein männliches, orientalisch wirkendes Gesicht mit den buschigen Augenbrauen ganz dicht vor mir, wir lächelten uns an … Verträumt sah ich zum Hotelausgang auf die vorbeiziehende schwarze Künstlerschar, die verschämt ihre kleinen Holzfiguren zum Kauf anbot. Dabei begegnete ich den Blicken Adalberts, der gerade mein versonnenes Lächeln nachäffte, und ich kam wieder zu mir.

»Hatten wir schon Strapazen, Julia?« wiederholte er bohrend.

»Die einzige Strapaze, die ich hatte, war Monsieur Felsfurch.« Ich mußte lachen, als ich an diesen eigenartigen Typen dachte.

Wir machten uns auf den Weg. Das Restaurant war nur eine Straße weiter, und zwischen den morbiden, halb zerfallenen Häusern nahm es sich wie ein Luxustempel aus, eingerahmt von Mangobäumen, die voll satter, rotgoldener Früchte waren. Ich hatte einen Bärenhunger und bestellte alle vier Gänge, ohne zu zögern. Kaum stand die Vorspeise auf dem Tisch, machte ich mich auch schon über den gebeizten Fisch her, ein Capitaine, wie der Kellner erklärte, ganz frisch aus dem Oubangui. Einfach köstlich, dazu ein Glas Bourgogne und ganz schnell noch eins. Ich hatte überhaupt keine Ohren für die Unterhaltung am Tisch. Der zweite Gang kam, ein einheimisches Gericht, das ausgesprochen bemerkenswert war, klebrige Erdnußbuttersoße, sportliches Hühnchen in Palmöl, dazu als Gemüse gekochter Rasen. Und ein teuflisch scharfes *Piment rouge*, das mir die Luft abschnürte. Plötzlich war es still am Tisch, ich schreckte hoch und sah in sechs erstaunte Augen, die mich verblüfft musterten. Ich verharrte mit dem Bissen im Halse. »Habe ich irgend etwas falsch gemacht?«

Adalbert lachte schallend los. »Nein, das nicht, aber wir versuchen dich seit einer halben Stunde ins Gespräch einzubeziehen, du antwortest einfach nicht.«

Ich unterbrach ihn mit einem Hustenanfall und Tränen in den Augen. »Du siehst doch, daß ich gerade gegen die Pfefferschoten kämpfe, bin gleich dabei«, waren meine letzten

Worte vor dem nächsten Hustenanfall. Entfernt hörte ich Herrn Schnell. »Ich bewundere Sie aufrichtig. Mit Sicherheit sind Sie die erste weiße Frau, die hier eine solche Expedition in den Urwald macht. Mich persönlich würden keine zehn Pferde in dieses Gebiet bekommen, außerdem traut man den Pygmäen ja alles Mögliche zu. Letztes Jahr sind ein paar Leute in dem Gebiet verschwunden.«
Plötzlich bekam ich wieder Luft. »Ich dachte, hier im Land sorgte ausschließlich der selbstgekrönte Kaiser Bokassa für Überraschungen, indem er weiße Babys zu Hauptgerichten verarbeiten ließ?«
Der Botschafter nickte leicht bedrückt. »Ja, das war tatsächlich eine schlimme Sache. Aber dieses Land hat für Weiße eine Vielzahl an überraschenden mystischen Traditionen. Auch heute noch tötet man kleine Kinder, um Herz, Hirn und Genitalien herauszuschneiden.«
»Na, Mahlzeit!« entfuhr es mir angeekelt, und ich legte geräuschvoll das Besteck auf den Teller. Wir saßen noch eine Weile zusammen, etwas träge, denn es war ein langer Tag gewesen.
Ich war froh, als ich endlich wieder im Hotel ankam. Müde, aber guter Dinge schrieb ich die ersten Eindrücke in mein Tagebuch. Doch dann zogen mich ein ferner melodischer Singsang und das leise Rauschen des Ventilators in abstruse Träume. Große Schlangen in Form von Mangofrüchten schillerten golden durch Urwalddickicht, schwarze Fliegen schwirrten um meine Füße, legten weiße Maden unter die Zehennägel, Flöhe, die über Kinderherzen hopsten ... pfui Teufel! Entsetzt fuhr ich aus dem Halbschlaf auf und suchte den Boden nach Ungeziefer ab.

Am nächsten Morgen waren wir endlich startbereit für unser Abenteuer. Alles war erledigt, und ein zweiter Rover voll Gepäck und Proviant begleitete uns, am Steuer ein gutaussehender Franzose, Francis, der mir freundlich zulächelte. Wir fuhren mit schnellem Tempo auf einer Straße voll tiefer Löcher, ließen Bangui hinter uns, und Simsalabim ... eröffnete sich vor uns eine Savanne bis zum Horizont. Hohes, verdörrtes, braungraues Gras, ein kleiner Weg, knorrige und zum Teil abgebrannte Bäume, die vereinzelt aus dem Schilf ragten, hohe Termitenbauten, die tiefrot und in gefächerter, übereinander geschichteter Form wie außerirdische Bauwerke aussahen. Rechts und links des Weges trugen Bantufrauen, schön und hoch gewachsen, in bunte Boubous gehüllt und auf deren tiefschwarzer Haut die Sonne golden glänzte, mit wiegenden Hüften ihre Lasten auf dem Kopf: Gemüsesäcke, große Blechschüsseln mit braunen Maniokknollen, gestapeltes Brennholz, Bananenstauden oder Wasserkanister. Mädchen mit stachelig hochstehenden Zöpfchen winkten johlend herüber. Bäume mit breitflächigen, orangefarbenen Blüten sausten an uns vorbei, flüchtende Ziegen und Hühner, die im letzten Augenblick über die löcherige Teerstraße rannten. Roter Staub hinter uns und Felsfurch neben uns, der, wie mir schien, kein Schlagloch ausließ.

Die Landschaft wechselte von graubrauner Dürre zu rotlehmigen Straßendörfern. Wir fuhren durch hohes Schilfgewächs, dann eine stark duftende Kaffeeplantage in weißer Blüte, immer wieder an Avocadobäumen vorbei und an vereinzelten Hütten, vor denen sich Männer träge in schiefen Stühlen lümmelten. Auf Holzgestellen wurden Zitronen, Papayas und Bananen angeboten. All diese schnell aufeinanderfolgenden sinnlichen Eindrücke gingen mir tief unter die Haut, und ich fühlte mich im Innersten berührt, als wäre ich endlich durch eine Türe getreten, die lange Zeit verschlossen war.

Am Horizont zog inzwischen schon die Dämmerung herauf, und in das Abendlicht mischte sich der Geruch von

Holzfeuer. Frauen bereiteten das Abendessen auf kleinen Feuerstellen. Nun teilte sich die geteerte Straße in einen ausgefahrenen Schotterweg und in eine frische, rotsandige Trasse, gesäumt von breitfächerigen Musangabäumen, die den nahen Urwald ankündigten. Mir fielen all die Einzelheiten ein, über die ich in München gelesen hatte – Bäume, Bantu, Urwald, Klima –, und ich freute mich wie ein Kind, wenn ich Gelesenes in der Realität wiederfand, wie jetzt diese Bäume.

Felsfurch, immer noch gestreßt und mit grantigem Gesicht, erklärte uns: »Wir werden heute in einem Holzlager übernachten, einem alten Landhaus, das dem einflußreichsten Mann in Bangui gehört, außerdem steinreich. Er hat es uns zur Verfügung gestellt, als er von der Expedition hörte. Er selbst lebt in einer Prunkvilla in Bangui.«

»SALAND« las ich auf einem verwitterten Blechschild vor dem Holzlager, das sich da als ein Monsterwerk entpuppte mit Fabrikhallen, Lagern voller langer Holzblöcke, diversen Caterpillars und großen Lkws mit Hängern, Häusern, Hütten, kleinen Läden …

»Ja, Julia, hier wird der Urwald in Scheiben geschnitten und mit ihm die meisten Wildarten«, klärte mich Adalbert traurig auf.

»Aber es wird doch wieder aufgeforstet«, belehrte ich ihn.

»Schön wär's. Das passiert leider nur auf dem Papier«, fügte Felsfurch erbost hinzu. »Hier ist es den Leuten völlig egal, ob der Wald gerodet und vernichtet und der Boden anschließend von Bauern abgebrannt wird, um Nutzland zu gewinnen.«

Plötzlich hüllte sich die Landschaft kurz in Lila, Rot … und dann war es schlagartig dunkel. Ich erkannte die Umgebung nur noch schemenhaft. Doch überraschend leuchtete nun fahles Mondlicht auf, und als Felsfurch in die nächste Kurve fuhr, sah ich den silbrig sich dahinschlängelnden Fluß mit leisem Plätschern über kleine Stromschnellen springen. Vereinzelte Fischerpirogen wurden lautlos durch eine dunkle Märchenwelt gepaddelt. Auf einmal war ich ganz sicher, daß hier mein Schicksal lag, irgend etwas würde geschehen …

»Oh, wie schön!« Ich war begeistert, voller Andacht angesichts dieser einmaligen Schönheit in tiefer Stille.

»Das hier ist der Lobaye, ein Fluß, der vom Oubangui kommt und uns bis zum Kongobecken begleiten wird«, kommentierte Felsfurch verächtlich und ließ mich wissen, daß Oh-wie-schöns hier ihre Namen haben. Ich würde ihn ab jetzt nur noch den »Grantler« nennen, denn wie konnte ein Mensch so dauerhaft grantig sein, oder war er vielleicht krank?

Die Auffahrt zu einem Haus blitzte rotsandig auf, und ich erkannte die Umrisse einer traumhaft schönen Villa aus altem Holz, mit ausladender Terrasse, an der sich im Schein der Nachtleuchte violette Bougainvilleablüten emporrankten.

»Ist dies etwa das alte Landhaus, von dem Sie so beiläufig erzählten, und wenn ja, ist der Eigentümer Junggeselle?« wollte ich scheinheilig wissen.

»Ja, das ist das Haus, und der Eigentümer ist Junggeselle, ein Syrer, der seit dreißig Jahren hier im Lande lebt.«

Na ja, Orientale. Mit Sicherheit ein alter, dickwanstiger Typ, dachte ich, während ich ausstieg. Im selben Augenblick öffnete ein Boy sämtliche Türen des Hauses und der Terrasse und lud uns dann mit freundlichen Gesten ein näherzutreten. An einem angrenzenden Bambuswäldchen lag ein längliches Gästehaus, wohin ein anderer Boy das Gepäck der Männer trug.

Beeindruckt standen wir auf dem Vorplatz, der von rosa blühenden Büschen gesäumt war. Trotz der Dunkelheit war ein eindrucksvolles Panorama zum anderen Ufer erkennbar, bis zum Dschungel: Geheimnis und pure Sinnlichkeit mit lockenden Rufen. Doch die Krone aller Sinnlichkeit bat uns nun in einen großen Salon, hieß Bilebou, war schwarz, trug eine weiße Schürze und hielt ein Tablett mit Rum, Campari, Souze, Mokafbier, Zitronen, Pernod, Whisky und Cognac. Bereits der Anblick tat gut.

»C'est une bonne idée, ça«, bedankte ich mich strahlend bei ihm, doch da bemerkte ich seinen irritierten Blick auf ... Nosbusch mit dem Schmetterlingsfänger. Ich mußte lachen.

»Wirst du mit diesem Ding auch schlafen gehen?« wollte ich wissen.

Doch er fand das gar nicht komisch. »Wenn dem etwas geschieht, ist eine meiner wichtigsten Arbeiten in Frage gestellt.«

»Entschuldige, war doch nicht böse gemeint.« Ich knuffte ihn freundschaftlich. *»Pour papillons«*, fiel mir als Erläuterung zu dem Kescher ein, und ich nickte Bilebou zu. Der sah nur noch ratloser aus. Aber ich hatte keine Lust mehr auf Erklärungen, außerdem wollte ich meine Französischkenntnisse nicht noch mehr bloßstellen. Francis, der schmunzelnd zugehört hatte, erklärte die seltsamen Zusammenhänge von Kescher und Schmetterlingen, während ich mich auf einen Drink freute. Ich nahm mir ein großes Glas und aus all den schönen Flaschen je einen kleinen Schuß, dann das Eis, eine Zitronenecke und endlich den ersten Schluck. Wahoooo! Er kam sofort an ... der nächste und ein weiterer auch, und ich wollte gerade den anderen sagen, daß ich gern hier bleiben würde, da fiel ich auch schon von der Lehne, weich und fließend in die neue Welt.

2

Um vier Uhr morgens saßen alle im Rover, ich auch, wie man mir sagte. Mein Kopf dröhnte und paßte zu der frühen Aufbruchstimmung. Adalbert sah frisch gebügelt aus und freundlich, ich kuschelte mich leicht an ihn.

»Wenn ich dich kurz aufklären darf, nachdem du uns gestern so frühzeitig verlassen und Felsfurchs Pläne nicht mitbekommen hast ...«, eröffnete er mir. »Wir haben ungefähr drei Stunden Fahrt vor uns, dann geht es nur noch zu Fuß weiter.«

»Na, wunderbar, bis dahin bin ich wieder fit.« Erschöpft drehte ich mich zum Fenster und wurde an mageren Rindern vorbeigeschaukelt, an ein paar gaffenden Frauen, ich gaffte zurück. Ein schmaler Weg führte uns direkt in den Wald, der seinen kühlen Atem durch die Fenster hauchte. Die folgenden Wege wurden enger, Bäume standen dichter, die Erde sah schwarz und fett aus. Wir kreuzten eine fünfspurige Straße. Leise und verächtlich erklärte uns Felsfurch:

»Diese Trasse hier führt direkt in den Kongo und soll den Holzfällern den Wald öffnen. Über 150 Kilometer lang. Primärwald vom Feinsten. Stellt euch mal vor, wie vielen Tieren und Pflanzen durch dieses Projekt der Lebensraum entzogen wird. Sie verschwinden für immer von diesem Planeten.«

Plötzlich peitschten Äste auf die Windschutzscheibe. Wenn ein Weg zugewachsen war, tat sich irgendwie immer ein neuer Weg auf. Nach ein paar Minuten saßen wir jedoch endgültig fest, der Pfad endete in undurchdringlichem Dickicht. Man hörte fremdartige Geräusche und die verein-

zelten Schreie eines Vogels. Hinter uns wurden Stimmen laut. *»Tangueoghobo, hingo ... so nye ...«*
Eilig warf Francis das Gepäck aus dem hinteren Rover, dann hupte jemand, und wie Geister wuchsen plötzlich braune, halbnackte Menschen aus dem Boden. Teilweise nur mit löcherigen Hosen bekleidet, standen sie in sicherer Entfernung, scheu und unbeweglich. Plötzlich traten sie zur Seite, und ein größerer Schwarzer kam in Shorts und T-Shirt auf uns zu geschlendert. Zum erstenmal zeigte Felsfurch so etwas wie Freude, zog die linke Mundhälfte nach oben, eineinhalb Zentimeter, und begrüßte den Mann, indem er ihm unaufhörlich die Hand schüttelte. Dann wandte er sich an uns. »Das ist Sabango, unser Dolmetscher, er hat uns die Träger hier mitgebracht.«
Gespannt sprang ich aus dem Wagen, begrüßte Sabango und fand ihn spontan nett. Unauffällig versuchte ich, die exotische Gruppe ins Auge zu fassen. Sabango rief den vier jungen Männern in einer gutturalen Sprache etwas zu, und sie kamen zögernd näher. Sie waren drahtig, nicht einmal anderthalb Meter groß, trugen einen Schamschurz aus dünner Rinde oder etwas Ähnlichem, und sie waren ziemlich behaart, sogar an den Oberarmen. Schöne, schräg stehende, dunkle Augen blickten aus aufgeschlossenen Gesichtern. Auch sie musterten uns verhohlen und luden dann vorsichtig die vielen Gepäckstücke in Tragegurten auf den Kopf und vor die Brust, bevor sie lautlos in den Wald verschwanden. Das waren die ersten Pygmäen meines Lebens, dachte ich, aber anscheinend auch die letzten, die ich sehen sollte, denn sie waren urplötzlich weg, wie vom Erdboden verschluckt.
»Habt ihr das gesehen, so schnell ist unser Gepäck weg«, wandte ich mich an Adalbert und sah, daß auch meine Leute inzwischen beladen waren. Felsfurch warf seinen Autoschlüssel dem Ersatzfahrer zu. *»E k'i ri na ok'a an.«*

Der sprang in den Wagen und rangierte mühsam herum. Niemand nahm Notiz von mir, statt dessen verschwanden Nosbusch, Adalbert und Felsfurch in der gleichen Richtung wie die Träger, und der Wald schloß sich lautlos hinter ihnen. Auch sie waren wie vom Erdboden verschluckt.
Ich kam aus dem Staunen nicht mehr heraus, wurde aber bereits mit meinem Rucksack und der Kameratasche beladen. Der freundliche Francis verabschiedete sich von mir: »Also dann in sechs Wochen um sieben Uhr. *Bonne chance.*« Mit einem letzten bewundernden Blick auf mich sprang er in den Wagen und setzte ebenfalls zurück, dem anderen Rover hinterher.
Verdammt, ich war allein. In dem ganzen Aufbruchsgetümmel war mir gar nicht bewußt geworden, daß tatsächlich alle abgezogen waren. Das war doch nicht möglich, man hatte mich einfach vergessen! Voll panischer Angst rannte ich in die Richtung, in der alle untergetaucht waren, und fiel der Länge nach hin. Durch den Schwung hatte sich das schwere Gepäck auf die Seite verlagert. Wie ein dicker Käfer, der auf den Rücken gefallen ist, strampelte ich mich schwerfällig wieder hoch. Für ein paar Sekunden war ich doch froh, daß niemand in der Nähe war und mich sah.
Mit einem kleinen Gebet auf den Lippen schlug ich mich in den Dschungel, in dieses schier undurchdringliche Grün. Außer meinem Herzklopfen war nichts zu hören. Ein einsamer Schrei, dann herrschte beängstigende Stille, ab und zu leises Rascheln, mir war es nicht geheuer. Deutlich hatte ich Nosbuschs Ausführungen in Erinnerung, wie sehr er sich auf all die Spinnen, Schlangen und wunderbar seltenen Skorpione freute, alles sei hier zum Greifen nah … Um mich herum war ein dichter Vorhang aus fleischig-haarigen Blättern, und dahinter der nächste, ein Irrgarten, kein Weg, nur Schlingen und Äste, die mir ins Gesicht peitschten, während Moskitos sich an meinem Hals festsaugten.

Ich hastete weiter, bemühte mich, die Füße nur so kurz wie möglich am Boden zu lassen, um sie nicht irgendwelchen Bissen oder sonstigen Angriffen auszusetzen. Angst pochte in meinem Hals. Wo war bloß meine gemütliche Fernsehecke mit dem kuscheligen Bett und meinem süßen Knuddelkater? Irgend etwas kroch in meine Socke und biß kräftig zu. Ich schrie auf und versuchte mit langem Finger danach zu kratzen, ohne das Gleichgewicht zu verlieren.

Da hörte ich Laute vor mir, österreichische Freudenlaute. »Hast des g'sehn?« Gott sei Dank! Wie schön war doch diese Sprache. Schweißtropfen perlten mir in die Augen, als ich halb blind den Stimmen hinterherrannte. Endlich holte ich die anderen ein und stellte entsetzt fest, daß mich niemand vermißt hatte. Schweigend und enttäuscht gesellte ich mich zu dieser egoistischen Bande und atmete das erstemal tief durch.

Die Augen nun fest auf die Fersen meines Vordermannes geheftet, trat ich in seine Spuren und riskierte keinen Blick nach rechts oder links. Anscheinend setzte dieser mysteriöse Urwald in mir Urängste frei, denn ich hatte auf einmal das Gefühl, daß hinter jedem Baum der grüne Horror auf mich lauerte und mich beißen, stechen und aussaugen wollte. Dieser Schweigemarsch erschien mir ewig. Plötzlich kam die Kolonne zum Stillstand, und ich rempelte gegen Adalbert. Er war ebenfalls bis an die Zähne bepackt und drehte sich behäbig zu mir um. »Jetzt haben wir uns aber eine Rast verdient.« Keine weitere Nachfrage, kein: »Na, liebe Julia, wie fühlst du dich, alles in Ordnung, wenn irgend etwas ist, sag ruhig Bescheid ...« Na ja, wir waren halt unter uns Männern.

Ich arbeitete mich nach vorn zu den anderen, denn inzwischen hatte ich wirklich Angst, als letzte vom Affen gebissen zu werden. Ich mußte kurz lachen, weil ich dieses Sprichwort fast körperlich erlebte. Dann wischte ich mir die Moskitos vom Hals und versuchte mir Ohren und Nasenlöcher frei zu bohren. Als ich gerade einen Schluck Wasser trinken und die verdiente Rast beginnen wollte, setzte sich, wie auf ein geheimes Kommando, der Schweigemarsch wieder in Bewegung. Mit Mühe hastete ich hinter Sabango, wo es mir am sichersten schien. Schon machte er mich auf einen breiten, roten Ameisenzug aufmerksam. »Nicht reintreten, Vorsicht«, warnte er. Mit einem Satz überwand ich den Zug, landete knallhart in einer Lianenangel, und als ich mich an einem Ast über mir festhalten wollte, griff ich treffsicher in einen Dornenableger. Äußerst schmerzhaft. Ich wischte mir das Blut an der Hose ab und wollte Jod aus dem Rucksack nehmen, aber schon wurde ich von hinten weitergeschoben. »Na klar, wir Männer«, fauchte ich über die Schulter.

Bei unserem zügigen Tempo blieb mir keine Zeit, an irgend etwas anderes zu denken als an die Frage, wo ich den nächsten Schritt hinsetzen sollte. Über mir hörte ich schweres Schwingenrauschen. Es mußte ein sehr großer Vogel sein, kurz sah ich dunkle Flügel in einem Blätterloch.

»Ein Kronenadler!« rief Adalbert begeistert am Ende des Zuges.

Außer mir schienen alle verzückt zu sein. Ich aber kämpfte und litt still, voller böser Vorahnungen. Ein paar karge Sonnenstrahlen fielen senkrecht durch die Zweige. Es mußte Mittag sein, und demnach hätten wir bereits fünf Stunden Fußmarsch hinter uns. Doch wir drangen immer tiefer in den Regenwald, und nun wurde der Boden auch noch schlammig. Mit jedem Schritt versank ich tiefer in sumpffarbener Brühe. Schließlich watete ich bis zu den Oberschenkeln im Wasser. Einer der Führer blieb stehen, deutete nach vorn zu einer kleinen Lichtung und winkte Sabango zu sich. »*Gasi.*« Sie unterhielten sich leise und ein wenig aufgeregt, dann übersetzte er uns: »Da vorn ist wohl ein Jagdlager der Pygmäen, wir sollen leise sein.«

»Wieso denn leise«, fragte ich zurück, »das sind doch sozusagen Kollegen von unseren.«
Sabango kicherte leise. »Nix Kollege, unsere Leute sind Banda, das da sind By-Aka-Pygmäen.«
Felsfurch warf mir einen vielsagenden Blick zu. »Nun hört doch auf zu quatschen und laßt uns weitergehen.«
So ein Ekel! Ich blickte böse zurück, doch ein wenig später kreisten meine Gedanken nur noch um die Hoffnung, wieder festen Boden zu gewinnen und daß die Pygmäen heute schon eine gute Mahlzeit hatten. Stille ... Vorsichtig schlichen wir weiter, mir war es sehr mulmig zumute, denn das hier waren nun wohl die echten »Herren des Waldes«, wie ich in einem Reisebuch gelesen hatte. Hier, tief im Primärwald, hatten sie weder Kontakt mit der Zivilisation noch mit anderen Bevölkerungsgruppen und lebten wie in der Steinzeit. Nur zum gelegentlichen Tausch von Wild gegen Metall für Speerspitzen suchten sie kurzfristig die Nähe der Bantu. Adalbert bedeutete mir, das Gepäck abzulegen und still zu sein. Unser Führer hatte seine Last bereits fallen gelassen und war verschwunden. Das fing ja gut an. Eine innere Stimme bereitete mich darauf vor, daß wir nun gefangen und gebraten würden. Es war so verdammt still, nicht mal das Knacken eines Astes war zu hören.
Nach einer geraumen Weile tauchte unser Führer genauso plötzlich wieder auf, wie er verschwunden war. Zweige öffneten sich brüsk, und da stand er! Ich roch seinen scharfen Körpergeruch. Er sagte etwas zu mir, was ich mit einem selbstverständlichen »Oui, o.k« akzentfrei beantwortete. Als er darauf wieder in dieselbe Richtung verschwand, folgte ich ihm automatisch durch das Dickicht. Erst da fiel mir auf, daß ich ihn ja gar nicht verstanden hatte! Wohin lief er eigentlich? Ich sah mich um und blickte in Felsfurchs grinsendes Gesicht.
»Sie haben die Sprache aber schnell gelernt.«

Verärgert kroch ich weiter durch das Unterholz. Auf einmal tauchte ein dünner Pfad vor uns auf, dann eine kleine Lichtung mit vier runden Laubhütten, hinter denen gerade noch kurze, braune Beine sichtbar waren, die in das Gehölz rannten. Wir blieben stehen, offensichtlich waren alle geflüchtet.

»Und was jetzt, was schlagt ihr vor, nachdem dies wohl die letzten By-Aka-Beine waren, die wir zu Gesicht bekommen haben?« Adalbert sah fragend zu Felsfurch.

Für den war die Sache klar, und er zeigte uns mal wieder, wie blöd wir waren. »Also, wir werden hier in einiger Distanz zu dem Lager unsere Sachen ablegen, ihr könnt euch dann ja wieder etwas ausruhen.« Dies mit einem fiesem Seitenblick zu mir. »Wir haben noch ungefähr vier Stunden Marsch, bis wir auf die Gruppe stoßen, zu der ich möchte.«

Ich fand diesen Typen einfach zum Kotzen und konnte mir nun nicht mehr verkneifen zu fragen: »Sagen Sie mal, Felsfurch, haben Sie ein Magengeschwür, oder wieso sind Sie so eklig?«

Wie aus der Pistole geschossen kam es zurück: »Ich bin nicht eklig. Nur frage ich mich, wieso man ständig gebremst wird von jemandem, der von nichts Ahnung hat.«

Adalbert griff ein, geduldig wie immer: »Kinder, beruhigt euch. Es wird sich alles finden.«

So ein Feigling, der keine Partei ergreifen will, dachte ich. Inzwischen hatten die Träger den Boden mit der Machete freigeschlagen, und wir ließen uns nieder. Ich versuchte mich schonend dem Rucksack zu entwinden, der auf dem Rücken festgewachsen schien, und suchte meine Vitaminmineralantidurchfallprophylaxflasche heraus. Ein großer Schluck davon tat mir ungeheuer gut. Es war spät geworden, und ich spürte meine müden Knochen. Doch unter dem Scheitel war ich hellwach. Ich hatte viel zuviel Angst, um einzudösen, wie die anderen, meine tapferen Freunde neben mir. Die hatten sich langgestreckt ihrer Mattigkeit ergeben, und ich fühlte mich mal wieder ausgesetzt, allein gelassen. Plötzlich raschelte es hinter mir, und ich fuhr fürchterlich zusammen, das Blut hämmerte in meinen Adern. Halb erstarrt versuchte ich, unauffällig das Terrain zu sichern. Es war nichts zu sehen, dennoch hatte ich das deutliche Gefühl, nicht so allein zu sein, wie eben noch geglaubt. Trotz meiner Angst lag es mir überhaupt nicht, Katastrophen abzuwarten, und so kramte ich mit unauffälligen Bewegungen in meinem Rucksack nach dem Fahrtenmesser. Ich hielt es fest umschlossen, doch nichts rührte sich.

Erleichtert ließ ich das Messer wieder los. Gut so, denn wie ich mich kannte, hätte ich mich nur selbst damit verletzt. Trotzdem fühlte ich mich ständig beobachtet. Da kam ich auf eine Idee ... Aus der Provianttüte fischte ich eine Büchse Ölsardinen und eine Schachtel Zigaretten, öffnete die Dose und aß etwas davon. Dabei drehte ich mich langsam nach allen Seiten, so daß sie jeder verborgene Feind sehen konnte. Schließlich stellte ich die angebrochene Büchse dicht neben das Gebüsch hinter mir. Nun zündete ich eine Zigarette an, legte die restliche Packung neben die Sardinen und war sehr froh, Karl May gelesen zu haben. Während ich versuchte, genüßlich zu rauchen, was bei dem kratzenden schwarzen Kraut nicht einfach war, musterte ich unauffällig die Gegend. Es rührte sich immer noch nichts. Auch bei den müden Pfadfindern rührte sich nichts. Was aber, wenn angegriffen wurde? Armbrust gab es sicher hier, Schlingen und Jagdnetze, Giftpfeile.

Plötzlich sah ich, wie ganz vorsichtig eine kleine braune Hand aus dem Gebüsch kam und ... grapsch! Die Zigaretten waren weg. Ich war wie gelähmt, das heißt, ich *war* gelähmt. In einiger Entfernung knackte ein Ast, ganz leise, dann war wieder Stille. Anscheinend war ich noch mal verschont geblieben. Langsam kribbelte wieder Leben durch

meine Glieder. Da ließ mich ein Röhren erneut erstarren, in Zeitlupe drehte ich mich um und blickte in den weit geöffneten Rachen von Adalbert, der wieder einen röchelnden Schnarcher von sich gab. Nun mußte ich doch lachen, so leise wie möglich. Eine ganze Weile noch beobachtete ich die Büchse neben dem Gebüsch. Als nichts geschah, nahm ich noch ein kleines Fischstück heraus und kaute es ganz langsam. Mit flauem Magen wartete ich, wartete, wartete ... Auf einmal, ganz zögernd, teilten sich die Zweige des Gebüsches wie von Geisterhand. Dahinter erblickte ich ein unbewegliches, fremdartiges Gesicht. Zwischen tätowierten Wangenknochen und buschigen schwarzen Augenbrauen sahen mich dunkle mandelförmige Augen unverwandt an.
Ich versuchte meiner Erstarrung ein Lächeln abzuringen und erhielt aus meinem tiefsten Innern das Signal, unbedingt wieder zu atmen. Die Zigarette hatte mir inzwischen die Finger verbrannt, ich warf sie weg. Meine Gedanken überschlugen sich. Sollte ich ihm die Ölsardinenbüchse entgegenhalten oder vielleicht gar nicht hinsehen? Mit vorsichtiger Geste bot ich die Büchse an. Die Augen musterten mich starr, und ich nickte ihnen auffordernd zu, und schon griff wieder eine kleine, braune Hand zu, diesmal kam sie aber von weiter drüben und grapsch! Die Dose war verschwunden.
Das Gesicht hatte sich nicht bewegt, die Augen musterten mich immer noch. Wieder machte ich eine einladende Geste näherzukommen und bot diesmal eine Zigarette an. Angezündet reichte ich sie als Friedenspfeife nach hinten. Etwas griff danach, und gleich darauf sah ich, daß im Gebüsch geraucht wurde. Ich machte Zeichen, daß ich auch wieder ziehen wollte, und bekam tatsächlich die Zigarette zurückgereicht. Diese Geste war mir rein zufällig eingefallen, mein »Professore« hatte sie einmal in einer Vorlesung als verbindende Zeremonie geschildert, wie wahr!

Ich mußte husten und sah, wie sich das Gesicht zu einem Lachen verzog. Endlich war der Bann gebrochen, ich lachte mit, erlöst und voller Dankbarkeit, ein menschliches Zeichen empfangen zu haben. Nun kam es vollständig zum Vorschein, dieses Wesen, ein braunhäutiger Mann in faserigem Lendenschurz. Ohne zu zögern, teilte er das Gebüsch und kam auf mich zu. Ich winkte ihm, sich neben mich zu setzen, was er auch tat, in gewissem Abstand, versteht sich. Eine eindrucksvolle, kleine Gestalt, vernarbt, mit schiefen Schultern, verbogenem Knie, vereinzelt fehlenden Fingern und einem verschmitzten Gesicht. Er wirkte erfahren und schlau. Sicherlich war er der Medizinmann, oder wie nannte man das hier?
Aus seinen geschlitzten Augen beobachtete er die Schlafenden und grinste. Sein Grinsen wurde noch breiter, als er mich anschließend musterte. Unwillkürlich sah ich den kleinen Weg entlang und suchte ihn heimlich nach Knochen oder anderen menschlichen Überresten ab. Voller Unbehagen rutschte ich etwas weiter weg von dem Mann. Der hatte mich nicht aus den Augen gelassen. Nun drehte er sich um und blickte in das Dickicht. Besorgt folgte ich seinem Blick und sah in dem unergründlichen Grün etwas hochschnellen oder herunterfallen, eine blitzschnelle Bewegung jedenfalls. Sekundenlang sah ich ein dunkles Gesicht, ein Ast schwang zurück, und das Dickicht schloß sich wieder. Angestrengt versuchte ich, das Laub auf weitere Gefahren abzusuchen, dann wandte ich mich wieder meinem neuen Nachbarn zu, der inzwischen eine andere Stelle fixierte. Ein heißer Stich fuhr mir durch den Körper, als ich Augen erkannte, die mich anglühten, dicht daneben noch ein Paar, und dann bemerkte ich noch weitere.
Ich bekam einen Schluckauf, der laut durch die Stille des Urwaldes hickste. Meine Augen brannten vom angestrengten Starren, Schweiß rann mir in Bächen den Körper herab. Ich

beschloß, in Sicherheit zu gehen, und rutschte langsam zurück, ohne den Blick vom Gebüsch zu lassen. Plötzlich stieß ich mit dem Hinterteil auf Widerstand, und als ich mich ruckartig umdrehte, saß ich fast auf den behaarten Füßen des knorrigen Medizinmannes. Ein scharfer Geruch nach Waldmarinade und angebranntem Schweinespeck umgab ihn. Ich lächelte ihm verkrampft zu, er nickte erfreut und zog dabei die Augenbrauen stark nach oben. Ich entspannte mich ein wenig. Inzwischen schwankten meine Gefühle zwischen Furcht und »Besitzerstolz«. Schließlich hatte ich den kleinen Mann erobert, und nun gehörte er mir. Der Besitzerstolz setzte sich durch, und zufrieden weckte ich die anderen. Zuerst tippte ich Adalbert an, der sofort in Angriffsstellung ging.

»Ganz ruhig, du bist hier bei Freunden«, sang ich leise zwischen zusammengepreßten Zähnen, »wenn auch im Urwald«, führte ich ihn weiter in die Realität zurück.

Felsfurch wachte auch auf und musterte erstaunt die Umgebung. Nosbusch jedoch hatte die tollste Reaktion, als er geweckt wurde: Er schreckte kurz hoch, sah die neuen Gesichter – »Ja servus, da sans ja.« – blickte fröhlich in die Runde und nickte uns allen hocherfreut zu.

Ich mußte unwillkürlich lachen. »Du nix Angst?« fragte ich ihn.

»Ach geh. Der gute Mann ist nicht mal halb so hoch wie ich.« Er hatte recht.

Fast kamen mir meine vorangegangenen Ängste albern vor. »Na gut. Aber all die anderen ...?« Ich deutete in den Wald. Da sahen meine Begleiter in ein gutes Dutzend regloser, wild aussehender Gesichter.

Adalbert flüsterte mir anerkennend zu: »Wie hast du es bloß angestellt, daß die plötzlich alle da sind?«

»Ich habe sie mit Zigaretten und einer Büchse Ölsardinen angelockt, dann aber einen furchtbaren Schrecken bekom-

men, als sie tatsächlich neben mir saßen.« Wir lachten alle, auch die Pygmäen lachten mit.
Sabango tauchte plötzlich wieder auf, der Tapfere. Und schon wurde er von Felsfurch angeblafft: »Wenn du uns noch einmal im Stich läßt, schicke ich dich sofort nach Hause, und du bekommst keinen Pfennig Geld. Wo sind denn überhaupt die vier Träger?« Suchend sahen wir uns um. Mir fiel jetzt erst auf, daß wir allein gelassen worden waren.
»Wir hatten alle Angst«, erklärte Sabango mit so heftig rollenden Augen, daß man fast nur noch das Weiß darin sah.
Felsfurch schimpfte weiter, nun zu mir gewandt: »Und Ihnen verbiete ich hiermit ein für alle mal, jemals wieder irgendeine Unternehmung im Alleingang zu machen, solange Sie mit uns zusammen sind. Das ist unverantwortlich.« Den Schluß schrie er fast heraus: »Ich werde nicht wegen so einer blöden Kuh mein Leben aufs Spiel setzen.« Das war an Adalbert gerichtet.
Ich war so empört über seinen Umgangston, daß ich wütend zurückbrüllte: »Sagen Sie mal, wie reden Sie denn mit mir, Sie Affe!« Wütend baute ich mich vor ihm auf und war nahe daran, ihm eine zu langen.
Doch da stand schon Adalbert neben mir und hielt ahnungsvoll meine Hand fest. »Kinder macht doch nicht so einen Zirkus, man kann sich doch über alles normal unterhalten.«
Felsfurch hatte nun aber auch für ihn etwas bereit: »Wenn ich gewußt hätte, daß keiner von euch hier tauglich ist, hätte ich diese Expedition gar nicht gemacht.« Aufgebracht stolzierte er hektisch hin und her, dann blieb er plötzlich vor Sabango stehen. »Sag den Leuten,« – er nickte zu den Pygmäen hinüber – »daß wir von weither kommen und sie in friedlicher Absicht besuchen.«
Jetzt mußte ich doch lachen. »In friedlicher Absicht, sagen

Sie, und dabei brüllen Sie hier seit zehn Minuten aggressiv herum.«

Mit hochrotem Gesicht drehte Felsfurch sich zu mir um. »Falls Sie mich noch einmal in irgendeiner Form blöd ansprechen, geht einer von uns beiden, darauf können Sie sich verlassen.«

Ich holte tief Luft, um mich zu bremsen. War das alles peinlich! Sabango unterhielt sich bereits mit dem Alten und machte weit ausholende Gesten. Das sollte wohl »von weit her« darstellen. Schließlich sah er den Mann abwartend an, ich auch, wir alle. Eine lange Pause entstand. Ich blickte Adalbert fragend an, der zuckte nur mit den Achseln.

Endlich ertönte ein langgezogenes »iiihhhhh« neben mir. Sabango strahlte erlöst und übersetzte: »Er hat verstanden, ›iiii‹ heißt ›ja‹«. Na, bravo, das hätte ich fast genauso schön übersetzen können.

Felsfurch knurrte weiter: »Frag sie, ob wir bei ihnen bleiben dürfen.«

Diese Frage wurde auch nach einer langen Pause nicht beantwortet. Statt dessen erhob sich der Alte und schritt humpelnd, wenn auch äußerst würdevoll, in das Dickicht zurück ... verschluckt ... weg. Wieder wechselten wir fragende Blicke, und Adalbert sagte besorgt: »Ich bin jetzt auf das Schlimmste gefaßt.« Mir war auch ziemlich mulmig, sogar Nosbusch rückte unruhig hin und her und zupfte nervös an seinem Schmetterlingsfänger.

Ständig krabbelten kleine Bienen in meinen Haaren und klebten auf dem Schweiß fest, auch meine Nase war voll von ihnen. Die Füße schmerzten und waren geschwollen vom langen Laufen, alles Vertraute war so verdammt weit weg. Wut kroch wieder in mir hoch.

Plötzlich entstand Bewegung hinter meinem Rücken, und ich sah gebannt in diese Richtung, in die auch der Alte verschwunden war. Leise Stimmen, Knacken und Rascheln waren zu hören, sehr spannend. Der Wald öffnete sich ... *halle-lujahh* ... und der Alte hielt Einzug mit einem Gefolge aus fünf jungen Männern, die mit Armbrust und Speeren ausgestattet waren, drahtige Burschen mit unbeweglichen Mienen, muskulösen Oberkörpern und Schenkeln. Nur die Waden waren etwas verkümmert und nach außen gewölbt. Bekleidet waren sie mit einem Lendenschurz, das heißt, das Wichtigste war in eine Art Rindenlappen gepackt, vorne nach oben gezogen und mit einer Lianenschnur um die Taille befestigt. Hinten war es durch die Backen nach oben gedreht und auch an der Liane festgezurrt. Die Köpfe waren, abgesehen von einer kleinen Tonsur, kahl geschoren, auf den Wangenknochen waren blaue Häkchen tätowiert und in die Augenbrauen schmale Längsstreifen rasiert. Der Vorderste sah sehr gut aus, seine kohlschwarzen Augen schienen ein besonderes Geheimnis zu bergen ...

Der Alte ließ sich gemächlich an der erloschenen Feuerstelle auf einem Holzscheit nieder, während die anderen wie angewurzelt stehenblieben und zu uns herüberstarrten. Ich griff nach meiner Kamera und überlegte gerade, wie ich die Pygmäen um Erlaubnis fragen sollte, da wohl keiner verstehen würde, was ein Foto ist, als ich hörte, wie Felsfurch schmallippig einen Befehl zu uns zischte:

»Ihr bleibt hier sitzen, bis ich eine Verhandlungsbasis geschaffen habe. Pygmäen sind zwar im allgemeinen friedlich, doch werden wir nichts provozieren und uns in respektvollem Abstand halten.« Er kniff den lippenlosen Mund noch mehr zusammen und blickte bedeutungsvoll von einem zum anderen. Sein Blick fiel auf meine Kamera, und schon ging es los: »Sagen Sie mal, kapieren Sie eigentlich gar nichts? Gerade sage ich, daß wir nichts provozieren wollen, und Sie holen Ihren dämlichen Fotoapparat heraus.«

»Meinen dämlichen Fotoapparat habe ich sehr gut unter Kontrolle. Und von Ihnen laß ich mir überhaupt keine Vorschriften machen, Sie altes Ekel«, giftete ich zurück. »Ihr gestörtes Verhältnis zu Frauen können Sie woanders abreagieren.« Mit den letzten Worten hätte ich fast die große Fliege verschluckt, die seit der Ölsardinenaffäre um meine Nase kreiste. Ich hatte so sehr die Nase voll von diesem Typen, daß ich beschloß, beim nächsten großen Krach die Expedition abzubrechen. Bei diesem Gedanken kam eine wunderbare Ruhe über mich und ließ mich etwas heiterer an den folgenden Geschehnissen teilnehmen.

Unser Platz füllte sich auf einmal, die Männer kamen nicht, sie waren plötzlich da. Unbeweglich starrten sie uns an. Nirgends waren Frauen oder Kinder zu sehen. Sabango winkte uns herüber, er wollte uns wohl vorstellen. Das war die Gelegenheit: Schnell nahm ich die Kamera und machte erste Aufnahmen. Es war mir egal, was daraus entstehen konnte, es mußte jetzt sein.

Adalbert raunte mir zu: »Paß auf, wo du dich hinsetzt. Hier gibt es überall Sandflöhe.«

»Mein Gott, was denn noch alles, ich kann doch nicht die ganze Zeit stehenbleiben.« Ich beschloß, erst einmal zu beobachten, was die anderen machen würden. Nosbusch setzte sich in den Sand, das war vorauszusehen; Felsfurch hockte mit den Hinterbacken auf seinen Fersen; der lange Adalbert knickte einfach in der Mitte zusammen und beugte auf halber Höhe den Kopf nach vorne. Ich wählte System Felsfurch.

Eindringlich und offenen Mundes musterten mich die kleinen Burschen von oben bis unten. Zu gern hätte ich das gleiche getan, schämte mich jedoch ein wenig und versuchte es durch halbgeschlossene Lider. Auf den zweiten Blick fand ich sie gar nicht mehr so wild aussehend. Meine Betrachtungen wurden von Sabango unterbrochen.

»Das ist Maseke.« Er deutete auf den Alten. »Er ist der Dorfälteste.«

Ich wiederholte den Namen, und Maseke nickte begeistert. Dann stellte ich mich vor: »Juuuliiiaaah.«
Er lachte, und dabei entblößte er blitzende, spitz zugefeilte Zähne. Erschrocken zuckte ich zurück, verlor das Gleichgewicht und fiel mit dem Hintern in die Flöhe. Nie in meinem Leben war ich so schnell wieder auf den Beinen wie jetzt, schüttelte die Hosenbeine und klopfte mir auf den Po. Dabei sah ich im Geiste, wie das Piranhagebiß des Alten ein saftiges Stück Fleisch aus meinem Körper riß. Unwillkürlich tastete ich mich ab.
Felsfurch ließ mittlerweile Maseke fragen, ob noch andere By-Aka-Gruppen in der Nähe seien. Der Alte zeigte nach Norden – oder war das hier vielleicht Süden? Sabango übersetzte, daß es in der Nähe noch ein anderes Lager gebe, doch zur Zeit seien die Männer dort zur Affenjagd aufgebrochen. Adalbert sah Felsfurch etwas hilflos an. »War denn nicht ausgemacht, daß die dableiben?«
»Doch, natürlich, deshalb bin ich ja das erstemal hergekommen. Aber sie haben halt ihren eigenen Rhythmus.« Und noch grantiger fügte er hinzu: »Wenn es hier Zeit zum Jagen ist, dann jagen sie halt. Du hast es da einfacher: Wenn du Hunger hast, gehst du zum Kühlschrank.«
Maseke erkundigte sich, was wir von den anderen wollten, und als wir ihm erklärten, daß wir für kurze Zeit gern bei ihnen leben würden, fand er das merkwürdig, wie ich an seinen erstaunten Augen sah.
Zwei Frauen tauchten auf einmal auf. Eine trug einen Säugling rittlings auf der Hüfte. Schlafend hing er dort in einer breiten Hängeschlaufe aus Lianen. Scheu und eilig schlüpften sie in eine Hütte.
Ich konzentrierte mich gezwungenermaßen voll auf mein T-Shirt, in dem es hundertfüßig krabbelte. An meinem Hals unter dem Tuch juckte es, und zwischen den Pobacken kroch etwas langsam in untere Gefilde. Ich kratzte und

zwickte überall, und zu allem Überfluß fielen mich wieder die kleinen Bienen in Schwärmen an, flogen mir haufenweise in Nasenlöcher und Ohren und brannten in den Augen. Als ich panisch mit dem Halstuch nach ihnen schlug, machte sie das nur noch wilder. In einer großen schwarzen Wolke folgten sie mir zum Gepäck. Ich rannte hin und her, aber die Biester ließen sich nicht abschütteln. Auch die anderen wurden gequält.

Resigniert fragte ich Adalbert: »Bleiben wir nun hier? Ich habe Hunger und würde auch gern die weitere Planung wissen.«

Da kam Maseke zu uns und machte eine weit ausladende Geste auf sein Terrain, das hieß, wie Sabango übersetzte, daß wir dableiben durften. Wir bedankten uns, und freudig schüttelte Adalbert allen die Hand. »Vergelt's Gott.« Meine Hand wollte er auch drücken im Überschwang.

»Ist ja gut«, beschwichtigte ich ihn. »Vergiß bloß nicht den Handkuß bei den Damen«, fügte ich hinzu und stellte mir dabei vor, daß die Mädels hier sicher dachten, er wolle ihnen die Finger abbeißen.

»Jetzt eilt es ein bissl ... Nosbusch, hilf Julia, das Zelt vorzubereiten, ich schaue mich inzwischen nach einem geeigneten Lagerplatz um«, drängte Adalbert.

Fast fühlte ich mich wie zu Hause und legte das Zeltgepäck aus. Felsfurch brüllte nach Trägern und gab mit königlichen Gesten Anweisung, den Boden zu säubern. Er hatte bereits die Macheten ausgepackt. Alle Träger halfen natürlich ihm, für uns war niemand übrig.

Adalbert rief: »Kommt her, ich habe einen schönen Platz gefunden.« Wir staunten nicht schlecht, unser neuer Platz, circa sechs mal acht Meter, war schon fast von Unterholz freigeschlagen. Grégoire, einer der Träger, hatte mit seiner Machete Lianen abgehackt, und zwei kleine Frauen fegten den Boden. Sie lächelten mir verschämt zu, und meine Men-

schenfressersorge löste sich in Wohlgefallen auf. Diese Menschen hier schienen genauso neugierig wie wir und hatten die gleiche Angst vor Neulingen, nur wirkten sie freundlicher als wir und redeten nicht so viel. Ihre dunklen, undurchdringlichen Augen und das wilde Aussehen trugen natürlich nicht zur schnelleren Verständigung bei, ein paar ängstliche Vorurteile blieben. Man konnte ja nie wissen ...
Adalbert wies uns die Zeltplätze zu. Zur Sicherheit bekam ich den Lagerplatz zwischen den beiden Männern. Der Aufbau ging flott voran. Ich zerrte Stangen und Geraffe aus dem Armysack und baute, fädelte und steckte das Zelt zu einem häuslichen Dreieck zusammen. Dabei wurde ich die ganze Zeit von staunenden Pygmäen beobachtet, die nun wie eine braune Mauer an unserem Camp in ihrer Nachbarschaft standen. Vorsichtig und mit eingezogenem Kopf kletterte ich stolz durch die Öffnung, tastete prüfend über die Bodenmatte, zog den Reißverschluß hinter mir zu und saß schließlich gebückt, aber froh in meinem Zelt. Ziemlich klein, das sogenannte Radlerzelt, dessen Namen wohl bedeutete, daß man so zusammengeklappt schlief, wie man auf dem Sattel saß. Tastend überprüfte ich die Zeltwand auf Löcher, denn meine größte Sorge galt Schlangen- und Kriechtierbesuchen, doch fand ich nicht den kleinsten Defekt. Da fiel ein länglicher Schatten über das Zeltdach und vergrößerte sich zusehends. Ich erstarrte.
»Sag mal, was kratzt du denn da herum?« wollte Adalbert über mir wissen.
Langsam atmete ich wieder aus. »Ich wollte nur mal sehen ...«
»Ach Julia, ich habe dir doch gesagt, daß es ein nagelneues Zelt ist.«
»Aber die Wände sind so dünn«, kam meine klägliche Antwort.
»Das hat doch nichts zu bedeuten, es ist das modernste Ma-

terial. Komm jetzt heraus, wir müssen schnellstens Proviant und die Lampen herrichten. Hier wird es von einer Minute zur anderen dunkel.«
Ich kroch aus meinem Zelt und sah direkt in das grinsende Gesicht Albert des Langen, der sich erwartungsvoll meinem Eingang entgegengebeugt hatte. »Wie kann ein einzelner Mensch nur soviel Angst haben?«
»Na, du hast gut reden, bist Zoologe, Biologe, Ornidings ... kannst viechermäßig jedenfalls Feind von Freund unterscheiden. Das einzige, was ich weiß, ist, daß Hunde Zähne zeigen, bevor sie beißen. Wenn das bei Schlangen und Spinnen auch so ist, habe ich wenigstens einen kleinen Anhaltspunkt. Also?«
Er zog mich hoch. »Ich werde dir später ein paar Grundlagen der Biologie beibringen, und bis dahin sorge ich dafür, daß deine schöne Haut von giftigen Bissen verschont bleibt.« Mein lieber Hofrat ließ mal wieder seinen österreichischen Charme spielen.
Mein Blick fiel auf unsere Zuschauer, die ziemlich fassungslos in die Richtung von Nosbuschs Zelt blickten, und was ich da sah, belustigte mich außerordentlich. Unter seiner Zeltplane bewegte es sich heftig. Die kräftigen bleichen, mit roten, borstenartigen Haaren bedeckten Beine ragten heraus, mal zuckten sie vor, mal zurück, und mit jedem Zucken flog ein Gepäckstück, Beutel oder Karton heraus. Ganz klar, hier baute sich Neandertal ein Nest. Eine Pygmäenfrau zeigte erstaunt zu mir herüber. Sie wunderte sich, daß wir über das gleiche lachten.
Der Abend verlief friedlich. Man hörte das monotone Nachtgeschrei der Zikaden. Felsfurch zündete die Butanlampe an, und ich kochte auf dem offenen Feuer Reis mit Thunfisch in Tomatensoße. Ich hatte das Gefühl, daß tausend Augen aus dem Dunkel des Dickichts in meinen Fischtopf starrten. Immerzu schrie, heulte, schmatzte, knackte es

irgendwo, und ich nahm überall kleine gelbe Glühpunkte wahr.
»Julia, kann es sein, daß deine offene Fototasche noch drüben im Gebüsch liegt?« fragte Adalbert mich besorgt.
»Ach, du liebe Zeit!« Mit Hilfe meiner Taschenlampe fand ich sie schließlich.
»Paß auf Treiberameisen auf oder die Magaponera. Die sind noch größer und gefährlicher. Sag sofort Bescheid, wenn du welche siehst, denn wenn sie erst mal das Lager angreifen, ist es zu spät. Sie kommen zu Tausenden und fressen, was nicht niet- und nagelfest ist. Sogar von Ästen lassen sie sich auf deinen Kopf fallen«, rief mir Nosbusch hinterher.
Entsetzen lähmte mich, wieso auf meinen Kopf? War denn hier kein Ort sicher? Wo konnte ich hin, um meine Angst zu vergessen? Sicher würden sich auch Schlangen in meinem Zelt verstecken, Vogelspinnen am Eingang lauern, Krabbeltiere die schützenden Wände fressen. Ich rannte zum Lagerplatz zurück, wo die anderen bereits entspannt um die Feuerstelle saßen und mit dem Essen begonnen hatten. Mir war der Appetit vergangen, ich hatte nur noch das dringende Bedürfnis, mich des Angstschweißes der letzten vier Stunden mitsamt aller zerquetschten Mückenteile zu entledigen.
Als hätte Felsfurch meine Gedanken erraten, erklärte er: »Für heute abend habe ich Wasser vom kleinen Fluß holen lassen, für jeden einen halben Eimer voll. Und zum Waschen ist ein kleiner Platz hier vorne freigeschlagen. Die Dusche werden wir morgen zimmern.« Sein blauer Blick fiel auf mich. »Die Toiletten befinden sich circa fünfzehn Meter hinter dem Lager, in östlicher Richtung.« Er hatte seine kurze Ansprache beendet, die Stimme gesenkt und signalisierte somit, daß er zu keinen weiteren Ausführungen bereit sei.

»Kann mir einer verraten, wo die ... ›östliche Richtung‹ liegt?« fragte ich kleinlaut.

Felsfurchs Gesicht verlängerte sich bis zu den Brustspitzen. Mit einem »Das darf doch nicht wahr sein!« verließ er die Runde.

»Na, entschuldigen Sie mal«, ich wurde jetzt böse, »ich habe nie behauptet, daß ich in einem Pfadfinderverein war, ich will einfach nur wissen, wo ich dieses verdammte Klo finden kann.«

»Mahlzeit«, kam es lakonisch von Adalbert.

Ich hatte die Nase voll, fand den halben Wassereimer, zog bis auf den Slip alles aus und begoß mich mit dem Wasser, wunderbar. Ich genierte mich überhaupt nicht vor den anderen, und überhaupt ... die Pygmäenfrauen waren auch bis auf das Lianenröckchen nackt.

Als ich mich dann im Zelt schlafklar gemacht hatte, kam das bittere Ende ... meine Blase drückte. Sollte ich etwa den langen, finsteren Pfad entlanggehen? Nein! Ich kniff alles zusammen, doch war an Einschlafen nicht zu denken. Ich mußte einfach zu dringend ... Schließlich drückte ich die Taschenlampe an mich und machte mich zaghaft auf den Weg. Eine dunkle Erscheinung rückte plötzlich in mein Blickfeld und machte verwegene Zeichen. Ein Vorzeiger! Er entpuppte sich als Nosbusch, der mir zuwinkte. Vorsichtig näherte ich mich ihm, man konnte nie wissen: die Jungs, so lange von zu Hause weg ...

Er grinste. »Trau dich, ich will dir nur etwas zeigen.«

Na, was hatte ich gesagt! Das alte Lied. Und wie wurde ich ihn jetzt los, ohne grob zu werden? Fieberhaft überlegte ich und suchte nach einer freundschaftlichen Lösung. Da winkte er wieder und deutete schräg hinter sich. Einen Schritt traute ich mich nun doch vor, und da sah ich einen schmalen Pfad. Kichernd flüsterte mir Nosbusch zu: »Das Ossi-Klo.«

»Wie bitte, was?«
»Die Toilette ... im ›Osten‹.«
Langsam begriff ich und mußte lachen. »Ach Nossi, du bist ein Schatz.« Mit einem schwesterlichen Kuß verabschiedete ich mich und arbeitete mich tapfer voran. Dabei stierte ich mit beschwörendem Beiß-mich-nicht-Blick in die Finsternis. Dann aber wurde mir der Pinkelpfad zu lang. In letzter Minute bekam ich die Hose herunter, und schon prasselte ein lang anhaltender Sommerregen zu Boden, ergoß sich in einen Bach zu meinen Füßen und umschloß die Stiefel, in denen ich vor Pein erstarrte. Mit einem heftigen Hustenanfall versuchte ich das laute Geplätscher zu übertönen und mich dabei gleichzeitig etwas tiefer zu hocken, damit der Strahl nicht so aufplatschte, was zur Folge hatte, daß er mitsamt der Erde vom Boden zurückprallte und sich an meinen Waden wieder fing, langsam an ihnen entlangrieselte, um endlich in den Schuhen zur Ruhe zu kommen ... Und erlöse mich von dem Übel ...
Auch dieses Desaster wurde überwunden, und endlich lag ich auf meiner platten Luftmatratze. Meine erste Dschungelnacht ... aufregende fremde, entfernte und nahe Rufe, Schreie wie von Kindern, keckerndes Lachen, sehnsüchtiges Locken. Sachte verschmolzen die Schatten auf dem Zeltdach ineinander, und die großen, fingerartigen Blätter des Musangabaumes neigten sich herab.

3

Der nächste Morgen begann mit einer Überraschung. Es war so schweinekalt, als ich mich aus dem Zelt schälte und in den tropfnassen Urwaldmorgen kroch, daß ich mir alles überzog, was ich finden konnte. Trotzdem fror ich noch wie ein Schneider, denn die Sachen waren klamm und feucht. Grégoire, der von Sabango mit Lagerdiensten betraut war, brachte heißen Kaffee vom Lagerfeuer.

Aus dem »Waschgebüsch« begrüßte mich zwischen Zahnpastaschaum und Gurgellauten Adalbert. »Julia, wir haben gerade beschlossen, daß wir nachher zum Raffiapalmensumpf aufbrechen werden. Die Pygmäen und unsere Pisteure haben viele frische Elefantenspuren in dieser Richtung gesehen. Wenn wir in einer halben Stunde abziehen, könnten wir sie heute noch erreichen, bevor sie weiterziehen.«

Mir blieb der Kaffee im Halse stecken, war ich doch heute eher auf Ausruhen und das Versorgen von Wunden und Blasen eingestellt, aber die Jungs kannten wohl kein Erbarmen. Mir blieb kaum Zeit, meine Sachen zusammenzusuchen. Grégoire war bereits dabei, sich mit Taschen zu behängen, als ein klitzekleiner Sonnenstrahl aus einer Blätterluke weit über mir – Walhalla müßte da oben sein – direkt in meine Kaffeetasse fiel.

»Wir haben bestimmt fünf Stunden Marsch vor uns. Dafür können wir uns ja morgen ein bißchen ausruhen«, schlug Adalbert vor und nickte uns kurz zu. Eiligst machte ich mich an die Vorbereitungen. Vor allen Dingen wollte ich hier noch zur »Toilette«. Später, im verwucherten Urwald, mochte ich meinen Po nicht so gern in die Blätter halten.

Diesmal ging ich den Pinkelpfad bis zum Ende, bog die feuchten, tropfenbeladenen Zweige auseinander, versuchte mich durchzuschlängeln und ließ es hinter mir wieder zusammenschnellen.
Innerhalb von zehn Stunden war dieser Weg wieder mit diversen Schlingpflanzen zugewachsen. Wenn sie mich vorn nicht erwischten, streiften sie mich naßkalt an der Seite, und was mich unten nicht zu fassen bekam, packte mich am Kopf, legte sich quer wie glitschige Krakenfinger, und als ich mich von den Kletten löste, schlang sich mir Pelziges um den Hals. In panischer Angst riß ich an dem Grünzeug. Mein Hemd zerriß, doch war ich befreit. Nun konnte ich kaum noch an mich halten. Endlich tauchte der gefällte Baum auf. Jetzt sah ich erst, welche große Schneise er in den Wald geschlagen hatte und wie wunderbar er sich als Donnerbalken aus all den absterbenden Ästen und Lianen heraushob. Schon saß ich auf ihm und zielte in die darunter ausgehobene Grube. Uhhaahhh, da drinnen brummte und summte es schon. Genaueres wollte ich nicht sehen. Die Sonne erwärmte mich rundum, als der tosende Wasserfall auf das Gewusel herniederbrach und eine mittlere Dampfwolke zurückließ. Erlöst! Dankbar richtete sich mein Blick gen Himmel, erstarrte aber auf halber Höhe: Ein bebendes Netz, großzügig in der Breite eines Kutscherrades zwischen weitverzweigten Ästen gewebt und bis zur kleinsten Masche durchgehäkelt, erzitterte bei jedem fallenden Tautropfen, blieb jedoch straff gespannt. Ein harmlos spazierender Käfer näherte sich ihm und war auch schon gefangen. Festklebend strampelte er um sein Leben. Nun sah ich auch die dicke Wirtin. Lauernd schielte sie am anderen Ende in meine Richtung und bewegte sich leise wippend auf das Netz. Anhopsen ließ ich mich jedoch auf keinen Fall, schon gar nicht bei entblößtem Hinterteil. Doch genau dies schien sie im Sinne zu haben. Eiligst zog ich die Wäsche hoch und

ließ die Spinne dabei nicht aus den Augen, sah ihre schwarzbehaarten, kräftigen Beine, den schillernden langen Körper ... Mir reichte es. Hastig duckte ich mich unter ihr weg, zum gefällten Baum, durch die Krakenarme und endlich ins Lager. Uff!

Felsfurch hielt bereits hof. Kurz warf er einen irritierten Blick auf mein zerrissenes Shirt und die wirren Haare. »Wir haben ab heute einen neuen Pisteur, Mungo, erster Jäger der Pygmäen. Alle, die hier für uns arbeiten, werden auch bezahlt. Mit dem Geld können sie sich Macheten oder Messer bei den Bantu kaufen. Die Verwaltung dieser Bezahlung wäre Frauenarbeit.« Ich glaube, er hatte noch nie meinen Namen ausgesprochen, wohl aus Angst, daß es zu persönlich würde. »Frauenarbeit« bedeutete natürlich »Julias Aufgabe«.

Um 7 Uhr 30 brachen wir auf, wobei ich gleich versuchte, in die Mitte des Zuges zu kommen, Grégoire vor mir, Nossi mit dem Schmetterlingskescher hinter mir. Insgesamt waren wir sieben, alle bepackt und die Pygmäen zusätzlich mit Armbrust und Speeren ausgerüstet. Felsfurchs Stimme dröhnte irgendwo aus dem Wald. Anscheinend marschierte er schon weiter vorn. Mungo, dem ich noch schnell meinen Rucksack aufgehängt hatte, arbeitete an der Spitze und schlug mit der Machete einen Weg in das Dickicht. Auch hier hatten wir gestern erst eine Schneise geschlagen, doch war sie wieder so zugewachsen, als hätte es uns nie gegeben. Beängstigend.

Wir kamen gut voran. Weit entfernt wiederholte sich ständig ein trauriger, hohl klingender Vogelruf, unterbrochen von frechem Meckern. Das schrille Gekreisch von Affen verstummte, als wir uns ihnen näherten, und Mungo machte uns Zeichen stehenzubleiben. Mit leuchtenden Augen deutete er nach vorn und besprach sich mit Sabango. Es

wurde uns übersetzt, daß da eine Schimpansengruppe unterwegs sei und er leider nicht die richtigen Pfeile bei sich hatte. War ich froh über dieses Mißgeschick! Vorsichtshalber aber hustete ich laut los, denn vielleicht hatte ja Grégoire etwas Passendes dabei und sie erlegten doch noch einen Affen. Prompt erntete ich mißtrauische Blicke, aber die Affenhorde sprang eilig davon. Froh sah ich ihren rötlich-weißen Silhouetten nach. Zur Strafe – wie mir schien – griff ich gleich darauf in einen langen Dornenast, der meine Finger unverzüglich mit gelben Pusteln überzog, was höllisch brannte.
Überall lauerten hier unbekannte Gefahren, und ausgerechnet ich mußte in alle hineintappen. Für einen Jodtupfer konnte ich jetzt nicht anhalten, denn die Gruppe wäre sicher wieder ohne mich weitergezogen. Da machte mich Nosbusch auch schon auf einen Schwarm türkisblauer Schmetterlinge aufmerksam, die auf Katzenurin saßen und heftig auf der Stelle flatterten. Er erklärte, daß sie in solch starken Ansammlungen äußerst gestreßt seien und durch Flügelschlagen versuchten, den Nachbarn zu bedrohen.
Bosso, ein anderer Träger, der plötzlich aus dem Nichts auftauchte, zeigte uns den Kot einer Goldkatze, die während ihrer nächtlichen Tour wohl auch hier uriniert hatte. »*Ndoukou, ja bot'e.*«
Sabango übersetzte: »Goldkatze, komm her.«
Da ich ständig den Blick streng auf jede Art von Ameisenbewegung gerichtet hielt, entging mir nicht, daß da gerade ein satter schwarzer Strang entlangzog. Nur knapp davor kam ich zum Stehen und suchte Anfang oder Ende dieses langen Schlauches. Bosso hatte mich beobachtet und wies in eine Richtung, in der ich gar nichts vermutete. Ungläubig sah ich hinüber. So ein langer Zug? Bosso lachte und nickte bekräftigend. Er hatte gemerkt, daß ich ihm nicht glaubte. Ein netter Bursche, aber ziemlich häßlich mit seiner breiten Nase.

Er war mir schon im Lager mit seiner aparten, sehr selbstbewußten Frau aufgefallen. Von Anfang an hatte ich den selbstverständlichen Stolz der Pygmäenfrauen bewundert.
Das Laub wurde langsam durchsichtiger, und die Hitze nahm dermaßen zu, daß mir der Schweiß in Bächen am Körper entlangrann, durch Furchen und Spalten bis in die Stiefel. Das Shirt klebte an mir, und Mücken stachen bestialisch durch den feuchten Stoff. Eine kleine unregelmäßige Lichtung tat sich auf. Im Näherkommen entdeckte ich drei zusammengefallene Laubhütten. Neugierig bog ich die alten Blätter zurück, um Entdeckerin eines grauslichen Fundes oder außergewöhnlichen Schatzes zu werden.
Felsfurch ernüchterte mich: »Bleibt bloß nicht zu lange auf demselben Platz, und kommt den Hütten nicht zu nahe!«
Erschrocken sprang ich sofort in den Wald zurück, doch da war es ja auch nicht sicherer. Wie ein ausgesetzter Hund suchte ich nach einem heimeligen Plätzchen, und schon hörte ich auch Herrchens Stimme wieder: »Die verlassenen Lager wimmeln von hungrigen Flöhen und Zecken, die sich auf alles stürzen, was sich bewegt.«
Während Nosbusch sich beiläufig die Hosenbeine ausschüttelte, bemerkte er interessiert: »Da schau her!« Sein blasser Zeigefinger deutete auf eine zitronenfarbige Schmetterlingsansammlung, die sich auf der Weggabelung ausgebreitet hatte. »Aus der Gruppe der Hartflüglercharaxes«, fügte er erläuternd hinzu.
»Dachte ich mir's doch«, feixte ich leise. Diese Wissenschaftler vergaßen alles andere um sich herum.
»Wunderschön, und habt ihr auch den kleinen Roten gesehen?« hörte ich nun den entzückten Adalbert, während Nossi bereits den Kescher ausgezogen hatte. Faltermörder vom Linzer See! Als der tänzelnde, bärenhafte Nosbusch jetzt jedoch seine Fänge ausstreckte und mit tolpatschigen Bewegungen hinter dem kleinen Roten herjagte, dabei zier-

lich die großen Füße auf den Zehenspitzen balancierte und zu einer seitlich versetzten Pirouette anhob, sah ich, wie Mungo die Hände vor das Gesicht schlug und in die Knie ging. Als er gleich noch einmal zurückschielte, liefen ihm die Tränen über die Wangen. Ungläubig sah er zu mir, merkte, wie ich mühsam gegen ein Lachen kämpfte, und brach nun völlig zusammen. Inzwischen war Nosbusch in einer Liane hängengeblieben und fluchte hinter dem roten Flieger her, der bereits in sicherem Abstand eine Ehrenrunde drehte.
Mut Mut, diese fiesen kleinen Bienen, krochen mir wieder in Nasenlöcher und Ohren, ich fühlte mich rundherum unwohl. Weit vorn erklärte Sabango etwas, indem er auf eine mehrfarbige Liane zeigte. Nosbusch klärte mich auf (hätte ich bloß nicht gefragt): «Er hat dort gerade eine Viper gesehen, die von einer Liane kaum zu unterscheiden war, und erklärt, daß sie außerdem sehr gefährlich sei.«
»Was meint er mit ›sehr gefährlich‹?« fragte ich leicht gereizt.
»Na, ziemlich tödlich, wenn sie beißt. Hier wird es sehr sumpfig, und das ist ihr bevorzugter Lebensraum.«
Wie ich den Laden hier kannte, hing sie jetzt wahrscheinlich genau über mir. Warum konnte ich mich nicht auch an so einem dusseligen Schmetterling ergötzen, so daß ich alles andere vergaß? Ich war so in Gedanken, daß ich auf Grégoire auflief, der plötzlich stehengeblieben war. Alle waren stehengeblieben und hatten beschlossen, Mittag zu machen. *Bonne idée.*
»Werft bloß keine Büchsen hier herum.« Natürlich, das Ekel vom Dienst, hatte ich ganz vergessen. Strafend sah ich zu ihm hinüber. Als ob wir hier irgendwelche Reste wegwerfen würden. Ich teilte meine Ölsardinen mit Sabango, und schon ging es weiter.
Bald dachte ich an nichts anderes mehr als daran, wie ich hier wieder heil herauskäme. Es war das dichteste Lianenge-

wirr, das wir jemals erleben sollten. Der Dschungel war so zugewachsen, daß hier mit Sicherheit noch kein menschliches Wesen vor uns durchgekommen war. Auch Mungo und Bosso hatten vorn Schwierigkeiten. Sie fanden kaum Platz, um die Macheten zu schwingen und das Unterholz zu lichten. Ich konnte mich nur hockend vorwärts bewegen, kroch mehr, als daß ich lief, blieb ständig in Ästen hängen oder rutschte auf den feuchten, knorrigen Wurzeln aus. Hier wuchsen Lianen in Leibesdicke, eine um die andere geschlungen, unendlich lange Arme, die sich den Weg in das Licht suchten, und weiße, keimende Sprossen, die ihnen aus der stickigen Feuchtigkeit hinterher rankten.

Plötzlich rutschte ich quer in eine Wurzelverzweigung. Mein Fuß hatte sich dabei so schmerzhaft verdreht, daß ich nicht wußte, wie ich ihn herausbekommen sollte. Grégoire versuchte zu helfen, doch da rutschte ich bis zur Wade tiefer hinein. Vor Schmerz stieß ich den Atem pfeifend aus. Schließlich hielt der Zug, und die anderen halfen, mich zu befreien. Adalbert, der Lange, robbte auf allen vieren aus dem Unterholz, und ich mußte bei dem Anblick trotz der Schmerzen lachen. Nossi legte den inzwischen völlig zerlöcherten Kescher ab und zersägte die Wurzel mit einem Sägedraht, den er aus seinem raffinierten Taschenmesser zog. Endlich kam ich frei. Mein Fuß wies mindestens vierzig Grad gen Osten ... oder war es Westen ...? Jedenfalls tat er, als sei er so auf die Welt gekommen. Vorsichtig bogen wir ihn zurück. Verdammt, war das qualvoll! Nossi legte noch eine schlammige Bandage an, und dann versuchte ich vorwärts zu humpeln. Mein Traum war natürlich, von starken Armen in das Camp zurückgetragen zu werden. Statt dessen fiel mein Blick auf Felsfurch, der grimmig durch die Blätter sah. »Können wir bald weiter, oder hat sich jemand was gebrochen?«

»Nein, noch nicht«, antwortete ich patzig, warum mußte er

nur immer so garstig sein, und immer zu mir? Bei den Männern traute er sich nie, so zu meckern.

»Geht's wieder ein bißchen, Julia?« erkundigte sich Adalbert immer noch flach hockend, anscheinend kam er nicht mehr hoch.

»Wunderbar, besser als je zuvor«, stöhnte ich zwischen zusammengebissenen Zähnen. »Ist es denn noch weit?«

Sabango erkundigte sich bei Mungo. »Nein, er meint, wir sind ziemlich nahe.«

Hätte ich geahnt, was mich nun erwartete, hätte ich nie das Camp verlassen. Schweigend ging es weiter. Die vorderen Stimmen wurden immer leiser, meine Verletzung war vergessen, und schließlich bildete ich durch meine Humpelei mal wieder das Schlußlicht. Es war wirklich zum Heulen, noch dazu schienen wir jetzt in die Ursuppe aller Sumpfgebiete zu kommen. Die Fußspuren meiner Vordermänner hatten sich bereits mit Wasser gefüllt, und ich sank bei jedem Schritt tiefer in den grünen Morast. Ich hatte panische Angst und mußte ständig an die Vipern denken, da sah ich auch schon das schuppige Hinterteil eines Warans im Schlamm verschwinden. Noch einmal wand er sich mit einer peitschenden Bewegung, bevor er verschwand. Verdammt! Wohin war er abgetaucht? In panischer Hast versuchte ich aufzuholen. Moskitos zerstachen mich an Hals und Unterarmen, und langsam mischte sich Zorn in meine Furcht. Wie ich sie haßte, diese ständige Angst! Eigentlich war ich doch gar kein Angsthase. Aber hier, wo ständig etwas lauerte, in raffinierte Tarnfarben gehüllt, unbeweglich und zu tödlichem Biß bereit, waren anscheinend alle meine mutigen Zellen zu Hasenschiß mutiert.

Endlich sah ich die anderen wieder, sie standen am Rande eines ekligen Baches, den ich schon vom Ansehen her verdammte. Matschig, schlammig, mit surrenden Insekten, die in zuckenden Bewegungen über dem Schlick standen.

Mungo rief mir etwas zu, während er das Ufer beobachtete: »*Lo 'ke wa, ng'o.*«
Sabango übersetzte: »Hier gibt es viele Warane, ihr müßt sehr aufpassen.«
»Merci, ich habe schon einen gesehen, fast so groß wie ein Krokodil.« Verdammt noch mal, wieso denn nun gleich viele! Mir hatte der eine schon gereicht. Ich hatte solchen Schiß, daß es mir Mühe machte, nicht loszuheulen. Statt dessen schrie ich alle Angst hinaus: »Warum sagt mir denn keiner vorher, daß es hier Krokodile gibt! Ihr wißt genau, daß ich eine Höllenangst habe. Hier gehe ich keinen Schritt weiter. Euch ist das alles völlig egal, weil ihr rücksichtslos seid!« Nun heulte ich doch. Ich stand wie gelähmt und wußte nicht mehr, wo ich hintreten oder -fassen konnte.
Mungo und Felsfurch waren bereits im Wasser und bewegten sich vorsichtig flußaufwärts. Auch Adalbert beobachtete besorgt die kleinen, tanzenden Wasserblasen, die sich zum Teil zu größer werdenden Ringen schlossen. Wir standen im Morast und sackten von Minute zu Minute tiefer ein.
»Ich werde hier mit Grégoire auf euch warten. Auf gar keinen Fall gehe ich durch dieses Wasser«, rief ich Nosbusch zu, der bereits in der leichten Strömung stand.
»Sie sollten lieber mit uns kommen, denn wir kehren hierher nicht zurück, und der Bach ist der kürzeste Weg«, war Felsfurchs Kommentar zu meinem Ausbruch.
Nun sah ich, daß er die Schuhe um den Hals hängen hatte. Sollte ich sie etwa auch ausziehen? Nosbusch wartete auf mich. »Hier in der Mitte ist ganz klares Wasser, Julia, komm.«
»Du kannst dir nicht vorstellen, was für eine Angst ich habe!« rief ich ihm verzweifelt zu. »Wie soll ich denn durch den Schlick kommen, ich kann doch nicht ohne Schuhe ...«
Da hieb Grégoire direkt neben mir einen Ast mit voller

Wucht auf den Boden und schlug immer wieder und wieder darauf ein. Ich sah, wie sich ein dicker, dunkler Schlangenleib aufbäumte, und war mit zwei Sätzen in der Bachmitte und hetzte weiter. Alles Unheil dieser Welt an den Fersen, sah ich nur noch rote Kreise und hörte mein Blut in den Ohren rauschen.

Grégoire schrie hinter mir: »*Nouna m'bi machette, yo, yo!*« Seine Schreie wurden immer lauter. Blind und taub spurtete ich mit großen Sätzen durch das aufspritzende Wasser, bloß weg! »Hilfe!« Eine feste Hand packte mich. Nosbusch hatte sich meiner angenommen, ahnte vielleicht meine innere Katastrophe.

Im gleichen Augenblick schrie Grégoire wieder auf und erstarrte dann plötzlich. Weit vorn warf Mungo das Gepäck ab und stürmte in langen Sprüngen zu Grégoire, holte mit der Machete wuchtig aus und hieb noch im Sprung der Schlange den Kopf ab. Grégoire atmete tief aus, Leben durchflutete ihn wieder.

Auch ich atmete wieder und merkte jetzt, daß mein Fuß höllisch schmerzte. Doch trotz allen Unheils war ich froh, denn wir hatten verdammtes Glück gehabt, Grégoire und ich. »*Merci*, Grégoire, du hast mir das Leben gerettet.« Dankbar umarmte ich ihn und schenkte ihm meine letzte Ölsardinenbüchse. Erleichtertes Lachen machte sich breit und erschöpft rasteten wir an einer kleinen Lichtung. Ich war heilfroh, daß auch den anderen der Schreck in die Glieder gefahren war. Meine Fototasche war zwar naß geworden, aber die Kameras waren zum Glück trocken geblieben, und so schoß ich gleich eine Fotoserie. Das regte mich ab und tat mir gut.

Felsfurchs Ausrüstung lag im Wasser und war völlig durchgeweicht. »So ein Scheißdreck«, fluchte er mit einem giftigen Blick zu Mungo. »Warum muß er es denn auch ins Wasser werfen!«

Nun empörte sich Nosbusch endlich einmal. »Hätte er lieber zusehen sollen, wie Grégoire von der Schlange gebissen wird?« Vor Wut hatte er eine weiße Nasenspitze bekommen, und mir fiel auf, daß er seinen Schmetterlingskescher nicht mehr hatte, aber danach wollte ich jetzt lieber nicht fragen.

»Gehen wir ins Lager zurück, wir haben zuviel Zeit verloren und müssen sehen, daß wir die Kameras retten«, schlug Adalbert vor, und keiner widersprach.

Schweigend machten wir uns auf den Rückweg. Ich glaubte, ich wäre nun in Sicherheit, als plötzlich Mungo abrupt vor mir stoppte, mich festhielt und seitwärts zeigte. Ich erblickte, zum Greifen nahe, eine Grüne Mamba, die sich zufrieden sonnte. Schreck und Faszination fesselten mich zugleich, als sich die Mamba aufrichtete, uns ansah und verharrte. Dann entschloß sie sich zu einem langsamen Rückzug nach oben durch die Blätter.

»Mon Dieu«, entfuhr es Sabango hinter mir, und da kam auch schon Adalbert, doch zu spät, die Schlange war weg.

»Ist das schade, so nah habe ich noch keine gesehen. War sie schön, Julia?« fragte er mich ernsthaft.

»Noch nie habe ich etwas Schöneres gesehen, mein lieber Adalbert.« Ich hatte zwar meine Sprache wiedergefunden, aber dafür waren mir die Knie weich geworden. Ich hielt mich an einem Ast fest, von dem sich eine Raupe an einem blassen Faden zu mir hinabbaumeln ließ. Ehe ich sie näher betrachten konnte, stupste Adalbert sie mitsamt Faden heftig zur Seite. »Sehr, sehr giftig.«

»O verdammt, warum kommen sie nur alle zu mir?« rief ich fassungslos aus. Lächelnd versuchte Grégoire mich zu beruhigen: »Gleich sind wir im Lager.«

4

In den folgenden zwei Wochen lernte ich viel dazu. Sabango erzählte mir die außerordentlichsten Geschichten über Pygmäen und klärte mich in einfachen Gleichnissen über den Urwald und seine Bewohner auf. Wir machten einige kleinere Expeditionen und studierten das Jäger- und Sammlerschema unserer Aka-Gruppe, das verschiedenen Zeiten folgte. Der Beginn der Trockensaison war bei ihnen Honigzeit. Die Bienen verließen ihre Nester, weil nun ihre speziellen Bäume zu blühen begannen. Dann folgte die Regenzeit, in der die Aka dreifach ernten, anfangs die Raupen, dann die Früchte und schließlich die Knollen und Wurzeln. Letztere konnten sie auf Vorrat eingraben bis zum nächsten großen Regen.

Ich führte täglich Protokoll über diese Aktivitäten und belegte es mit Zeichnungen. Außerdem kümmerte ich mich um das Wohlbefinden der Pygmäensippe, die ja unseretwegen hier seßhaft wurde, anstatt nomadisierend die Reviere zu wechseln. Unser kleines Dorf hatte nun auch einen Namen. Es hieß Ibengue Mbounsola, »am Ende des Flusses«.

Adalbert wies mich auf die praktischen, alltäglichen Aspekte hin, die er bereits von anderen Naturstämmen kannte, wie die Hütte für geschlechtsreife Mädchen, die sich dort meist zu dritt einrichten.

»Außerdem ist es eine gut durchdachte Bauweise«, erläuterte er mir weiter, »da siehst du, wie das Zweiggerippe mit Blättern belegt wird.« Er zeigte auf die kleine süße Esakola und Mokoma, die beiden jüngsten Töchter von Majeke, die gerade an ihrer Mädchenhütte arbeiteten. Esakola knickte den oberen Teil eines Blattes mit Stiel nach innen, Mokoma hängte es dann in die unterste Querstange des Gerüstes ein, dann das nächste daneben und das folgende darüber, so daß die Blätter dicht überlappten. Ein Regenguß würde so an den Blättern entlangfließen. Als die Mädchen merkten, daß ich sie beobachtete, versteckten sie sich kichernd hinter dem hoch aufgetürmten Blätterhaufen.

Andere Pygmäen kamen von weit her zu Besuch, doch wurde ich nie so vertraut mit ihnen wie mit »meinen«, die ich täglich sah und die mich langsam in ihr Leben einbezogen. Allmählich freundeten wir uns an und lernten uns näher kennen. Ich war begeistert von den kleinen Frauen, die mit ihren viereckigen Körpern, langen Fladenbrüsten und den abstehenden Faserröckchen sehr eigentümlich aussahen. Sie hatten hier im Lager das Sagen, und wenn sie nach ihren Kindern schrien, rannten alle los, um sie zu suchen.

Überhaupt drehte sich das ganze Leben um die Kinder, die mit viel Zärtlichkeit bedacht wurden. Männer tanzten innig versunken mit ihrem Säugling auf den Armen und summten monotone Lieder dazu. Große Geschwister schaukelten die Kleineren in schwindelnd hohen Lianenkonstruktionen, sangen dabei das traurige Lied von Tole, dem Bösen, und seiner guten Schwester, die im Himmel war. Es endete mit dem schrillen Refrain *ma dende ja* und hatte ungefähr sechzig Strophen.

Ich schrieb alles auf, was ich erlebte und in Erfahrung bringen konnte. So erfuhr ich von Maseke und dem alten Bole, daß sich die Welt der Aka in zwei fundamentale Bereiche aufteilt, den Himmel und die Erde. Dazwischen lebt der Sturm. Im Himmel, zwischen Sonne und Mond, lebt *Ko'mba*, ihr Gott. Ich schrieb und schrieb: über ihre Geschichte, ihre Mythen, ihr soziales Gefüge, ihre Ängste, ihre *cri cris* und Geister und über die Kunst des Heilens mit den immensen Schätzen des Urwaldes.

Wenn irgendwo ein Leid geschah, teilten es alle in der Sippe miteinander. Ansonsten war dies eine Gesellschaft, die sich intensiver Muße hingab. Soziale Körperpflege wurde hier ganz groß geschrieben. Man lauste sich, hintereinander in einer Reihe hockend, immer der Hintere den Vorderen. Bis zu sieben Personen wurden so bearbeitet. Zur Belohnung gab es dann die Laus, die genüßlich zwischen den Zähnen geknackt und gegessen wurde.

Am dreizehnten Tag der Expedition, den ich nun schon überlebt hatte, saßen wir abends alle beim Tee zusammen und besprachen unser Programm. Den ganzen Tag lang waren die dumpfen Tamtams zu hören gewesen. Für den nächsten Tag wurde viel Pygmäenbesuch erwartet, von Verwandten, die weiter unten bei Be'ranzoko ihr Revier hatten. Am Tag darauf wollten wir uns noch einmal auf den langen Marsch zum Raffiapalmenwald machen, denn Mungo hatte wieder Elefantenspuren in dieser Richtung gesichtet. Ich war sehr aufgeregt und leider immer noch sehr ängstlich nach dem letzten Sumpfabenteuer. Mein Fuß war gerade erst geheilt. Zudem hatte ich weitere Konfrontationen mit Vipern gehabt, die meine Furcht schürten. Ich sah die Biester in ihrer perfekten Tarnung einfach nicht und war einmal nur knapp einem fatalen Biß entkommen.

Während ich den Kochtopf für das Abendessen bereitstellte, fragte ich in die Runde: »Was soll ich denn heute kochen?«

»Reis und Büchsenfleisch«, erklang es einstimmig.

»Wo ist eigentlich das Wasser?« wollte ich noch wissen.

»Wo ist eigentlich das Wasser!« äffte mich eine Stimme nach, »wenn man bei euch nicht an alles denken würde, würdet ihr dumm aus der Wäsche schauen.« Felsfurch warf einen vollen Wasserkanister neben meinen Kochtopf.

Erschrocken sprang ich zur Seite. »Was ist denn das für ein Ton?« fauchte ich zurück.

Adalbert drehte sich zu Felsfurch: »Laß es gut sein, wir sind alle ein bißchen müde und nicht so fit wie du.« Mit dem

schokoladensüßen Lächeln einer Sachertorte winkte er Felsfurch an den Tisch.
Auch das noch, sollte das Ekel bloß im Dunkeln bleiben! Ich öffnete Büchsen, vermischte deren Inhalt mit Tütensoße, füllte alles mit Wasser auf und stellte es ins Lagerfeuer, daneben einen kleinen Topf mit dem Reis. Dann verschwand ich eilig zum Örtchen. Vorsichtig stelzte ich ins Gebüsch und hoffte, daß mich die anderen nicht hörten, weil es so dicht am Lager war. Der Weg zum Klo war mir nachts einfach ein Greuel, lieber riskierte ich wieder den Strahl in die Stiefel. Auf dem Rückweg hörte ich schon die nörgelnde Stimme:
»Wie lange muß man hier eigentlich auf das verdammte Essen warten?«
Ich wurde wütend. »Na, hören Sie mal, Sie haben doch gesehen, daß ich es eben erst aufgesetzt habe. Was soll das denn?«
»Wenigstens den Reis hätten Sie schon fertig machen können«, schnauzte er weiter und wartete stur wie ein Pascha am Tisch, während Nosbusch die Teller deckte.
Ich knallte den glühenden Fleischtopf auf den Tisch. Felsfurch richtete sich erschrocken auf und sah mich böse an.
»Außerdem haben Sie heute Küchendienst«, wetterte ich los. Ich wollte mir nichts mehr von diesem unzumutbaren Menschen gefallen lassen, der täglich die Lagerstimmung vergiftete. Adalbert schlichtete wieder und reichte den Topf herum, während Nossi den Reis brachte. Doch auch Nossi warf Felsfurch böse Blicke zu, der jetzt schmatzend das Essen in sich hineinschlürfte. Gleich den ersten Bissen spuckte er wieder auf den Teller zurück. »Verdammt, ist das heiß!« Dabei sah er vorwurfsvoll in meine Richtung.
Gereizt mischte sich Nossi ein: »Jetzt iß mal wie wir alle und sei zufrieden, jeder gibt sich hier Mühe.«
Felsfurch lief rot an. »Was heißt denn hier ›Mühe‹, das ist

doch nicht genug, hier im Urwald. Ihr müßt mal endlich kochen, was ich euch anschaffe, sonst haue ich ab.«
Betreten sahen sich Nosbusch und Adalbert an, während Felsfurch aufsprang und den Tisch verließ.
»Wie könnt ihr euch das bloß immer bieten lassen? Wir machen doch alles bestens. Wenn sich der Affe das Maul verbrennt, ist das natürlich auch noch unsere Schuld, meine vielmehr!«
Adalbert sah besorgt von einem zum anderen. »Leider sind wir auf ihn angewiesen, sonst würde ich euch das nicht länger zumuten. Ihr müßt euch bitte noch zusammennehmen.«
»Entschuldige, aber ich halte das nicht mehr durch, ich bekomme immer das meiste ab, und mich stört es mehr als euch«, wandte ich ein.
Mir war der Appetit gründlich vergangen, außerdem waren meine Füße wieder taub geworden. So zog ich mich in mein Zelt zurück, begleitet von einem dicken Hüpfer, der mit tiefem »Sssumm« auf meinem Dutt notgelandet war und nun einen satten Klaps auf seinen Panzer bekam, so daß er wieder beim Suppentopf landete.
Etwas später kam Adalbert noch einmal zu meinem Zelt und versuchte, sich zur Hälfte hineinzubücken, wie eine Giraffe mit einem zehn Meter langen, herabgeneigten Hals. Väterlich nickte er mir zu. »Es wird sich schon alles arrangieren, Julia, es muß sich halt noch einspielen.« Plötzlich war er rot angelaufen, da ihm das Blut in den gesenkten Kopf lief. Gequält sah er mich an, und ich bekam Angst, daß er platzen würde ... in meinem Zelt.
»Ist schon gut, lieber Hofrat, ich habe mich fast wieder im Griff. Also, bis morgen.« Ich wollte ihn keineswegs beunruhigen, auch wenn mir die Konflikte bis zum Hals standen und ich nichts mehr verabscheute als die andauernde Mißstimmung.

»Bist ein guter Kumpel, Julia, bis morgen.« Damit verschwand er zu seinem Zelt.

Am nächsten Tag gingen die Männer zur Papageien-Saline. Ich wollte dies ein anderes Mal allein tun, um in Ruhe Fotos zu machen und nicht ständig irgendwo hinterherzuhecheln. Also blieb ich im Camp und bekam eine Kostprobe des ausgeprägten Humors meiner kleinen Freunde, der dem meinen sehr ähnlich war.

Sabango hatte um mein kleines Zelt eine Hütte bauen lassen, die genauso wie die der Pygmäen war. Dadurch verfügte ich über weitere Ablagefläche. Auch besaß ich nun einen kleinen Tisch mit Bank. Dort interviewte ich häufig Maseke und setzte gleichzeitig meine Aufzeichnungen fort, so auch heute. Mungo und Mada saßen mit ihren Kindern in einiger Entfernung und beobachteten mich freundlich wie immer. Boleba, die alte, zauberhafte Frau von Bole kam hinzu, auch Bosso erschien plötzlich, und dann tauchte noch Esakola auf, die ich gern in meiner Nähe hatte. Sie zierte sich so süß, wenn ich ihr etwas schenkte. Mokoma, ihre kleine Freundin, kam nach, dann noch Mussala, Majekes älteste Tochter, die mir durch ihren starken Schnurrbart auffiel. Etwas später erschien Bole mit noch ein paar Männern und setzte sich ebenfalls zu den anderen. Noch dachte ich mir nichts dabei, denn so saßen sie öfter abends beisammen. Dann rauchten sie gemütlich und sahen uns zu. Manchmal wunderten sie sich, daß wir Krümel aus der Tüte aßen, anstatt fette weiße Raupen zu braten, oder auch daß wir mit rosa Rollen in den Wald verschwanden.

Gerade hatte ich meine Eintragungen beendet und war dabei, in der Hütte den Reißverschluß meines Zeltes aufzuziehen, um darin meine Sachen zu verstauen. Wie immer wollte ich mit einem Satz hineinspringen und in fliegender

Umdrehung den Reißverschluß hinter mir sofort wieder hochziehen, damit mir kein Kriech- oder Flugtier folgte. Heute aber kam es nicht soweit, denn hinten in der Hütte sah ich plötzlich die schuppige Haut einer langen, graugefleckten Schlange. Mit dem schrillsten Schrei meines Lebens schoß ich postwendend wieder zurück durch die Tür.

»Un serpent!« schrie ich den Pygmäen zu, während ich hart auf dem Po landete und in affenartiger Geschwindigkeit weiter robbte. »Hilfe!« Entsetzt hielt ich den Eingang im Auge. »HIILFFE!«

Ich wunderte mich, daß niemand half. Sonst kam immer jemand, egal in welcher Sprache ich schrie. Ich sah mich um. Da saßen, ordentlich nebeneinander, wie im Kino in der ersten Reihe, alle Pygmäen und hielten sich den Bauch vor Lachen. Maseke krächzte vor Vergnügen und schlug sich ständig auf die Schenkel, und die Kinder tanzten übermütig auf der Stelle. Mada hielt sich die Hand vor den Mund und biß sich fast in die Finger, so sehr lachte sie.

Das konnte doch nicht sein, daß meine Angst sie so amüsierte! Ungläubig sah ich wieder zum Zelt, doch die Schlange kam nicht heraus. Ich entspannte mich ein wenig und sah nun, wie Mungo, der sich vor Lachen schüttelte und dabei immer wieder verstohlen zu mir herübersah, in mein Zelt ging. Ich fand ihn sehr mutig. Gebannt starrte ich auf den Eingang, als er mit der Schlange zwischen den Fingern wieder zum Vorschein kam. Das Biest war an einer Lianenkordel befestigt. Erneut fuhr mir der Schreck durch alle Glieder, und ich fand mich in der nächsten Sekunde neben Maseke wieder. Unbewußt hatte ich wohl bei ihm Schutz gesucht, und nun blickten wir uns erstaunt in die Augen. Da schob sich langsam ein Schlangenschwanz zwischen uns, und laut schreiend stob ich zur Feuerstelle, wo ich notfalls ein Scheit ergreifen konnte.

Allmählich aber erfaßte ich die Situation: Ich sah, wie sich

Mungo seelenruhig den Schlangenkopf an die Nase hielt. Nun begriff ich endlich, daß die Schlange tot war, wohl von Anfang an schon. Jetzt dämmerte es mir: ein organisierter kleiner Scherz. Wahnsinnig komisch.
»Schweinebande. Das darf doch nicht wahr sein!« Wütend stürzte ich mich auf Mungo, der nun wie der Blitz im Dschungel verschwand. Ein wenig schämte ich mich ja, aber nach und nach mußte ich doch lachen, bis ich mich mit einem schallenden Gelächter von dem Schreck befreite.
Dieser Streich wurde der Anfang einer echten Freundschaft zwischen mir und dieser kleinen Bande. Auf einmal waren sie mir vertraut: In den Grundzügen waren wir gleich veranlagt. Trotzdem schwor ich Mungo schlimme Rache, und alle nickten begeistert. Wir freuten uns gemeinsam und legten zum Zeichen der Verschwörung den Zeigefinger auf die geschlossenen Lippen. Am liebsten hätte ich sie alle umarmt, so freute ich mich über die geteilten Gefühle – so menschlich, so schadenfroh, so albern.

Am nächsten Tag wurde ich Zeugin einer schlimmen Prozedur, die an »meiner« kleinen Esakola vorgenommen wurde. Sie hatte morgens eine frische Tätowierung auf die Brust bekommen und lag nun leise winselnd auf meinem Schoß. Auf den Wangen waren noch helle Spuren ihrer Tränen zu sehen.
Diese Prozedur war so schmerzhaft gewesen, daß das kleine Mädchen sich ständig aufbäumte und von seiner Tante festgehalten werden mußte. Es hatte mich viel Überwindung gekostet, nicht einzugreifen, denn Esakolas Schluchzen erbarmte mich sehr. Aber schließlich hielt sie tapfer still, damit die Einkerbungen des Bambusmessers gut gelangen. Bosso hielt das Messer mit beiden Händen umschlossen und schlitzte langsam die blutigen Spuren in die zarte Haut: zwei Reihen Dreiecke mit kleinen Pünktchen. Als er mittags end-

lich fertig war, schluchzte Esakola noch einmal tief, und auch die Umstehenden atmeten erleichtert auf. Es wurde noch Asche in die frischen Wunden gestreut, was der glatten Vernarbung dienen sollte. Ich streichelte der Kleinen tröstend über die Wange, und Mada pustete ihr vorsichtig die restliche Asche von der Haut.

Der Abend verlief gemütlich, abgesehen davon, daß sich Felsfurch wie so oft mal wieder vor dem Küchendienst drückte. Er machte, was er wollte, verlangte aber von uns eiserne Disziplin. Ich war ziemlich sauer, aber schließlich opferte ich mich doch. In der Dunkelheit untersuchte ich auf dem Weg zu dem Gestell mit dem Wassereimer bei jedem Schritt den Boden, damit mich nichts beißen konnte. An der hell flackernden Feuerstelle angekommen, spülte ich dann erleichtert unsere Teller, schüttete das restliche Wasser darüber und ließ sie im Regal abtropfen. Adalbert putzte sich etwas abseits gerade die Zähne, prustend, schnaubend und spuckend. Zwischen Zahnpasta und Bürste grinste er mich an. Ich lachte zurück. Er hatte immer so etwas liebenswert Altmodisches an sich, war stets bemüht, Haltung und Freundlichkeit zu bewahren. Er erinnerte mich an Edelmänner, Ritter hoch zu Roß ... doch sein österreichischer Dialekt brachte ihn leider stets auf den Boden eines einfachen Infanteristen zurück.

Gerade stellte ich mit lautem Scheppern die letzten Gläser in den Blecheimer, als ein markerschütternder Schrei durch das Gebüsch gellte. Der Eimer stürzte um, und die Gläser klirrten durcheinander. Adalbert fiel vor Entsetzen das Zahnputzglas aus der Hand, und Nosbusch kam von irgendwoher angerannt.

»Ist dir etwas passiert?« fragte er mich besorgt.

»Wieso denn mir?« gab ich entnervt zurück.

»Na, ich dachte, weil es so gekreischt hat.«

»Unverschämt! Nein, mich hat einer von da oben furchtbar

angeschrien, als ich die Gläser so laut in den Eimer stellte. Was war das bloß?« Fragend sah ich zu Adalbert, der feixend sein Glas suchte.

»Irgendein Nachträuber hat sich offensichtlich über deinen Krach geärgert«, lautete seine Antwort durch den Zahnpastaschaum.

Auch Felsfurch kam neugierig heran. Ich bemerkte spitz: »Sie können ruhig in Ihrem Zelt bleiben, die Sachen sind alle bereits abgewaschen.«

»Stellen Sie sich bloß nicht so an«, polterte er los. »Ich leiste meinen Beitrag, indem ich euch sicher durch den Urwald führe. Aber ein Greenhorn wie Sie gefährdet die gesamte Expedition durch seine Unwissenheit. Sie haben heute unser Trinkwasser falsch gefiltert, und wenn ich das nicht rechtzeitig gemerkt hätte, wären wir alle hochgradig erkrankt.« Er zog die Schultern zusammen, räusperte sich und verschwand in der Dunkelheit.

»Na, das kann man auch in einem anderen Ton sagen«, schimpfte ich hinter ihm her. Ich war wütend. Andererseits tat mir die Geschichte sehr leid, und ich entschuldigte mich bei meinen anderen beiden Gefährten.

Ich hatte meine Filme archiviert und war mit dem Fotomaterial sehr zufrieden. Ich hoffte auf einmalige Schnappschüsse, auch von der großen Netzjagd mit Duckern, Bongos und Riesenwaldschweinen. Meine Urwaldängste bekam ich zwar nicht in den Griff, aber sie wurden durch das zauberhafte Völkchen, das ich immer besser kennenlernte, ein wenig verdrängt. Was sich aber gar nicht verdrängen ließ, waren die ständigen Aggressionen des Grantlers Felsfurch. Er machte mir das ohnehin gefährliche Urwaldleben zu einer unerträglichen Tortur, und am nächsten Tag geschah es …

Eigentlich war es ein Dschungelmorgen wie jeder andere.

Ich wurde von einem lauten Chor aus zirpenden, schnarrenden, keckernden und schreienden Stimmen aus dem Schlaf gerissen. Kurz darauf hörte ich die blecherne Stimme Felsfurchs, der mit Adalbert und Nosbusch diskutierte. Verschlafen kam ich aus dem Zelt und gesellte mich dazu. Felsfurch nahm dies zur Kenntnis, indem er kurz das Kinn anhob, was wohl soviel wie »Guten Morgen« heißen sollte.
»Wir machen heute die Exkursion zum Raffiapalmenwald. Sie können ja inzwischen das Lager aufräumen und abends das Essen kochen. Wenn Sie hierbleiben, ist das Risiko geringer, daß was passiert.«
Mir blieb die Spucke weg. Adalbert grinste verhohlen, und Nosbusch machte sich aus dem Staub.
»Also, jetzt hören Sie mal, Sie Mistkerl, ich mach' hier nicht das Heimchen für euch! Das war jetzt das letzte Mal, daß Sie mich so blöde anquatschen. Ab sofort könnt ihr euren Mist allein machen!« Vor Wut sah ich nur noch tanzende Sterne. Ich rannte in mein Zelt, warf in Windeseile alle meine Sachen zusammen, verpackte die Kameras und schrie nach Sabango. Der stand sofort neben mir.
»Los, such mir einen Träger und einen Pisteur, ich breche sofort nach Bangui auf.«
»Bangui, Madame? Das ist weit, und wir haben doch später gar keinen Wagen.« Entgeistert sah er auf mein Gepäck.
Ich brüllte ihn an: »Los, such die Leute zusammen!«
Verschreckt verschwand er, und jetzt kam Adalbert eilig zu mir herüber. »Du kannst doch unmöglich allein zurück, das ist viel zu gefährlich ...«
Ich unterbrach ihn: »Ach was, schlimmer als hier kann es gar nicht werden.«
Ich verabschiedete mich von ihm und Nossi. Dann fiel mein Blick zum Lagerausgang, wo sich Felsfurch herumdrückte. Er sah aus, als ob ihm ziemlich mulmig zumute sei. Ich winkte meiner kleinen Freundin Mada und schenkte ihr

meine Wäsche. Die Jeans bekam Majeke, und Esakola erhielt meine Tasse. Liebevoll drückte ich sie alle zum Abschied an mich, da kam auch schon der verstörte Sabango mit Mungo und Bosso zurück. Wunderbar, meine beiden Jägerfreunde! Ich zeigte auf das Gepäck, schnappte meinen Rucksack und stapfte los.

»Viel Spaß noch mit dem Arschloch, wir sehen uns in Bangui!« rief ich zurück. Dann machte ich beiden Pygmäen Zeichen, daß ich es sehr eilig hätte.

Es war ein beschwerlicher Rückweg, aber ich fühlte mich gut, lief sehr schnell, und wir kamen zügig voran. So erreichten wir bereits am Nachmittag die große Kongo-Trasse. Hier machten wir zum erstenmal Rast im roten Sand der breiten Straße und teilten die einzige Ölsardinenbüchse. Plötzlich kam aus der Ferne mit lautem Getöse ein Lkw in einer dicken Staubwolke angedonnert. Gott war mir gnädig. Ich stoppte ihn, verabschiedete mich von Mungo und Bosso und stieg zu dem verdutzten Fahrer ins Cockpit. *»A Bangui, s'il vous plaît!«* gab ich meine Bestellung auf. Ein breites Grinsen erhellte das schwarze Gesicht, und der Mann gab Gas. So schnell, wie meine kleinen Freunde im Rückspiegel verschwanden, so schnell verlief auch der restliche Tag. Hallelujah, endlich war ich frei von allen Ängsten und Gemeinheiten! Glücklich atmete ich tief durch. Doch meine innere Stimme prophezeite mir, daß ich irgendwie, irgendwann auf diese staubige Straße zurückkehren sollte …

5

Abends war ich in Bangui und wurde respektvoll von Ernesto – so hieß der Fahrer – an meinem alten Hotel abgesetzt. Der große Lkw hüllte den armen Portier in eine dichte Staubwolke, aus der ich nur noch das Weiß seiner Augen erblickte. Trotzdem begrüßte er mich mit einem freundlichen »*Bonjour madame, ça va?*«
An der Rezeption bat ich, den nächsten Flug nach Paris reservieren zu lassen. Dann bekam ich mein altes Zimmer wieder. Gott sei Dank war so weit alles glatt gelaufen, und Urwald mitsamt Felsfurch war fast schon Vergangenheit. Meine Gedanken flogen zurück in meine heile Welt, zur Glockenbauerstraße und zu Mami. Sicherlich machte sie sich große Sorgen, und ich beschloß, sie gleich morgen anzurufen.
Jetzt aber telefonierte ich mit dem Botschafter und verabredete mich zum Abendessen. Er war mein einziger Verbündeter hier im Land.
Er war überrascht und begeistert, daß ich ganz allein war.
»Respekt, meine Verehrte, für dieses Solo.«
Ich versprach ihm, meine Geschichte in allen Einzelheiten zu erzählen, wenn wir uns später sehen würden, und beendete unser Gespräch: »Bis später also und vielen Dank, daß Sie Zeit für mich haben.«
Während des Telefonats hatte ich mich schon halb entblättert, schlüpfte nur noch aus dem Slip, und schon verschmolz ich mit dem lauen Strahl der Dusche. Fast eine Stunde brauchte ich, bis endlich sauberes Wasser an mir herabfloß, doch dann fühlte ich mich wie neugeboren. Ich zog den Seidenfummel glatt und schlüpfte hinein, tupfte den Rest des

geschmolzenen Lippenstiftes auf und fuhr mir noch einmal durch die wallenden Haare.
Im Spiegel strahlte mich eine wunderschöne Julia an. Das Leben fand wieder statt ... Und ich sprang voll hinein. An der Rezeption wartete bereits Hans Schnell und sah auch genauso aus, wie Hans Schnell aussehen sollte: ordentlich deutsch, mit graublauem Hemd und Nummersicherkrawatte mit kleinen Pünktchen, leichtem, schilfigem Leinenanzug und blank gewienerten Schuhen.
»Donnerwetter, Julia, so bildschön. Ich hatte erwartet, Sie blaß und elend wiederzusehen.« Dabei musterte er mich unverhohlen.
»Und wie geht es Ihrer Frau, kommt sie nicht mit zum Essen?«
Er lachte ertappt. Der Rest interessierte mich herzlich wenig, denn wir waren im Restaurant gegenüber angekommen. Wonnige Wellen der Vorfreude auf ein köstliches Essen – seit fast drei Wochen das erste – machten mir den Mund wäßrig. Ich konnte es kaum erwarten, bis die Speisekarte kam, und suchte eilig ein Steak aus. Schnell überbrückte charmanterweise diese Pause mit einer Flasche Champagner. In großen Schlucken schüttete ich diesen in wenigen Zügen hinunter, welch ein Genuß!
»Nach all den Ölsardinen, verrußten Antilopenschenkeln, hundertfüßigen Raupen, dünnen Tütensuppen und labberigem Tee werde ich dieses ›Abendmahl‹ besonders schätzen«, entschuldigte ich meine Hast angesichts des verblüfften Schnell.
»Raupen? Igitt! Wollen wir trotzdem einmal zusammen anstoßen?« fragte er lachend.
»Verzeihen Sie, natürlich. Ich bin ein wenig verwildert. Auf eine außergewöhnliche Expedition!«
Vergnügt prosteten wir uns zu, und ich erzählte ihm den Verlauf meiner Reise im Fahrwasser eines vom Leben ge-

beutelten Felsfurch. Da kam das lang ersehnte Steak, *pommes vapeur*, grüne Böhnchen ... und schon war alles verputzt.
»Das Beste, was ich seit meiner letzten Sülze mit Bratkartoffeln, 1998, zu mir genommen habe. Mein Leibgericht.«
»Da gibt es noch diverse Desserts ... Oder noch einmal das Gleiche? Wozu darf ich Sie einladen, Julia?«
»Nein, danke, ich bin vollauf zufrieden. Ich muß mich bald um meinen Abflug und die ganzen Formalitäten kümmern, umbuchen usw.«
»Das hat aber noch drei Tage Zeit: Am Sonntag geht der einzige Flug in der Woche. Ich helfe Ihnen natürlich dabei. Wollen wir noch einen Digestif an der Bar nehmen?«
Ich war einverstanden und richtig übermütig nach der Flasche Champagner, die ich fast allein geleert hatte.
An der Bar tummelte sich ein buntes Männergemisch: Araber, abenteuerlich aussehende Weiße, einige Schwarze in prall sitzenden Anzügen und ein freundlicher Gitarrenspieler, der irgend etwas über *»moustiques«* sang zu seinem traurigen Spiel. Im Hintergrund plärrte eine Radiodurchsage, und aus der Herrentoilette dicht neben uns wehte der scharfe Geruch eines Desinfektionsmittels herüber, gepaart mit einer Brise süßlichen Deosprays. Ein paar Männer sahen neugierig zu uns herüber.
»Morgen früh möchte ich gern auf dem Markt herumstöbern und unbedingt im Künstlerviertel noch ein paar Geschenke kaufen. Wissen Sie eine nette Dame, die mich begleiten könnte?«
»Wenn Sie nichts dagegen hätten, würde ich gerne diese Dame sein. Es wäre mir eine große Ehre, eine so außergewöhnliche Frau zu begleiten. Ich empfehle, zuerst zum Marché Artisanal aufzubrechen. Ich würde Sie gegen neun Uhr abholen, wenn es Ihnen recht ist.«
»Wunderbar. Übrigens brauche ich von Ihnen die Adresse

des Mannes mit dem Landhaus im Saland. Ich möchte mich bei ihm für den wunderbaren Empfang bedanken. Ein alter Syrer oder so ähnlich.«

»Na, wenn das kein Zufall ist!« Schnell machte große Augen. »Da kommt er gerade höchstpersönlich, der alte Syrer.« Lachend deutete er hinter mich.

Als ich mich zum Eingang drehte, sah ich einen imposanten mittelgroßen Mann mit dem Gesicht eines hungrigen Raubvogels. Er bewegte sich auf uns zu, und während er näherkam, musterten mich seine dunklen, wachsamen Augen unter den buschigen Brauen. Wie magnetisch angezogen landete er direkt bei uns: der geheimnisvolle Fremde vom Flughafen!

Auch er hatte mich wiedererkannt und begrüßte mich mit viel Charme. »*Madame, quel plaisir!*« Während er meine Hand küßte, ließen seine Augen nicht von mir, und ich hatte das Gefühl, ich hätte vergessen, ein Kleid anzuziehen.

»Tahim Sadar«, stellte er sich vor.

»*Je m'appelle Julia von Laue.*« Ich strahlte zurück.

Er fand meinen Namen sehr schön, natürlich. Dann begrüßte er Schnell, und nebenbei orderte er Champagner, natürlich.

Ich sah verblüfft zu Schnell und fragte leise: »Sie sind sicher, daß dies der Mann ist, der ...«

Schnell nickte amüsiert. Ich war neugierig auf diesen attraktiven Fremden. In der letzten Zeit hatte sich mein Französisch verbessert, und ich konnte mich nun gut unterhalten.

»Leben Sie schon lange in Bangui, Monsieur Sadar?« fragte ich ihn.

»Seit meiner Geburt praktisch. Genau gesagt, seit 48 Jahren. Meine Eltern sind Libanesen und haben mich im Alter von drei Jahren nach Bangui mitgebracht. Seitdem habe ich dieses Land nie mehr verlassen.«

»Was denn, Sie sind nie gereist?« fragte ich erstaunt.

Nun mischte sich der Botschafter mit leichtem Zungenschlag ein: »Monsieur Sadar hat wohl keine Zeit zum Reisen, er arbeitet von morgens bis abends in seinen Büros, *n'est-ce pas*?« Damit nahm er noch einen großen Schluck Champagner, zufrieden, daß er soviel wußte.

»So ist es, ich fühle mich äußerst unwohl, wenn ich keinen Boden unter den Füßen habe.« Monsieur Sadar lachte, und ich sah kleine Grübchen neben den Mundwinkeln. Seine tiefe, warme Stimme kroch mir unter die Haut. Was für ein aufregender Mann. Er faszinierte mich enorm, und schon ertappte ich mich dabei, daß auch ich ihn musterte, als hätte er das Hemd falsch herum an und die Hose offen. Lächelnd schenkte er nach, und ich wurde das Gefühl nicht los, daß er ahnte, was ich dachte.

»Wie lange bleiben Sie, Julia?«

»Mein Flug geht in drei Tagen, dann bin ich wieder in Deutschland.«

»Aber drei Tage sind viel zu kurz, um Bangui kennenzulernen! Sie müssen länger bleiben, und ich werde Ihnen hier alles zeigen. Enthusiastisch nahm er meine beiden Hände und sah mich eindringlich an. »Fangen wir gleich damit an … Haben Sie Lust zu tanzen, Julia?«

Ich nickte begeistert und wollte noch etwas sagen, kam aber gar nicht dazu, so schnell handelte er. Er verabschiedete sich bereits von ein paar lachenden Männern, die um ihn herumstanden, winkte dem Botschafter mitzukommen, und schon brachen wir auf. Bezahlt wurde hier nicht. Wie man mich später aufklärte, haben reiche Männer nie Geld bei sich.

Draußen war es immer noch schwül. Ein dünner Halbmond, der hier in Afrika auf dem Rücken lag, hing in einem sternenklaren Himmel. Der süße Duft von Jasmin wehte flüchtig vorbei, als wir in eine dicke, blaue Limousine stiegen. Der Portier nickte mir erfreut zu.

»*Bonsoir, patron*«, murmelte er zu Monsieur Sadar und wagte vor Ehrfurcht kaum, ihn anzusehen.

Auf dem Weg zur Diskothek mußte ich alles über meine Expedition berichten. Wie mir schien, interessierte ihn besonders meine Beziehung zu den drei Männern. Meine Erzählung ermüdete mich ziemlich, auch hatte ich soviel Alkohol schon lange nicht mehr getrunken. Schnell, der auf der Rückbank saß, wirkte ebenfalls recht angeschlagen.

Plötzlich dröhnte uns heiße Musik aus einem grellen Bunkergewölbe entgegen. Davor wimmelte es von jungen Schwarzen im gleißenden Neonlicht. Einige Jungs folgten uns bettelnd bis zum Eingang, wo sie mit Hieben von den Gardiens vertrieben wurden. Mein Begleiter fand das nicht in Ordnung, und er redete auf die Wächter ein. Fast behandelte er sie wie Kinder, schließlich aber waren auch sie zufrieden.

»Was haben Sie gesagt, daß plötzlich alle so glücklich aussehen?« wollte ich wissen.

»Daß die Jungs morgen in mein Büro kommen sollen«, erwiderte er kurz.

Bevor ich über diese nebulöse Antwort nachsinnen konnte, wurde ich schon ins Innere gedrückt und zuckte im Rhythmus einer Boogie-Nummer ... *Shoo, Shoo Baby* ... Meine eben noch schlappen Lebensgeister erwachten. Ich zerrte den erstaunten Botschafter auf die Tanzfläche, und wir legten einen fetzigen Rock'n Roll auf das Parkett. Ich fegte alles zur Seite, was mir in den Weg kam. Die Schwarzen auf der Piste grinsten, ja, ich fühlte mich in meinem Element: Ich tanze für mein Leben gern und hatte verdammtes Glück, daß Schnell ein so guter Tänzer war.

»Macht außerordentlich viel Spaß, mit Ihnen zu tanzen, Julia. So etwas haben die hier sicherlich noch nicht gesehen.« Damit schleuderte er mich auch schon auf seine Hüfte. Schweißtropfen sprühten ihm in weitem Bogen von Haaren und Gesicht. Ohne weitere Vorwarnung riß er mich auf die andere Hüfte, schob mich mit festen, feuchten Händen zurück, um mich gleich darauf zwischen seinen schlaksigen Beinen hindurchzuziehen. Dann wirbelte er mich mit langem Arm um sich selbst herum. Dabei verlor er das Gleichgewicht. Im Fallen schrie er mir noch begeistert zu: »Einfach außerordentlich!« Und ganz außerordentlich lag er schon am Boden, herrlich!

Ich nutzte den Augenblick, um mich frisch zu machen. Auf der Toilette, im schummrigen Halblicht, teilte ich den Spiegelplatz mit zehn Frauen: Mädchen, dunkelhäutig, hell, gemischt, mit Rastas, silbernen Locken, samtener Haut und aufreizenden Figuren in knallengen Jeans mit noch engeren Bodies. Hier gab es nichts Traditionelles mehr. Sorgfältig malte ich mir die Lippen nach, als ich zur Seite geschubst wurde, der letzte Strich landete an der Nase. Es war so stickig hier und roch nach allen möglichen intimen Düften, daß mir fast übel wurde. Ich fand einen Wasserhahn und ließ mir kaltes Wasser über Stirn und Nacken laufen. Am liebsten hätte ich die Füße auch noch darunter gehalten. Schließlich trieb ich noch eine fast leere Flasche »Joy« in meiner Tasche auf und sprühte mir auf dem Weg zum Tisch dieses freudige Versprechen auf die Haut.

Noch bevor ich mich setzen konnte, spürte ich eine warme Hand, die mich festhielt. Tahim Sadar stand vor mir. »Tanzen wir?«

Obwohl er um Armeslänge von mir entfernt stand, empfand ich seine Anziehungskraft so stark, daß ich nicht wagte, ihm in die Augen zu sehen.

Ich brachte ein zaghaftes »*Oui, je veux bien*« heraus, und schon lullte mich langsame Musik ein. Auf der Tanzfläche zog mich Tahim Sadar sanft, aber bestimmt an sich, wobei er seine linke Hand so auf meine unteren Wirbel legte, daß kleine Stromstöße durch meinen Körper jagten. Mit der leicht erhobenen rechten Hand hielt er meine Linke fest, so daß ich jede Wölbung seiner Handflächen spürte, mit denen er sanft an meinen entlangfuhr. Sein Geruch erinnerte mich an warmes Moos und Kardamom. Ich schloß die Augen … träumte. Er zog mich noch ein wenig näher an sich, doch das war mir nun zu schnell, und mühsam versuchte ich, wieder ein wenig Distanz zwischen uns zu schaffen. Meine Hand behielt er jedoch fest im Griff, das schien außer Diskussion zu stehen. Plötzlich hämmerte ein neuer Rhythmus los, und ich fuhr überrascht aus seinen Armen.

»Le Zouk, das ist die Musik des Landes«, erklärte er mir und forderte mich hüftschwingend heraus. Ich versuchte, wie er das Becken kreisen zu lassen, aber dann sah ich neben mir, wie man ihn tanzte, den Zouk. Die Mädels waren hinreißend in ihren geschmeidigen Bewegungen, so wie eben nur Schwarze tanzen: erotisch, deutlich, fordernd und schamlos, eine scharfe Sache. Und die Jungs kreisten mit erzählerischen Gebärden um ihre Partnerinnen. Der neben mir ahmte wohl gerade mit rudernden Gesten einen Fischer nach. Ich wollte die herrlichen Bewegungen betrachten und erklärte Tahim Sadar, wie schön sie anzusehen seien: »*Merci* Tahim, etwas später.«

Zum erstenmal hatte ich seinen Vornamen ausgesprochen, und im gleichen Augenblick kam es mir vor, als hätte ich ihn im Pyjama gesehen. Ich lachte in mich hinein.

»Alles in Ordnung, Julia?« Seine geheimnisvoll dunklen Augen drangen tief in mich, und ich fürchtete, er würde sich dort so sehen, wie ich ihn gerade sah.

Schnell lenkte ich ab. »Zum Wohl Tahim, es ist ein schöner Abend. Ich muß gerade an meine Freunde im Lobaye-Gebiet denken, wie sie im Augenblick von Treiberameisen gebissen werden. Vor allem Felsfurch würde ich ein paar kräftige Bisse wünschen.«

Tahim lachte aus vollem Halse. »Sie sind etwas schadenfroh, kann das sein?«
»Etwas? Ich kann dermaßen schadenfroh sein, daß ich es zu einem Job gestalten könnte. Leider bezahlt das keiner.«
Nun lachte er noch lauter. »Julia, Sie müssen unbedingt noch länger hier bleiben. Ich werde alles arrangieren, so daß Sie nicht die geringsten Umstände haben werden.«
Wie einfach sich das aus seinem Munde anhörte! Lächelnd genoß ich den Augenblick, der in tausend Blitze zerstob. Ich ließ Champagnerperlen auf der Zunge schäumen, trank in vollen Zügen und hätte am liebsten noch das Glas verspeist.
»Wollen wir?« Wieder wurde ich in die Höhe gezogen. Warmes Moos und Kardamom umhüllten mich. *Le cœur de loup* dröhnte aus den Boxen, als gälte es einzig und allein mir, für diesen Moment erschaffen: »Das Herz des Wolfes«, gesungen von einer sinnlichen Männerstimme, mit eindringlichem Rhythmus und einschmeichelnder Melodie … Ich war verloren, schmolz dahin, hatte Feuer gefangen, daß mir die Haare brannten.
Was er wohl fühlte? Ich wollte Tahim kurz in die Augen blicken. Er hielt sie geschlossen, lag mit mir im Bett, seine Lippen … Meine Fantasie entführte mich in gewagte Gefilde. Zärtlich streichelte ich mit den Fingern über seinen Nacken, über diese leicht olivfarben schimmernde Haut, die dunklen Locken und schmiegte mich etwas dichter an ihn.
Tahim hielt mitten im Tanz inne, hielt die Augen immer noch geschlossen. Es schien, als sammle er sich, doch ließ er mich keine Sekunde los … *le cœur de loup* … »Julia, bitte bleiben Sie«, bat er leise und eindringlich. Dann sah er mich an.
Kaum konnte ich mich seinem Blick entziehen, der mich unendlich faszinierte … Diese dunklen, schimmernden Augen, konnte man ihnen widerstehen?

»Es geht nicht.«
»*Pourquoi*, ich würde alles dafür tun, Julia.« Er hielt mich an den Händen fest, und ich spürte, wie ernst er es meinte. Er wollte eine Antwort. Ich aber wollte nur den Zauber der Gegenwart, ohne irgendein Versprechen.
»Bitte fahren Sie mich ins Hotel, ich bin müde. Mein erster Abend in der sogenannten Zivilisation war ziemlich anstrengend«, bat ich ihn leise.
In diesem Augenblick mischte sich der Botschafter wieder ein. Er umarmte mich kurz. »Meine Lieben, es war ein außerordentlicher Abend, Julia. Wir sehen uns morgen, das heißt« – er sah auf seine Uhr – »in vier Stunden. Na, jetzt aber schnell in die Federn. Wiedersehen, Monsieur Sadar.« Mit einem kräftigen Händedruck war er weg.
Das war wohl das Signal zum Aufbruch, denn Tahim fuhr mich nun höflich und zurückhaltend zum Hotel zurück.
»Sehen wir uns? Darf ich Sie zum Abendessen einladen?« fragte er mich, als wir vor dem Portal angelangt waren.
Mir fiel es schwer nachzudenken. Er rutschte dicht an mich heran, berührte mich aber nicht. Leise fügte er hinzu: »Haben Sie es sich überlegt? Bleiben Sie?«
Lachend stieg ich aus. Ein zäher Bursche, seine Beharrlichkeit gefiel mir. »Tahim, ich kann nicht bleiben, meine Arbeit, mein Fotoband wartet, und außerdem möchte ich wieder nach Hause.« Insgeheim fand ich mich etwas zu bürgerlich, aber wie sagte Scarlett so schön in *Vom Winde verweht:* Morgen ist auch noch ein Tag ...
Tahim drückte mir beide Hände, und ich sah ihm an, daß dieses Thema noch nicht erledigt war. Langsam fuhr er in der schweren Limousine davon.
Es war fünf Uhr morgens. Müde fiel ich auf mein Bett, kuschelte mich an starke Schultern und versank in dem warmen Glanz samtbrauner Augen ...
Früh am Morgen erwartete mich Monsieur Schnell adrett

und aufgeräumt auf der Frühstücksterrasse. Hier fing das Leben bereits um sechs Uhr an, vor der großen Hitze. Bei einer Tasse Kaffee wurde ich über den vergangenen Abend ausgequetscht. Ich mußte lachen, als er mir verschwörerisch erklärte:

»Stellen Sie sich vor, Julia, Monsieur Sadar war noch nie verheiratet. Anscheinend arbeitet er zuviel.«

»Aber vielleicht ist die Auswahl hier in Bangui nicht so groß, und vielleicht ist dieser Herr außerdem etwas anspruchsvoll?«

»Dabei hat er soviel Geld, daß er sich alle Harems des Orients kaufen könnte«, fügte Schnell mit einem Anflug von Neid hinzu.

Ich war beeindruckt. »Donnerwetter, aber trotzdem gibt es Dinge, die man nicht kaufen kann.«

Anerkennend hob Schnell die Augenbrauen. »Heißt das frei übersetzt, Sie reisen Sonntag doch ab, trotz seiner Bitte?«

»Fänden Sie das besser? Sie sind wohl ein Mensch, der es gut mit mir meint, ja?« fragte ich ein wenig ironisch.

Statt einer Antwort blinkten große Fragezeichen in seinen stahlblauen Augen auf. Ich ließ sie blinken. Hatte mir ja selber noch keine Fragen beantwortet. Aber ich war sicher, daß mein Bauch das in letzter Minute treffsicher regeln würde. Vorerst machten wir uns zum Marché Artisanal auf. Schnell war ein netter Bursche mit Sinn für Nuancen, und er war so schön leicht zu durchschauen.

Wir fuhren an gepflegten Villen vorbei, die man hinter hohen Mauern oder Zäunen erspähte: Ngaraba, das Viertel der Reichen und Diplomaten, erklärte mir Schnell. Palmen und Mangobäume säumten hier die Straßen. Doch das Zentrum von Bangui sah ärmlich aus. Kinderbanden lungerten in den wenigen Schattennischen herum und stürzten sich auf uns, sobald wir hielten, so daß der Wagen völlig umzingelt war.

»Drehen Sie schnell die Scheibe hoch! Die klauen alles, was

nicht niet- und nagelfest ist, und reißen Ihnen sogar die Ohrringe samt Ohrläppchen ab.«
Entsetzt legte ich die Hand über das rechte Ohr, während ich eilig die Scheibe hochkurbelte.
»*Maman ... j'ai faim.*« Ein Winzling mit großen, traurigen Augen und zerfetztem, staubgrauem T-Shirt drückte sich die kleine Rotznase an der Scheibe platt.
Die alten Flachbauten an der Hauptstraße strahlten trotz des abbröckelnden Putzes einen morbiden Charme aus. Es waren wohl ihre verwaschenen, ehemals bunten Farben im Kontrast zu der gleißenden Sonne, die dieses Flair ausmachten. Die Szenerie war faszinierend: Muslime in wallenden Gewändern mit ihren Gebetsmatten unter dem Arm, Krüppel in den armseligen Tretstühlen, eilige Brotverkäufer, die Passanten ansprachen, Marktfrauen, die im Schatten der Hauswände alle Arten von Früchten und feinste, in satten Farben glänzende Gemüse anboten. Eine trillerpfeifende Politesse brachte mit blütenweißen Handschuhen klapprige Autos und vollbesetzte Buschtaxen auf Trab.
Schnell musterte mich von der Seite. »Wissen Sie, daß Sie eine sehr charakterstarke Frau sind?«
»Haben Sie vielleicht gerade eine Frage für mich beantwortet?« fragte ich zurück.
»Ich denke, daß Sie abreisen werden«, kommentierte er ernst.
»Sie werden dann für mein Unglück verantwortlich sein. Möchten Sie diese Schuld auf sich laden?«
»Na ja«, räumte er mir einen kleinen Fluchtweg ein, »Monsieur Sadar wäre auch ohne sein dickes Konto ein außerordentlicher Mann.«
»Außerordentlich«, stimmte ich lachend zu. »Sie haben das gestern abend mindestens zehnmal gesagt. Apropos ›außerordentlich‹: Wieso gibt es eigentlich so wenige Informationen über dieses Land? Der Name Zentralafrikanische Re-

publik verrät zwar, wo es liegt, aber daß Bangui die Hauptstadt ist und am Oubangui liegt, kann wohl kaum jemand auf Anhieb sagen. Woran liegt das?«

»Tja, tatsächlich zählt dieses Land zu den unbekanntesten der Welt. Araber und Europäer sind daran nicht unschuldig. Ihre Menschenjäger trieben im 18. und 19. Jahrhundert viele Bewohner als Sklaven außer Landes, ein Aderlaß, von dem sich die Region bis heute nicht erholt hat.«

»Stimmt es, daß hier keine drei Millionen Menschen leben, obwohl das Land doppelt so groß wie die Bundesrepublik ist?«

»Ganz genau. Ein einziges Mal kam unser Land in die Weltpresse, machte Schlagzeilen mit Bokassa, dem Diktator, der das Land mit seiner Verschwendungssucht an den Rand des Ruins getrieben hat und ...«

Ich unterbrach ihn, denn mir fiel etwas ein: »... 50 Millionen Mark für seine groteske Krönungsfeier, auf der er sich zum Imperator ausrufen ließ, stimmt, das habe ich gelesen.«

»Ja, aber das Schlimme daran war, daß Frankreich großzügig half, die unwürdigen Auftritte seines Zöglings zu finanzieren. Man zeigte sich spendabel, wobei allerdings ein Großteil des Geldes umgehend in französische Hände zurückfloß: Prunkkleidung und Schmuck stammten ebenso aus Frankreich wie Champagner und Spitzenweine, die in Strömen flossen. Erst als Bokassa Dutzende von demonstrierenden Schulkindern ermorden ließ – einige erschlug er eigenhändig mit seinem Krückstock –, ließen die Franzosen ihren Kaiser fallen. Auch die neue Politik des General Kolingba, der sich wirtschaftliche Liberalisierung auf die Fahnen geschrieben hat, konnte die ökonomische und soziale Lage der Bevölkerung nicht verbessern.« Schnell grinste mich an. »Noch immer sind Termiten in Öl geröstet die wohlschmeckendste Bereicherung des kargen Speisezettels der Bevölkerung.«

»Termiten? Wie fangen sie die denn?«
»Wenn sie noch Flügel haben, schwärmen sie nachts um die Laternen und können dann zuhauf eingefangen werden. Übrigens ...« Er machte eine bedeutungsvolle Pause. »... Monsieur Sadar mag diese Art von heimischer Küche ausgesprochen gern.«
»Tatsache? Vielleicht lädt er mich ja heute Abend zu Termitenspießchen ein?«
»Dann sollten Sie in die ›Savanne‹ gehen. Da ißt man traditionell, außerdem wird hiesige Musik gespielt. Es ist da sehr hübsch unter den duftenden Franchepane-Bäumen. Aber was ich noch sagen wollte: Sie müssen unbedingt in das Landesinnere ...« Aus ihm sprudelte es heraus wie aus einem Wasserfall, und ich hatte Mühe, ihn freundlich zu bremsen.
»Man hat mich bereits dazu aufgefordert.« Ich versuchte so vielsagend wie möglich zu lächeln.
Wir waren am Hotel angekommen. Die Mittagshitze war schier unerträglich geworden, und mir liefen die 35 Grad einzeln unter dem Kleid entlang. »Wieso sind wir eigentlich wieder am Hotel, wollten wir nicht ...«
»Ach, Verzeihung, im Eifer der Erzählung muß ich wohl im Kreis gefahren sein«, entschuldigte sich Schnell. »Das macht überhaupt nichts. Ich bin sehr dankbar für eine Unterbrechung.« Er versprach, mich nachmittags zum Künstlermarkt abzuholen. »Ich werde meine Frau mitbringen. Es wird ihr viel Spaß machen, Sie kennenzulernen.«
»Gut, wunderbar, bis nachher.« Mich freute unsere Bekanntschaft. Sie war eine Art Stützpunkt, eine kleine Heimat in der Fremde.

An der Rezeption fiel mein Blick auf den großen Spiegel und die verschwitzten Flecken auf meinem Kleid. *Mon Dieu!* Was sollte ich denn überhaupt anziehen? Meine Jeans trug

Maseke, und meine Wäsche lag sicherlich ausgebreitet auf Madas Hüttendach, neben Antilopenschenkeln und Palmenmus. Ich fragte den jungen Schwarzen am Tresen nach einer Kleiderboutique. Er wies hinaus, nach rechts und links. »Wo Sie wollen, Madame.«

Die afrikanische Sonne brannte erbarmungslos auf mich nieder. Die breite Hauptstraße wand sich in gleißendem Licht. Nichts bewegte sich, nicht einmal die großen Voyageur-Palmen wedelten mehr Kühlung. Sie hatten ihre Blätter erschöpft zusammengerollt. Bangui hielt Siesta, bloß törichte, weiße Touristinnen liefen hier auf den zerfließenden Teerstraßen herum. Mir tat jeder Atemzug weh, und die Kopfhaut brannte. Ich beschloß, mich nicht länger zu quälen, und entschied mich auch für eine Siesta im Hotel ... rollte mich dort wie das Palmenblatt zusammen und spürte den erlösenden Wind des Ventilators auf meinem Körper.

Meine Gedanken kreisten um einen faszinierenden Mann und um das dunkel schillernde Afrika. Ich fragte mich, ob ich in diesem Land leben könnte. Ja! Auf einmal war es schlagartig klar, die Stimme meines Bauches sandte mir ein eindeutiges Ja. Und mit diesem Mann! Lächelnd sah ich auf den Akazienbaum vor dem Fenster und atmete den schweren, süßlichen Duft der orangenfarbenen Blüten ein. Leise Zouk-Musik drang aus der Bar herauf, und alle meine Sinne öffneten sich für dieses Abenteuer. Ich stellte mir vor, wie es wäre, Tahim zu lieben, ob er zärtlich, männlich, erfahren oder ungestüm wäre. Wie ich ihn küssen würde, ob wir leidenschaftlich, gefühlvoll ... Mir kribbelte es überall. Wohlig drehte ich mich auf den Bauch und schloß das Kissen fest in die Arme.

6

Nachmittags holte Schnell mich vom Hotel ab. Seine Frau Helga war lustig und sehr freundlich. Blond, natürlich, wirkte ein wenig unselbständig, aber sehr passend für Schnell. Wir mochten uns auf Anhieb, waren gleichaltrig und duzten uns spontan.

»Also, Julia, wenn du irgend etwas brauchst: Ich bin immer für dich da, und das meine ich ganz ernst.« Dabei sah sie mich so eindringlich aus blond bewimperten blauen Augen an, daß ich ganz gerührt war.

Inzwischen waren wir am Künstlermarkt angekommen, ein runder, sauber gefegter Platz, der von kleinen Buden und Rundhütten eingesäumt war. In den Eingängen hingen Tücher, sogenannte Pagnes, in warmen afrikanischen Erdfarben. Ich erblickte Gürtel, Taschen und Schuhe aus Schlangenhaut, Krokodilleder, Schildkrötenpanzer, Elfenbeinketten – alles, was verboten war, und mir blutete das Herz. Kaftane und silbergraue Perlenschnüre ... Vor den Hütten hockten Muselmänner oder Schwarzafrikaner auf den landestypischen Tabourets und feilschten mit großartigen Gebärden. Ein buntes Treiben, in das sich auch etwas zaghaft einige Weiße eingemischt hatten. Lachend zog mich Schnell hinzu. »So, jetzt erleben Sie mal, wie in Afrika eingekauft wird.«

Da war ich bereits von zwei Schwarzen zur potentiellen Käuferin auserkoren. »*Madame, c'est moins cher ici. Venez voir!*« Und schon hatte ich einen Boubou mit Goldstickerei auf der Schulter.

»*Non merci*«, wehrte ich freundlich ab, doch flinke braune Hände drapierten bereits etwaige Einwände fort.

»Aber Hans, nun hilf doch mal«, forderte Helga ihren Göttergatten auf, »Julia ist so etwas doch gar nicht gewöhnt.« Inzwischen fummelten ungefähr fünfzehn Hände an mir herum. Zugleich hörte ich ständig fallende Preisangebote. Schützend hielt ich die Arme vor Busen und Börse.

»Trente mille, madame, c'est un cadeau.«

Schnell schob ein paar Männer zurück und erklärte auf Sango, daß wir noch überlegen wollten. Er sah auch, daß mein Interesse geweckt war. »Das hört sich ja gräßlich teuer an. Wieviel ist das umgerechnet?« wollte ich wissen.

»Ungefähr neunzig Mark. Aber hier gilt folgende Rechnung: Angebot dividiert durch zwei ist gleich Kaufpreis. So müssen Sie handeln.«

»Was denn, ich soll handeln?«

»Ja, meine Liebe, das gehört hier zum Geschäft wie das Salz zur Suppe. Außerdem macht es allen Beteiligten viel Spaß. Man hört dabei die rührseligsten Geschichten, die erklären sollen, warum ein Gegenstand nicht billiger werden kann. Wollen Sie das Kleid?«

»Unbedingt, es ist ein Traum!«

»Also gut, ich erledige das für Sie.«

Helga zwinkerte mir zu. »Er ist da ganz prima. Komm, wir sehen uns inzwischen die Holzschnitzereien an.« Sie zog mich zur gegenüberliegenden Hütte, wo wir bereits von einem Verkaufskomitee erwartet wurden.

»Kann man hier gar nicht in Ruhe die Sachen anschauen, wird man ständig angequatscht?« wollte ich von Helga wissen.

»Ja, das ist nun mal so, aber sie sind alle sehr freundlich.«

Ich wehrte den Oberschnitzer ab und erklärte ihm, daß ich kein Geld mehr hatte. Schlau schlug er aber vor, der Freund da hinten könne doch zahlen.

»Une bonne idée!« Ich mußte lachen. »Aber das ist nicht mein Freund«, erklärte ich.

Auch hierauf kam eine spontane Antwort: Dann könnte dieser Patron doch das Geld leihen.
Schließlich stand das begehrte Wesen direkt neben mir und drückte mir ein schmuddeliges Bündel verschnürten Packpapiers in die Hand. »So, das hätten wir, es gehört Ihnen.«
»Und für wieviel?« Ich platzte fast vor Neugier, aber Schnell ließ mich zappeln, er antwortete gar nicht.
»Ist das nicht ein Ekel, dein ›Patron‹? Wie hältst du es bloß mit so einem Typen aus, Helga?«
Sie lachte. »Nun spann sie doch nicht so auf die Folter, Schatz.«
»Also gut, es kostet einen Drink und vierzig Mark.«
»Was, nicht mehr, wie haben Sie das bloß gemacht?«
»Jahrelange Übung. Mancher lernt es trotzdem nie, stimmt's Helga?« Er grinste seine Frau vielsagend an.
»Ja, ich kann das überhaupt nicht. Es kommt mir so unwürdig vor«, bestätigte sie.
Freundlich, aber bestimmt wurde ich gerade von einer schwarzen Hand zu einer alten Holzmaske geführt, und der afrikanische Papa erklärte mir ausführlich die Bedeutung dieses wurmigen Stückes, einer Identitätsmaske, mit der man früher ins Nachbarland gereist war. Ich aber wollte ja nicht reisen, machte ich ihm klar.
Noch viele andere wunderschöne Dinge waren hier ausgestellt, sogar Elefanten aus Acajouholz, mit Hütchen auf dem Kopf. Bei einem erkannte ich die Umrisse eines Kleides, das bis zu den Knien reichte, die Füße der plumpen Hinterbeine steckten in kleinen zierlichen Pumps. Ein Vorderfuß hielt eine Handtasche, und der andere Fuß lag keß an der Taille.
»Das muß ich haben, bitte! Patron muß helfen. Madame zahlt zweiten Drink«, bat ich Schnell.
Der lachte sich fast krank. »Also gut, aber das nächste müssen Sie selber aushandeln.«
»Gut, einverstanden.«

Ich bekam die Elefantenfrau und war glücklich. »Zu den Drinks verabreden wir uns später, ja? Das war ein eindrucksvoller Nachmittag. Aber jetzt muß ich noch in den Supermarkt, um ein paar Kleinigkeiten zu kaufen.«
»Na gut, dann setzen wir Sie dort ab.«
Schon seit geraumer Zeit wurden wir von Kindern mit dem immer gleichen Spruch bedrängt: *»Maman, j'ai faim.«*
Ja, meine Süßen, jetzt bekommt ihr alle etwas. Jede kleine Schmuddelpfote erhielt hundert Cents, eine Menge Geld hier. Ich sollte meine Freigebigkeit bald bereuen.
Am Supermarkt verabschiedete ich mich von den Schnells und suchte die Wäscheabteilung. Außer rosa Kochwäsche war nichts zu finden, dafür aber Champagner für 150 Mark, Blumenkohl für zehn Mark und ein Glas Marmelade für fünfzehn Mark, horrende Preise. Schwarze waren in diesem Laden kaum zu sehen, außer vor dem Ölsardinen-Container. Ich wußte noch genau, von welcher Seite ich die Büchsen damals herausgenommen hatte, das schien mir nun eine Ewigkeit her zu sein. Als ich wieder draußen war, hatte die Hitze kein Grad nachgelassen. Dank der verdammten heißfeuchten Luft klebte mir von Schuh bis Haar wieder mal alles am Körper, als ich endlich am Hotel ankam.
»Keine Nachricht?« fragte ich an der Rezeption nach.
»Si, si, il y a un message.«
Na wunderbar! Der Boy reichte mir einen Zettel. Die Fluggesellschaft teilte mir mit, daß der Flug reserviert sei. Schade, eigentlich wollte ich ein paar sehnsüchtige Worte von Tahim. Ich nahm mir ein großes Glas Whisky mit auf das Zimmer und dämpfte meine Enttäuschung ein wenig. Als ich in den neuen Boubou schlüpfte, ging es mir besser. Ich fand mich darin fantastisch und wollte ihn heute abend tragen ...
Das Telefon klingelte. Es war Tahim, endlich! Jedes Wort war eine Offenbarung, ein zärtliches Gedicht, ein heiterer

Hauch auf meine verzagte Seele. »*Oui*«, hörte ich mich ständig sagen, während ich seine Stimme dichter ans Ohr preßte.

»*A 19 h 30, ça va?*«

»*Ouiiiii.*« Ich tanzte unter die Dusche und sang meine Freude in schauerlichen Tönen laut hinaus. Es war herrlich, fantastisch! Endlich saß ich wieder in der Falle und fühlte mich auch noch wohl darin. Das erstemal nach Wolfgangs Unfall war ich wieder verliebt. Ich nahm einen großen Schluck Whisky – »*Ciao*, Wölfchen« – und einen zweiten Schluck – »*Bienvenu*, Tahim.«

Etwas später ging ich, in afrikanischem Gold und Grün gewandet, zur Rezeption, und im gleichen Augenblick fuhr auch schon die blaue Limousine vor. Inständig hoffte ich, daß mein Herzklopfen draußen nicht zu hören war. Tahim kam mir mit gedämpfter Kraft entgegen, als hätte er sich irgendwo festgekettet. Das hätte ich auch mal tun sollen! Lachend begrüßten wir uns, sprachen zur gleichen Zeit, sahen uns in die Augen, lachten wieder albern. Er roch so verdammt gut, und am liebsten wäre ich ihm durch die Brusthaare gefahren, die aus dem offenen Hemd lugten. Einerseits war er mir vertraut, doch dann auch wieder exotisch fremd, orientalisch, französisch, eine gefährliche Machomischung. Zum Niederknien und Anbeten.

Wir fuhren in ein libanesisches Restaurant. Mein Französisch wurde immer schlechter, je intensiver ich mich mit Tahim befaßte, und so ließ ich mir die Speisekarte erklären. Dazu rutschte Tahim dicht an mich heran. Mir wurde warm, und die Luft blieb mir weg. Plötzlich hatte ich auch gar keinen Hunger mehr.

»Ich werde uns ein wenig von allem bestellen und einen Rotwein dazu. Als Apéritif *un petit Souze?*« wollte Tahim wissen.

»Gern.« Mir war alles recht, und als wir anstießen, versank

ich in samtbraunen Augen. Ich ließ mich dort treiben in der Gewißheit, daß dies mein schönster Abend werden würde.
»Aber Julia, schmeckt es Ihnen nicht?« Er deutete auf meinen unberührten Teller.
»Es sieht so schön aus, aber die Hitze macht mir noch sehr zu schaffen«, schwindelte ich. Tatsächlich merkte ich an meiner Appetitlosigkeit, wie sehr ich verliebt war.
»Gut, dann habe ich eine andere Idee, wir gehen ins Casino.« Offensichtlich stand nicht zur Debatte, ob ich Einwände hätte. Schon nahm er mich an der Hand, drückte sie ganz fest, und kurz darauf war ich zum erstenmal in einem Spielcasino.
Am Roulettetisch wurden mir Chips vor die Nase geschoben, so daß sich ein kleiner Berg vor mir aufhäufte. Ich hatte keine Ahnung, wieviel da lag, aber den Blicken der Umstehenden nach zu urteilen, mußte es ein Vermögen sein. Mutig setzte ich gerade alle roten Chips auf die Dreizehn, da spürte ich Tahim neben mir. Leise und eindringlich bat er mich: »Julia, bleiben Sie, bitte.«
Ich mußte lachen. Soviel Beharrlichkeit kannte ich bisher nur von mir. »Mein Flug geht morgen.«
Er drehte sich nun ganz zu mir und berührte mich an den Schultern. »Das ist doch überhaupt kein Problem, wenn Sie nur wollen. Bitte, bleiben Sie noch.«
Gerade hatte ich gewonnen, eine Menge Chips wurde noch weiter auf den Berg geschaufelt.
»Bravo, Geld zu Geld.« Tahim lachte und zog mich zur Kopfseite des Roulettetisches. Eine illustre Gesellschaft wartete dort bereits auf ihn. Mich musterte man neugierig. Ich setzte, gewann noch einmal die Dreizehn. Dann setzte ich auf die Sieben – und gewann. Ich setzte auf die Fünf, ich gewann. Schließlich setzte ich auf die Null. Null gewann. Höchst interessiert an meinen ständigen Gewinnen, vergaß ich meine Umgebung und sahnte ab.

Schließlich holte Tahim mich fort. »Kommen Sie einen Moment an die Bar, Julia?« Er nickte dem Croupier zu, und ich hoffte inständig, daß dies das Zeichen sei, auf die Chips aufzupassen. Am Tresen hielt er mich an den Händen, warm und fest ...

Dieser Mann gefiel mir einfach. Ich bewunderte die anmutige Selbstverständlichkeit, mit der er Dinge anging und verfolgte, seine Männlichkeit.

»Was machen wir jetzt, bleibst du?« flüsterte er so nahe an meinem Ohr, daß mir seine Stimme und das erste »Du« unter die Haut gingen.

»OUIIIIIIIIIIIII.« Hatte ich da eben laut »ja« gesagt?

Tahim nahm mich bewegt in die Arme. »Ich danke dir«, sagte er leise, hielt mich ganz fest und rührte sich nicht mehr. Zärtlich schmiegte ich mich an ihn, verschmolz mit ihm, er ging mir durch und durch.

»He, Tahim, hast du eine Krise?« Jemand tippte ihm auf die Schulter, lachend lösten wir uns.

»Nein, durchaus nicht. Darf ich dir Julia, meine Freundin aus Deutschland, vorstellen. Julia, das ist mein griechischer Freund Stavros, mein Pokerkumpel.«

Stavros umarmte mich, wobei ich eine dicke Wolke Havanaqualm unter die Nase bekam.

»*Garçon*, Champagner für alle! Tahim hat sich verlobt.«

Nun gab es viel Aufruhr, wir wurden von Gästen und diversen Freunden umringt. Als Tahim unter halbgeschlossenen Augenlidern zu mir herübersah, verzog er seinen Mund zu einem breiten Lächeln. Er erschien mir wie ein Fuchs, der gleich seine zappelnde Beute nach Hause schleppen würde. Ja mein Lieber, Jäger und Beute, signalisierte ich zurück, aber ich wollte es ja so.

Wir tranken reichlich, feierten, und seine Freunde gratulierten uns. Auf einmal stand Tahim unvermittelt auf und nahm mich bei der Hand. »Fahren wir?«

Tatsächlich war es eher eine Feststellung, denn er bewegte sich bereits mit mir im Schlepptau dem Ausgang zu.
Ich nickte mit gemischten Gefühlen, denn ein wenig Zeit hätte ich gern noch gehabt. Plötzlich fühlte ich meine Beklemmung. Jetzt kam ich mir gar nicht mehr so stark und selbstsicher vor.
Wenig später lehnte ich leicht verkrampft im Beifahrersitz und warf einen kurzen Blick auf Tahims Profil. Verschlossen, die Lippen fest aufeinandergepreßt, die buschigen Augenbrauen, die sich fast bis zu den Schläfen zogen, die markante Nase ... Er ähnelte tatsächlich einem Fuchs. Er zeigte auf den silbrig glitzernden Oubangui, die Palmensilhouetten, und vorschriftsmäßig hing auch der halbe Mond über allem.
»Unsere nächtliche Romantik.« Dann umschloß er meine Hand.
Der Rückweg kam mir lang vor. Offensichtlich fuhren wir zu ihm. Vieles ging mir durch den Kopf. Wenn er nun gewisse Rituale pflegte, mich teilweise opferte, mehrere Personen teilhaben oder mich fesseln ließ ... Vielleicht lag deshalb sein Haus so weit außerhalb? Da fuhren wir bereits in eine hell erleuchtete Einfahrt. Tahim hupte, und schon hielt ein Muselmann in wallendem weißen Gewand und mit undurchdringlichem Gesicht das Tor weit auf. Ein kurzes Stück noch ging es an rotglühenden Hibiskusbüschen vorbei, und dann erreichten wir eine offene Garage.
So viele neue Eindrücke stürzten auf mich ein, orientalische, ambrosische Düfte. Kardamom roch ich, Koriander und Minze, Orangen. Ich war wahnsinnig aufgeregt, gespannt auf den Mann, der sich so tief in meine Sinne schlich, von dem ich lange geträumt hatte und der auf vielfältig berauschende Weise alle meine Instinkte weckte.
Er nahm mich bei der Hand und zog mich bedächtig hinter sich her. Wir stiegen einen Terrassenaufgang hoch, der mit

wildem Jasmin überwuchert war und uns mit süßem Duft bis in den Salon geleitete. Heimlich steckte ich mir ein paar Blüten zwischen die Brüste.

Im schwach beleuchteten Salon nahm ich im Vorbeigehen riesige Elefantenstoßzähne auf einem Büffet wahr, dunkle, geschnitzte Holzmöbel, Papayafrüchte und Guaven zwischen Mokkatassen auf einem ovalen Tisch, geheimnisvolle Masken ...

Und schon waren wir in einem dunklen Flur. Eine Tür wurde geöffnet ... der Opferstock. Tahim schleppte mich tatsächlich in den Urbau, auf das brokatene Lager, ohne Umschweife, ohne okzidentale Schnörkel, umfing mich mit seiner männlichen Kraft. Ich spürte prickelnde Wärme und fiel in einen endlosen Kuß, in Rausch und Glückseligkeit. Ich zog ihn zu mir nieder, daß er meine Brüste fühle, ihren Duft wahrnehme, daß er versinke in der Weichheit meiner Haut und in meiner Leidenschaft ...

Es wurde eine verwunschene, zärtliche Nacht, und doch so voller Aufruhr, Begierden und Leidenschaften. Tahim hatte mich um seinen Körper gewickelt und kam von einem Höhepunkt zum anderen. Mir öffneten sich alle Schleusen zugleich, und Tränen der Seligkeit mischten sich mit salzigem Schweiß.

Als ich gegen Morgen wieder zu mir kam, fand ich das große Marmorbad und erfrischte mich wohlig unter der Dusche, doch schon zog es mich wieder mit erotischen Gelüsten zu dem attraktiven Wesen, das ahnungslos auf dem Brokat schlummerte. Ich bedauerte sehr, seine Liebesschwüre noch nicht besser zu verstehen, denn er hatte mir in unserer Liebesnacht wunderschön klingende, teils arabische Worte ins Ohr geflüstert.

Lächelnd drehte ich mich zu ihm, der tief und fest schlief, rollte mich gegen seine olivfarbene Haut, leckte zärtlich und mit spitzer Zunge jeden Millimeter seines Halsgrübchens und schmiegte mich sehnsüchtig an seinen Körper, um einen Anteil morgendlicher Manneskraft zu ergattern. Sachte rieb und dehnte ich mich an ihm, so wie es mir gefiel, und spielte an ihm mit ständig wachsendem Erfolg. Leise stöhnend erwachte auch der Rest ... Tahim zog mich an sich, und zwischen weichen, weit geöffneten Schenkeln spürte ich, wie er in mich drang. Wir liebten uns voller Kraft und selbstvergessen, mit leisen, wollüstigen Lauten. Plötzlich drang schrilles Hundebellen herauf. Mir fiel schlagartig ein, wo ich war, und vor allen Dingen: wo ich nicht war!

»*Mon Dieu*, Tahim, wie spät ist es? Ich muß ins Hotel, meine Sachen packen. Mein Flug geht doch um elf.«

»Es ist zehn Uhr. Du hast doch versprochen zu bleiben«, kam die vernichtende Antwort.

»Ja, aber es ist zu kompliziert. Ich komme wieder. Dickes Ehrenwort!« Ich gab ihm einen Kuß auf den erstaunten Mund. »Ich muß sofort los.« Mit einem Satz sprang ich aus dem Bett.

»So schnell?« Tahim beobachtete mich unter halbgeschlossenen Lidern.

»Bitte mach jetzt keine Witze, beeile dich, Lieber! Du mußt mich bitte sofort ins Hotel fahren.« Ich sprang ins Bad, »Tahiiiim. *Vite. S'il te plaît.*« Ich drehte den Wasserhahn voll auf, damit kaltes Wasser käme – es war anfangs immer warm und rostig –, rannte ins Schlafzimmer zurück, um in mein Goldkleid zu schlüpfen, dann zurück ins Bad und bespritzte mein Gesicht kurz mit Wasser. Alle anderen Stellen wollte ich ungewaschen mit in den Flieger nehmen, um später meine Erinnerungen mit kleinen Duftwolken untermalen zu können. Eilig band ich meine Haare zum Knoten und lauschte dem großen Manitu, der prustend und singend Wasser in der Dusche verdrängte. Leise näherte ich mich dem Duschvorhang und sah den kräftigen Männerhintern, wohlgeformt die runden Backen ... Ach verdammt, wie

konnte ich nur abreisen? War dieser Mann denn nicht das große Glück? Und ich wollte es einfach zurücklassen! Traurigkeit verdrängte meine Hektik. Da griff ein nasser Arm nach mir und hob mich in die Dusche.
Laut kreischend wehrte ich mich: »Nein Tahim! Laß mich, bitte! Wir kommen zu spät.«
»Aber nein, *chérie*, ich habe schon telefoniert. Man wartet auf dich. Mach dir keine Sorgen.« Er zog mich an sich. Das Wasser lief an uns, an meinem Goldkleid herab. Geliebtes langersehntes Wesen, ja, halt mich fest! Leidenschaftlich küßten wir uns zum letzten Mal.
»*Je t'aime,* Julia. Wann wirst du wiederkommen?«
Langsam entglitt ich seinen Armen.
»Wenn du es ernsthaft möchtest, komme ich, so schnell ich kann.« Mir war klar, daß er es wollte und ernst meinte, aber hören wollte ich es noch einmal laut und deutlich.
»Natürlich möchte ich das, aber du wirst nicht wiederkommen. Ich habe ein solches Versprechen schon einmal gehört. Dein Versprechen von gestern abend, daß du hierbleibst, hast du auch nicht gehalten.« Er bekam einen wehmütigen Blick, und seine wunderbaren Augen streiften mich voller Melancholie.
»Liebling, bitte glaube mir. Ich werde zu dir kommen, so wahr ich hier im nassen Goldkleid auf den Kacheln liege.« Lachend küßte ich ihn auf den Mund und leckte ihm die letzten Wassertropfen von der Nase.
Etwas später fuhr uns Mallo, Tahims Chauffeur, mit hohem Tempo zum Hotel. Ich stürmte die Treppe hoch in mein Zimmer, packte meinen Armysack, die Fototasche und suchte das andere Kleid. Natürlich lag es zusammengeknüllt zwischen Schuhen und Urwaldutensilien. Also mußte ich mich mit dem nassen Goldkleid anfreunden und in ihm auf die lange Reise gehen. Hastig stürzte ich die Stufen wieder hinunter, drückte dem Chauffeur das Gepäck in die

Hand, legte dem verdutzten Hotelboy ein paar Scheine auf den Tresen und sprang wieder in den Wagen.
Tahim lachte glucksend, als er mich sah. »Du wirst einen neuen Modestil einführen, Julia.«
»Ich fühle mich scheußlich, alles ist so überstürzt und hektisch.«
»Du hättest früher nachgeben sollen, meine Liebe«, sagte Tahim mit einem unverschämten Grinsen.
»Weißt du, bei uns in Europa ziert man sich etwas länger, doch führt das zu multiplen Orgasmen.«
»Ist das wahr?« fragte er erstaunt zurück.
Ich tat beleidigt. »Schade, daß du heute nacht nicht dabei warst.«
Er grinste, und ich fing einen interessierten Blick des Chauffeurs im Rückspiegel auf. Ich machte ihm Zeichen, daß er lieber aufs Gas drücken sollte. Wir hatten inzwischen den staubigen Markt passiert. Mallo raste hupend zwischen Menschen, Hühnern und beladenen Schubkarren hindurch, und dann bogen wir um eine Kurve, hinter der ein Kinofilm begann: glänzendes, tropisches Himmelsblau, an dessen Horizont mit metallischem Brummen die schwere Maschine der *Air Afrique* in die Wolken stieg, langsam, aber beständig. Davor, auf dem flachen Dach des Flughafengebäudes, standen winkende Menschen in flimmernder Mittagshitze. Dann tauchte die Maschine in die Wolkendecke, verschwand ...
Mir fiel der Titel zu diesem Film ein: »Es begann, als ich mein Flugzeug verpaßte«.
Ich blickte zu Tahim, der offenbar völlig unbeteiligt auf dem Vordersitz saß. »Sagtest du nicht, daß man auf mich wartet?« Ich war ziemlich sauer. Daß er nicht antwortete, erboste mich noch mehr. »Wie kann das denn passieren? Die nächste Maschine fliegt erst wieder in einer Woche!«
Statt zu antworten, gab Tahim dem Chauffeur Zeichen, di-

rekt vor den Haupteingang zu fahren. Dann sprang er hinaus und verschwand hinter der Glastür.
Mallo beruhigte mich: »Der Patron wird das schon regeln.«
»Na, wie denn? Das Flugzeug ist doch weg!« Wütend lehnte ich mich zurück, als Tahim bereits zurückkam.
»Die Nachricht ist wohl nicht weitergegeben worden.« Damit stieg er wieder ein und hüllte sich in Schweigen. Der Wagen setzte sich in Bewegung.
Da kein weiterer Kommentar folgte, erstickte ich fast an meinem Zorn. »Na, und jetzt, was schlägst du mit deinen vielen Möglichkeiten vor?« fragte ich schnippisch.
Tahim drehte sich kühl zu mir um: »Ich habe alles versucht. Wir müssen die nächste Maschine abwarten.«
Damit war das Thema für ihn beendet. Schweigend fuhren wir eine halbe Stunde lang zurück in die Stadt. Ich haßte dieses Schweigen, empfand es wie eine Strafe. Ich wurde unbedeutend, fühlte mich klein und elend. Tahim stieg an einer Straßenkreuzung aus und gab dem Chauffeur die Anweisung: »Bring Madame nach Hause, und dann kommst du zurück.«
»*Oui, patron.*«
Zu mir gewandt, sagte er kurz: »Ich bin mittags zurück, sag mir Bescheid, wenn du etwas brauchst.« Brüsk wurde die Tür zugeschlagen.
Na gut, ich mußte mich ein wenig beruhigen. Vielleicht war ich doch nicht das Wichtigste auf der Welt. Schließlich konnte man nun nichts mehr ändern, und offensichtlich bewegten Tahim im Moment andere Dinge mehr.

7

Mallo verriegelte die Türen, und dann ging es eine schöne Palmenallee entlang am Fluß vorbei, wo vereinzelt Pirogen ans andere Ufer strebten. Und da waren wir auch schon in der Einfahrt, die mir vage vom Vorabend in Erinnerung war. Aber wie schön war die Umgebung heute, dieser große verwilderte Garten mit duftenden Blüten in einer Form- und Farbenpracht, wie ich sie nie zuvor gesehen hatte. Eine Hecke aus mannshohen Hibiskusbüschen, Kakteensträucher mit lanzenartigen weißen Blütendolden, Weihnachtssterne als meterhohe Gewächse am Gartenhaus, Papayabäume an der Terrasse und schlanke Liliengewächse in tönernen Gefäßen an der geschwungenen Treppe zum Salon. Ein Paradies!

Ich stieg zur Terrasse hinauf und ging neugierig in den großen, feudalen Salon. Das Telefon schrillte, und fast im gleichen Moment kam ein schwarzer Mensch mit weißer Schürze aus einer Tür gestürmt, Mittagsdüfte hinter sich herziehend. Er erschrak zu Tode, als er mich sah – *»Pardon, madame!«* –, griff wie in Trance mit einer fettigen Hand nach dem Hörer – *»Oui? Oui. Non.«* (Blick zu mir) *»Oui. Oui, patron.«* –, dann reichte er mir den glitschigen Hörer. Ich faßte ihn mit spitzen Fingern und meldete mich: *»Oui, patron?«* Wir mußten beide lachen. Tahim lachte sein kurzes, helles Glucksen, das ich so gern mochte.

»Geht es dir gut?« wollte er wissen.

»Ja, *chéri*, sehr gut, der erste Schreck ist vorbei.«

»Sag mir bitte, was du brauchst, ich schicke dir sofort Mallo vorbei.«

»Das ist lieb von dir. Ich habe nämlich nichts anzuziehen.«

»Ich kümmere mich darum und bin in einer Stunde da. *Je t'embrasse.*«

»Ich dich auch, beeil dich.«

Mein Blick fiel auf den erstaunten Menschen neben mir. »*Bonjour*«, begrüßte ich ihn freundlich.

»*Madame.*« Er verneigte sich bis zum Knie und verschwand eilig. Ein Boy kam und brachte mir auf einem Tablett ein Glas Guavensaft und frische Ananasscheiben. Wunderbar, dieser Geschmack, der nichts mit der Ware in Deutschland gemein hatte. Genüßlich ließ ich mir den grünlichen Saft auf der Zunge zergehen und träumte von der Nacht. Tahim hatte mir ins Ohr geflüstert, daß er ein Kind wolle. Na, warum nicht, wenngleich dies eine etwas schnelle Entscheidung wäre ... Aber solche Dinge gingen eben schnell bei mir. Auf was sollte ich denn warten? Erst einmal sehen, wie sich alles entwickelte? O nein, ich selbst bestimmte diese Entwicklung, und diesmal verlief sie ebenso schnell wie gewiß. Ich genoß die Vielfalt und Fülle des Glücks, das mich erfaßt hatte, und öffnete mein Herz für einen berauschenden Höhenflug.

Die Mittagsglut kroch lähmend durch den großen Salon. Mir rann der Schweiß in Strömen herab, und als mir die Düfte der Nacht in die Nase stiegen, fiel mir ein, daß ich immer noch ungeduscht war und eigentlich in dieser Wolke nach Europa hatte schweben wollen. Doch im Moment war ich zu faul und zog mich in die hinterste Ecke des Salons zurück. Hier war es wegen der Klimaanlage am erträglichsten. Plötzlich stürmte ein hübscher Bengel herein. Als er zufällig in meine Richtung sah, versteinerte er mitten in der Bewegung. Es sah sehr komisch aus, und ich mußte lachen. Auch der Bengel verzog den breiten Mund zu einem Grinsen. »*Bonjour.*«

»Guten Tag.« Über meine deutsche Antwort mochte er ruhig ein wenig nachdenken, aber da war er auch schon im

Flur verschwunden. Ein hübscher Mischlingsbursche, ungefähr achtzehn Jahre, ein Kind Tahims?

Inzwischen deckte der Koch den Mittagstisch, und die große Terrassentür wurde wohl wegen der Hitze hermetisch verschlossen. Ich bewunderte den großartig angelegten Innenraum mit Möbeln aus wertvollen dunklen Hölzern. Das Haus strahlte Ruhe und Beständigkeit aus. Noch zwei andere Jungs kamen die Terrasse entlang. Donnerwetter, wenn jetzt noch die Mutter dazu käme …

Statt dessen kam Tahim, ganz strenger Papa diesmal.

»Alles deine?« fragte ich und deutete auf die Burschen, die mich mit unverhohlener Neugier musterten.

Wir setzten uns an den Mittagstisch, nachdem mir Tahim den Platz an seiner Seite zugewiesen hatte.

»Nein, nur Justin und Jean-Luc. Marc ist ein Freund der Familie.«

Dann nahmen wir schweigend die Mahlzeit ein, die aus einer Art Lammsuppe mit Weißbrot bestand. Der Koch räumte ohne Aufforderung ab und servierte Papaya zum Dessert. Der Boy schlich mit gebügelter Wäsche über den Gang, und unten im Garten striegelte der Gärtner einen schlanken schwarzen Hund, der die Nase zu mir hochstreckte.

Plötzlich stand Tahim auf. *»Excuse-moi.«* Mit energischen Schritten ging er durch den Salon in seine privaten Gemächer. Kurz darauf hörte ich ihn unter der Dusche prusten. Offensichtlich war ich vergessen oder gehörte bereits zum Inventar, wobei ich nicht wußte, was schlimmer war. Irgendwie hatte ich Hemmungen, ihm allzu zielstrebig in die hinteren Gemächer zu folgen, und drückte mich ein wenig auf der Terrasse herum. Ich hörte, wie die Jungs aufstanden und zu mir herüberlachten.

»Wir wollen nicht stören, wenn Papa mit einer jungen Frau hier ist«, erklärte Justin.

»Aber ihr stört doch gar nicht, ich fühle mich sehr wohl. Vielen Dank.«

Bis auf den Koch und den Wächter gingen nun alle Angestellten heim. *»A demain, madame«*, grüßten sie freundlich zu mir herauf, als gehörte ich schon seit langem dazu.

Da hörte ich schnelle Schritte hinter mir. Tahim kam zurück, nahm meine Hand und erklärte mir im Weiterlaufen: »Ich habe es sehr eilig, aber ich schicke dir den Chauffeur sofort zum Einkaufen zurück.«

»Ist denn gar keine Zeit für ...?« Ich nahm seinen Kopf zwischen meine Hände und küßte ihn weich auf den Mund. »Bist du sicher, daß du gehen mußt?«

Tahim ließ sein glucksendes Lachen hören. »Entschuldige, es muß sein, Geschäfte. Bis gleich, *chérie.*« Er nahm die Jungs mit. Dann hörte ich es unten hupen und sah die schwere Limousine stadteinwärts fahren.

Später beim Einkaufen landete ich in einer mittleren Bruchbude mit morschen Wänden und staubigem Boden. Der Chauffeur erklärte mir, daß dies der beste Laden für Kleider sei, und überreichte mir gleichzeitig ein Kuvert vom »Patron«. Der Patron schickte mir viele bunte Geldscheine. Ich war ziemlich verblüfft. Erweckte ich einen ärmlichen Eindruck, oder war das in reichen Kreisen so üblich? Der Gedanke gefiel mir nicht, daß ich finanzierungsbedürftig sei, und so gab ich Mallo das Kuvert zurück. Eigentlich aber konnte ich das Geld dringend brauchen. Ich kaufte mir ein schwarzes Kleid, eng und sexy, mit einer aufgeplatzten Naht und fehlenden Knöpfen. Es war das einzige Kleid, das es gab. Pumps gebe es leider ausschließlich in afrikanischen Größen, ab vierzig, teilte mir die kleine schwarze Verkäuferin mit den kunstvoll geflochtenen Haaren mit. Mir war bereits aufgefallen, daß die dunklen Damen hier viel Aufwand mit ihren Frisuren trieben, die häufig sehr edle Gestecke waren. Schick und gepflegt sahen die

Frauen aus, wenn man einmal von den stets ausgetretenen Schuhen absah.

Es gab noch einen Laden mit T-Shirts und Jeans, doch war die gesamte Kleidung mit einer Staubschicht aus rotem Sand bedeckt. So entschloß ich mich zu einem rosafarbenen Straßhemd mit einem Loch auf der Vorderseite und ein paar Turnschuhen, von denen nur der linke Schuh einen Schnürsenkel hatte. Bei den Jeans suchte ich mir die schönste unter den zerlöcherten heraus und fand eine mit unterschiedlichen Beinfarben. Ich fragte den Chauffeur: »Und so etwas wird verkauft?«

»Aber ja, *madame*, das sieht doch gut aus.«

Na gut, vielleicht sollte ich das nicht so eng sehen. Neugierig ließ ich mich anschließend zum großen Manitu fahren. Und spätestens hier reihte ich mich ehrfürchtig unter seine Bewunderer: Was ich sah, war ein riesiger Flachbau mit Lagerhallen, Büros und Verkaufsräumen hinter langen Glasfronten, Fuhrparks mit Lkws und Pickups, Angestellte in blauen Overalls, blasse Europäer mit Aktenstapeln, dazwischen vereinzelte Gemüsefrauen, die ihre frische Ware in Kasserollen auf dem Kopf durch die sengende Hitze trugen.

Mallo ließ mich an einem kleinen Portal heraus und deutete auf eine hohe Fensterfront: *»Le patron est là.«*

»*Merci*, Mallo, aber bitte nicht vergessen, das Geldkuvert zurückzugeben.«

»Bien sûr, madame.« Dann verschwand er in einer kleinen Warteschlange von Menschen.

Ich wand mich langsam aus der Limousine und bemühte mich um Fassung. Ein gewaltiges Imperium lag da vor mir, und sicher war das nur ein Teil. Mir fiel ein, wie Hans Schnell Tahim bezeichnet hatte, als »den reichsten Mann nach dem Staat«. Gefolgt von neugierigen Blicken, ging ich in das eiskalt klimatisierte Büro und tat so, als wären mir diese Dimensionen geläufig. Tahim fand ich in einem kleinen, bescheidenen Raum, das Kuvert in der Hand. Er sprang sofort auf, als ich durch die Tür kam, und stellte mich seinem Gast vor, einem Freund der Familie, der offensichtlich ein neues Auto brauchte. Bei der Gelegenheit wurde er gleich zum Essen eingeladen.

»Julia ist hier zu Besuch. Sie war lange bei den Pygmäen und macht nun einen Fotoband darüber.« Stolz führte Tahim mich mit dem Gast wieder hinaus, an der Warteschlange der Bedürftigen, Schnorrer und Arbeitsuchenden entlang, und jeder einzelne wurde von ihm begrüßt. Am Auto verabschiedete er sich: «Bis gleich, *chérie.*«

»Hast du jeden Tag diese Leute vor der Tür?« wollte ich wissen.

»Ich kann mich ihnen moralisch nicht entziehen. Teilweise gehören sie zur Familie und schleppen immer mehr Verwandte nach sich. Das ist so hier in Afrika. Einer verdient, und alle anderen profitieren davon. Ich helfe, soweit es geht.« Er lächelte melancholisch. »Dieses Land ist so verdammt arm. Wo möchtest du jetzt hinfahren?«

»Vielleicht ein paar von diesen schönen Pagnes kaufen.«

»*Bon*, aber laß Mallo die Preise machen, ja?« fügte er schmunzelnd hinzu.

Ich strahlte ihn an, konnte einfach nicht anders, ich fühlte mich so wunderbar ...

Am Markt kannte Mallo alle einschlägigen Plätze, an denen man die bunten Tücher bekommen konnte. Wir kauften vier verschiedene in wunderschönen afrikanischen Motiven, dann noch grüne, längliche Mangos, die kunstvoll zu kleinen Pyramiden geschichtet waren, sowie rotes Piment, das grüppchenweise in draller Schotenform und aufreizend riechend gebündelt lag.

Ich fand auch Basilikum, grünen Salat und Tomaten und staunte nicht schlecht: Die ganze europäische Gemüsepalette lag zum Verkauf da, sogar Kohl und grüne Bohnen. Die schwarzen Gemüsefrauen, die daneben hockten, teilten sich die Münzen, mit denen Mallo zahlte, jeweils hundert Centimes für ein Grüppchen Gemüse, das war wenig Geld, circa dreißig Pfennige.

Ich feilschte wie ein Berserker um die letzte Ananas und wollte sie als Zugabe, immerhin war ich lernfähig. Es wurde ein langes Palaver, mit viel Charme und Beharrlichkeit. Familientragödien wurden erzählt, um den Preis zu halten. Ich hingegen erzählte von meiner kranken Mutter, die nur mit dieser geschenkten Ananas geheilt werden könnte, und versuchte dabei ernst zu bleiben. Verblüfft berieten die Frauen sich, doch eine hatte mich durchschaut und kreischte plötzlich los. Alle lachten wir schallend wie Verbündete. Ich hatte gewonnen und war mächtig stolz auf mich. Nun standen sie lachend um mich herum und bestaunten unverhohlen meine hellen Augen und die langen Haare.

»Mallo, sag ihnen, daß ich sie auch sehr schön finde, daß mir besonders ihre großen Augen gefallen und daß sie eine sehr schöne, glänzende Haut haben, ja?«

Er grinste. Ihm war es peinlich, daß er dies den Gemüsefrauen sagen sollte. Verlegen wiegte er sich auf den kurzen Beinen, schließlich übersetzte er meine Worte auf Sango. Sofort kreischten die Frauen vor Vergnügen wieder auf und schlugen sich auf die Schenkel. Ich sah ihre blendendweißen Zähne und lachte mit. Ich fand die Frauen einfach wunderbar, so direkt und ausdrucksvoll. Ich verstand gar nicht, daß sie von den Weißen herablassend behandelt wurden. Tahim hatte mir in diesem Zusammenhang erklärt, man würde die Hausangestellten nicht siezen. Sie selber wollten es auch nicht, es wäre ihnen respektlos gegenüber dem verehrten Patron vorgekommen. Tatsächlich hatte ich schon gesehen, wie der Koch in ehrerbietigem Abstand vor Tahim hockte, um Auskünfte für das folgende Abendessen zu empfangen. Viel später sollte ich mich in der gleichen Haltung vorfinden,

und sie sollte Ausdruck einer tief empfundenen Dankbarkeit und Zuneigung sein, nicht eines hierarchischen Gefälles.
»Mallo, frag sie bitte noch, ob ich Fotos von ihnen machen darf.«
Doch das wollten sie nicht. Sie drehten sich abrupt von mir ab. Ich bat sie noch einmal inständig: *»Mais oui. Vous êtes si belles.«*
Etwas ratlos sahen die Frauen sich an. Dann nickte die dickste und richtete sich den Kopfputz. Also gut. Blitzschnell hatte ich die Kamera draußen und fotografierte sie zwischen all dem bunten Gemüse. Noch bevor sie in ihrem schönsten Gesichtsausdruck erstarren konnten, hatte ich fast alle ihre Gemütsfacetten durch.
Plötzlich wurde ich brutal zur Seite geschubst. Ein langer Schwarzer schimpfte auf mich ein. Die Frauen sprangen auf und griffen ihn lautstark an. Irgend jemand grapschte nach meiner Kamera. Ich schlug ihm kräftig auf die Finger, und dann war ich umringt von geifernden, dunklen Menschen, die nichts Freundliches oder Vertrautes mehr hatten. Ich sah nur noch blanke Wut in dunklen Augen. Schon schlug ein Arm nach mir. Mallo zerrte mich im letzten Augenblick mit Schwung ins Auto. Der Kreis hatte sich verdichtet, und die Leute waren wie aus dem Häuschen. Sie wollten wohl nicht, daß die Frauen fotografiert würden.
»Das war aber knapp. *Merci*, Mallo.«
Er sah mich kurz aus ernsten Augen an. »Sie sollten die Leute nicht schlagen, auch wenn Sie recht haben. Hier ist das Rassismus, Sie sind schließlich weiß.«
»Ach so? Aber er hat zuerst nach mir geschlagen.« Ich war ziemlich fassungslos, wie schnell die Stimmung umgeschlagen war. Wenigstens hatte ich meinen Fotoapparat gerettet.
Der Markt zog sich weiter um die nächste Biegung, fast fünf Kilometer weit. Er war so groß wie ein ganzes Viertel. Hier

schlug das Herz von Bangui. Alles, was nicht niet- und nagelfest war, wurde in kleinen Buden verkauft. Ansammlungen von Muselmanen und Schwarzen, buntgekleideten Menschen, standen am dreckigen Straßenrand und blokkierten die Fahrbahn. Kinder gafften und bettelten. Schiefe Möbel wurden angeboten, ein Karren mit blutigen Ochsenteilen vorbeigeschoben. Gelbe, klapprige Taxen kreuzten durcheinander, und zwischendurch sah man immer wieder ein paar saubere Hütten von Arabern.
Dieser Ort war auch der Umschlagplatz des eigenen Ausverkaufs Zentralafrikas. Da lagen die seltensten Affenarten, die schon längst unter Artenschutz standen, am Straßenrand oder hingen aufgespießt und voll schwarzer Fliegen an einem Stock zusammengebündelt. Waldschildkröten, Nainbüffel, schwarzgeräuchert mit starker Madenbewegung, etwas versteckt sogar Pantherhaut. Ich entschloß mich, den Verkäufer direkt anzusprechen, und stieg aus. Mallo bekam einen panischen Gesichtsausdruck, doch ich beruhigte ihn: »Keine Fotos. Versprochen.«
Der Mann kam mir freundlich entgegen. »*Bonjour, madame*, suchen Sie schöne Katzenhaut oder Elfenbein?«
Ich war schockiert. »Wieso habt ihr hier alle Elfenbein? Das darf doch längst nicht mehr verkauft werden!«
Er grinste. »Ich habe nur ein bißchen und nicht teuer.« Er holte aus dem hinteren Teil der Bude mehrere Armreifen und große Schachbrettfiguren.
Ich wehrte energisch ab. »Ihr verkauft eure letzten großen Tiere für ein paar Pfennige. In ein bis zwei Jahren sind sie für immer verschwunden, dann könnt ihr nur noch Hühnerschnäbel anbieten. Ihr dürft das nicht mehr verkaufen! Die Tiere sind alle geschützt und müssen sich erst wieder vermehren.« Ich hatte mich immer schon leidenschaftlich für den Schutz der Tiere eingesetzt, doch hier stieß ich auf völliges Unverständnis.

»Ach Madame, so schnell sind die nicht verschwunden, wir haben so viele.« Der dicke Schwarze lachte gemütlich. Ein Nachbar kam dazu und hörte interessiert zu.
»Ach so? Und wo sind dann eure Elefanten? Warum sind sie im Kongobecken und nicht mehr in der Zentralafrikanischen Republik?«
Nun hatte sich eine kleine Gruppe um mich gebildet. Auch Mallo hörte interessiert zu. Man nickte, und weitere Fragen wurden gestellt. »Warum sagt uns keiner, welche Tiere wir nicht töten dürfen?« fragte mich ein drahtiger Kerl aus der Runde.
»Weil leider auch die Regierung das alles nicht ernst nimmt, genau wie der Kollege hier.« Ich deutete auf den Verkäufer.
»Aber ihr dürft geschützte Tiere nicht mehr ankaufen, die Polizei kann euch dafür Geldstrafen auferlegen.«
Das beeindruckte die Männer schließlich, und die Objekte wurden weggeräumt. Die Diskussion ging lautstark weiter, während ich bereits im Auto saß. Anscheinend hatte ich ins Schwarze getroffen. Mallo erzählte mir, der dicke Verkäufer habe bestätigt, daß es immer schwieriger sei, an Großwild heranzukommen.

Zum Haus zurückgekehrt, wurde uns das große Portal von dem Muselmann geöffnet, den ich bereits am Vorabend gesehen hatte. Ein hübscher, junger Kerl, der freundlich grüßte: Muhamet. Alle Eingangstore, Pforten, Türen waren verschlossen, das Haus selbst war vergittert und verrammelt. Der Sentinel arbeitete sich durch fünf Schlösser und erklärte mir dabei auf arabisch, daß sie gegen Einbrecher seien, was er mir mit beredten Gesten verständlich machte. Das große, eisenvergitterte Haus wirkte in der flauen Mittagshitze wie ein vergessenes Feudalgefängnis. Langsam schob der Bursche das schwere Gitter der Terrasse zur Seite und ließ mich in den Salon. Dort war bereits Mokka vorbereitet, und der Koch, der sehr um mein Wohl besorgt war, hatte auch die Bar bestückt.

Zuerst nahm ich eine kühle Dusche, nach der mein Körper lechzte, und schon mischte sich das Rinnsal mit dem roten Sand und Seifenschaumklecksen. Ich hatte Mühe, die Seife von der Haut zu duschen, so weich war das Wasser. Frottiertuch und Badeöl ... Meine Gedanken wanderten zu Tahim. Ich konnte mir nicht vorstellen, daß er in diesem Augenblick als knallharter Geschäftsmogul fungierte. Gleichwohl gefiel mir dieses Bild, es imponierte mir sogar gewaltig, und sein Gegensatz zu Tahims verliebten Zärtlichkeiten törnte mich stark an. Schon längst hatte ich Sehnsucht nach ihm, und blickte im Geist tief in seine dunklen Augen. Er mußte ja bald kommen. Nervosität stieg in mir auf. Ich malte mir die Lippen nach, legte Rouge auf, parfümierte die Haare mit Blütenduft ... Dann stellte sich mir die Frage nach einem schönen Drink. Nachmittags Alkohol bei der Hitze? Andererseits ... nachmittags keinen Alkohol bei der Hitze – das kannte ich ja zur Genüge.

Die Sonne schickte schräges Gold über den Garten. Aus dem Transistor des Sentinel klang Zouk-Musik zu mir herauf. Dazu gehörte eindeutig ein Sundowner: drei Finger Gin, zwei Finger Limettensaft, viel Rocks. Das tat meiner Seele gut. Mein Blick fiel auf das Radio am Büffet, und ich suchte mir meinen eigenen Zouk. Ja, da war er, noch lauter. Zweimal Becken kreisen, Bein links einmal vor, rechts zweimal Hüfte vor, zweimal kreisen, genau. Schubiduhh, *gba gue* ... schubidu, drei, vier, dida dumm schumm ... dubadubaduuuhh, *gba gue ti,* nach rechts ... *wali*, nach links ... *gba gue ti koli* ... Ein bißchen Sango hatte ich schon gelernt, und nun sang ich laut mit ... dadiduhh ... Da griff mich von hinten ein Arm, drehte mich herum, und ich sah in das lachende Gesicht Tahims.

»Was, du bist schon da, ich habe nichts gehört.« Außer

Atem und offenen Mundes staunte ich ihn an. Er küßte mich.
»Entschuldige, ich muß sofort unter die Dusche, ich war die ganze Zeit in den Lagerräumen.« Kurz zeigte er mir noch ein kleines, elegantes Solo von hinten ... *gba gue ti koli* ... Damit verschaffte er sich einen starken Abgang ins Bad.
Und ließ mich mit einer wahnsinnigen Freude zurück. Dieser Mann verkörperte genau das, was mich faszinierte, mich zugleich verblüffte und andächtig machte. Ich stieg ihm nach in die Dusche unter das prickelnde Wasser, umarmte ihn, leckte und küßte die Wassertropfen von seiner olivfarbenen Haut, am Hals und an der schimmernden Ader entlang. Ja, da gehörte ein kleiner Biß hinein ...
»Uhhh, Julia.« Tahim stöhnte lustvoll.
Ich verspürte einen ungeheuren Lebensleichtsinn und eine riesige Lust, drückte mich an muskulöse Schultern und ziepte mit den Zähnen zärtlich an seinen Achselhaaren. Tahim preßte mich eng an sich und zwang mich innezuhalten. Ich spürte alles, was ich liebte, und gab mich voller Begierde dem Augenblick, dem Mann, der mich erfüllte, hin ... Tahim stöhnte, grub sich in mein Haar und küßte mich, bis er zum Höhepunkt kam. Wir waren so eng umschlungen, daß ich nicht spürte, wo er anfing und ich aufhörte. So rutschten wir unter dem lauwarmen Strahl der Brause sanft an den feuchten Kacheln hinab.
Wieder bellte der Hund. Ich kam langsam zu mir und mußte lachen. »Bellt er immer, wenn du ...«
Tahim gluckste. »Das ist mir noch nie aufgefallen. Ich glaube eher, daß er versucht Gäste fernzuhalten, die gerade angekommen sind.«
»Gute Idee, und was hältst du davon?«
Tahim überlegte kurz, da klopfte es auch schon an der Tür.
»*Patron, Monsieur Ngatoua est là*«, hörte ich die Stimme des Boys.

Tahim räusperte sich kurz und nahm sozusagen Haltung an. »Ich komme sofort.« Dann wickelte er sich in einen Hausmantel. »Kommst du nach?« Er gab mir einen Kuß auf die Nasenspitze und verschwand.
Ich zog mich auf unser Bett zurück, träumte, hörte entfernte Begrüßungsfloskeln, Lachen, leises Gläserklirren, und schon lullte mich eine freundliche, kühle Brise ein.

Eine leise Stimme schlich sich in mein Unterbewußtsein. »Wie kann ein so kleiner Mensch bloß so lange schlafen?« Tahim hatte sich dicht an mein Ohr gerollt und beobachtete mich lächelnd, als ich langsam zu mir kam. Bereits mit dem ersten Augenaufschlag durchströmten mich warme Glücksgefühle, und mich ergriff das Weltumarmungssyndrom.
»*Chéri*, ich bin unbeschreiblich glücklich und ... wahnsinnig hungrig.« Wir mußten beide lachen, und ich drückte meinen Liebsten fest an mich, ein Traum? Nein, ich hatte meinen Mister Good gefunden. Albern knuffte ich ihn in die Seite, und dann sprangen wir zugleich aus dem Bett. Ich hatte die ganze Nacht fest durchgeschlafen und fühlte mich voller Energie.
»*C'est quoi*: ›ja gutt‹ *et* ›serrrr gutt‹«, wollte er wissen, »du sagst es so oft.« Er sprach die deutschen Wörter so komisch aus, daß ich wieder lachen mußte.
»›Ja‹ heißt *oui*, ›gut‹, das bist du, und ›sehr gut‹ heißt *très bon*. Komm, laß uns frühstücken.«
Der Traum setzte sich auf der Terrasse an einem wunderbar gedeckten Tisch fort, der in früher Morgensonne glänzte. Bestandteil des Traumes war auch der Koch, der etwas abseits auf unsere Wünsche wartete und freundlich grüßte, und der frische, dampfende Kaffee, der hier ganz anders schmeckte – natürlich besser, schöner, brauner, stärker –, und das warme Baguette, das auch viel länger, schöner ...
»Wir fahren später zum Dschungelhaus ins Saland. Ein paar

Freunde kommen nach. Sie sind sehr neugierig auf dich«, verkündete Tahim.
Ich hatte gemischte Gefühle. »Vielleicht kommen ja meine Freunde gerade aus dem Urwaldlager zurück und sehen mich in deinem schön gemachten Nest.«
»Aber wo ist da das Problem? Sie sind herzlich willkommen.«
»Du hast ja recht, ich habe eben ein schlechtes Gewissen.«
Ich sah kleine türkisfarbene Honigsauger in diesem Paradies des frühen Morgens, wie sie mit ihren langen Schnäbeln in den bordeauxfarbenen Bougainvilleablüten angelten. Das Grün des Gartens war noch dunkel und frisch, und die Blätter waren weit dem Tau geöffnet.
»Wunderschön ist dein Garten. Ich habe noch nie eine so vielfältige Blütenpracht gesehen.«
»Leider ist er ziemlich verwildert, hier kümmert sich niemand so richtig darum.«
Die kleine schwarze Hündin kam angeschwänzelt und legte ihre lange Nase auf mein Knie. Vertrauensvoll blinzelte sie mich und dann das Baguette an. Ich streichelte sie. »Na, für dich hat keiner gedeckt?« Ich gab ihr ein Stückchen Käse.
»Damit hast du eine Freundin fürs Leben gewonnen.«
Tahim sah etwas säuerlich drein. Ich hatte das Gefühl, daß er Tiere nicht unbedingt in sein Herz geschlossen hatte.
»Ich werde sie Zombie nennen. Sie hat so wissende Augen, als stecke ein uraltes, leidgeprüftes Wesen in ihr.«
»Aber sie hat schon einen Namen, sie heißt Nora.«
»Gut, ab heute heißt sie Zombie. Siehst du, sie hört schon darauf.« Zombie hatte die Ohren gespitzt und beobachtete mich aufmerksam.
»Ja, meine Süße, auch du hast ab jetzt eine Freundin«, versprach ich ihr. Schon lag ihr Kopf wieder auf meinen Knien, und sie gab einen tiefen Seufzer von sich.
Tahim schaufelte mit Affengeschwindigkeit das Frühstück

in sich hinein, Baguette, Marmelade, Joghurt, Papayastreifen. Er hatte fertig gegessen und getrunken, bevor ich überhaupt den ersten Bissen im Mund hatte. Ich musterte diesen Mann, der all das Schöne um sich herum hatte und doch, wie mir schien, so wenig davon spürte.

»*Chéri*, darf ich dir ein wenig beibringen, wie man das Leben genießt, Dinge sieht und achtet, die einem nicht jeden Tag geschenkt werden?«

Er sah mich verblüfft, aber auch interessiert an, als hätte ich ihm von einer Ölquelle in seinem Garten erzählt. »*Oui*, Julia, *ma puce, plus tard* ... später.« Und schon war er die Treppe hinuntergelaufen.

Ich pfiff ihn mit leichter Empörung zurück. »Tahim, bitte, ganz wichtig!«

Eilig kam er zurück und zog seine rabenschwarzen Augenbrauen weit in die Höhe. »Habe ich etwas vergessen?«

»Ja. Komm mal näher ...« Zart umfaßte ich sein Gesicht. »Ich möchte, daß du mir auf Wiedersehen sagst. Ich möchte jeden Kuß von dir, der irgendwie möglich ist.«

Erstaunt blickte er mir in die Augen, dann nickte er zustimmend. »Du hast recht, wir wollen nichts versäumen.« Innig und mit geschlossenen Augen küßte er meine Lippen. Ich leckte ihm bei der Gelegenheit einen Croissantkrümel von der Wange. Lachend lief er die Treppe hinunter, und kurz darauf schnurrte die dicke blaue Limousine davon.

Wild und übermütig schmuste ich mit der kleinen Zombie, biß ihr in die nasse Nase, bohrte in ihren langen Ohren und füllte sie mit Käse, bis sie sich laut kläffend wehrte und im Kreis drehte. Mir fiel ein, daß ich im Institut Bescheid sagen mußte, daß ich später käme, und auch Mami sollte ich anrufen. Nach vielen Versuchen merkte ich, daß es keine Direktwahl gab, und so war ich der Gnade einer müden Telefonmadame ausgeliefert. Beiläufig erkundigte sie sich:

»Bleiben Sie länger bei Monsieur Sadar?«

»Sind Sie eine Verwandte, oder warum wollen Sie das wissen?« fragte ich verblüfft.
»Ach, nur so, hier sind wir alle eine Familie. *C'est comme ça.*«
Nach einer Stunde klingelte es endlich. Weit weg hörte ich die Stimme meiner Mutter.
»Hallo Mami, meine Süße, wie geht es dir?« Das Echo hallte lange nach, dann hörte ich wieder ihre dünne Stimme:
»Ach, Maus, Gott sei Dank höre ich etwas von dir. Bist du schon aus dem Urwald heraus, bist du auch gesund?«
»Ja, alles ist bestens, außer daß es Krach gegeben hat ... Und ich habe mich wahnsinnig verliebt.«
»Waaas? In einen Pygmäen?«
Ich mußte schallend lachen. »Du traust mir anscheinend alles zu. Nein, in einen Libanesen aus Bangui. Ich bleibe deshalb auch länger.«
»Ach Maus, paß bloß auf dich auf. Das ist doch alles so fremd für dich.«
»Wird schon gutgehen. Also, meine Süße, tschüs und bis bald.«
»Wann kommst du?«
»An einem Sonntag.«
»An welchem?«
»Keine Ahnung! Tschühüsss, ich melde mich wieder, Bussi.« Unsere letzten Sätze waren so vermischt mit dem Echo, daß ich nur die Hälfte verstanden hatte.
Die Telefonmadame klingelte. »Ist das Gespräch beendet?«
»*Oui, oui.*«
»Ihre Mutter hat sich sicher sehr gefreut, *n'est pas*?«
»Ach, das haben Sie verstanden? Gehen hier die Telefonate über den Radiosender, daß alle zuhören?« fragte ich etwas spitz, denn ich haßte Indiskretionen.
»Bitte entschuldigen Sie, *madame*, ich habe nur gehört, wie

Sie ›Mami‹ gesagt haben, und sonst nichts. *Excusez-moi.*«
Sie fand mich wohl ziemlich unfreundlich.
Der Tag verlief geruhsam, heiß. Später kam der Chauffeur vorbei und legte mehrere Plastiktüten auf das Büfett. »*Pour vous, madame.*« Er lächelte mir freundlich zu.
Zu Mallo hatte ich von Anfang an Vertrauen, er war selbstsicher und außerdem verantwortungsvoll. Ich mochte sein heiteres Gesicht und seinen irritierten Ausdruck, wenn er versuchte, meinen Humor zu verstehen. In einer Tüte waren acht verschiedene Schachteln Zigarillos.
»Ich wußte Ihre Marke nicht, und der Patron sagte, ich soll sie alle kaufen.«
Ich lachte. »Die reichen mindestens für ein Jahr, Mallo.«
»Sie werden doch viel länger bleiben, *madame.*« Das sagte er mit der größten Selbstverständlichkeit.
In der anderen Tüte waren italienische Frauenzeitschriften. Ich war gerührt von Tahims Fürsorge. Er dachte also auch in seinem großen Monsterbüro an mich. »Und was ist das?« Ich hielt Mallo eine kleine Flasche mit einer gelblichen Flüssigkeit vor die Nase. »*C'est de la citronelle contre les moustiques.*«
»Ach, Mallo, du bist ein Schatz, *merci.*«
»Gern geschehen.«
Ich gab ihm noch ein Fax an mein Institut für das Büro mit. Darin teilte ich mit, daß ich eine Woche später kommen würde, und gab als Verzögerungsgrund einen Sandsturm an. Das kam mir glaubwürdig vor. Wie sonst sollte ich alles kurz und verständlich erklären?

8

Die Fahrt in das Dschungelhaus wurde verschoben, da wir abends eingeladen waren. Eine bunte Gesellschaft aus allen Schichten, Tahims engste Freunde, waren dort, darunter ein dicker afrikanischer Bankdirektor in hellblauem Boubou mit goldbestickter Hose. Sein Nacken ringelte sich in vielfachen Würsten bis zum Hemdansatz und setzte sich pyramidenförmig bis zu den Schuhen fort. Er lachte hell und ansteckend, und ich mochte ihn sofort. Ein ergrauter Chirurg wurde mir als Théodore vorgestellt, mit spanischer, feinsinniger Frau. Dann war da Ndiayne, eine bildhübsche Afrikanerin, die mir auf Anhieb so sympathisch war, daß ich sie einfach auf hiesige Art begrüßte: ein Kuß rechts, einer links, einer rechts, zwei links. Begeistert hielt sie meine Hände fest, und wir lachten spontan. »*Merci, vous êtes très gentille.*« Ich wußte sofort, daß dies der Beginn einer Freundschaft war.

Wir sahen der Gruppe zu, die bereits tanzte. »Es sieht so erotisch aus, wenn die Frauen hier tanzen.«

Ndiayne nickte. »Aber das können Sie auch. Ich werde es Ihnen beibringen.« Und schon wiegte sie sich in den Hüften. Tahim klatschte dazu und tanzte mit. Ich war begeistert. Was machten sie bloß mit ihrem Becken?

»Tahim, dauert es lange, bis ich den Zouk so tanzen kann?« fragte ich begierig.

»Können wir gleich üben.« Lachend zog er mich zu den anderen.

Da tanzte schon der Chirurg in der Mitte, übrigens ein sehr gutaussehender Mischling, halb Franzose, halb Banda. In der Hocke umkreiste er eine junge Frau, die tanzend eine

Gazelle nachahmte. Toll, wie sie ihn immer wieder aufforderte, mit hohen Schritten um ihn herumstakste und dann ihre Oberschenkel millimeterweise zwischen seine schob. Zu jedem ihrer Schritte wurde geklatscht. Immer schneller, immer tiefer bog sie sich nach hinten. Schließlich berührten ihre Hände den Boden, so daß sie eine aufreizende Brücke bildete, deren höchste Punkte das Becken und die spitz nach oben aufgerichteten Brustwarzen waren. Zuckend schob sie sich weiter. Die Frauen johlten, und es dampfte vor Wollust und Sinnlichkeit. Plötzlich sprang der Mann hoch und beugte sich über das Mädchen. Das war der Höhepunkt, an dem beide Tänzer leicht vibrierend verharrten. Tosender Beifall belohnte sie für ihre Darbietung.

Tahim stellte mir die rasante Tänzerin vor. »Die Tochter von Théodore, Jocelyne. Und das ist Julia.«

Außer Atem umarmte sie mich und starrte mich überrascht an.

»Tahim, ist etwas mit meinem Gesicht, weil sie mich so ansieht?«

»Nein, nein.« Jocelyne lachte. »Es ist nur, weil Tahim seit Jahren nicht mehr in Begleitung war.«

Mein Mister Good war verlegen, aber es nutzte nichts. Wir wurden johlend weiter präsentiert. In dieser Gesellschaft ging es familiär zu, und ich fühlte mich sehr wohl. Tahim machte keinen Hehl daraus, wie eng wir zwei zusammengehörten. Die Welt gehörte uns. Er hielt meine Hand so fest umschlossen, daß sie nach einer Stunde wie ein nasser Hering aus seiner glitschte.

Danielle, die Frau des Chirurgen, hatte es übernommen, ständig mein Glas nachzufüllen. Dabei taxierte sie mich interessiert und unverhohlen, und ich zeigte ihr, daß ich die glücklichste Frau in Bangui war.

Ein Rumba ertönte, und nun legte ich einen Tanz mit Eigenleben hin, zeigte den anderen einmal, daß eine Frau mit südamerikanischem Touch auch nicht gerade langweilig tanzt. Meine peruanische Großmutter hatte mir nämlich ziemlich viel Pfeffer mit auf die Reise gegeben, und Tahim mußte sich anstrengen, um dranzubleiben. Ich himmelte ihn an, flirtete, küßte ihn und schmiegte mich in seine Arme.

Danielle entführte uns schließlich zur Tafel. »Julia, hier findest du alles, was den afrikanischen Bauch verwöhnt. Du mußt mit diesem hier beginnen: Das ist eine Pastete aus gemahlenen Gurkenkernen mit Fleisch und Gewürzen. Sie heißt Kanda.«

Tahim hatte bereits die Backen voll und stopfte sich gerade eine Portion Fisch mit Kochbananen nach. Essen gehörte zu seinen Lieblingsbeschäftigungen, wie ich bemerkt hatte. Es gab noch Innereien in Erdnußsoße mit Goundja, dem Rasen, den ich schon einmal gegessen hatte; außerdem Fleischbällchen in scharfer Pimentsoße, gedünsteten Fisch in Tomatenpüree, Boules aus gestößelten oder pürierten Maniokwurzeln und Mais, dazu dieses höllisch scharfe *piment rouge*, fein gehackt.

Ein kleiner Männerpulk hatte sich am Ende der Tafel gebildet und diskutierte über den neuen Forstminister und die hohen Aufforstungssteuern. Unter anderem hörte ich, daß neuerdings viele illegale Holzfäller im Lobaye-Gebiet anzutreffen seien.

»Warum greift denn die Regierung da nicht besser durch?« mischte ich mich in das Gespräch. Dieses Thema hatte mich schon immer erhitzt. Ich erntete erstaunte Blicke.

»Julia gehört offenbar der Grünen-Bewegung an. Sie interessiert sich außerordentlich für alles, was Tiere und Pflanzen betrifft«, erklärte Tahim leicht beschämt den überraschten Herren.

»Eigentlich ist dieses Thema nicht nur grün, es sollte alle interessieren. Wer kontrolliert denn das tatsächliche Volumen der Konzessionen?« wollte ich nun doch wissen, obwohl ich

merkte, daß dieses Thema mit Außenstehenden nicht gern diskutiert wurde.
»Der *Ministre des Affaires* wahrscheinlich, aber auch der steckt in den undurchsichtigen Waldgeschäften, und so fällt vieles unter den Tisch.«
Danielle flüsterte mir ins Ohr: »Das ist der Cousin des Finanzministers. Er bringt uns am Wochenende immer das Affenfleisch.«
Mir graute es, und ich stellte den halbvollen Teller ab. Alle schienen das hier normal zu finden, daß man Affenfleisch zum Zeitvertreib verspeiste und der Urwald im Ausverkauf verramscht wurde.
Ich fing einen strengen Blick Tahims auf. »In der Tat, Julia, hier gibt es viele Probleme.«
»Aber keine, die man nicht lösen könnte«, erwiderte ich, »die Konzessionäre müßten sich zusammenschließen und für Wiederaufforstung sorgen, das ist ja schließlich auch ihre Zukunft.«
»Nein«, antwortete er knapp, »es ist billiger, nach dreißig Jahren die abgewirtschaftete Konzession zu verlassen und eine neue zu pachten. So sieht es in der Realität aus. Außerdem wird eine immense Steuer gefordert, der höchste Satz.«
»Also ist wiederum der Staat zuständig.«
»Genau, aber der läßt andererseits viele für ein Handgeld illegal arbeiten, und da fragen wir uns, wozu wir die hohen Steuern zahlen und all die hohen Auflagen befolgen müssen, wenn es auch schwarz geht?« Das war Stavros, der sich nun eingemischt hatte.
Inzwischen standen alle im Kreis um mich herum. Ich hatte mich bei dem Thema ziemlich erhitzt, und Danielle füllte mir rasch Champagner nach. *»Alors les hommes, on danse?«* Damit löste sie diplomatisch die Runde auf. Tahim wandte sich, wie mir schien, erleichtert dem Dessert zu, und

ich holte meine Zigarillos. Ich mochte es nicht glauben, was ich da eben gehört hatte, und wieso kannte sich Tahims bester Freund bei diesem Thema so gut aus? Er war doch Autohändler ...

Danielle führte mich zu einer jungen Frau, die ich schon in Tahims Büro gesehen hatte. »Julia, das ist Claudine, die rechte und die linke Hand Tahims. Auf ihrem Rücken werden alle seine Geschäfte ausgetragen.«

Claudine lachte hell auf. Eine ausgesprochen hübsche Person, ich tippte auf Libanesin.

»Na ja, er macht auch vieles hinter meinem Rücken, leider.« Sie hatte mich bereits untergehakt und ermunterte mich inständig: »Julia, wenn Sie jemals etwas brauchen oder ein Problem haben: Ich bin immer für Sie da. Bitte haben Sie keine Hemmungen, egal was es ist.«

Ich war angenehm überrascht, und trotzdem fuhr mir ein beunruhigender Gedanke durch den Kopf: Gab es vielleicht Leute, die mich nicht mochten? Hatte ich die ausgesprochene Freundlichkeit, mit der mich alle behandelten, nur Tahim zu verdanken? Hatte sie mehr mit seinem Geld als mit mir zu tun? Tahim holte mich aus meinen düsteren Gedanken und führte mich auf die Tanzfläche. Wange an Wange genossen wir unsere Nähe bei einem langsamen Tanz. Erst spät fuhren wir nach Hause. Es war für mich ein herrlicher Abend gewesen.

Im Bett rollte Tahim sich zu meiner Überraschung sofort ein, kein Pieps, nicht einmal mehr ein »Gute Nacht« war von ihm zu hören. Er war ein völlig reduzierter Junggeselle, reduziert auf die nötigsten Körperfunktionen zum Tagesende. Am Morgen aber entschädigte er mich mit zärtlichen Überraschungen, wenn auch etwas knapp.

»Kommt noch jemand?« erkundigte ich mich neugierig.

Erstaunt sah er aus dem Kissen hervor. »Wieso?«

»Na, weil du es so eilig hast.« Ich fuhr mit dem Finger an

seiner schönen Nase entlang, ein wahres Prachtstück, lang, kräftig und stolz. Mein geliebter, exotischer Prinz.

»Entschuldige, *chérie*, ich habe den Umgang mit sensiblen Frauen verlernt. Weißt du überhaupt, wann ich das letztemal eine Frau so geküßt habe wie dich?«

»Nein, keine Ahnung, aber es interessiert mich brennend.«

»Vor mindestens sieben Jahren gab es eine Frau, die sagte, daß sie im Sommer wiederkäme.«

»Hast du sie sehr geliebt?« fragte ich gespannt.

»Nein, nicht wirklich, sie war angenehm und sehr freundlich.«

»Und das reicht?« Jetzt wollte ich es genauer wissen.

»Es ist mehr, als ich von einer Frau erwarte, mein Leben ist die Arbeit, 24 Stunden am Tage.« Er sagte das so selbstverständlich, daß ich ein wenig Angst bekam. Würde ich hier lediglich als Überstunde ticken?

»Und was erwartest du von mir, Tahim?«

»Bei dir ist es anders. Plötzlich trinke ich Pampelmusensaft und denke tagsüber an eine Frau. So etwas hat es noch nie gegeben.«

Ich war zufrieden. »Wunderbar. Und wir wollen dafür sorgen, daß es noch schlimmer wird. Geliebter Mensch, wo warst du nur so lange?« Zärtlich streichelte ich ihn, bis wir uns erneut mit Leidenschaft umarmten. Mochte der Herr mir diesen Schatz für eine ewig währende Entdeckungsreise erhalten und mir geben, daß ich dazu nie einen Fuß aus diesem Bett setzen mußte ...

Als wir gegen Mittag auf dem Weg zum Dschungelhaus waren, teilte Tahim mir mit, daß abends Gäste kämen, Freunde und Geschäftsleute aus dem Zuckersektor. »Auch deine Freunde sind dabei«, sagte er mit einem geheimnisvollen Lächeln.

»Ich habe schon Freunde? Da bin ich aber gespannt.« Dann schlug ich ein Thema an, das mir schon seit einiger Zeit im

Kopf herumging: »Sag mal, *chéri*, welche Art von Geschäft ist hier eigentlich lukrativ? Du weißt das sicher am besten.« Ich wollte herausfinden, welche Perspektive ich in diesem Land hätte.

Seine Antwort kam prompt: »Für aktive Menschen ist das hier kein Pflaster. Die werden von der afrikanischen Mentalität auf *zéro* gebremst. Außerdem sind die Zölle immens hoch.«

Ich war enttäuscht. »Aber die vielen Früchte, das Gemüse, damit kann man doch arbeiten.«

»Ja, aber du brauchst einen langen Atem, mußt ständig daneben stehen. Die Schwarzen hier sind wie Kinder, sie lernen schnell, aber am nächsten Tag ist alles vergessen, und du mußt alles wiederholen.« Das war nicht sehr ermutigend.

»Ich habe die Vielfalt von Gemüse- und Obstsorten gezählt, die allein auf dieser Strecke angeboten werden: 22 verschiedene Sorten. Da sind noch nicht einmal Kaffee, Baumwolle oder Tabak dabei. Das sind doch Schätze, daraus müßte man doch etwas machen können!«

»Die letzte große Saftfabrik ist vor fünf Jahren pleite gegangen, da drüben siehst du noch die Ruinen. Die hygienischen Verpackungen und der Zoll sind teurer als das Produkt. Das lohnt sich nicht.«

Allerdings sah ich mich weniger in einem Saftladen als in einer Boutique. In dem Bereich gab es ja wirklich gar nichts in Bangui außer der sandigen Bude mit löchrigen Shirts. Ich schlang verträumt die Arme um Tahims Hals, der müde vor sich hin döste.

Plötzlich machte der Rover einen gewaltigen Schlenker, so daß wir im Nu hellwach waren. Ein vollbeladener Pritschenwagen kam uns abenteuerlich schwankend entgegen, so daß Mallo kurzerhand in die Savanne auswich und dabei ungerührt einem Huhn die Beine platt fuhr. Der andere Wagen schaukelte einfach weiter. Solche Schrottkisten hatte ich

hier schon öfter gesehen, die bis über den Rand mit Ware beladen waren. Auf Brennholz wurde eine Schicht Bananenstauden gepackt, und auf der saßen dann noch Passagiere mit ihrem Hausrat. Mit platten Reifen schleuderten sie in ziemlichem Tempo von einer Straßenseite zur anderen. Ich bekam fast einen Lachkrampf, als ich mir einen deutschen Polizisten angesichts eines solch abenteuerlichen Buschtaxis vorstellte.
Da lag auch schon das wunderschöne Dschungelhaus am Fluß, eingebettet in exotischer Schönheit und andächtiger Stille. In diesem Bild vollendeter Eintracht traf mich aus heiterem Himmel ... Felsfurch, der mitten in der Auffahrt stand. Das konnte doch nicht wahr sein! Ich machte mich ein wenig kleiner. »Tahim, bitte hilf. Ich will diesen Mistkerl nicht sehen.«
Mallo lachte sich fast krank. »Madame hat Angst?«
Tahim beugte sich zu mir herunter. »So kannst du doch nicht bleiben. Felsfurch wird dich sehen, er ist schon fast bei uns.« Damit stieg er aus.
Eigentlich hatte er recht. Der Typ war es nicht wert, daß ich so viele Umstände machte. So schälte ich mich langsam aus dem Rover. Felsfurch sah bereits neugierig in unsere Richtung. Noch aufmerksamer wurde er, als er bemerkte, mit welchem Eifer Tahim die hintere Tür aufhielt.
Tahim grinste mich an. »*Courage, chérie*, er ist doch nett.«
O ja! Ich knuffte ihn verärgert in die Seite und riß mich dann zusammen. Mit einem Ruck stand ich in voller Lebenslust vor Felsfurchs häßlicher Nase, die schlagartig noch häßlicher wurde. Sofort ging es mir besser.
»Grüß Sie. Was machen Sie denn noch hier?« stieß er stammelnd zwischen dünnen Lippen hervor, die er vor Staunen zu schließen vergaß.
»Ich kam zufällig vorbei.« Damit ließ ich ihn stehen. Sein Anblick war mir immer noch widerwärtig.

»*Bonjour* Tahim, entschuldige, daß ich ...« stotterte Felsfurch weiter.
Tahim unterbrach ihn: »*Bonjour* Hasso, komm, laß uns was trinken.«
Da riß es mich herum, und ich drohte Felsfurch mit finsterem Blick: Wag es nur!
Schnell lehnte er ab. »Danke, vielleicht später, im Augenblick habe ich noch mit der Kamera zu tun.«
Tahim musterte mich flüchtig. »*O.k. A tout à l'heure.*«
»Wo sind meine Freunde, Adalbert und Nosbusch?« rief ich Felsfurch über die Schulter zu.
»Die sind auf den letzten Drücker herausgekommen und über Duala zurückgeflogen. Irgend jemand hat ihnen gesagt, Sie wären bereits abgereist.«
Das traf mich. Ich kam mir wie eine Verräterin vor, daß ich die beiden nicht mehr angetroffen hatte. Wahrscheinlich hatten sie sich in Tahims Büro gemeldet, und die Nachricht war nicht weitergeleitet worden.
Während Tahim seinen kleinen Weltempfänger im Haus aufstellte, trafen die ersten Freunde ein. Sie brachten köstliche Schlemmereien mit, die von ihren Chauffeuren und von David, dem Boy der ersten Stunde, fleißig in die Küche geschleppt wurden. Hans und Helga brachten wir im vorderen Gästezimmer unter, wo sie sich kurz frisch machten, während die anderen Freunde die Dépendence am Bambuswäldchen bezogen.
Hochgewachsene Bantufrauen zogen in stolzem Gang und bunten Tüchern mit großen Wäschetrögen auf dem Kopf den schmalen Pfad am Haus vorbei und hinunter zum Fluß. Fast schwerelos balancierten sie das drückende Gewicht mit anmutigem Selbstbewußtsein. Die bunten Farben ihrer Pagnes leuchteten noch lange vom bewachsenen Ufer herüber. Eine der Frauen, wohl die Größte, war bis zur Taille zu sehen, als sie nackt aus den Fluten auftauchte. Ihr spitzer

Busen schimmerte golden in der Abendsonne. Auch der Urwald auf der anderen Flußseite war in das letzte Abendrot gehüllt, so friedlich, so weit ... Was war wohl aus Ibengi Mbounsola geworden, dem kleinen Jagdlager der Pygmäen? Was sie wohl jetzt machten, meine kleinen Freunde?
Tahim stand hinter mir, ich spürte seine Gegenwart.
»Kommst du wirklich wieder, Julia? Du wirst Versprechungen machen und nicht halten. Afrika vergißt man nicht, aber die Menschen.«
»Wie kannst du so etwas sagen? Was ist dieses Land ohne die Sinnlichkeit und Fröhlichkeit seiner Menschen?«
Er kam dichter. »Ich möchte gern einen Sohn mit dir haben, und wir werden heiraten, wenn du willst. Du kannst alle deine Freunde herholen, deine Familie soll bei uns ...«
»Halt, Tahim ...« Ich war gerührt, denn er meinte es ernst und hatte sich zum erstenmal wirklich geöffnet. Warum sagte ich nun nicht einfach »ja«? Machte Tag und Ort fest, so wie Mami das sicherlich getan hätte? Wieso störte mich der Gedanke so sehr, er könne glauben, ich sei an seinem Geld interessiert? Wie sollte ich ihm das alles erklären? Ich wurde unruhig und bekam feuchte Handflächen. Sanft umarmte ich ihn. »Ich liebe dich, Tahim, mehr als mein Leben, aber ich werde dich nie heiraten, weil ...«
Er fixierte mit starrem Blick die Bodenkacheln, und noch ehe ich meinen Satz beenden konnte, drehte er sich abrupt um, marschierte bleiern zwischen den Leuten hindurch und sprang ins Auto. Mit krachenden Gängen fuhr er die Auffahrt hinauf. Ich war so verblüfft, daß ich mich gar nicht rühren konnte. Was war geschehen? Hatte ich alles kaputt gemacht? Nur mit äußerster Anstrengung konnte ich die Tränen zurückhalten.
Claudine, die uns beobachtet hatte, brachte mir ein Glas Champagner. »Er wird sich beruhigen, *chérie*. Ich kenne ihn.« Sie drückte sachte meine Schulter und prostete mir zu.

Unser erster Krach also ... Unglücklich blickte ich immer wieder zur Auffahrt. Es war schon dunkel, doch am liebsten wäre ich hinter ihm hergefahren. Wenn er nun nicht zurückkäme oder nicht mehr mit mir spräche ... Er hatte bei der Fahrt vom Flughafen ja demonstriert, wie er durch Schweigen strafte. Und ich hatte überhaupt kein Talent, um aus solchen Isolationen auszubrechen.

Schließlich begrüßte mich mein Botschafter mit einer Begeisterung, die mir die trüben Gedanken vertrieb. »Ihre Freunde haben mich vom Saland angerufen, damit sie über Duala ausfliegen können, und auch wegen der Ausfuhrgenehmigungen. Sie wollten es nicht glauben, daß Sie immer noch in Bangui sind. Leider konnten sie den Flug nicht verschieben, sonst wären sie nach Bangui gekommen und ich hätte sie als Überraschung mitgebracht. Ein netter Mensch, dieser Professor!«

Felsfurch kam vorsichtig über die Terrasse und beäugte zaghaft das Treiben im Salon. Ich wußte von früher, daß er Menschenansammlungen haßte, und für ihn begannen Ansammlungen bereits bei zwei Personen, was wohl auch die Schwierigkeiten in unserer Expeditionsgruppe erklärte.

»Suchen Sie etwas, Felsfurch?« rief ich ihm entgegen.

Er verharrte kurz und zog sich ein wenig in die Dunkelheit zurück. »Eigentlich wollte ich zu Tahim.«

»Der kommt erst später.« Ich hatte wenig Lust, mit ihm zu sprechen, wollte aber nicht zu biestig sein. »Aber wenn Sie etwas trinken wollen, bitte!« Ich machte eine einladende Geste zur Bar und wandte mich dann wieder den anderen Gästen zu, die sich im großen Salon verteilt hatten. Ob es ihm nicht komisch vorkam, daß ich bei dem großen Manitu, den er offensichtlich verehrte, die Hausherrin spielte?

Ndiayne war auch da, wie ich freudig bemerkte. Wir umarmten uns liebevoll. »*Ma chère, je suis très contente de te voir.*«

»*Moi aussi.* Ich habe dir eine Zouk-Kassette mitgebracht, zum Üben.«
Na, danach war mir nun gar nicht zumute. Ndiayne sah bezaubernd aus, wie ein Schmetterling in ihrem rot bestickten Boubou mit den gepolsterten Schultern und breiten orangefarbenen Satinblenden an den geschwungenen Ärmelabschlüssen. Ein zarter Duft von Franchepane umgab sie und noch irgend etwas Modriges.
»Ndiayne, was ist das für ein Duft?« fragte ich sie leise.
»Das ist ein *cri cri*«, antwortete sie verschwörerisch, »aber du darfst mich jetzt nicht weiter fragen. Eines Tages werde ich dir von unseren afrikanischen Geheimnissen erzählen.«
Mit Augen, die wie Abendglut brannten, blickte sie zu ihrem Mann Djibril. Der war ein äußerst anziehender Bursche und wußte das. Lächelnd brachte er uns zwei Bambusbecher mit milchiger Flüssigkeit.
»Julia, kennen Sie Palmwein?« Seine sinnlichen Lippen zogen sich von der linken bis zur rechten Kinnseite.
»Nur vom Wegschauen, denn ich bin höllisch gewarnt worden vor Kopfschmerzen, Zahnausfall und Magenblutungen.«
Djibril lachte. »Dieser hier ist ausgezeichnet, probieren Sie.«
Ich probierte und schmeckte Aspirin und aufgeweichten Camembert. »Uhhh! *C'est spécial.*«
Immer wieder sah ich die Auffahrt hinauf, doch Tahim kam erst spät. Ich lief ihm den langen Weg entgegen in der Hoffnung, sein Ärger sei verflogen. Es fing schlecht an. Unterkühlt folgte er mir in das kleine Schlafzimmer und zog sein verstaubtes Hemd aus.
»Julia, du mußt mir nichts erklären und ich ...«
Ich unterbrach ihn und kniete mich vor ihn. »Bitte laß mich einfach den Satz von vorhin zu Ende bringen, nichts weiter, o.k.? Ich werde dich nicht heiraten, weil ich nicht möchte,

daß du irgendwann einmal auch nur eine Sekunde denken könntest, ich wäre wegen deines Geldes bei dir. Ich liebe dich und möchte mein Leben lang mit dir zusammen sein, möchte dich erobern, dein Vertrauen gewinnen, mich dir öffnen können und dir Zärtlichkeit schenken.« Flehend sah ich ihn an, ängstlich, daß er mich mißverstehen könnte.
Er ließ mich im Ungewissen, nickte nur kurz. Ich wurde das Gefühl nicht los, daß alles, was ihn an mir anzog – diese innere Freiheit, die mir gestattete, Innen- und Außenwelt mühelos miteinander zu verknüpfen –, ihm gleichzeitig widerstrebte. Melancholisch blickte er mich an und machte sich dann in der Dusche frisch. Ich wartete auf irgendein Zeichen. Jedes wäre mir recht gewesen. Meine Französischkenntnisse wurden wegen meiner Nervosität schlechter, und es bereitete mir Schwierigkeiten festzustellen, ob ich das, was mir am Herzen lag, auch richtig ausgedrückt hatte. Tahim fragte niemals nach. Höflichkeit?
Schließlich kam er wieder zum Vorschein. »Entschuldige, die Gäste ...« Damit ging er einfach an mir vorbei, hinaus. Trotzdem war ich erleichtert, er sprach wenigstens wieder mit mir. Also gut, die Gäste. Ich zündete mir ein Zigarillo an, bevor ich hinaus ging und freundlich zu Tisch bat, der voller Köstlichkeiten stand. Hitze und dramatischer Liebesentzug hatten mir den Appetit geraubt. Tahim jedoch verschlang mit faszinierender Geschwindigkeit Berge an Fleisch, Soße und Reis. Plötzlich sah er ertappt zu mir herüber.
Lachend versprach ich ihm: »Ich passe auf, daß niemand etwas von deinem Teller nimmt, dann kannst du in Ruhe essen.«
Beschämt entschuldigte er sich: »Es war schon immer ein Dilemma, daß ich so schlinge. Das ist eben mein Arbeitstempo.«
Ich gab ihm einen zärtlichen Kuß auf die pralle Wange, und

als er sich nicht sträubte, sah ich dies als Versöhnung und küßte ihn gleich noch auf die andere Seite. Dann umschlang ich ihn mit unendlicher Erleichterung. »Hosiannahhhh!« Tahim grinste verschämt.
Inzwischen hatten mich Fledermäuse, Moskitos und mittelschwere Brummer als Anflugstelle auserkoren, wahrscheinlich wegen meines Honighaarwaschmittels. Tahim brachte mir das Citronelle zum Einreiben. »Hier am Fluß sind die Biester sehr gefährlich. Du mußt es fest in die Haut reiben, hauptsächlich an den Gelenken und am Hals.«
Nun hatte ich den Ökoduft am Körper und dachte wehmütig an mein verführerisches Parfum von Patou. Auf der Terrasse wurde wild getanzt, und es machte mir große Freude, dabei zuzusehen. Ich saß neben Tahim und genoß die fröhliche Atmosphäre bei Champagner und schöner Musik. Ab und zu huschte David zwischen den Gästen umher und sorgte für alkoholischen Nachschub. Die Zeit verging, ohne daß ich es bemerkte. Die Freunde zogen sich zurück, und plötzlich waren wir allein. Ich lauschte den Geräuschen der Nacht, sah im Mondlicht die Stromschnellen glitzern und schmiegte mich in Tahims Arme. Dann schloß ich die Augen und atmete seinen warmen Duft von Kardamom und orientalischer Minze. Violette Farben rauschten in mir hoch, ich wurde breit und schwer. Vor Glück vermochte ich kaum zu atmen. Zärtlich küßten wir uns, liebten uns, versanken in grenzenlosem Glück.
Am Morgen war ich schon sehr früh auf, fasziniert von der tropischen Landschaft, die mich umgab, und ihren Düften. Pirogen schaukelten im Rhythmus der Wellen, und Farbtupfer der bunten Fischerhemden verschwammen im dumpfen Grün des Flusses. Entferntes Lachen war zu hören, und auf der anderen Seite des Lobaye stiegen leichte Rauchwolken aus den Baumkronen empor, wo anscheinend ein Dorf erwachte.

In der Küche briet Claudine wunderbare Spiegeleier in Olivenöl, der Kaffee duftete, und einige Freunde saßen bereits in fröhlicher Runde beim Frühstück. David hatte den Tisch im Freien gedeckt, unter den Zweigen des Bambuswäldchens.Und doch wurde ich trotz dieses himmlischen, friedlichen Wohllebens allmählich ungeduldig, unruhig. Ich dachte an meinen Fotoband und wollte dringend sehen, ob meine Dias so geworden waren, wie ich sie mir vorstellte. Tahim versprach mir Zugang zum Presselabor in Bangui.
»Dort kannst du sicher alles so entwickeln, wie du es brauchst. Wir können losfahren, wann immer du willst.«
Ich sprang sofort ins Auto und sah ihn erwartungsvoll an. Lachend kam er hinterher.
»Also gut, fahren wir.« Er ließ den Chauffeur holen, wir winkten den verblüfften Freunden zu, und los ging es.
Vier Stunden später saß ich im Labor und entwickelte meine Filme. Was ich da unter der Lupe sah, gefiel mir gut. Erinnerungen wurden wach, und am liebsten hätte ich gleich mit der Arbeit an meinem Fotoband angefangen.

9

Bis zu meinem Rückflug nach Deutschland vergingen noch drei wunderbare Wochen. Dann aber stand ich mit gemischten Gefühlen neben Tahim in der Abflughalle. Endlich glaubte er mir, daß ich in zwei Monaten wiederkommen und für immer bei ihm bleiben würde. Ich hatte ein schönes Geschäft an der *Place Nationale* gefunden, wollte dort eine Boutique einrichten und Ausstellungen machen. Damit könnte ich Geld verdienen, finanziell unabhängig sein und monatliche Expeditionen zu meinen Pygmäenfreunden machen. Und das hieße, daß Bangui, die République Centrafricaine und der Oubangui mit all seiner Schönheit meine neue Heimat würden – und mein Zuhause wäre Tahim.

»Bis bald, Julia. Ich kümmere mich inzwischen um dein neues Geschäft, das ist kein Problem.« Eindringlich versuchte er in meinen Augen zu lesen.

»*Le vol Air Afrique pour N'Djamena, Paris ... Décollage dans quarante minutes ...*« Letzter Aufruf durch den quäkenden Lautsprecher. Ich hatte Mühe, meine Gesichtszüge in Schach zu halten, Tränen saßen mir schon in der Nasenspitze. Mir war, als würde ein Stück aus mir gerissen, und schluchzend warf ich mich in Tahims Arme: »*A bientôt, chéri.*«

»*Mon amour, je t'aime*«, flüsterte er zärtlich, ein letzter Kuß auf den Mund, ein tiefer Blick. Geliebter! Und dann mußte ich rennen, was das Zeug hielt. Die Tasche war so verdammt schwer mit den sechs Ananas für Mami. Ich drehte mich noch einmal um und winkte mit tränenblinden Augen zurück.

817 A, Nichtraucher, Fensterplatz, Bangui-N'Djamena-Paris-München rollte los und hob ab. Noch spürte ich Tahim in meiner Haut, in meinen Sinnen ... seine kraftvolle Zärtlichkeit. In einer langen Linkskurve sah ich auf Bangui hinunter, erspähte eine blaue Limousine. Dann flog mein trauriger Blick in einer ansteigenden Linkskurve über den Regenwald meiner Ängste und über die vielen Trassen, die sich wie todbringende Wunden durch ihn hindurchzogen. Schlagartig wurde mir klar, daß meine kleinen Freunde keine Überlebenschancen hatten. Den ganzen Flug über suchte ich nach Lösungen, erfolglos.

Matsch, Dezember, München ... hatte ich doch ganz vergessen! Mein Appartement kam mir winzig vor, so geschlossen, so wenig Himmel, so wenig glitzernder Fluß, so verbrauchte Luft, so wenige Palmen. Über Kater Fritzens freute ich mich am meisten, doch der wollte mich nicht mehr wiedererkennen.

Mami hingegen war glücklich. »Ach, Mausin, Gott sei Dank bist du heil zurück.« Dicke Freudentränen liefen ihr an der Nase entlang. Sie war hager geworden und auch ein wenig gebeugt. Aber ihre blauen Augen blitzten klar wie immer. Sie hatte mein Lieblingsbier besorgt, und fröhlich tranken und schwatzten wir bis zum Morgengrauen. Ich erzählte von meiner großen Liebe, von meiner Urwaldangst und von all den berauschenden Eindrücken der letzten Wochen. Ich wollte, daß sie sich alles genau vorstellen konnte. Erst als ich Gänsehaut auf ihren Armen sah, war ich zufrieden.

Als erstes brachte ich meine Fotos ins Labor und feilschte um einen schnellen Termin. Meine Zukunft hing von den Aufnahmen ab, und so war ich aufs Äußerste gespannt.

Im Institut wurde ich mit großem Hallo begrüßt. »Sandsturm gut überstanden?«

»Welchen Sandsturm?« Oje, mein Fax!
Mein Professor erkundigte sich interessiert: »Diese Sandstürme, sind die im Regenwald sehr häufig?«
Meine Ausrede war wohl ein Fehler gewesen. Aber wozu hatte ich meine fantastischen Talente? »Meine Lieben, auch euch dürfte es nicht entgangen sein, daß der Regenwald bereits größtenteils abgeholzt und zur Wüste geworden ist.«
Ich blies ihnen aus hohler Hand imaginären Wüstensand in die Augen, und dann wurde meine Rückkehr erst einmal mit Obstler begossen. Schließlich zog ich mich mit meinen Freunden Mieke und Didi in mein Büro zurück.
»Dein Fotoarchiv ist in Topform, und du kannst sofort eine neue Auftragsreportage über Neuguinea zusammenstellen.«
Ich zog meine Freundin Mieke beiseite. »Ich habe tolle Aufnahmen gemacht und will unbedingt meinen eigenen Fotoband herausbringen. Soll ich den Professor einweihen, oder nicht?«
»Natürlich! Er kann dir mit seinen Beziehungen bei der Publikation helfen.«
Doch zuallererst wollten die beiden meine Afrikaerlebnisse in allen Einzelheiten erfahren. Bis zum Ende meiner Story hatten wir die Flasche Obstler geleert ...
»Und sobald mein Fotoband fertig ist, sitze ich im Flugzeug via Bangui-Oubangui. Ich bin ein leichtsinniges Rindvieh, aber ich werde für immer nach Afrika ziehen«, schloß ich mein Abenteuer. Nun war es heraus, und ich sann diesem Satz nach. Er hörte sich gut an.
Mieke vergaß, den Mund zuzumachen. »Du willst hier alles aufgeben?«
»Ich werde jedenfalls hier keine Vorsichtshalberbasis zurücklassen, ich brauche eindeutige Entscheidungen für mein Leben.«
Besorgt legte Mieke ihren Arm um mich. Doch Didi drückte

sich verständnisvoll an meine andere Schulter und umarmte uns beide. So hielten wir uns in stiller, tiefer Freundschaft fest.

Ein paar Tage später saß ich über meinen Fotos. Endlich war meine Neugier gestillt, und Euphorie stieg in mir auf. Tolle Fotos lagen vor mir, karge Pygmäenporträts, in denen man vielfältige Geschichten wiederfand. Einmalig schöne Stimmungen hatte ich eingefangen, den Urwald in seinen geheimnisvollsten Schattierungen. Konzentriert sortierte und ordnete ich sie, arbeitete tags und nachts. Bald hatte ich eine Gliederung und das erste Kapitel abgeschlossen. In meiner freien Zeit aber träumte ich von Tahim. Er fehlte mir, und ich mußte noch schneller arbeiten, um bald wieder bei ihm und in Bangui zu sein.

Ein herausragendes Erlebnis war das Wochenende, als ich meine Freunde zu einem afrikanischen Abend einlud. Adalbert kündigte sein Kommen an, worüber ich mich besonders freute. Für das Menü hatte ich Kochbananen, Fisch, Bananenblätter, Hühnchen und Gurkenkerne auf dem Markt eingekauft. Erdnußpaste, Palmöl und *piment rouge* hatte ich aus Bangui mitgebracht.

Meine Küche verströmte längst vermißte Düfte. Der Fisch köchelte leise, während ich den Khanda vorbereitete. Dabei sprach ich mir laut das Rezept vor, das ich mir eingeprägt hatte: »Neun Handvoll getrocknete Gurkenkerne schälen und mahlen ... sechs Hühnerbrüste kochen und klein hacken ... drei Bund glatte Petersilie fein schneiden ... drei Knoblauchzehen im Mörser mit etwas Salz zerstampfen ... drei Pimentschoten hacken ... alles gut mischen ... eine feste Rolle formen, in ein Bananenblatt einrollen und verzwirnen.« Während der Khanda eine Stunde lang über Wasserdampf garte, bereitete ich das Poto Poto vor, das ich ebenfalls mitgebracht hatte. Ich schnitt den Fisch in Stücke, briet diese kurz in Palmöl an und gab ein wenig *piment rouge* dazu. Anschließend füllte ich den Fischtopf mit dem Poto Poto auf und ließ das Ganze dreißig Minuten simmern. In Ermangelung eines afrikanischen Holzkohlefeuers legte ich den Khanda in den letzten zehn Minuten auf den Grill. Dann legte ich Ndiaynes Zouk-Kassette auf.

Es wurde ein herrlicher Abend. Das Essen war wunderbar. Adalbert berichtete über das Ende der Expedition: »Wir haben uns auch von Felsfurch getrennt, er wurde unerträglich. Obwohl er sich am Schluß entschuldigte: Er sei Einzelgänger und habe den Umgang mit Menschen verlernt.«

Wir tranken viel, waren fröhlich und albern. Doch wollte ich an diesem Abend noch eine schwere Aufgabe in Angriff nehmen: Ich mußte meinem geliebten Professor klaren Wein einschenken und ihm meine Entscheidung mitteilen. Ich druckste eine Weile herum, bevor ich tief Luft holte.

»Spar dir deine Worte«, nahm er mir den Wind aus den Segeln. »Ich weiß, was du sagen willst, und kann dir nur abraten, liebe Julia. Du gibst Sicherheiten auf, die du in dieser Form nie wieder finden wirst. Aber ich kenne dich nach fünf Jahren intensiver Zusammenarbeit und weiß, daß ich es dir nicht ausreden kann.« Sicher würde er sofort zu irgendeinem Scherz übergehen, dachte ich, aber nichts dergleichen geschah. Im Gegenteil, er stand auf und drückte mich kurz an sich. »Ich wollte sowieso gerade gehen, es war ein langer Tag.« Er nahm mir meinen Abschied übel, und zum erstenmal hatte ich ein schlechtes Gewissen, besonders als er mir noch die Adresse eines Verlegers zusteckte. »Ruf ihn an, er will deinen Fotoband herausbringen.« Damit ließ er mich beschämt zurück.

Die Tage überschlugen sich. Ich raste von einem Termin zum anderen. Fotolabor, Druckerei, Tropenarzt, Nachmieterbesichtigung, Möbellagerung, Reisekisten. Sogar für meinen Kater fand ich ein gutes neues Zuhause.

Dem Verleger zeigte ich mein Foto-Exposé. Ich hatte kurze

Texte dazu geschrieben, die meine Pygmäenfreunde in ihren Nöten und Freuden darstellten. Mein Hauptanliegen war eine neutrale Präsentation, so daß jeder Betrachter sich auf seine Art in diese Welt versetzen könnte. Es kostete mich viel Mühe, Pathos zu vermeiden und in leidenschaftsloser Nüchternheit eine sterbende Kultur zu schildern.
Herr Hinrichs war begeistert, und wir schlossen im Biergarten am Viktualienmarkt den Vertrag ab. Zu meiner Überraschung überreichte er mir als Anzahlung einen Scheck über 15 000 DM, und den gleichen Betrag sollte ich bei Fertigstellung des Buches, also noch vor meiner Abreise, bekommen. Jetzt konnte ich endlich Klamotten für meine Boutique in Bangui einkaufen. Im Modecenter suchte ich Jeans und Cowboystiefel in allen Größen aus. Tahims Söhne hatten mich überzeugt, daß das in Bangui trotz vierzig Grad im Schatten der Renner sei.
Die letzte Woche vor dem Abflug verbrachte ich hektisch und fast schlaflos. Ich verkaufte bis auf ein paar Erinnerungen meine ganze Habe und verpackte das Wenige, das ich mitnehmen wollte, in zwei Überseekisten.
Der Abschied von Mami war quälend traurig. »Wir werden uns besuchen. Tahim hat versprochen, daß er meine ganze Familie nachholt. Laß mich erst mal Fuß fassen, dann kommst du nach.« Ich wiegte meine in Tränen aufgelöste Mami wie ein Baby. »Mir wirst du genauso fehlen, auch wenn ich es noch nie gesagt habe: Du warst immer ein Zuhause für mich.«
Am letzten Tag vor meiner Abreise kam Mieke vorbei. Mit einem breiten Lächeln forderte sie mich auf, die Augen zu schließen, dann spürte ich, wie mir etwas Kaltes in die Hände gedrückt wurde. »So, jetzt kannst du die Augen aufmachen.«
Ich fand mich Nase an Nase mit einer mannsgroßen nackten Puppe und staunte nicht schlecht. »Irgendwas hast du

dir sicher dabei gedacht?« fragte ich vorsichtig und drehte die Puppe herum. Sie hatte in Bauchhöhe einen Spalt und konnte dort in zwei Teile zerlegt werden.
»Du willst doch eine Boutique eröffnen, und da brauchst du eine Schaufensterpuppe.«
Ich kreischte auf vor Entzücken. »Du bist ja wahnsinnig! Keine Frage, daß ich dieses Monster auch mitnehmen werde.«
Dann aber wurde Mieke ernst. »Paß auf dich auf! Du bist immer so eifrig und schnell, wenn dir was gefällt, und dabei vergißt du, an dich selbst zu denken.«
Ich drückte sie fest an mich und heulte plötzlich los. Ich fand kein Ende, wußte nicht einmal, worüber ich eigentlich weinte, denn das Schönste hatte ich ja vor mir.
Am Flughafen gab es am nächsten Morgen noch eine Überraschung: Alle meine Freunde, sogar der Professor, warteten auf mich in der Abflughalle mit Luftballons, Papierschlangen und Gläsern in den Händen. Rührung überkam mich, die nächsten zwanzig Minuten konnte ich kaum verkraften. Noch einmal umarmte ich alle diejenigen, die mich seit vielen Jahren begleitet hatten und mir wichtig waren. Mein Flug wurde ein letztesmal aufgerufen, und ich war froh, als ich mit der Schaufensterpuppe und einem letzten Blick zurück endlich durch die Kontrollen ging. Als der Flieger abhob, schmolzen meine Lieben auf der Aussichtsterrasse zu einem kleinen, bunten Freundschaftsbündel zusammen, bevor sie in diesigem Wintergrau verschwanden.

10

Beim Landeanflug auf Bangui wurde mir plötzlich mulmig. Vielleicht war alles nur ein Mißverständnis, vielleicht hatte Tahim es nicht ernst gemeint, vielleicht erwartete er mich gar nicht, vielleicht war es Kairo und nicht Bangui …

Ich erblickte Mallo, und da war auch Tahim, der in der stickigen Halle mit jemandem plauderte. Mir wurden die Knie weich. Ich lachte und weinte gleichzeitig, und dann lagen wir uns in den Armen … mein Leben, geliebter Mann!

»Wie sehr habe ich auf diesen Augenblick gewartet.« Ich ließ Puppe und Taschen fallen und schmiegte mich in seine Arme.

»He, Tahim, sind das deine Frauen?« rief jemand herüber, Tahims Blick fiel auf die Puppe. Er schüttelte den Kopf und zeigte dann auf mich: »Nur diese.« Dann wandte er sich wieder mir zu. »Ich habe es bis heute nicht geglaubt, *chérie.*«

An der Paßkontrolle mußten noch Formalitäten erledigt werden, ein Geldschein flutschte zu dem Beamten, mein Gepäck wurde gegriffen. Dann waren wir endlich draußen. Ich umarmte Tahim noch einmal voller Inbrunst und empfand ein Glücksgefühl, wie ich es später nie mehr in dieser Intensität erlebte. Lächelnd zog er mich weiter. Er war sehr dünn geworden und immer noch, was ich vergessen hatte, *very busy.*

Nun begrüßte mich auch Mallo freudig. »Madame, schön, daß Sie endlich zurück sind!« Er hatte die Puppe mit dem nackten Po nach oben unter den Arm geklemmt, was bei

den Umstehenden lautes Gelächter hervorrief. Sein hübsches, gutmütiges Gesicht wurde ganz breit vor Vergnügen. Im Auto – ich saß hinter Tahim, der Patron saß schließlich immer vorn – entschuldigte sich mein geliebter Mensch sofort. »Leider kann ich dich nicht nach Hause bringen, ich habe noch eine wichtige Verabredung, aber ich komme so schnell wie möglich heim.«
»Aber ich dachte, daß wir nach so langer Zeit jetzt wenigstens ein bißchen zusammen sind.« Ich war enttäuscht, hatte ich doch von leidenschaftlichen, sündigen Umarmungen geträumt, bei denen mir Tahim all seine Sehnsucht, sein Verlangen offenbarte. Na gut, dann eben später!
Das bunte Treiben auf den trockenen, rotstaubigen Straßen entschädigte mich schließlich auf der weiteren Fahrt. Mallos Schokoladenaugen lächelten mich in kindlicher Freude aus dem Rückspiegel an, als er sah, wie mich die Gemüsefrauen wiedererkannten und kreischend herüberwinkten, so daß die Kasserollen auf ihren Köpfen bedenklich ins Rotieren kamen. Die Palmen längs des Oubangui wiegten ihre Blätter leise im Wind, und die Abendsonne schenkte mir ihre letzten Strahlen in glühendem Rot, bevor sie sekundenschnell in den Fluß fiel. Bum, weg! Das war das einzige, was hier in Afrika schnell ging.
Wir waren angekommen, Haus und Garten kamen mir viel grüner vor. Anscheinend verblaßten die Farben in der Erinnerung ebenso wie auf Fotos.
»Meine süße Zombie. Süüüüße Maus!« Wie ein Blitz kam sie auf mich zugeschossen, kläffte, sprang an mir hoch und drehte sich im Kreis. Wir begrüßten uns mit einer wilden Balgerei, bis wir beide am Boden lagen und lachten. Ja, doch: Sie hatte breit nach hinten gezogene Lefzen, sie lachte.
Da kam auch schon Billeba, der sich genauso freute. »Madaaaame.« Mehr brachte er nicht heraus, während er mir

die Hand drückte. Billeba konnte durch die Art, wie er »Madame« sagte, seine gesamte Gefühlspalette unterbringen, so auch jetzt seine Ergriffenheit. Der Boy kam dazu und lachte über das ganze Gesicht, und beide schüttelten die Köpfe über soviel Albernheit mit einem Hund ... diese Deutsche!
Langsam sah ich mich im Garten um. Zombie kratzte den frisch gepflanzten Rasen auf, schoß ihn in triumphalen Bögen hinter sich und traf genau ins Wasser. Ins Wasser? Jetzt erst fiel mir auf, daß sich ein riesengroßer Swimmingpool zwischen den Kamelienbüschen befand. Ich war sprachlos, stürzte sofort ins Haus zum Telefon und wählte Tahims Nummer.
»*Oui, j'écoute*«, hörte ich seine klare Stimme.
»Ähh ... ich ... ähhhä ... emm ... je ...« Verdammt, es kam nichts heraus.
»Julia, *c'est toi*?« fragte er unsicher.
»Ja, *chéri*. Entschuldige, aber mir fehlen die Worte ... Ich habe den Pool gesehen. Unglaublich. Du bist wirklich verrückt!« Ich hörte sein glucksendes Lachen.
»Ich versuche nur, eine schöne Frau mit allen Mitteln an mich zu fesseln. *Chérie, je t'aime.*«
Von schwarzer Geisterhand wurde mir frisches Bier unter die Nase gehalten. »Madaaaame.« Ich mußte lachen über Billeba.
»Du Hexer, kannst du Gedanken lesen?«
Doch da erlosch sein breites Grinsen. »Kein Hexer, Madame, das nicht.« Die tiefsitzende Angst vor Äußerungen dieser Art war mir schon zuvor aufgefallen. Aberglaube, *cri cris* und Zaubereien hatten eine große Bedeutung für die Menschen hier.
Der Salon strahlte seine altmodische Ruhe aus und hieß mich mit wunderschönen Blumenarrangements willkommen. Ja, ich war zu Hause und steckte die Nase zufrieden in

den duftenden gelben Jasmin, der inzwischen bis in das große Fenster wucherte.
»Ich habe Ihre Koffer bereits eingeräumt, wollen Sie nachschauen, Madame?« fragte mich Boyemba, der Boy. Dabei sah er mit einem seiner schielenden Augen direkt zum Herrgott und mit dem anderen dicht an mir vorbei.
»Ja, danke, ich komme schon.«
Das Schlafzimmer war vollkommen neu eingerichtet. Wo hatte Tahim bloß diese wunderschönen Möbel aus rötlichem Teakholz und die kleinen, mit Bambus verarbeiteten Sessel her? Und woher die schönen, geschnitzten Ebenholzlampen mit Seidenschirm, die schweren Vorhänge in dunklem Violett mit Dschungelmotiven? Am Fenster hing der Affenfellköcher, den mir Mungo geschenkt hatte. Ich war gerührt. Woher kannte er so genau meinen Geschmack?
Es klingelte im Salon, und Billeba teilte mir mit, daß Madame Claudine am Telefon sei. »Julia, *chérie*, willkommen in Bangui. Bist du gut gelandet?«
»Ja, ich freue mich so sehr, wieder hier zu sein. Das Haus ist wunderschön geworden, Tahim hat mich so verwöhnt.«
»Gefällt dir die Einrichtung?«
»Ja, er hat genau meinen Geschmack getroffen, ich bewundere ihn wirklich. Bloß schade, daß er jetzt nicht da ist.«
»Ach, Julia, er hat soviel Ärger wie noch nie. In den letzten Wochen hat er kaum das Büro verlassen.«
Etwas verwirrt fragte ich: »Das wird sich doch hoffentlich wieder ändern?«
Aber Claudine klang nicht sehr überzeugt. »Du mußt geduldig sein. Aber gemeinsam schaffen wir das.« Aufmunternd fügte sie hinzu: »Übrigens habe ich euch für heute abend eingeladen, du bist doch nicht zu müde?«
Im Gegenteil, ich freute mich, daß Claudine sich an meine Vorliebe für Feste erinnerte.
Meine Kleider waren zwar verschwunden, doch die Wä-

sche ordentlich im Schrank einsortiert, und die Toilettensachen waren bereits in meinem kleinen Badezimmer verteilt. Ein Traum, diese Bedienung, ein weiterer Pluspunkt für Afrika. Hausangestellte kosteten hier circa vierzig Mark im Monat.

Ich öffnete ein kleines Schränkchen und hielt entsetzt inne. Es war vollgestopft mit Kosmetika und fremden Dessous. Mir klopfte plötzlich das Herz bis zum Hals. Hatte Tahim mich die ganze Zeit belogen? Gab es doch eine Frau in seinem Leben? Eifersucht überfiel mich mit rasendem Pochen.

Da klopfte es. Boyemba fragte zaghaft:

»Madame, kann ich Bügel für Ihre Kleider holen, ich richte sie gerade her.«

»Kein Problem, komm rein. Wem gehören diese Sachen hier?«

»Ich weiß nicht, die waren schon immer da.«

»Nein, nicht als ich das letztemal hier war.«

»Madame, ich weiß es nicht.« Er tat, als wäre das nichts Besonderes, aber Kerle hielten ja zusammen. »Der Patron wird es erklären.« Damit verschwand er wieder.

War deshalb das Zimmer so geschmackvoll eingerichtet? Hatte eine andere Frau damit zu tun? Mir wurde schlecht, und ich warf mich auf das Bett, war traurig und tief enttäuscht. Verdammte Angst überkam mich, die Angst vor einer neuen Wahrheit.

Da hörte ich Tahims Wagen. Eilig lief ich ins Bad und wischte mir die Tränen weg. Er rief laut nach mir, mit Nachdruck, als wär ich seine Sekretärin, so kam es mir vor. Ich räusperte mich. Da flog die Tür auf, er kam ins Zimmer, begrüßte mich mit einem scheuen Kuß, und schon ahnte ich den Grund.

Ich kam sofort zur Sache: »Wem gehören denn die Frauensachen im Bad?«

Er betrachtete das Regal und zuckte teilnahmslos die Schultern. »Keine Ahnung. Vermutlich meiner Nichte, die hat hier mal gewohnt.«

»Sie gehören nicht irgendeiner Freundin von dir?«

Er sah mich verwundert an. »In diesem Haus hat noch nie eine Freundin gewohnt.« Damit knöpfte er sich das Hemd auf, offensichtlich war das Thema erledigt. Ich kam mir blöd vor, der Schreck war mir ganz schön in die Knochen gefahren. So schnell kamen mir also Zweifel. War das mein Fehler, hatte ich zuwenig Vertrauen? Eigentlich hatte ich davon eher immer zuviel.

Nachdem ich mich für den Abend umgezogen hatte, ging es mir schließlich wieder gut. Ich war ein Kamel. Von nebenan hörte ich Tahim singen. Lachend ging ich zu ihm. Er zerrte gerade an einer Krawatte. »Liebling, darf ich dir helfen?« Mit zwei schnellen Zügen hatte ich die Krawatte unter Kontrolle. Ich küßte ihn zärtlich auf den Hals und arbeitete mich über die Wange zu seinem Mund vor. Behutsam umarmte er mich, sträubte sich aber, als ich ihn richtig küssen wollte.

»Julia, wir müssen los.« Lachend wand er sich aus meiner Umschlingung. «Ich muß mich erst an eine Frau gewöhnen, Julia. Mein ganzes Leben fand bisher im Büro statt. Ich werde das auch nicht allzu sehr ändern können. Ich bin unbeholfen in Gefühlsangelegenheiten, weil sie mir nie viel bedeutet haben. Frauen komplizieren die Dinge oft, das habe ich nie gemocht. Bei mir kommt vor der Liebe der Verstand, da muß eine Frau bestehen. Dann erst geht sie mir in den Bauch und dann vielleicht hier hinein.« Er zeigte auf sein Herz.

Ich lächelte ihn an. »Bei mir ist es genau anders herum. Wie gut für uns, sonst wäre ich wahrscheinlich nicht hier.«

Er lachte. »Oder erst viel später. Komm.« Damit zog er mich an der Hand hinter sich her zum Auto.

Bei Claudine war schon der Teufel los. Alle warteten auf

uns. Sie umarmte mich. »Schön, daß du wieder da bist. Wir hatten schon Angst, daß Tahim vom Fleisch fällt, zumal jetzt Ramadan ist und er vorher schon soviel abgenommen hatte.«

Ich umarmte meine Freunde und freute mich unbändig, sie wiederzusehen.

»Hallo Ndiayne, *ma belle*. Schönste aller Bantufrauen.« Sie kreischte kurz auf, und dann hielten wir uns fest.

»Du warst ja so lange weg, Julia. Du hast mir sehr gefehlt mit deinem hellen Lachen und deiner Fröhlichkeit.«

Ich zog sie ein wenig zur Seite. »Na, bis eben war ich gar nicht so fröhlich, ich war rasend eifersüchtig.«

»Waas? Aber das brauchst du doch nicht. Jedes Kind in Bangui weiß, daß Patron Sadar keine Frau hat.« Kichernd legte sie ihren Kopf auf meine Schulter.

»Ich weiß, ich bin blöd. Ndiayne, du riechst schon wieder so merkwürdig.« Ich beschnupperte sie neugierig.

»Nächste Woche lade ich dich zu mir ein, da lernst du Bantuleben und -zauber kennen, o.k.?« Sie war noch schöner geworden, ihre Augen strahlten, und ihr warmes Lächeln spiegelte höchste Zufriedenheit wider. Mir kam plötzlich die Idee, sie in meiner Boutique zu beschäftigen.

Am Tisch zupfte Claudine, die libanesische Köstlichkeiten aufgetragen hatte, gerade den Salat zurecht. Ich trat zu ihr und erklärte ihr, wie schön das Haus geworden sei.

»Gefallen dir auch die schwarzen Lampen? Sie sind zwar ein wenig exzentrisch, aber …«

Langsam ging mir ein Licht auf. »Also du warst der Weihnachtsmann! Hätte ich mir doch denken können.« Ich drückte sie an mich und dankte ihr.

Sie lachte. »Endlich konnte ich mich einmal austoben. Tahim war vierzehn Tage im Saland, und ich habe sofort losgelegt. Es freut mich, daß es dir gefällt. Tahim war zwar der Meinung, daß deine Urwaldängste bei dem Vorhang

wieder hochkämen, aber ich habe ihm erklärt, daß es in einem Schlafzimmer Möglichkeiten gebe, diese in Vergessenheit geraten zu lassen.« Sie lachte. »Und wie dumm er mich angesehen hat, als wüßte er überhaupt nicht, wovon ich spreche.« Uns liefen die Tränen über das Gesicht.
»Ich danke dir, du bist eine wahre Freundin!« Ich war froh, Claudine auf meiner Seite zu wissen. Ihre klugen Augen, die stets ein wenig orientalische Melancholie ausstrahlten, lachten mich an, und ihre volle, jungenhafte Lockenpracht glitzerte klein gekringelt und fein geölt in tausend Funken.
Tahim tauchte auf, ein berauschend gutaussehender Mann. Seine Attraktivität und eine Art Mystik zogen mich ständig zu ihm hin, wie zu einem Magneten. Ich hätte ihn jederzeit auf der Stelle lieben, seinen Geruch atmen, mich in ihn wickeln können. Anscheinend las er in meinen Augen, denn er musterte meinen Körper unter dem engen Kleid.
»Ich glaube, wir fahren bald, Julia. Bist du nicht erschöpft von dem langen Flug?« flüsterte er mir zu, daß es an meiner Ohrmuschel vibrierte und kitzelte.
Ich entschuldigte mich bei Claudine und schützte Müdigkeit vor. Claudine war enttäuscht, ließ mich dann aber mit verständnisvollem Seitenblick auf Tahim ziehen.
»Kommst du?«
Überrascht sah er mich an. »So schnell?«
»*Mais oui, chéri*, das war deine Idee.« Schuldbewußt blickte er zu Claudine, doch die nickte ihm lachend zu.
Erst viel später erfuhr ich, wieviel ihm gewisse Anstandsregeln bedeuteten. Er mochte auch nicht auffallen, da war er anscheinend besser erzogen als ich. Mir machten Provokationen Spaß, je draller, desto besser. Leider bemerkte ich erst viel später, daß dies eine Quelle ständigen Verdrusses für ihn war.
Zart schob er mich zur Tür hinaus und dann ins Auto. Kaum waren wir allein, machte sich leichte Beklemmung

breit. Schweigend fuhren wir nach Haus. Im Salon nahmen wir einen Drink, und ich erzählte höflich, artig, von Mami und meinen Freunden und auch stolz von dem Fotoband. Allmählich kehrte die alte Unbeschwertheit zurück.
»Das ist ausgezeichnet, Julia. Erstaunlich, was du in dieser kurzen Zeit geschafft hast.« Er nickte anerkennend, dann nahm er noch einen großen Schluck, lächelte mir zu und verschwand mit einer kurzen Entschuldigung.
Ich goß mir noch einen Whisky ein, um meine Schüchternheit endgültig in den Griff zu bekommen. Als Tahim auch nach einer halben Stunde nicht zurückgekommen war, sah ich vorsichtig im Schlafzimmer nach. Vielleicht befolgte er irgendwelche Riten, die er mir bisher verschwiegen hatte. Den Ritus, den ich jetzt sah, kannte ich allerdings: Mit lautem Schnarchen diente er der matten Seele. Tahim lag, nur mit Pyjamahose bekleidet, auf der Seite, hatte das Moskitonetz unter seinen Bauch gewickelt und schlief tief und fest. Wenn es nicht so traurig gewesen wäre, hätte ich lachen müssen. So aber war ich enttäuscht und überlegte, ob er mich im Augenblick nicht attraktiv fände. Ich musterte mich in dem großen Spiegel. Ich sah fantastisch aus. Er war wohl einfach müde, und so schlenderte ich noch ein wenig durch die schönen Räume.
Die Hitze hatte nachgelassen, und in der Ferne hörte ich das eintönige *tam tam* einer Totenfeier. Ich sah wie einen Schattenriß eine Voyageurpalme, die sich leicht im Wind wiegte. Bezeichnenderweise sah sie mich direkt an. Afrika – mein erster Tag in einem schönen Traum! In dem klaren Himmel blitzten die Sterne in allen Farben, und ich schickte eine Nachricht an Mami, durch meine Walhallaluke ... da, neben der hellen Venus: Ja, es geht mir gut, und ich werde hier für immer glücklich sein.
Dann duschte ich, zog das Moskitonetz ein wenig zur Seite, rollte mich an die warme Haut Tahims, legte meinen Arm

um ihn und lauschte zufrieden seinen Atemzügen, bis auch ich einschlief.
Eine Hand auf meinem Bauch weckte mich. Suchend, streichelnd fuhr sie über meinen Körper, blieb schließlich zwischen meinen Schenkeln und liebkoste mich, daß sich alle Schleusen öffneten. Tahim küßte mich vom Ohrläppchen zum Hals, durchstreifte meine Achselhöhlen, umkreiste mit der Zunge meine erregten Brustspitzen und landete schließlich in meinem Schoß, der sich ihm heiß entgegenbäumte. Unter seinen saugenden Küssen bebte ich am ganzen Körper, bis mich ein nicht enden wollendes Zucken überkam und ich in einem Höhepunkt aus höchster Lust und leisem Schmerz explodierte.
Tahim küßte sich nach oben, und ich spürte ihn steif und drängend zwischen meinen Beinen. In einem schnellen Orgasmus kam er laut stöhnend und grub sich in meine Schultern, als wolle er mich nie wieder loslassen.
Wir umarmten uns voll inniger Zärtlichkeit, und schon ging es wieder los. Diesmal liebten wir uns lange und voller Hingabe. Tahim kam immer wieder und blickte mir dabei tief in die Augen, was mich ungeheuer erregte. Lust und Leidenschaft fanden endlich ihr Ziel und erschöpften uns erst spät am Morgen. Ausgelaugt lagen wir schließlich nebeneinander und lächelten uns an.
»Wieviel Eier möchtest du?« Tahim schnippte kleine Schweißperlen aus meinem Bauchnabel.
»Fünf Spiegeleier, vier Scheiben Speck, ein großes Glas Ananassaft und pechschwarzen afrikanischen Kaffee«, flüsterte ich in mich hinein.
Während ich beim Frühstück von Billeba verwöhnt wurde, der mir ständig Eier brachte, nahm Tahim gar nichts zu sich.
»Der Ramadan dauert noch ein paar Tage, und das Fasten tut mir sehr gut«, erklärte er mir.

Ich bat ihn, mir von dem Ärger zu berichten, den er laut Claudine habe. Er sah mich erstaunt an.
»Dein Leben interessiert mich doch, *chéri*. Ich würde sonst nicht fragen! Laß es mich verstehen und daran teilhaben.«
Tahim räusperte sich. »Ich habe vierzig Angestellte im Fuhrpark, alles schlechte Leute. Es gibt ständig Unfälle bei den Transportfahrten. Die Fahrer nehmen Leute mit, überfüllen die Lkws, und dann passieren die schrecklichsten Dinge. Gestern hat sich ein Laster überschlagen, und es gab acht Tote. Die Menschen lagen stundenlang im Flußbett, bis Hilfe kam. Auf den abgelegenen Strecken dauert das lange, denn die Radiostation ist nicht immer besetzt, und die Nachrichten kommen dann oft zu spät. Schwarze haben kein großes Verantwortungsgefühl und rechnen nicht mit der Tragweite ihrer Handlungen. Es sind einfach Kinder. Daran solltest auch du immer denken, Julia.« Er gab mir einen Kuß und sprang dann auf. »Entschuldige, ich bin schon viel zu spät. Ich schick dir den Chauffeur sofort zurück.« Schon war er die Wendeltreppe hinunter, und gleich darauf fuhr die blaue Limousine die Auffahrt hinab.

11

Zuerst stattete ich Claudine einen kurzen Besuch ab. Sie gab mir einen Gehilfen, Jacki, mit auf den Weg zu meiner neuen Boutique. Er sollte die Arbeiten in dem Laden organisieren und überwachen. Ich wußte genau, wie ich diesen einrichten wollte. Ich stellte mir Hängekleiderstangen aus Bambus vor, die an Seilen von der Decke hingen, dazu eine lange Verkaufsvitrine aus chinarotem Rattan und zwei kleine Sessel sowie eine durchgehende Neonschlange. Draußen, über den Schaufenstern, sollte in großen Bambuslettern »WALHALLA« stehen, so wollte ich die Boutique nennen. Jacki hatte alles notiert und sah mich freundlich abwartend an. Als ich ihm sagte, daß ich die Einrichtungsgegenstände bis zum nächsten Tag brauchte, grinste er, wagte aber nicht zu widersprechen. Bevor er sich auf den Weg machte, bat ich ihn, dem Patron auszurichten, er möge mich um fünf Uhr abholen.

Zufrieden betrachtete ich meine neue Umgebung, das laute Treiben vor den Fenstern, die direkt auf die *Place Nationale* gingen. Ich sah den kleinen Invaliden in seinem selbstgebastelten Rollstuhl, die dürre, lange Polizistin mit den schneeweißen Handschuhen an kohlschwarzen Armen, die alten scheppernden Taxen, die sich vor Schwäche zur Seite neigten und von einem Schlagloch ins andere holperten, Kinder in Lumpen, von denen eines den blinden Bettler hinter sich herzog, und Radfahrer auf klapprigen Rädern. Dazwischen tauchte immer wieder ein blitzblank gewienertes, hochherrschaftliches Auto mit dunklemChauffeur und einem blassen Patron auf. Rote Staubfahnen wehten herüber und legten sich auf die schmutzigen Fensterscheiben.

Plötzlich bremste ein alter Pickup vor der Tür, und ich sah in Ndiaynes hübsches, lachendes Gesicht. Mit einem Satz sprang sie heraus und geradewegs in meine Arme, als wären wir schon ewig befreundet.

»*Baramo*, Julia. Ich habe gerade zu Djibril gesagt: ›Die Frau in dem Geschäft dort sieht aus wie Julia‹, und er meinte: ›Das ist Julia.‹« Wir lachten.

»So ein Zufall, ich bin das erstemal hier.«

»Ach, Julia, das ist kein Zufall. Wir werden uns immer begegnen, wir sind Schwestern.«

»Es trifft sich gut, daß du vorbeigekommen bist, Ndiayne, ich wollte dich etwas fragen.«

Aufmerksam sah Ndiayne mich an.

»Ich habe mir gedacht, daß wir zusammen in der Boutique arbeiten könnten. Du hilfst mir bei der Buchhaltung und schwierigen Kunden.« Erwartungsvoll blickte ich sie an. »Was meinst du?«

Sie bekam ganz feuchte Augen und hielt mich an den Händen fest. »Davon habe ich so lange geträumt, ich wäre der glücklichste Mensch der Welt.«

»Gut, dann kannst du gleich morgen um zehn Uhr mit deinem Glück anfangen.«

Sie strahlte mich an, als sie wieder in den Pickup stieg, der knatternd weiterfuhr. Erst jetzt sah ich, daß auf der offenen Ladefläche die gesamte schwarze Familie hockte, einschließlich dreier Kinder. Sie hatten die ganze Zeit in der brütenden Sonne gewartet und nickten nun freundlich zu mir herüber.

Es war schon halb sechs, und ich sah erwartungsvoll der blauen Limousine entgegen, die jeden Moment kommen müßte. Da war sie auch endlich. Aber siehe da, sie fuhr vorbei in Richtung Heimat. Was sollte das denn nun! Wenn Tahim was holen wollte, hätte er mich doch mitnehmen können! Der Sentinel vom Nachbargeschäft zeigte lachend hinter dem Auto her: »*Le patron*«, freute er sich.

»Ja, du Heini, aber wieso fährt er vorbei?« fragte ich ihn säuerlich auf deutsch.
Er lachte freundlich. »Er hat Sie vergessen.«
»Das ist doch nicht möglich.«
»Doch, Madame, er fährt jeden Tag um diese Zeit hier vorbei und nach Hause. Soll ich Ihnen ein Taxi holen?«
»Nein«, erwiderte ich brummig. Tahim würde doch sofort merken, daß ich zu Hause fehlte, und zurückkommen. Aber nichts kam. Als es bereits dämmerte, mußte ich verärgert feststellen, daß ich ihm wohl doch nicht fehlte, und hockte mich bockig auf den schmutzigen Boden der leeren Boutique.
Über eine Stunde später hörte ich ein Fahrzeug mit hoher Geschwindigkeit näherkommen und mit quietschenden Reifen bremsen. Tahim kam eilig durch die Tür und entschuldigte sich halb lachend, halb mitfühlend.
»*Chérie*, es tut mir so leid. Verzeih, aber ich bin noch nicht daran gewöhnt, daß ich zu zweit bin.« Ein Hauch Kardamom umwehte mich. Er war in dem Kaffee, den Tahim immer trank, wie ich inzwischen wußte. Nun ergriff er mich unter den Armen, doch ich war sauer und sprang allein auf. Schweigend schloß ich das Geschäft ab und stieg ins Auto. Auch er schwieg, und schlechtgelaunt landeten wir bei Claudine zum Apéritif.
Théodore saß schon im Sessel und unterhielt sich mit seiner Tochter, während Danielle sich Luft zufächerte. »Was ist denn hier los?« fragte sie, als sie unsere betretenen Gesichter sah, und ich winkte nur ab.
»Ich habe Julia vergessen und bin allein nach Hause gefahren«, beichtete Tahim. So, wie er es sagte, klang es komisch, und ich verdrückte ein Lachen. Claudine hielt mir eine Schale Erdnüsse unter die Nase.
»*O là là*, das ist schlimm, Tahim, unmöglich.« Tröstend nahm sie mich in die Arme und flüsterte mir zu: »Du darfst

jetzt noch nicht lachen, laß ihn schmoren, dann lernt er schneller.«

»O.k.«, flüsterte ich zurück.

Tahim unterhielt sich angeregt mit einem Tierarzt, der mich wegen seiner kleinen Knopfaugen und der spitzen Nase in graubraunem Gesicht an eine Manguste erinnerte. Tahim präsentierte mich ihm wie ein frisch erobertes Frachtschiff: »Jean, das ist Julia. Sie eröffnet gerade eine Boutique und macht sehr schöne Tierfotos.« Mir erklärte er: »Jean fotografiert auch.«

Jean war sehr interessiert. »Ich möchte furchtbar gern einmal an einer Expedition teilnehmen. Ist das möglich, geht es wieder irgendwann los?«

»Nächste Woche vielleicht. Ich muß noch eine Menge Formalitäten erledigen, und das geht hier in Afrika noch langsamer als bei uns.«

Er nickte. »Da kann ich Ihnen helfen, der Sekretär des Wirtschaftsministers ist nämlich mein Bruder. Ich sage ihm morgen Bescheid, und dann kümmert er sich um Sie.«

Ich bedankte mich, und Tahim und ich machten uns vergnügt auf den Heimweg.

»Du hast mir vergeben, Julia?«

»*Oui, chéri, pour ce soir.* Wenn das morgen noch einmal passiert, wird es schlimm.«

»*Bon, d'accord.*«

Im Salon war der Tisch zum Abendessen gedeckt. Mohammed brachte frisch gegrillte Brochettes vom Vorplatz und stellte sie auf den Tisch.

»Wie lange mußt du tagsüber noch fasten, Tahim?« fragte ich, um das Schweigen zu brechen.

Während er sich riesige Portionen auf den Teller legte, erklärte er: »Wir rechnen morgen mit der Durchsage, daß der Ramadan beendet ist. Dann habe ich fast acht Kilo abgenommen. Es ist immer sehr anstrengend. Bei den Angestellten kommt es in den letzten zwei Wochen häufig zu Schwächeanfällen.«

»Wenn du dann wieder gestärkt bist, können wir morgen in die Disko gehen, wir haben lange nicht mehr getanzt.«

Er lachte leise in sich hinein. »Ja, mal sehen.«

Auch ich fühlte mich schlapp. »Die Hitze ist noch anstrengend für mich. Gewöhnt man sich irgendwann daran?«

»Du mußt dich mittags hinlegen, Julia. Ohne Siesta geht man hier schnell in die Knie. Außerdem hast du noch das europäische Arbeitstempo, laß dir ein bißchen mehr Zeit.«

Er gab mir einen Kuß auf die Stirn und verzog sich unter die Dusche, während ich mich für einen Moment auf dem Bett ausstreckte.

Das nächste, was ich sah, war ein strahlend schöner Morgen. Ich hatte tatsächlich tief und fest elf Stunden lang geschlafen. Um so energischer nahm ich den neuen Tag in Angriff. Tahim war bereits in seinem Büro, und ich ließ mich ins Ministerium fahren, um meine Fotogenehmigung zu verlängern. Als ich dort Jerôme, dem Bruder von Jean, gegenübersaß, fand ich, daß er nicht aus der Familie der Mangusten stammte. In seinem blütenweißen Hemd sah er ganz manierlich aus, wenn man von seiner zerknitterten Haut absah.

Ich quälte mich mal wieder furchtbar mit meinem Französisch. Es gab Tage, an denen gar nichts ging, und an anderen floß es ausgezeichnet. Der heutige Tag gehörte eindeutig zur ersten Kategorie. Jerôme brachte mich zu Minister Tutou, einem sportlichen, schicken dunklen Mann, der mich hinter seinem mächtigen, leeren Schreibtisch freundlich begrüßte. Ein Plastikkugelschreiber lag einsam auf einem Stapel alter Prospekte. Als ich ihm lächelnd das Formular hinlegte und erklärte: »Ich habe schon mal eine Expedition in Ihren schönen Urwald gemacht und möchte ...«, fehlte mir das Wort für »verlängern«.

Tutou beobachtete mich gespannt, und auch Jerôme war ganz Ohr. »*Vous voulez prolonger, madame?*«
»*Exact, merci, monsieur.*« Wir lächelten uns freundlich zu. Tutou kramte nach dem Stempel, und ich freute mich, daß alles so schnell ging. Doch der Stempel war unauffindbar. Ich erkundigte mich, ob es nicht ein anderer täte.
»*Non, madame, impossible.*«
»Auch das noch! So ein Mist!« brummelte ich auf deutsch in mich hinein.
»Es geht deshalb nicht, weil es nur diesen einen Stempel gibt, Madame«, erklärte mir der Sekretär, der den Schreibtisch durchsuchte.
»Na, das kann ja heiter werden«, fügte ich leise hinzu.
Da wurde ich in fließendem Deutsch ermahnt: »Aber junge Frau, das ist doch noch kein Grund, so ungeduldig zu werden. Kommen Sie einfach morgen früh noch einmal vorbei, dann wird alles bereit sein.«
Mit weit geöffnetem Mund starrte ich Monsieur Tutou an. Blitzschnell überlegte ich, was ich alles auf deutsch gesagt hatte, und nun lachte Tutou schallend los. Noch verdutzter war ich, als Jerôme hinzufügte – ebenfalls in fließendem Deutsch, versteht sich:
»Und morgen werden wir Ihr Problem noch mal auf deutsch wiederholen.«
Nun lachten wir alle drei, bis uns die Tränen kamen. Tutou erklärte mir später, daß er in Heidelberg studiert habe und auch in München war. »Oktoberfest, Biergarten, schöne Mädchen, nette Leute.«
»Nette Leute, das stimmt«, bestätigte ich und zeigte auf mich. Unter halb geschlossenen Lidern erkundigte er sich beiläufig, ob ich verheiratet sei. Ich entschloß mich zu einem strahlenden »Nein«, und schon schob er mir seine Visitenkarte herüber.
»*A bientôt, Monsieur le Ministre.*« Damit verabschiedete

ich mich verheißungsvoll und schenkte ihm zum Abschied meinen hübschen Kugelschreiber, weil er gar so unverhohlen darauf geblickt hatte.
Als ich zur Boutique kam, war Ndiayne bereits dort und gab Jacki, der auf einer hohen Leiter über den Fenstern schwankte und mit einem Zollstock herumfuchtelte, Anweisungen. Eine kleine Gruppe schwarzer Zuschauer hatte sich neugierig dazugesellt, ein Maler hatte seine Ölbilder neben die Tür gelehnt, zwei schmuddelige Jungen hielten drei Graupapageien mit einer Schnur an den Füßen gefesselt auf den Schultern fest, und ein hübscher, halbstarker Bengel mit vielen T-Shirts an einer langen Stange kam sofort auf mich zu. »Hallo Schwester, ich kann dir gute Shirts verkaufen.«
Ich lachte, vor meinem Geschäft war ja schon eine Menge los. Auch die Polizistin sah dermaßen interessiert herüber, daß sie den ankommenden Verkehr ausnahmslos in die kleine, gegenüberliegende Bäckereieinfahrt lenkte.
Ich begrüßte Ndiayne, die wieder bildschön in einem ockerfarbenen afrikanischen Kleid steckte, mit Spitzen und reichhaltigen Stickereien. Um Schultern und Hüfte hatte sie eine passende Schärpe gewickelt. Unter den Achseln sahen winzige, rosa Babyfüße hervor.
»Ndiayne, was ist das unter deinen Armen?«
Stolz drehte sie sich um, so daß ich den Rücken sehen konnte. Da hing in einer Schlaufe des Wickeltuches ein brauner Winzling mit hochgezwirbelten, schwarzen Löckchen. Ndiayne zog mich in den Raum. Alle bestellten Möbel waren an Ort und Stelle, und die Kleiderstangen hingen bereits am Platz. »Ich habe alles heute früh mit Jacki aufgestellt, und heute Nachmittag kommt der Elektriker.«
Ich war begeistert, und auch Mallo, der mich hergefahren hatte, staunte nicht schlecht: »Das wird ein schönes Geschäft, Madame.«
»Ja, da hast du recht.« Dann flüsterte ich ihm etwas ins Ohr,

und grinsend fuhr er los. Ndiaynes neugierigen Blick ignorierte ich. »Überraschung. Hier meine Liebe, der Schlüssel zur Boutique. Es ist jetzt deiner, du sperrst um acht Uhr auf, und ich komme etwas später.«
Sie war gerührt. »Julia, ich danke dir so sehr für diese Anstellung. Es gibt in Bangui keine Arbeit mehr, und das Leben ist so teuer mit einer großen Familie.«
Am Fenster drückten sich inzwischen die Kinder ihre Nasen platt und quetschten auch die Papageien, die sie zum Kauf anboten, an das Glas, daß ich sie besser sähe.
»*Maman*, ganz billig für dich, nur fünftausend bitte, kauf sie doch.« Bettelnd sahen sie mich an, und auch die Papageien rollten mit den runden Augen. Einer hatte seine Federn aufgeplustert und krähte mir drohend zu.
»Also gut, aber ihr müßt mir einen großen Käfig besorgen.«
Johlend stoben die zwei Kleinsten davon, während der Größere versuchte, die drei verhedderten Schnüre der Papageien zu entknoten. Die anderen Kinder lachten vor Vergnügen. Einen Jungen kannte ich noch von früher, er lächelte mir scheu zu.
»Wer von euch ist der Boß?« wollte ich wissen, denn inzwischen waren es mindestens zehn. Sie sahen sich unsicher an, dann zeigten alle auf Ali, einen ungefähr zwölfjährigen Burschen mit wachen Augen. Zögernd hob er die Hand hoch.
»Gut, hier ist etwas Geld, teile es mit deinen Freunden.«
Ndiayne mischte sich jetzt streng in Sango ein, und im Nu waren alle verschwunden. »Ich habe ihnen gesagt, daß sie ja nicht jeden Tag kommen sollen.«
Inzwischen hatte sich der Maler mit seinen wunderschönen Ölbildern weiter ausgebreitet. Ich war begeistert von ihnen.
»Malen Sie selber, oder verkaufen Sie sie nur?«
»Nein, Madame, ich male sie selber.« Eifrig breitete er sie auf dem schmutzigen Boden aus, eine ganze Serie: Bantufrauen im Urwald, Inseln in der untergehenden Sonne,

flüchtende Affenschwärme in Baumwipfeln – eindrucksvolle Gemälde, die mich in Stil und Ausdruckskraft tief berührten. Ndiayne fragte ihn auf Sango etwas und schüttelte dann entschieden den Kopf, als er antwortete. Offensichtlich war dies die Ankaufsarie.

Mallo kam mit dem Rover zurück und sah fragend zu mir. Ich zeigte in eine Ecke der Boutique, und schon machte er sich grinsend an der Ladentür zu schaffen. Alle sahen ihm gespannt zu, auch Ndiayne kam neugierig näher. Da hörte ich es draußen auch schon kreischen. Mallo hielt das nackte Mannequin wie eine Galionsfigur vor sich und trug es unter dem Gejohle der Zuschauer feierlich in die Boutique. Im gleichen Moment krachte es auf der *Place Nationale*: Drei Autos, mit der Frontseite zur Boutique, waren in einandergefahren. Die Polizistin sah böse zu uns herüber, und wir zogen uns vorsichtshalber in den Laden zurück.

Ndiayne war glücklich. »So etwas gibt es in ganz Bangui nicht, wir werden viel Besuch haben.« Und dann hatte auch sie noch eine Überraschung für mich: Meine Kisten waren aus Europa angekommen.

In der Mittagspause berichtete ich Tahim von den Fortschritten, die die Boutique machte. Er lobte mich und versprach, mir bei den notwendigen Geschäftspapieren zu helfen. Er war eine unschätzbare Hilfe. Ich umarmte ihn, schmiegte mich an seine Wangen, deren Haut so weich war, und küßte ihn. »Ich liebe dich sehr, geliebter Mister Good«, flüsterte ich ihm zärtlich ins Ohr.

Lächelnd zog er mich zur Terrasse. Seine Zärtlichkeiten beschränkten sich in der Öffentlichkeit auf Nasenkuß und Händchenhalten. Aber auch in unseren eigenen vier Wänden war es für mich nicht einfach, diesen Mann aus der Reserve zu locken. Offensichtlich hatte er nie gelernt, sich mitzuteilen.

Seine Söhne saßen bereits beim Essen und begrüßten mich

überschwenglich: »*Salut*, Julia, heute abend ist also Disko angesagt?« Justin sah grinsend zu seinem Vater, der schüttelte nur den Kopf.
»Wir werden sehen.« Nach dem Essen hatte Tahim einen Termin und zog sich gleich zurück. Ich sah enttäuscht zu den Jungs.
»Papa ißt mittags nie. Es ist erstaunlich, daß er überhaupt nach Hause kommt. Vielleicht schaffst du ja auch noch, daß er etwas kürzer tritt.« Jean-Luc klärte mich noch weiter auf: »Ich habe euch damals in der Diskothek tanzen gesehen. Kompliment, du tanzt irre gut.«
»Danke, wieso bist du nicht an unseren Tisch gekommen?«
Er lachte mit vollem Mund. »Ich wollte Papa nicht stören. Ich hatte ihn noch nie so verliebt gesehen.«
Justin mischte sich nun ein: »Es war auch das erstemal, daß er überhaupt in einer Disko war.«
Nun war ich überrascht. »Ach, ich hatte das Gefühl, er geht jede Woche tanzen!«
Sie feixten albern. »Eher nicht, Julia, aber vielleicht ändert er sich ja.«
Neugierig wagte ich mich an ein anderes Thema: »Ist eure Mutter auch in Bangui?« fragte ich beiläufig.
»Ja, sie hat ein Haus am Künstlermarkt. Hast du sie noch nicht gesehen?« fragte Jean-Luc zurück. »Sie ist oft im Büro.«
»Aha, nein, nicht, daß ich wüßte.« Dabei fiel mir eine kleine, aufgedonnerte schwarze Frau ein, die am Vortag bei Claudine im Büro gewesen war, mich gehässig gemustert und dann jemandem auf Sango etwas zugezischt hatte. Ob sie das wohl war?
Die Jungs verabschiedeten sich, dann kam Tahim, der mir einen flüchtigen Kuß gab, bevor er zu seiner Besprechung aufbrach. Ich blieb allein am Tisch sitzen, etwas enttäuscht. Billeba kam zurück und nahm eine demütige Hockstellung

ein. »Pardon, Madame, da sind zwei Jungen mit Papageien. Sie sagen, Sie hätten sie gekauft.« Ich nickte ihm zu, und er verschwand. Als er schließlich mit einem großen Käfig wieder zum Vorschein kam, warf Tahim im Vorbeigehen wortlos einen langen Blick zu den Vögeln, bevor er verschwand.

Ich freute mich über die Papageien. Sie brauchten eine große Voliere, und ihre Federn wollte ich so beschneiden, daß sie frei herumfliegen, aber nicht fliehen konnten. Der dicke Papagei öffnete seinen starken Schnabel und zeigte mir eine schwarze Zunge. Ich wollte den Finger durch die Stäbe stecken und ihn streicheln, aber Billeba hielt mich zurück: »Bloß nicht, Madame, am Anfang sind sie gefährlich und unberechenbar. Der Dicke kann Ihnen ohne Mühe den Finger durchhacken.«

Na, darauf wollte ich es nicht ankommen lassen. Ich ruhte mich etwas aus, bevor ich wieder zur Boutique zurückkehrte.

Der Nachmittag dort verlief spannend. Wir packten die Kisten aus, dekorierten und waren ausgelassen. Das Mannequin wurde mit Tüll, bayrischer Bluse und Lederhose bestückt und hieß fortan Walli. Vor dem Eingang saß bereits mein eigener Sentinel und achtete darauf, daß die neugierigen Gaffer nicht in den Laden kamen. Meine Pygmäenposter hingen an den Wänden, und Ndiayne und ich sahen fasziniert in die schrägen, schwarzen Augen Majekes und Mungos.

Die Lage meiner Boutique war ideal. Ich sah alles und jeden, und jeder sah mich. Prompt erhielt ich Besuch von einem strahlenden Botschafter Schnell samt Gattin.

»Liebe Julia, das ging aber schnell!« Helga umarmte mich freudig.

Hans drückte mich auch an sich und bewunderte meinen Laden. »Die Frau ist nicht zu bremsen. Schau dir diese aus-

gefallenen Poster an, das wird sicher bald eine Ausstellung, nicht wahr Julia?«
»Klar, am liebsten in den schönen Räumen der Botschaft«, fiel mir ein.
»Ja, warum nicht. Das motzt unser langweiliges Image ein wenig auf. Machen wir, Julia.«
Helga probierte bereits einige Teile an, und Hans schenkte ihr eine schicke Bluse, unser erster Verkauf!
»Morgen abend gibt es einen Empfang in der Botschaft, Nationalfeiertag, da seid ihr natürlich herzlich eingeladen. Alle sind schon sehr neugierig auf dich, Julia. Deine Ankunft hier ist das Stadtgespräch, es gibt ja sonst kaum Unterhaltung in Bangui.« Damit verabschiedeten sich die beiden.
Ndiayne und ich nahmen uns bei den Händen. »Toi, toi, toi«, brachte ich ihr bei. »Das soll uns Glück bringen.«
»Und ich zeige dir, wie die Bantu ihre Freude im Gruß ausdrücken.« Ndiayne faßte mich mit ihrem Ringfinger und Daumen an meinem rechten Mittelfinger und schnippte an ihm entlang, so daß es laut schnalzte. Lachend versuchte ich es nachzumachen, aber es war nicht einfach.
Eine blaue Limousine fuhr über den Platz in Richtung Heimat, ich sah gerade noch das Heckteil. Nicht schon wieder! Da kam auch schon der Sentinel des Nachbarn und zeigte lachend in die Richtung des verschwundenen Autos. *»Le patron, encore.«*
»Ja, du Heini, *encore.*« Ich sah ihn eisig an. »Halte du lieber deinen Hintern in die untergehende Sonne und sag deinen Rhabarber auf«, fügte ich niederträchtig hinzu in Anspielung auf seine regelmäßigen Gebetsrituale. Der arme Kerl konnte ja nichts dafür, aber warum mußte er auch jedesmal grinsen!
Ndiayne ahnte, worum es ging. »Er wird es schon noch lernen, sei geduldig, Schwester.«

»Ja, du hast recht, Geduld in diesem Land, Geduld, Geduld!«
»*Tu vois*, es funktioniert, da ist er schon.« Sie zeigte auf den Mercedes, der eilends vorfuhr. Dank Ndiayne stieg ich ohne Vorwürfe ein.
»*A demain*, Julia.«
»*Kekereke*, Ndiayne.«
Und schon rauschten wir ab. Tahim sah mich aus schmalen Schlitzen an. »Du bist so still?«
»Ndiayne hat mir ein wenig Geduld beigebracht und mich für Sonntag eingeladen, daß ich noch mehr davon lerne.«
»Das ist eine gute Idee, vielleicht kann ich dich schon am Freitag vorbeibringen?« Er grinste.
»Du bist gemein, ich werde es schon lernen.«
Wir hielten in der Minerva-Bar, wo wir uns kennengelernt hatten, was ich als liebevolle Geste empfand. Drinnen wurden wir von Männern begrüßt, die schon einige Tage hinter der Flasche hingen, französische Waldarbeiter und andere obskure Elemente. Zielstrebig ging Tahim an allen vorbei und hatte für jeden ein freundliches Wort. Dann gelangten wir in ein kleines Hinterzimmer, in dem ich durch blaue Rauchschwaden mühsam fünf Männergesichter erkannte. Gute Typen, mein Fotografenherz lachte. Jeder hatte ein Glas in der Hand. Ich wurde einer eingehenden Musterung unterzogen.
»Ist dies das Heiligtum der oberen Zehntausend?« fragte ich in die Wolke.
Die Männer lachten, und Tahim stellte mir vor: den Bankdirektor Horvarth, Jean-Claude von der UKEX-Stoffabrik, den Schuhfabrikanten Jesse, Pierre, den Hotelbesitzer, und Alard, den Premierminister, seine besten Freunde, wie ich später erfuhr. Hier wurde Politik gemacht, und ich hatte das Gefühl, die erste Frau in dieser Räucherkammer zu sein. Ich bekam einen Whisky in die Hand gedrückt, und schon

wurde diskutiert. »*N'est-ce pas*, Julia?« fragte mich Pierre gelegentlich. Aber ich war zu erschöpft, um dem Gespräch zu folgen. Erst nach dem dritten Glas sprach ich wieder französisch, doch nach dem fünften verstand ich nichts mehr.

Mit einem gräßlichen Kater erwachte ich am nächsten Morgen. Es war schon zehn Uhr, und ich erfrischte mich mit einer Runde im Pool. Dann rief ich Tahim an, sehnte mich nach seiner Stimme. »Hallo, *chéri*, schade, daß ich dich heute früh nicht mehr gesehen habe.«
Er lachte leise. »Gesehen hast du mich schon, aber nicht erkannt, meine liebste Julia.«
»*O là là, c'est grave.*« Ich schämte mich. »Aber jetzt geht's wieder.«
Tahim teilte mir mit, daß wir bald ins Saland fahren würden, Billeba solle Proviant besorgen. Ich war erstaunt über die Selbstverständlichkeit, mit der er davon ausging, daß ich mitkäme. Doch freute ich mich auch. Von dort konnte ich zu den Pygmäen weiterziehen. Ich würde versuchen, Sabango und einen Pisteur zu bekommen. Mit Mallo besprach ich die Einzelheiten der Vorbereitung und packte die Safari- und Fotoausrüstung zusammen, sowie Chiffonhemdchen für die Nacht. Jetzt war Schluß mit Suff und Liebesentzug! Mein Blick fiel auf die Malariatabletten. Sollte ich sie weiter nehmen? Sie machten mich kribbelig, und mir war ständig schwindlig. Théodore hatte mir zu dem einheimische Nevaquine als Prophylaxe geraten, aber ich wollte nicht während der Therapie wechseln, noch dazu, wo es jetzt in den Urwald ging. Sicherheitshalber packte ich das chinesische Mittel für einen eventuellen Anfall ein, dazu viele Salben und andere Tabletten. Denn diesmal wäre ich auf mich allein gestellt. Schon kroch die Urwaldangst wieder in mir hoch, verdammt. Ich hatte so gehofft, daß ich es endlich bewältigt,

durch den Fotoband verarbeitet hätte. Doch hinter dem geschlossenen Grün des Waldes lauerte für mich weiterhin ein unerforschbarer Horror.

12

Die Tage bis zur Abfahrt ins Saland gaben mir eine kleine Vorstellung von der Seligkeit auf Wolke Nr. 7. Es gab Abende, an denen ich so dankbar war für dieses Schicksal, daß mir Tränen des Glücks in den Augen standen, wenn ich auf das glitzernde Wasser des Oubangui sah. Lieber Gott, laß es doch bitte halten, und sage mir, was ich dafür tun soll. Wieder in die Kirche eintreten? Ich würde es tun, ich würde eine neue bauen ...

Diese und andere Gedanken gingen mir durch den Kopf, als ich im Rover mit Mallo auf dem Weg zum Flußhaus war. Tahim hatte noch wichtige Sitzungen, er wollte später nachkommen. Unsanft wurde ich aus meinen Gedanken gerissen, als Mallo von der Straße fuhr und mit Volldampf in die Savanne hinter einer kleinen Mangustenmeute herraste.

»*Mais, Mallo, ça ne vas pas!*« schimpfte ich und schlug mir den Kopf an, als wir über einen Baumstumpf donnerten.

»Entschuldigung, Madame, aber das ist Essen und kostet nichts. Es reicht mindestens für eine Woche, wenn ich die erwische«, rief er mir strahlend zu.

»Aber du kannst doch mit mir nicht einfach durch die Pampa rumpeln. Los, zurück, und laß die armen Viecher in Ruhe.«

Resigniert, wenn auch mit einem kleinen Grinsen, fuhr Mallo zur Piste zurück. Er kannte inzwischen meine Eigenheiten und die für afrikanische Verhältnisse völlig unnötige Tierliebe.

»Ich werde dich schon versorgen, aber laß die Tiere in Ruhe.«

»Und was machen wir hiermit?« Er zeigte aufgeregt zu einer großen, gelblichen Schlange, die sich mühsam über die neue Teerstraße ringelte. *»Nbo«*, flüsterte er andächtig. Das Lenkrad war bereits eingeschlagen, er zielte auf den Schlangenschwanz.

»Untersteh dich«, warnte ich böse.

»Aber Schlangen sind gefährliche Biester«, verteidigte er sich.

»Aber auch nützlich. Hast du nicht in deiner Kirche gelernt, daß man alle Lebewesen achten soll?« Etwas anderes fiel mir nicht ein. Ich wußte, daß die Schwarzen sehr gläubig waren. Tatsächlich entspannte Mallo sich und fuhr, mit einem letzten sehnsüchtigen Blick zur Boa, zurück und die kleine Abzweigung zum Saland hinauf.

Von unseren unterschiedlichen Auffassungen zum Thema der Tiererhaltung abgesehen, war es eine herrliche Fahrt in die untergehende Sonne. Schöne Bantufrauen schritten in bunte Tücher gewickelt würdevoll am Straßenrand und balancierten ihre schweren Lasten auf dem Kopf. Manchmal lächelte mir eine zu, und ich winkte erfreut zurück. Die kleinen Gemüseablagen waren diesmal mit mickrigen Pilzen gefüllt, anscheinend hatte es geregnet. Außerdem lagen Kokosnüsse zum Verkauf, Kochbananen, Guaven und hin und wieder Duckerschenkel, schwarzgeräuchert und an kleinen Ästen befestigt. Die Papayas waren schon reif, ebenso die Mangos und Orangen. Mandarinen gab es – ohne Weihnachten –, Taros, Corosol und schneeweißen Maniok, der zum Trocknen ausgelegt war. Ich kaufte ein paar wunderschöne Holzschüsseln in Ebenholz und *bois d'or* bei einem Schnitzer, der an der Straße arbeitete. Mich berührten diese kleinen Dörfer sehr. Und immer wieder begegneten uns die schiefen Buschtaxis, haushoch beladen und gefährlich zu überholen. Da war auch schon der Franchepane-Baum mit den breitfächrigen Ästen und den wunderschönen orange

flammenden Blüten, meine Lieblingskurve und dann der Blick ins Paradies: das Flußhaus an den Stromschnellen des Lobaye, getaucht in violett- und lachsfarbenes Sonnenlicht und in die Stille selbstgefälliger Natur, nur durchbrochen vom entfernten Schrei des Kronenadlers. Mit gewaltigen, schwarzen Schwingen zog er majestätisch über den Wipfeln der Musangabäume seine Kreise. Wahrscheinlich jagte er Affen, die in der Abenddämmerung auf Futtersuche und ihm eine leichte Beute waren.
Meine Verzauberung löste sich, als Mallo mich daran erinnerte, daß er Sabango holen wolle.
»Sag ihm, daß wir morgen früh um fünf Uhr aufbrechen und daß er Dimanche, den Pygmäen-Pisteur, mitbringen soll. Und den Metallkoffer von der letzten Expedition. Dann kauf im Dorf noch Maniok, Ölsardinen und was wir sonst noch brauchen.«
In dieser einmalig schönen Stimmung machte ich Fotos und ging dann ins Haus. Es roch wie damals nach Holzpolitur, und im Schlafzimmer nahm ich an den Kopfkissen unter dem Moskitonetz einen Hauch Lavendel wahr. Tahim war allgegenwärtig, durch das verwehte Kräutertonic, das er häufig benutzte, seinen zerknautschten Pyjama am Spiegel ... Geliebter ... Tief atmete ich seinen Duft ein. Dann setzte ich mich auf die Terrasse und genoß dieses intensive Leben. Ich dachte an nichts, atmete, spürte die pulsierende Gegenwart und schlürfte duftenden Citronelle-Tee.
Am nächsten Morgen saßen wir wie verabredet zu viert im Auto. Die rote Straße war völlig ausgefahren, und der Rover sprang kreuz und quer über die Löcher. Wir schlugen uns die Schädel an und schürften Ellbogen und Knie an den Sitzen auf. Als wir endlich an der kleinen Piste und der schmalen Brücke ankamen, war diese fast unpassierbar. Ihre rissigen, wackeligen Planken öffneten sich gefährlich weit über dem Hochwasser führenden Fluß. Weiße Schaum-

kronen umtobten die spitzen Riffe unter uns. Schön sah der Oubangui aus in seiner stürmischen Wut.

Angespannt fuhren wir über die knarrenden, schwankenden Bretter, die kurze Brücke wollte kein Ende nehmen. Mallo fuhr konzentriert und biß sich ständig auf die Zunge. Endlich hatten wir festen Boden erreicht. Sabango und Dimanche lachten befreit. Ich bedankte mich bei Dimanche, daß er mitgekommen war. Jean, der Fotograf, hatte ihn mir empfohlen. Wir bogen in den Weg zum Urwaldrand. Es wurde immer enger, und schließlich war alles zugewachsen. Äste schlugen an die Scheiben, Wolken von Moskitos kreisten über uns, Bäume lagen quer, und vor uns stand die grüne Horrorwand des Dschungels.

Die Fahrt endete hier. Mallo sah mich ungläubig an. »Madame, Sie wollen wirklich da hinein?« Er zeigte auf das dunkelgrüne, dicht geschlossene Unheil.

»Eigentlich nicht, Mallo, aber ich will meine Pygmäenfreunde wiedersehen.«

Der hünenhafte Sabango hatte inzwischen das Zelt, den Proviantsack und den Metallkoffer umgehängt; Dimanche trug den Manioksack, der an einer Lianenschnur um den Kopf befestigt war, und vor der Brust den Rucksack mit einem Gewicht von mindestens dreißig Kilo, der ebenfalls an der Schnur hing. Erstaunlich, wie die Pygmäen in barfüßiger Schnelligkeit und mit schwersten Lasten behängt kaum erkennbare Pfade entlang tappten.

»Sei nächsten Montag gegen Mittag wieder hier, o.k.? Und vergiß es nicht!«

Mallo nickte, immer noch fassungslos, und sah uns nach, bis wir verschwunden waren. Die letzten Laute aus der Zivilisation, die ich vernahm, waren die des hochtourig drehenden Rückwärtsganges, dann hatte mich die Angst wieder voll im Griff. Auch dieses Mal hatte ich das Gefühl, ich würde in den Krieg ziehen und die Rückkehr wäre ungewiß.

Ich biß die Zähne zusammen und folgte Dimanche durch den verwunschenen Wald mit seinen unheimlich sich windenden Lianen. Hundertjährige Moosbärte hingen in langen Schlingen von den Ästen. Schaudernd nahm ich Monsterfarne wahr, haarige Sträucher und Schichten aus unterschiedlichstem Bodenlaub. Mir schien der Dschungel belebt von umherhuschenden Schatten und höhnisch kichernden Beobachtern.

Lange liefen wir so, schweigend und in zügigem Tempo. Es war schwül und stickig. Mir brannte der Schweiß in den Augen, lief meinen Hals entlang und sammelte sich in großen Bächen an der zugegurteten Taille. Ich glitschte von modrigem Laub in dornige Lianen, prallte gegen Stämme und verhedderte mich in Wurzelgestrüpp, doch wagte ich nicht anzuhalten, ich wäre sonst vergessen und verloren gewesen.

Dimanche hielt auf einmal an und setzte den Manioksack ab. Er sammelte kleine gelbe Früchte ein, die verstreut am Boden lagen. Sabango hielt mir eine Frucht hin, und Dimanche erklärte etwas im Aka-Dialekt. Sabango übersetzte: »Gorillas und Schimpansen lieben diese Äpfel.« Er schlug mit der Machete den oberen Teil ab und hielt ihn mir hin. Instinktiv holte ich das Weiße aus dem orangefarbenen Fruchtfleisch und hatte den Mund voll mit süßlichen Fäden und Samenkörnern. Als ich sie ausspuckte, erschwoll über uns schnalzendes Geschnatter, gefolgt von lautem Grunzen. Ich erschrak fürchterlich und behielt den Rest im Mund, weil ich tatsächlich glaubte, der Krach gelte meiner Spukkerei. Dann sah ich einen Schwarm Weißnasen, die hoch über uns lautstark weitere Malombofrüchte verzehrten. Einer der Affen fuchtelte mit seinem langen schwarzen Schweif und schwang sich gemächlich in den Nachbarbaum. Offensichtlich störten wir nicht.

Das Grunzen dieser Affenschar verfolgte uns weiter in den Wald, der jetzt feuchter wurde. Die großen Stelzwurzelbäume nahmen zu. Neben ihren immensen Wurzeln, die sich brettartig nach außen wölbten, hatte ich die Größe eines mittleren Flohschenkels. Ihre Dimensionen auf einem Foto festzuhalten bereitete mir Schwierigkeiten. Schließlich warf ich mich beherzt ins Laub und hatte Sabango, Stelzwurzeln und den unendlich langen Baum mit all seinen würgenden Lianen vor der Linse. In diesem Waldgebiet waren die meisten Baumstämme ungefähr zwanzig Meter hoch, bevor das Laub begann. Hier sah ich zum erstenmal Orchideen, die sich lila und weißblütig in moosigen Astgabeln eingenistet hatten.

Auf dem weiteren Marsch wurde das Dickicht immer undurchlässiger, und ich schützte mich, indem ich die Ellenbogen vor das Gesicht hielt und so die Äste wegschaufelte. Plötzlich roch es nach Ingwer, und ich sah die langen, schmalen Blätter mit den tiefroten Blüten. Ich war froh, hier in dieser Fremde mal auf Bekanntes zu stoßen. In München hatte ich einiges über die Pflanzen des tropischen Regenwaldes gelesen und war stolz, wenn ich sie nun erkannte.

Plötzlich ergriff Sabango meinen Arm und gab mir drohend Zeichen, mich sofort auf den Boden zu hocken und nicht zu rühren. Er schlich zu Dimanche, der angespannt in aufgewühlter Erde fingerte und dann ein Bäumchen aufspürte, an dessen untersten Zweigen er herumschnüffelte. Mir stockte der Atem, und ich hörte nur noch den Blutschwall in meinen Ohren rauschen.

»*Ja bot'e.*« Dimanche hatte Sabango herangewunken und erklärte ihm die Fährte. Dann deutete er zu einer Senke, in der gelbe Falter flatterten. »*Mbongo.*« Sabango nickte und schlich zu mir. Er erklärte mir etwas, von dem ich in meiner Panik nur das Wort »*panthère*« verstand. Dann aber begriff ich, was Sabango mir zuflüsterte: »Hier war vor kurzem ein Panthermännchen. Die gelben Falter dort sitzen auf dem Urin, mit dem er sein Revier markiert hat. Dimanche kann ihn noch riechen. Er riecht auch das Waldschwein, hinter dem der Panther her war.«

»*Tama*«, rief Dimanche leise und winkte.

»Sollen wir etwa weitergehen?« Ich war wieder zu mir gekommen und starrte Sabango entsetzt an.

Beruhigend flüsterte er mir zu: »Der Panther ist weg.« Trotzdem sicherte er den Weg nach allen Seiten.

Ich blieb nahe bei Dimanche und bewegte mich so leise wie möglich, doch die Äste unter meinen Schuhen krachten wie ein Feuerwerk. Hinter der Senke nahm ich einen ekligen, süßlich-muffigen Geruch wahr, und da sah ich auch schon die breite Blutspur, die zu einem kleinen Gebüsch führte. Ein Wildschwein, beziehungsweise was davon übrig war, lag verstreut zwischen abgebrochenen Ästen. Ringsherum war das Laub aufgescharrt. Ich krallte mich an Sabango.

»Woher weißt du eigentlich, daß der Panther weg ist?«

»Es waren Spuren von einem Kampf zu sehen und vom Panther, der geflohen ist.«

Ich krallte die Hand noch tiefer in Sabangos Schulter und ließ nicht mehr los. Noch rechnete ich mit dem Schlimmsten, und so würden wir wenigstens zusammen gefressen werden, er zuerst hoffentlich ...

»Es gibt Panther, die fressen lieber Antilopen«, erklärte mir Sabango weiter flüsternd, was mich aber nicht mehr interessierte. Zitternd schoß ich eine Fotoserie von dem kleinen, schwarzen Schwein, sah die freigelegten, völlig abgefressenen Rippen, ein Vorderlauf fehlte, und vom anderen waren nur noch Knochensplitter des Schulterblattes da. Eine fette Wolke *Mut Mut* saß auf der aufgerissenen Hinterbacke, und ich hatte Angst, daß diese lästigen Bienen herüberkommen und uns durch den Urwald scheuchen würden. Ich drängte weiter, doch Sabango fragte: »Sollen wir das Fleisch nicht mitnehmen?«

Entsetzt schüttelte Dimanche den Kopf und erklärte:

»Wenn du seine Beute nimmst, folgt dir der Panther und tötet dich irgendwann.«
Mein Herz klopfte immer noch so laut, daß ich kaum meine eigenen Worte verstand: »Und ich fände es toll, wenn wir vorher noch das Camp erreichen, und zwar auf dem schnellsten Wege. Ich spüre, daß der Panther noch in der Nähe ist.«
Sabango übersetzte, und Dimanche nickte mir ernst zu. Mir fiel ein, daß Katzen eigentlich nachtaktiv waren, doch hier hatte ich das Gefühl, es wäre bereits tiefste Nacht ... Überall glühten gelbe Raubtieraugen durch das Dickicht, und lange Schnurrhaare streiften meinen Hals. Wie in Trance schlich ich weiter.
Die Lianen wurden länger und die Farne größer, die huschenden Schatten noch unheimlicher. Ich wollte an nichts anderes denken als an das rettende Jagdlager meiner kleinen Freunde. Sabango hatte mir auf der Fahrt erklärt, daß Majeke auf Netzjagd sei und sich fast an der Kongogrenze befinde. Wir mußten also mindestens acht Stunden marschieren, bis wir das Lager erreichten. Da verblieben mir immer noch drei Stunden Angst, in denen ich auf meine beiden Beschützer hoffte, die sich jetzt bewaffnet hatten. Sabango hielt ein Messer griffbereit und Dimanche die Machete in der Faust.
Dimanche hatte sich sehr gefreut, seine Familie wiedersehen zu können, und noch mehr, als er den großen Sack Maniok sah, den ich als Geschenk mitnahm. Er wollte Musala, Majekes älteste Tochter, zur Frau nehmen und mußte an der Jagd teilnehmen, um seiner neuen Familie eine Antilope zu erlegen. Er war von den Ba Bensele, dem Nachbarstamm der By-Aka-Pygmäen, und lebte im Bayanga-Gebiet bei den Waldelefanten. Vielleicht kamen wir noch in deren Nähe.
Vor uns tauchte plötzlich ein Hindernis auf. Ein riesiger gefallener Baumleib machte Schwierigkeiten. Einerseits wollte

ich nicht über seinen matschigen, dicht mit Pilzen besiedelten Stamm hinwegrutschen, andererseits wußte ich nicht, wie ich sonst hinüberkommen sollte. Die Männer warteten. Schließlich hakte ich mich mit den Händen oben an der Rinde ein und robbte auf den Knien bis zum Kamm hinauf. Ich glitschte aus und streifte auf der anderen Seite mit der Hose den gesamten hundertjährigen Matsch ab. Pfui Teufel! Angeekelt stellte ich mir vor, was mir da gerade in sämtliche Öffnungen kroch. Verbiestert stapfte ich den anderen nach und versuchte meine Fantasie in den Griff zu bekommen. Schweiß sickerte durch meinen Hut, und Schwüle legte sich mir schwer auf die Lungen. Ich bekam kaum Luft und geriet wieder in eine Art Trance, während ich weiter durch diese Ursuppe watete.

Seit 65 Millionen Jahren hatten hier im Kongobecken kaum klimatische oder geophysikalische Veränderungen stattgefunden, was ich trotz meines Horrors auch wiederum aufregend und faszinierend fand. Die Arten mußten sich keinen Veränderungen anpassen. Krokodile zum Beispiel hatten sich in dieser ganzen Zeit nicht verändert. Niemand wußte, wie viele archaische Wesen sich noch in diesen alterslosen, unbekannten Urwaldregionen verbargen. Ich dachte an das unerforschte Ndoki-Gebiet. Die Meerkatzen, die hier überall herumtobten, hatten sich erst während der großen Eiszeit in die verschiedensten Arten aufgeteilt. Damals war auch Afrika von starker Kälte und Trockenheit heimgesucht worden, und die Wälder waren bis auf ein paar Gebiete am Äquator zusammengeschrumpft. Die Ur-Meerkatzen unterteilten sich in fast dreißig Arten und lebten getrennt voneinander in verschiedenen Gebieten. Sie bekamen blaue oder rote Nasen, Schnurr- oder Vollbärte, weiße, schwarze oder bunte Backenbärte, Ohren- oder Ziegenbärte, wurden größer oder kleiner.

Ich mußte lachen, denn ich sah gerade meinen Biologielehrer vor mir. »... Und wie, meine liebe Julia, kam es nun, daß sich alles wieder zusammenfand? ...« Er hatte auch ein Affenbärtchen, mein Professor Bittkau. Aber die Frage war trotzdem interessant: Als sich nach dem großen Regen die Urwälder nämlich wieder ausbreiteten, trafen die unterschiedlichen Meerkatzen aufeinander und staunten nicht schlecht, daß sie jetzt völlig anders aussahen als 18 000 Jahre zuvor. Manchmal saßen sogar bis zu acht verschiedene Arten in einem Malombobaum. Auch im Hinblick auf die Pygmäen gab es neue interessante Erkenntnisse: Eine Chromosomenanalyse hatte ergeben, daß ihr Ursprung bei der weißen Rasse zu suchen sei, was natürlich als Sensation besprochen wurde.

Wir gelangten an eine kleine Lichtung, die von Megaphrynium-Kolonien gesäumt war. In diesen hohen Büschen wutzelte es nur so von fetten Ameisen, die in irgendwelchen Löchern verschwanden und plötzlich am Boden wieder auftauchten. Sabango hatte sich in sicherer Entfernung hingesetzt und holte eine Sardinenbüchse heraus. Nach sorgfältiger Bodenuntersuchung fand ich ein vertrauenerweckendes Plätzchen ohne bewegten Untergrund und ließ mich auf meinen Rucksack fallen. Ein Blick auf die Uhr zeigte mir, daß wir bereits sieben Stunden Fußmarsch hinter uns hatten.

Dimanche machte Zeichen, daß wir bald auf das Lager stoßen würden, im Osten ... oder Süden? Sabango lachte, als ich Mambele auspackte, den Langstreckenproviant der Bantu. Billeba hatte mir diese Maniokrolle mit geräuchertem Büffelfleisch gemischt und im Bananenblatt gedämpft. Wir teilten brüderlich, und dann rauchten wir noch schwarze Zigaretten. Sabango beschrieb mit ausgestreckter Hand einen Halbkreis. »Das hier ist die Kongogrenze. Dort drüben geht es nach Bayanga, und wir müssen dort lang, da soll das Lager sein.«

»Was heißt denn ›soll‹?« fragte ich besorgt.
Unbekümmert erklärte er mir: »Vielleicht sind unsere Freunde ja schon weitergezogen.«
»Na, worauf warten wir noch, los weiter!« drängte ich und hängte mir den Rucksack um. Der ärgste Alptraum wäre ja wohl, hier in diesem Freiwildgehege übernachten zu müssen!
Begleitet von dem katzenähnlichen Schrei eines großen Vogels, der sich mit langem schwarzen Schwanz und rostfarbiger Unterseite mächtig über die Lichtung schwang, setzten wir uns zügig in Bewegung. Eine Affensippe kreischte immer lauter, immer näher.
»Sind das Schimpansen?« fragte ich Sabango.
»Nein, es sind Ngada. Die haben einen grauen Mantel um die Schultern und sind ansonsten ganz schwarz.«
Im Wipfel nahm ich eine Bewegung war, ein ziemlich großer Affe, mindestens so groß wie ich, aber viel beweglicher. Aufgeregt zeigte ich hoch. *»Regarde, là.«*
»Ja, der Colobe von der Lichtung jagt sie gerade.« Da stoben die Affen auch schon auseinander. Blätter flogen, Äste schwankten, und für kurze Zeit war meine Angst vergessen. Begeistert sah ich diesem Schauspiel zu. Dimanche hatte inzwischen ein paar herumliegende Fruchthülsen untersucht und hielt sie Sabango unter die Nase. »Schimpansen haben diese Früchte ausgelutscht und weggeworfen.« Er kniete sich vor ein frisches Termitennest, das am Baumstamm klebte, und betrachtete einen kleinen abgebrochenen Ast daneben. Plötzlich fiel mir eine Fotoreportage ein, die ich im Institut untertiteln mußte: Schimpansen beim Termitenfischen. Genau das hatte hier stattgefunden, es mußte so sein. Ich war zufrieden, daß auch ich diese kleinen Hinweise deuten konnte: die schmalen Stöckchen, die die Schimpansen als Angel benutzten, in den Termitengang einführten und mit denen sie die daran krabbelnden Termiten herausfisch-

ten. Die Schimpansen hatten zum Schluß sicher genüßlich die Larven verzehrt.
»Ich kenne das«, erklärte ich Dimanche stolz und machte ihm vor, wie Schimpansen den Ast mit den Termiten ablutschen und zusammenzucken, wenn sie ab und zu gebissen werden. Wir lachten, und Dimanche nickte bestätigend.
Der Marsch nahm kein Ende. Wir waren erschöpft und wurden langsamer. Auch wurde es verdammt schwierig, in dem schimmernden Morast Halt zu finden. Ich verlor fast meine Schuhe, und Sabango riet mir, sie auszuziehen, doch das kam nicht in Frage. Mir fiel mein letzter Schuhverlust bei den Waranen ein. Weiß der Teufel, was mir hier unter die Nägel kriechen würde!
Einen Moment paßte ich nicht auf und stürzte. Im letzten Augenblick erwischte ich eine Liane über mir, um mich zu halten. Dabei wurde mir der gesamte Innenarm aufgeritzt. Ich biß die Zähne zusammen, denn es brannte höllisch. Im gleichen Moment empfing ich einen heftigen Schlag auf die rechte Schulter und drehte mich entsetzt um. Das besorgte Gesicht Sabangos war dicht neben mir. »Eine Tsetsefliege. Ich habe sie weggeschlagen. Hier im Morast muß man sehr aufpassen.«
Auch das noch! Ich hatte trotzdem das Gefühl, daß mein Leid nach dem Marsch in dieser grünlich schillernden Modersuppe ein Ende hätte. Der Boden wurde heller. Und dann stand da unbeweglich im Gebüsch ein Geist aus der Steinzeit; klein, braun, runde Tonsur am Kopf, mit einer Armbrust und bis auf den Lendenschurz nackt. Ein Pygmäe oder ein verhexter Baum. Als er mich näherkommen sah, flüchtete er in das Dickicht.
Dimanche rief hinterher: »*Ja bot'e*«, und verschwand in die gleiche Richtung.
Sabango grinste mich an. »Der hat Angst vor einer weißen Frau. So etwas hat er noch nie gesehen.«

Ich konnte seine Freude nicht teilen, sondern machte mir Sorgen, daß Dimanche nicht rechtzeitig zurückkäme. Die Luft wurde dunstig, und schon war das bläuliche Flimmern der Abenddämmerung zu sehen, die durch eine Öffnung der Baumwipfel schimmerte. Da waren beide schon wieder zurück, doch der Pygmäe ließ sich nicht bewegen näherzukommen. Dimanche palaverte mit Sabango, der mir mitteilte: »Er kann uns zu dem Lager bringen, es ist gleich da vorn.«

Das war endlich mal eine frohe Nachricht! Unser neuer Freund Nbole schlug einen schmalen, ausgetretenen Pfad ein, auf dem es bergab zu einer kleinen Lichtung ging: das Pygmäenlager. Es war in erschreckend verwahrlostem Zustand. An den Hütten lagen Abfälle, und die Konstruktionen waren recht verfallen. Dann sah ich sie in den Büschen: vereinzelte kleine Figuren, die zögernd näherkamen und auf einmal losrannten ... Sie hatten mich wiedererkannt. Allen voran kamen Madsenge, gefolgt von Bolle, Boleba und ihrem kleinen Sohn Kekele.

Ich wurde mit lautem »Iiiihhhhh« und kreischendem Lachen begrüßt. Bolle weinte, als ich ihm die Hände drückte. Ich war stark bewegt, als ich meine Freunde wiedersah. Sabango übersetzte mir, daß die Männer zur Jagd seien und man nicht wußte, wann sie kämen. Hauptsache, wir hatten das Lager gefunden! Dimanche wurde herzlich begrüßt. Außer dem älteren Bolle war nur noch ein junger Mann zum Schutz der Frauen und Kinder im Lager. Die süße Esakola kam mit schüchternem Lächeln auf mich zu, schlang verlegen die Arme umeinander und steckte die Hand bis zum Gelenk in den Mund, bis ich sie kräftig an mich drückte.

»*Baramo*, Esakola.« Ihre Haut fühlte sich rauh an, und sie hatte wie viele hier entzündete Augen. Gelber Eiter lief an der Nase entlang. Fremde Frauen von einem anderen Aka-Stamm standen ratlos neben den Hütten und ließen mich nicht aus den Augen. Ihre kurzen, bastartigen Röckchen standen, mehrschichtig gewickelt, von den Hüften ab. Eine trug Knöchelchen an einer Halsschnur, und Musala hatte sich mit einem Nußcollier geschmückt. Zwei junge Frauen hatten sich, wie es bei den Pygmäinnen üblich war, den Busen mit einer Lianenschnur weit nach unten gedrückt und stillten gerade ihre Babys. Wieder wunderte ich mich, wie eckig ihre Körper waren, ohne Taille sozusagen, und daß sie auch an den Armen stark behaart waren, sogar am Oberkörper hatten sie Haarflaum. Im Gegensatz dazu beeindruckten mich aufs neue ihre fein geschnittenen Gesichter, die ausdrucksvollen, sanften, leicht schrägen Augen unter schön geschwungenen Augenbrauen. Wie Schmetterlingsflügel sahen diese bei Esakola aus. Nun wandten sich die Frauen verschämt ab, und Musala kam mich begrüßen.

»Sabango, sag ihnen, daß ich mich freue, alle zu sehen, und daß wir eine Zeitlang bleiben wollen.«

Er nickte und winkte alle zu sich. Gespannt hörten sie zu, als er übersetzte. Die Frauen bekamen Macheten, und sogleich wurde schnatternd und lachend ein Platz vom Unterholz freigeschlagen, so daß ich mein blaues Radlerzelt aufstellen konnte. In der Gruppe mit den fremden Frauen hatten sich zwei kleine Jungen mit runden Bäuchen vorgewagt, hielten sich dann aber sicherheitshalber mit langen Ärmchen an Mutters Bein fest. Von dort aus beobachteten sie verschämt jede meiner Bewegungen. Als ich freundlich hinüberwinkte, löste dies blankes Entsetzen aus. Kreischend versteckten sie sich unter den mütterlichen Hinterbacken. Ich mußte lachen. Die Angst vor Menschenfressern gab es wohl auf beiden Seiten.

Kurz vor Einbruch der Nacht erschienen zu meiner großen Freude Majeke mit den übrigen Jägern zwischen den Bäumen, nackt bis auf den Lendenschurz, mit Speeren, Netzen um den Kopf und einer kleinen Steinaxt in den Händen.

Mungo begrüßte mich mit einem Lächeln, aus dem spitz zugeschliffene Piranhazähne blitzten. Die Männer sahen aus wie Fabelwesen aus einer längst vergangenen Zeit ... Mungo hatte einen rotfelligen Affen um die Schultern gelegt, dessen lange Arme vor seiner Brust hingen. Sie waren mit Lianen zusammengeschnürt, der kleine runde Kopf rollte bei jedem Schritt vor und zurück. Als das gequälte Tier vor das Feuer geworfen wurde, verdrehte es im Todeskampf noch einmal die Augen. Es mußte so lange leiden, bis es einen Knüppel auf den Schädel bekam, was manchmal Tage dauerte. Auf diese Art hielt man die Beute so lange wie möglich frisch.

In Mungos breitem Gesicht spiegelte sich echte Freude, und er begrüßte mich mit Handschlag. Dann kam Majeke. Ich drückte ihn fest an mich und atmete mit gemischten Gefühlen den Geruch von Wildschweinmarinade ein.

»IIIhhhhhhh«, war seine begeisterte Begrüßung.

»Ja, mein Alter, ich bin auch glücklich, dich gesund wiederzusehen.« Freudig nickten wir beide unaufhörlich.

Der Reihe nach begrüßten mich nun die anderen Jäger: Satogo, der ein langes Netz um die Schultern trug, Julien, die Pockennase, dem ein langer Fetisch, ein Glücksbringer für die Jagd, an der Taillenschnur hing, und dann waren da noch Bosso, der schnelle Jäger, und der jüngste Sohn von Majeke, Molo. Der grinste über das ganze Gesicht, wobei seine Schlitzaugen fast bis zu den Ohren reichten. Majeke fragte Sabango auf Aka etwas und grinste dann zu mir herüber. »Ob Sie die Langnase wiedergesehen haben?« Offensichtlich meinte er Felsfurch.

»Ja, einmal kurz im Saland, aber wir mögen uns immer noch nicht«, erklärte ich lachend.

Währenddessen schleiften zwei Männer den Affen hinter eine Hütte, und Mungo folgte ihnen mit einem Messer. Majeke erteilte Befehle, machte einer alten Frau Zeichen und rief ihr etwas zu, worauf sie verschwand und sofort zurückkam. Sie trug zwei glühende Holzscheite in den bloßen Händen, legte sie in die Nähe meines Zeltes und richtete eine Feuerstelle ein. Dabei hingen ihre Brüste flach und beängstigend nah über den züngelnden Flammen. Nachdem sie noch ein paar Äste nachgelegt hatte, zog sie sich schnell wieder zu den anderen Frauen zurück.

Diese entsetzlich langen Fladenbrüste galten hier als Schönheitsideal. Bei Boleba hingen sie fast bis zur Taille, und bei den Jungen waren sie so geschnürt, daß sie platt am Bauch lagen und nur die großen Warzenknospen wie hilfesuchend nach oben herausragten.

Auf einem Hüttendach sah ich Reste meines rosa Slips, und sofort dachte ich an Mada, die Frau, die ich besonders gemocht hatte. Ich erfuhr, daß sie noch im Wald sei und später komme. Ich freute mich sehr darauf, sie wiederzusehen. Ihr Blick hatte mir bei meinem letzten Besuch aufrichtige, schwesterliche Freundschaft signalisiert.

In meinem Arm pochte es unangenehm. Ich holte meine Taschenlampe und die Medikamente aus dem Zelt. Dann verarztete ich meinen geschwollenen Arm und wischte mir mit Kölnisch Wasser die krümelige Masse ehemaliger Moskitos von Hals und Gesicht. Meine kleinen Freunde sahen mir interessiert zu. Ab und an gab jemand einen fachlichen Kommentar ab, bis ich mich auf das Holzscheit setzte, das mir Majeke hatte bringen lassen. Da saßen wir nun am Feuer, ich verteilte Zigaretten an alle und dachte an unsere erste Begegnung. Lachend bat ich Sabango, Majeke zu fragen, ob er sich noch an seine erste Zigarette mit mir erinnern könne, und wartete gespannt auf seine Reaktion.

»IIIihhhhhh.« Er nickte heftig, auch Mungo nickte lachend.

Vor den insgesamt sieben Hütten bereiteten die Frauen inzwischen das Essen an den Feuerstellen, wobei sie in melodiösem Singsang fröhlich schwatzten. Ich mochte diesen

Aka-Dialekt mit den langgezogenen Vokalen und dem knappen Jodler am Ende eines Satzes. Mit blutigen Händen kam Mungo hinter seiner Hütte hervor und legte einen halben Affenschenkel auf das Feuer; der sofort von den anderen Männern kommentiert wurde. Man drehte ihn hin und her, damit er nicht zu schnell verkohlte. Inzwischen hatten die Jäger großen Hunger. Ich aber würde an diesem Festschmaus mit Sicherheit nicht teilhaben und bat Sabango zu übersetzen, daß ich meinen Gastgebern morgen noch Geschenke überreichen wolle, jetzt aber müde sei und schlafen gehe. Und sie sollten aufpassen, daß der Panther sie nicht fresse.

»*Baramo*«, verabschiedete ich mich winkend, dann stülpte ich meine Stiefel auf zwei lange Äste, öffnete den Reißverschluß meines Zeltes und hechtete mit einem schnellen Satz ins Innere. Erst jetzt konnte ich erleichtert aufatmen und nahm einen Riesenschluck aus meiner Rumflasche. Endlich ging es mir wirklich gut. Den ersten Tag im Horrorwald hatte ich überlebt, es war ein grauslicher Test gewesen … Aber nun wanderten meine letzten Gedanken zu Tahim, ich kuschelte mich halb im Traum schon an seine breiten Schultern und atmete ihn ein.

13

Nahes Metallgeklapper holte mich aus dem Schlaf. Sabango hantierte bereits mit den Tassen an der Feuerstelle und schüttete kochendes Wasser auf das Kaffeepulver. Ich begrüßte ihn und fragte: »Hast du das Wasser auch öfter abgekocht?«
»Ja, dreimal.«
Die ganze Nacht hatte meine zugeschwollene Nase mir Schwierigkeiten gemacht, und ich war immer wieder mit Kopfschmerzen aufgewacht. Sogar die Augäpfel schmerzten, und in meinem Arm klopfte es. Er kam mir mittlerweile fast taub vor. Mit der Apotheke unterm Arm kroch ich aus meinem Zelt und setzte mich auf eine Bank, die aus zusammengesteckten Ästen und Planken bestand und stabiler war, als sie aussah. Dann verarztete ich mich mit Salbe und Prophylaxen. Nachdem ich meine geschwollenen und käsebleichen Füße in die pitschnassen Stiefel gezwängt hatte, stakste ich um mein Zelt herum und suchte nach Feinden. Es war nichts zu sehen, der ganze Platz sah sauber gefegt aus.
»Sabango, warst du heute früh schon mit dem Besen unterwegs?« Erwartungsvoll setzte ich mich wieder auf die Bank und aß drei Kekse von der Prinzenrolle.
Sabango musterte den Lagerplatz. »Nein, das waren Ameisen, die hier nachts auf Raubzug waren. Sie haben sogar die Seife aufgefressen.«
Wir waren also wieder im Reich der schwarzen Ameisen – von Lilly, Königin des rotwanstigen Fußvolkes. Adalbert hatte mich auf das Schaurigste über ihre Überfälle aufgeklärt. Die Megaponera fielen Lager an und fraßen sich sogar durch Zelte. Glücklicherweise hatte ich ihren Besuch in

der Nacht nicht mitbekommen. Aber sie würden wiederkommen, und bis hin zur Fleischabfieselung an weichen Frauenkörpern war alles möglich. Hastig spülte ich diese Frühstücksimpressionen mit Kaffee herunter.

Hinter der ersten Hütte tauchte ein Pygmäenkopf auf und dann ein nächster. Aus sicherer Entfernung beobachteten einige Frauen meine Aktivitäten. Es waren Fremde, die mich noch nicht kannten, und ich ignorierte sie einfach. Ich wollte nicht riskieren, daß sie sich durch mißverstandene Zeichen zwischen Laub auflösten. Fahle Sonnenfinger wiesen von weit oben durch das dampfende Laub und beleuchteten drei zierliche Mädchen, die schwatzend den Pfad ins Lager zurückkamen. Ihre dunkle Haut war staubig, die Faserröckchen wippten auf den nackten Hüften, und an einem Trageriemen über der kurz geschorenen Tonsur trugen sie hübsch geflochtene Lastenkörbe. Sattgrüne, zusammengerollte Blätter ragten oben heraus ... Bilder, wie aus einer versunkenen Welt. Ich mußte sie in diesem Licht fotografieren. Die vorderste, Boleba, grüßte mich lachend und setzte behutsam den schweren Korb vor ihrer Hütte ab. Dann griff sie in die kleine Eingangsöffnung, holte einen zappelnden Säugling hervor und zog ihn am ausgestreckten Arm zu sich hoch. Das kleine Schultergelenk wurde dabei fast nach hinten gedreht, und ich befürchtete, daß es herauskugeln würde, doch da saß der Kleine auch schon auf Mutters Hüfte und zog eine Brust zu sich heran. Ein länglicher Fladen entstand, den er einknickte, bevor er heftig daran saugte.

Ein gräßlicher Schrei neben mir schreckte mich aus meinen Betrachtungen auf, und ein Fluch auf Sango folgte.

»Julia, können Sie mir mit der Schlange hier helfen, schnell bitte!« Sabango lugte unter der Bodenplane meines Zeltes hervor und versuchte zu irgend etwas Abstand zu gewinnen. Mir fuhr der Schreck in alle Glieder.

»Was für eine Schlange?« Ich starrte zum Zelt.
Sabango kam zum Vorschein. Völlig zerrauft robbte er zur Holzablage an der Feuerstelle. Was nun folgte, geschah so schnell, daß ich nicht wußte, ob ich lachen oder weinen sollte. Braungrau mit schwarz gezeichnetem Kopf witschte eine endlos scheinende Viper zwischen Sabango und mir durch den Sand in Richtung Wald. Mein Schrei blieb mir in der Kehle stecken, als Sabango der Schlange mit einer Astgabel nachhastete, dabei eine knorrige Wurzel übersah und der Länge nach hinschlug. Fluchend und Sand spuckend krümmte er sich und schnappte nach Luft. Fast hätte er in das Hinterteil der Schlange beißen können, denn sein Kinn landete genau dort, wo die Schlange verschwand. Von dem Geschrei angelockt, waren nun auch Pygmäen aufgeregt nähergekommen und warfen Erdbrocken hinter der Schlange her.
Ich bebte vor Aufregung, die Schlange war dicht an mir vorbeigezischt. »Warum wolltest du sie denn unbedingt fangen? Sie war doch schon auf der Flucht.«
»Man muß sie töten, wegen der Kinder.«
»Ja, das leuchtet ein.«
Langsam entspannten wir uns wieder, und die Pygmäen diskutierten laut, während die Frauen ihre Kinder wieder von den Schultern ließen.
»Sind die Männer wieder auf der Jagd?« fragte ich Sabango.
»Ja. Sie sagen, das Wild reicht nicht mehr aus, um die Familien zu ernähren. Durch die breiten Trassen wird es verscheucht, oder Wilderer kommen und schießen es ab.«
Das leidige Thema! Ich verstand einfach nicht, warum jeder Holzkonzessionär seine eigene Straße baute, parallell zu den bereits existierenden. In Bangui würde ich sofort Tahim fragen. Auch interessierte mich, warum gewissenlose Leute hier so viel mehr abholzen durften, als gesetzlich erlaubt war. Daß dies der Fall war, hatte ich bei dem letzten Fest in

Bangui mitbekommen, und merkwürdigerweise kümmerte das niemanden, auch Tahim nicht.
Eine Frau mit einem Baby an der Brust sah zu mir herüber, verzog aber keine Miene, als ich sie anlächelte, sondern blickte sofort weg. Verlegen schnitt sie das Gemüse klein, das neben ihr lag. Eine Ältere gesellte sich dazu und hockte sich auf einen Baumstumpf. Dabei achtete sie peinlich darauf, daß ihr Faserröckchen ihre Scham bedeckte. Sie zog einen Mörser zu sich heran, einen hohlen Baumstumpf, und hieb mit einem gewaltigen Holzstößel auf eine weiße Krümelmasse ein. Donnerwetter, wie hoch sie ausholte, um den Stößel mit Wucht niederzuschmettern! Ich lachte anerkennend, und plötzlich lächelte sie zurück und zeigte ihre spitz geschliffenen Zähne. Ich machte eine fragende Geste, ob ich näherkommen dürfe. Sie nickte kichernd, worauf die Gemüsefrau sofort etwas in den Wald rief, was ich frei übersetzte mit: »Otto, komm mal rüber, die Weißnasentype will was von uns.« Ja, hol sie nur, nickte ich zurück, und da kamen auch schon zwei junge Burschen, klein und knackig in ihrem Minischurz. Wenn sie bloß nicht so entsetzlich o-beinig wären. Der kleinere trug Pfeile mit Bogen.
Und dann, wie von Geisterhand, zauberten sich ein paar fremde dunkle Krieger mit Jagdwerkzeug und düsterem Gesichtsausdruck dazu. Ich wich mit mulmigem Gefühl zurück, gar zu heimisch fühlte ich mich hier doch noch nicht. Hilfesuchend sah ich mich nach Sabango um. Da stand auch schon Majeke zwischen den Männern. Sein Anblick beruhigte mich, obwohl er auch nicht viel freundlicher wirkte. Erst später erfuhr ich, daß gefällige Verbindlichkeit hier unüblich war.
Sabango kam herbei. Er begrüßte die Jäger und fragte sie aus. Sie hatten nichts erlegt und waren deshalb auch nicht gesprächig. Ich bat Sabango, die Geschenke zu holen, und setzte mich an den Tisch. Jeder bekam eine Packung Ziga-

retten, die Männer kleine Messer, die Frauen ein Stück Seife und die Kinder Kekse. Sie freuten sich, die Kleinen lachten über das ganze Gesicht, nur Majeke schielte zu dem Manioksack. Der Fuchs. Er wußte genau, daß noch etwas fehlte.

»Sabango, sag bitte Majeke, daß der Sack für ihn ist und er ihn aufteilen kann, mit wem er will, aber sag es ihm leise.« Sofort hakte er Majeke wichtig unter, und die beiden Männer verschwanden mit bedächtigen Schritten hinter der Hütte. Ich traute mich nun zu den neuen Jägern und reichte ihnen die Hand zur Begrüßung in der Hoffnung, sie würden nicht hineinbeißen ... Meine Hand wurde erst neugierig, dann etwas enttäuscht gemustert, weil sie leer war. Zaghaft berührte einer schließlich meine Finger an den Spitzen. Er wußte nicht recht, was er mit ihnen anfangen sollte. Wie auch, den Handschlag als Ritual gab es hier nicht. Der Alte hielt immer noch meine Fingerkuppen fest, und nun drückte ich herzhaft bayrisch zu.

»Iiiiiihhhhhh«, entfuhr es ihm. Erschrocken schüttelte er seine Hand und zeigte sie den anderen. Die sahen kurz hin, und dann legte sich langsam, wie ein Sonnenaufgang, ein breiter werdendes Grinsen auf das Gesicht des Alten. Jetzt lachten auch die anderen. Doch erst durch den nächsten Vorfall sollten wir uns wirklich näherkommen.

Ich hörte wunderschönes Jodeln aus dem Wald. Frauen kehrten offensichtlich heim, sicherlich auch Mada, und ich wollte ihnen entgegengehen. Rückwärts laufend winkte ich zaghaft den Männern zu, und als ich dabei über eine Wurzel stolperte und lang hinschlug, gerieten sie völlig aus dem Häuschen. Sie stießen sich an vor Lachen und schnalzten mit den Fingern. Ja, wir würden gute Freunde werden, waren sie doch fast so schadenfroh wie ich.

Nun kam auch Mungo zurück und hatte seine bildschöne Frau Mada im Schlepptau. Lachend kam sie auf mich zu,

und wir faßten uns freundschaftlich um die Schultern. Ihr ebenmäßiges Gesicht strahlte soviel Ruhe und Zufriedenheit aus, daß ich mich nicht sattsehen konnte. Ich ließ ihr sagen, daß sie noch viel schöner geworden sei, und gab ihr meine Geschenke: je eine Perlenkette für sie und Esakola. Mada legte ich sie gleich um, und weil sie sie nun nicht mehr sehen konnte, holte ich meinen Spiegel. Ein begeistertes »iihhhh« war zu hören. Meinen Spiegel konnte ich natürlich vergessen. Die Frauen waren ganz verrückt danach. Warum sollte das hier auch anders sein? Durch meine gelungenen Bestechungsversuche war nun auch der Bann bei den fremden Frauen gebrochen.
Der Tag verlief friedlich. Ich blieb im Lager, sah den Frauen und Kindern zu und gewöhnte sie an meine Fotoarbeit, so daß sie sich nicht mehr gestört fühlten. Die Männer reparierten die meterlangen Jagdnetze, die sie zwischen die Sträucher gespannt hatten.
Sabango kam und drückte mir mein Tuch und Seife in die Hand. Dann führte er mich stolz zu einer Dusche, die er in einem kleinen Verschlag gebaut hatte. An einem Querast hing ein Plastiksack mit Wasser, den ich nur kippen mußte. Sofort genoß ich diese köstliche Erfrischung. Unter meinem Dutt hatten sich bereits kleine Bienen eingenistet und in die Kopfhaut gebohrt, ohne daß ich es gemerkt hatte. Es hatte zwar ab und zu gejuckt, aber bei dem allgemeinen Ungezieferansturm waren sie mir nicht weiter aufgefallen.
»*C'est génial*, Sabango!« rief ich meinem Freund begeistert zu und fühlte mich wie neugeboren, als ich geseift, gewaschen und in den Pareo gewickelt wieder zum Vorschein kam.
Am Abend machte ich meine Tagebucheintragungen und notierte mit Sabangos Hilfe Aka-Redewendungen. Ich wollte mir ein Wörterbuch anlegen. Zum Essen gab es eine Büchse Ölsardinen mit Reis, dazu alle möglichen Tabletten.

Meine kleinen Freunde hockten an den Feuerstellen, unterhielten sich, stillten die Babys, rauchten. Mada fütterte ihre kleine Bangla mit weichgekochtem Hirn aus dem blanken Schädel einer Gazelle. Immer wieder sahen sie zu mir herüber. Sabango erklärte mir, daß sie über meine langen, glatten Haare staunten. Später erzählte mir Mada einmal, daß alle glaubten, es sei Affenfell, weil sie so etwas bei einem Menschen noch nie gesehen hatten. Auch amüsierten sie sich über meine Art zu rennen, weil das Fleisch dabei so wackelte.
Bole hatte ein kleines Zupfinstrument geholt und spielte ein monotones, schönes Lied. Ein paar Männer begleiteten ihn mit leisem Singsang, und auf einmal kroch ein kleiner Wutzelmann aus einer Hütte. Es war Kekele, der zweijährige Sohn Bolebas. Völlig selbstvergessen begann er zu tanzen, in der Mitte des Lagers, drehte sich waghalsig und summte leise mit. Die Frauen sahen ihm stolz lächelnd zu und klatschten ab und an ermunternd im Takt.
Ich fühlte mich wunderbar bei meinen kleinen Aka-Freunden, als ich in ihre Welt eintauchen durfte, die so friedlich und voller sebstverständlicher, gegenseitiger Zuwendungen war. Vor jeder zweiten Hütte brannte ein kleines Feuer, auf dem die Frauen kochten, zum Essen hockten sie wieder alle zusammen: Larven in Kokosblättern mit meinem Maniok dazu, ein Festessen. Alle waren zufrieden, und ich zog mich bald zurück.
Wieder hatte ich am nächsten Morgen Kopf- und starke Gliederschmerzen. Hand- und Fußknöchel waren geschwollen, und meine Waden fühlten sich taub an. Entweder hatte mich die Ttsetsefliege doch erwischt, oder es war diese verdammte Malariapropylaxe, die mir fast genauso viele Schwierigkeiten wie Malaria selbst machte. Ich mußte mich unbedingt um meine Trinkwasserbereitung kümmern und den Pygmäen beibringen, daß die Abfälle viel weiter

vom Lager entfernt entsorgt werden mußten. Es gab zuviel Ungeziefer hier.
Später sah ich mir meine Freunde ein wenig genauer an. Sie waren in erbärmlichem Zustand. Musala hatte Ausschlag. Mukanga war in der Nacht umgefallen, wahrscheinlich hatte sie Würmer oder andere Parasiten. Außerdem hatten sie offenbar ihr letztes Lager zu spät gewechselt, denn fast alle ihre Zehen waren abgefressen oder eitrig durch die Larven der Sandflöhe. Dsibou hatte eine lepraähnliche Hautkrankheit, den Pian, und sollte unbedingt isoliert werden. Die Kleinen husteten fast alle, Bangba hatte sogar starkes Fieber. Ich zog ein trauriges Resümee. Dies waren wohl die ersten Resultate der sogenannten Zivilisation, der die Pygmäen sich neugierig näherten. Dieses Camp war näher an der breiten Trasse zum Kongo als Ibengy Mbounsola. So lebten seine Bewohner nicht mehr im Schutz des Primärwaldes, sondern im lichteren Sekundärwald, wo es nachts kälter war und der Wind Staub und neue Krankheiten in ihre kleinen Hütten trug.
Mungo, der mich bei meiner ärztlichen Selbstversorgung beobachtet hatte, kam humpelnd zu mir. Er zeigte auf seine Fußsohle, in der ein Splitter bis zur Ferse steckte. Sabango erklärte: »Er hat sich gestern verletzt, und jetzt tut es richtig weh. Sie sollen ihm helfen, den Splitter herauszuziehen.«
Mit spitzen Fingern drehte ich den Fuß und sah einen rotblauen Eiterherd. Das tat sicher höllisch weh.
»Ich werde ihm helfen, dazu brauchen wir kochendes Wasser.« Mir fiel plötzlich ein, wie Mungo mich bei der ersten Expedition mit einer toten Schlange erschreckt hatte. Maliziös lächelnd fügte ich hinzu: »Sag Mungo, daß es sehr weh tun wird.« Die Rache war mein …
Mungo sah mich mißtrauisch an. Er hatte mein Lächeln bemerkt, aber sicher meine Racheschwüre von früher vergessen.

Ich klopfte ihm ermutigend auf die Schultern. »Bist ja ein tapferer Jäger.«
Er nickte vorsichtig, und ich kümmerte mich um einen Topf ohne Löcher, holte meine Seife und eine Pinzette, verfolgt von den nicht mehr ganz so tapferen Blicken Mungos. Langsam schwante ihm wohl Übles. Als ich alles auf dem Tisch ausgebreitet hatte, kam Mada mit dem dampfenden Wassertopf. Ich gab ihr zu verstehen, daß das Wasser richtig kochen sollte. Und so brachte sie den Topf wieder zur Feuerstelle, vorbei an Mungo, dessen Mund vor Erstaunen weit geöffnet war. Als der Topf mit kochendem Wasser dann vor Mungos Beinen stand, machte ich ihm Zeichen, den verletzten Fuß hineinzustellen. Inzwischen hatten sich Majeke, Bole und Julien dazugesellt und gaben ihm Ratschläge. Mada kicherte hinter vorgehaltenen Händen. In den ersten Reihen saßen die kleineren Zuschauer und warteten gebannt auf die Vorstellung, die nun begann.
Mungo schüttelte den Kopf: Das meinte ich doch wohl nicht ernst. Sabango übersetzte: »Er sagt, es sei viel zu heiß, das täte weh.«
Bedächtig ließ ich die Seife ins Wasser glitschen. »Sag ihm, daß er selbst gesagt hat, wie tapfer er ist. Das muß so sein, sonst wird ihm der Fuß abfallen.« Ich rollte furchtbar mit den Augen, und während Sabango übersetzte, drückte ich kurz den Fuß in das siedende Wasser.
»Iiiiihhhhhhh!« Mit einem Klageschrei riß Mungo den Fuß zurück. Die Zuschauer lachten begeistert, und Mungo sah mich nun mit blassen Lippen ungläubig an.
»Sabango, sag ihm, daß er die Zähne zusammenbeißen soll, es muß sein.«
Kopfschüttelnd sah Mungo zu den Männern, doch die grienten, keiner half. Etwas gnädiger wartete ich ein wenig und drückte diesmal den Fuß langsamer herunter. Mungo biß sich fast die Zunge ab, doch er schaffte es nicht. Ent-

täuscht schüttelte ich den Kopf und tat, als würde ich alles wieder zusammenräumen. Da machte er mir hastig Zeichen, wir sollten es noch einmal versuchen. Diesmal klappte es. Er nahm allen Mut zusammen und tauchte den ganzen Fuß in das heiße Wasser. Dann sah er mit tränennassen Augen zu mir hoch. Er wurde puterrot, auch bei schwarzhäutigen Menschen war das also möglich.

»So, mein Lieber, das war für die Schlange, denn das Wasser mußte nicht sooo heiß sein«, erklärte ich ihm lächelnd.

Sabango kreischte vor Vergnügen auf, als er Mungo meinen letzten Komentar übersetzte. Langsam dämmerte es Mungo, auch die anderen erinnerten sich. Trotz der Schmerzen mußte Mungo grinsen. Er war voll ängstlicher Bewunderung, ich voll boshaften Vergnügens. Wie lange er noch gekocht werden solle, wollte er von Sabango wissen. Nun brüllten alle los und hielten sich den Bauch vor Lachen. Die Kinder kugelten am Boden, und mir liefen Tränen über das Gesicht.

»Na, bis er gar ist«, sollte Sabango weiter übersetzen, was aber nicht mehr gelang. Im Lachkrampf warf er sich auf den Boden und schlug sich wiehernd auf die Brust.

Ich aber kümmerte mich nun ernsthaft um den Splitter. Die Haut war weich, und vorsichtig zog ich einen langen Wurzelsplitter heraus. Freundschaftlich und diesmal ohne Häme fuhr ich Mungo über die Haare, die sich wie eine Drahtbürste anfühlten. Er war unglaublich tapfer gewesen und verdiente Anerkennung. Ich tupfte Alkohol über die Wunde und sagte Mada, sie soll saubere Blätter auflegen und festbinden. »Heute wird nicht mehr gelaufen.« Zum Schluß versprachen Mungo und ich einander feierlich, uns künftig nicht mehr hereinzulegen.

Es wurde Mittag und schwül. Sabango hatte mein Trinkwasser bereitet, und ich zog mich in mein Zelt zurück. Auch im Lager wurde es ruhig. Kein Laut war mehr zu hören, und der Wald war still und grün. Dschungelsiesta, nur unterbrochen von vereinzelten Babyschreien und einer zarten Mädchenstimme, die eine hübsche Melodie mit kargem Refrain sang. Mir war wieder so schwindelig, daß ich mich hinlegen mußte.

Nachmittags ließ ich mir von Mungo und Sabango über die Riten und Mythen der Pygmäen, die Geheimnisse des unerschöpflichen Waldes und vor allem die Gebräuche erzählen. Staunend erfuhr ich von den Jägern, daß sie bis zu fünfzehn verschiedene Jagdtechniken hatten, um Elefanten zu erlegen. Majeke demonstrierte mir, wie eine Wasserfalle funktionierte. Er war früher der erste Jäger gewesen und hatte, lediglich mit einer Lanze bewaffnet, fünf Elefanten erlegt. Man mußte sich dem Elefanten auf fünf Meter nähern und die Lanze im richtigen Moment unterhalb des rechten Vorderbeines placieren, eine unglaubliche Mutprobe. Von der letzten Jagd rührte Majekes Verletzung her. Ein tödlich getroffener Elefantenbulle hatte ihn angegriffen und versucht, den Jäger totzutrampeln.

Bekümmert erzählte Bole, daß die Pygmäen sich große Sorgen machten, weil die Kinder immer öfter krank würden und jedes zweite Baby inzwischen an einer Krankheit sterbe, die es früher nicht gegeben habe. Der Pian zum Beispiel hatte sich rapide ausgebreitet, ebenso eine tödliche Bronchitis und unbekannte Parasiten. Der Medizinmann sei weit weg, und ohnehin interessierten die Jungen sich nicht mehr für die Heilkraft der Pflanzen. Sie hockten lieber an den Straßen und »heilten« sich mit billigem Palmwein.

Unbehaglich hörte ich mir diese Darstellung an. Hinzu kam noch, daß der Wald zum Schauplatz internationaler Interessen geworden war. Expertenmeinungen zufolge würden die Pygmäen in ein paar Jahren ausgestorben sein, vertrieben aus ihrem Lebensraum, der unwiederbringlich vernichtet wurde. Jedes Jahr verschwand Urwald auf einer Fläche so groß wie die Bundesrepublik. Jeden Tag wurde Urwald auf einer Fläche vernichtet, die dem Stadtgebiet von München entsprach.

Absichtlich hielt ich mich mit meinen Medikamenten zurück, obwohl ich hätte helfen können. Schließlich hatten die Pygmäen die größte Apotheke der Welt vor der Nase und sollten nicht vergessen, sie zu nutzen. Ich nahm mir vor, später einmal diese Naturprodukte mit Hilfe der Schwestern in Bangui zu konservieren und in richtige Dosierungen zu bringen. Mit entsprechenden Kenntnissen hätten die Pygmäen vielleicht eine Chance zu überleben.

Mancher Pygmäe arbeitete im Holzlager, um sich ein paar Pfennige zu verdienen. Natürlich war ihm nicht bewußt, daß er seinen eigenen Lebensraum abholzte. Von dem verdienten Geld kam selten etwas zu Hause an, weil Bantu, die in größeren Dörfern mit Pygmäen zusammenlebten und diese als Leibeigene hielten, ihnen alles wieder abnahmen.

Ich hatte mich gewundert, warum die zwei Kasserollen, die es hier gab, keine Henkel hatten. Nun wurde mir erklärt, daß sie absichtlich abgeschlagen worden waren, damit sie für die Bantu unbrauchbar seien. Unbegreiflich war mir, mit welcher Friedfertigkeit die Pygmäen sich so ausbeuten ließen.

Abends diskutierten wir am Feuer über die mißliche Zukunft der Pygmäen. Majeke sah mich erwartungsvoll an. Ich mußte so viel wie möglich wissen.

»Sabango, sag ihm, daß ich helfen werde, wo ich kann. Aber wie stellt er sich die Hilfe vor?«

Die Männer berieten sich, und Bosso faßte ihre Wünsche zusammen. Sie wollten eine Plantage, Bananen und Maniok.

Ich schüttelte den Kopf. »Aber wer soll die Plantage denn bearbeiten? Ihr zieht doch alle vier Wochen weiter.«

Majeke hatte ein Idee. »Die Alten und ein paar Junge blei-

ben dort, und die anderen kommen nach jedem Lagerwechsel zurück.«
»Aber das geht doch auch nicht, wer versorgt denn die Leute, die bleiben?« gab ich zu bedenken.
Mungo nickte nachdenklich. »Wir müssen eben auch zwischendurch zurückkommen«, schlug er vor.
»Also gut, laßt es uns versuchen. Wenn ich das nächste Mal komme, bringe ich die Pflanzen mit, und ihr werdet inzwischen einen Platz roden. Er muß völlig sauber und der Boden locker sein. Ich lasse Macheten im Saland für euch, die ihr holen müßt.«
Alle schienen zufrieden.
Immer wieder dachte ich an die Elefanten, die ich unbedingt sehen wollte. Aber von ihnen war keine Spur zu finden, und so machten wir in den nächsten Tagen kleine Exkursionen. Ich lernte, wie Pygmäen fischen, bewunderte, wie sie kleine Teiche in dem nahen Fluß zur Fischzucht anlegten, erfuhr, wie man aus einer Wasserliane trank, sah Affenschwärme, ein Chamäleon und Pongoles, machte Fotos wie verrückt und dachte schon begeistert an die große Ausstellung in Bangui.
In der Nacht faszinierten mich immer wieder Tierschreie und das zikadenähnliche, hundertköpfige Streichorchester, und während ich versuchte auf dem steinharten, unebenen Boden meines Nachtlagers einzuschlafen, fragte ich mich, ob je der Tag käme, an dem ich ohne Furcht den Schönheiten und faszinierenden Lebensformen des Urwaldes begegnen könnte, ob es für meine Ängste eine Lösung geben würde – und ahnte nicht, daß sich diese Lösung bereits anbahnte und daß sie katastrophaler sein würde, als ich in meinen kühnsten Träumen ausmalen konnte.

14

Am nächsten Morgen pellte ich mich frostklamm aus meinem Leinensack und öffnete das Zelt. Es war noch kälter als sonst. Schlotternd begann ich meine Morgentoilette mit einer Fußdesinfektion: Sagrotan verdünnt mit Wasser, die Socken kurz darin eingeweicht, ausgedrückt und angezogen. Das zog mir zwar die Haut ab, doch andererseits nistete sich garantiert kein Ungeziefer unter den Zehen ein. Die Hosenbeine steckte ich in die Socken, dann zog ich die Stiefel darüber und schnürte den hohen Knöchelschaft fest. Das einzige, was hier noch kriechen konnte, war mein Angstschweiß.

Dimanche kam mit zwei jüngeren Männern aus dem Wald. Er hatte sein Netz um. Die beiden anderen trugen an einem Ast eine kleine Gazelle, die an den Läufen gefesselt war und die Augen vor Angst weit aufgerissen hatte. Ihr Fell war silbergrau mit kleinen blauen Flecken auf der Stirn. Auch diese beiden mir noch fremden Männer trugen kleine Lendenschurze, hatten die Haare zu einer Tonsur gestutzt und Tätowierungen im Gesicht und auf den Oberarmen, wilde Burschen. Dimanche trug einen Fetisch mit kleinen Knochen und einem Fellstück um den Hals.

Ich lachte. »Anscheinend hat es dir Glück gebracht.« Er nickte froh und sah zu Musallas Hütte, wo er jetzt wohnen durfte.

Die Jäger sammelten sich um das zitternde Tier und fachsimpelten, während Kinder ihm mit einem Stock immer wieder in den Bauch piekste, wobei es jedesmal leise aufschrie. Nun reichte es mir aber. Ich winkte Sabango heran, er solle den Erwachsenen und Kindern sagen, daß man Tiere nicht zum Spaß quäle. Sabango übersetzte eine lange Geschichte und zeigte auf mich. Was immer er erzählte: Es hatte Erfolg. Die Kinder hörten auf, und die Erwachsenen blickten mich erstaunt an. Dann fiel mir ein Trick ein, wie das arme Tier schnell ins Jenseits befördert werden konnte, ohne daß es noch lange leiden mußte.

»Sabango, sag Dimanche, daß ich es kaufen will und alle zu einem Festessen heute abend einlade.«

Kaum hatte er übersetzt, brach Jubel aus, und die Frauen klatschten begeistert. Dimanche nannte mir einen Preis von 3000 CFA, was spottbillig war, circa eine Mark. Er erzählte voller Stolz, daß er oft für Bantus auf die Jagd ging, sogar für Weiße, die ganz wild auf Gazellenfleisch waren und ihm sogar ein Gewehr mit drei Patronen für die Jagd liehen. Offensichtlich war er ein Jäger der gehobenen Klasse.

Dann brachen wir auf zum Raffiapalmenwald. Mit dabei waren Molo, Julien und Dimanche als Fährtensucher, Sabango, ich und hinter mir Bosso, dem ich Zeichen gab, daß er wieder gut auf mich aufpassen solle. Angst packte mich, sobald wir das Lager hinter uns ließen. Mir war diese ständige Furcht völlig unverständlich, schließlich war ich kein Angsthase und auf dem Land aufgewachsen. Könnte ich doch in Frieden und liebevoll umsorgt bei einem kühlen Bier auf der Terrasse sitzen und auf meinen geliebten Tahim warten, um ihn dann zu umarmen, zu küssen ... zu lieben.

»Juhuuu!« sang ich laut heraus, daß sich alle erschrocken umdrehten. Verlegen erklärte ich Sabango: »Ich habe an meinen Mann gedacht.«

Die Pygmäen schlugen sich vor Lachen auf die Schenkel, als er das übersetzte. Kopfschüttelnd gingen sie weiter.

Drückende Schwüle herrschte, dickstes Lianengewirr und Baumfarne verdichteten den Wald, bis er in einen Sumpf überging, in einen Bach, den ich schon vom Ansehen haßte. Er war matschig, voller Moskitos. Krokodilspuren sah ich

im verschlammten Ufer, und plötzlich, nach der Biege, waren alle Männer verschwunden. Hinter mir war auch Stille, verdammt! Panther und Schlangen fielen über mich her. Blind vor Panik und mit dröhnendem Puls hetzte ich einem Rascheln nach und erblickte Sabangos hünenhafte Gestalt. Ich konzentrierte mich auf jeden Schritt und holte ihn endlich ein. Tausend Fliegen bohrten sich mir in Nase und Mund, eine Liane verhedderte sich an mir und riß mir ein ganzes Haarbüschel aus. Es brannte wie Feuer. Fast hätte ich auch noch meinen Hut verloren, ohne dessen Schutz ich auf keinen Fall unter Bäumen laufen wollte. Ich sah kurz nach oben ... verworrene Äste, Moosgeschlinge, das Blattwerk schien unendlich weit oben. Ein dunkles Schwingenpaar rauschte darüber hinweg, und die Sonne schickte goldene Fetzen zu den Farnen hinunter. Auf den Rücken eines schwer bepanzerten Käfers mit eckigem Helm zauberte sie ein Glitzerwerk aus Blaugrüngoldsilbrigfahlbraunviolett. Vor uns wurde es etwas heller, mir schwebte ein Kiosk mit Currywurst vor, Fritten, Cola ... statt dessen: lauwarme Moskitos an Schweißsoße und fanatische Dschungelaugen, voller Freude auf alles gerichtet, das sich bewegte – je hellhäutiger, desto besser ...
Sabango deutete auf einen kleinen Pfad, auf dem große Schlammlöcher mit zarten Grünpflanzen gefüllt waren.
»Ein alter Pfad der Elefanten. In ihrem Kot sprießen junge Bäume.«
»Hier gibt es schon Elefanten?« fragte ich leise in Sabangos Richtung.
»Ja, hier kreuzt ihre Route zum Raffiawald.«
Dimanche beugte sich über einen trockenen Kothaufen und sah dann den Pfad entlang. Ich erfuhr, daß vor nur wenigen Stunden ein einzelner Bulle vorbeigekommen, jetzt aber schon weit weg sei. Wie beruhigend! Ich hatte zwiespältige Gefühle: Einem Dickhäuter zu begegnen, flößte mir Angst

ein. Andererseits wäre ich sicher auch fasziniert von der Konfrontation mit diesen majestätischen Wesen.
Die Männer machten eine Pause auf der Lichtung, die sich als Schneise eines gestürzten Urwaldriesen entpuppte. Gewaltig ragten seine Wurzeln in die Höhe. Er schien mir unendlich lang zu sein, vielleicht fünfzig Meter. Andere Bäume waren mitgerissen worden, aus deren abgestorbenen Stämmen neues Grün wuchs und Heimat für vielfältiges Leben bot: Schwarz bepanzerte Läufer bohrten Löcher in die jungen Blätter. Eine abstehende Borkenschuppe entblößte ein strammes Käferbein mit vielen Häkchen. An einem achteckigen Netz wurde fleißig gewebt. Eine braun-orange-grün schillernde Schmetterlingsschönheit umschwirrte einen gelben Docht ... Schwirren, Fliegen, Flattern ... Stimmen lockten, warnten ... Pfiffe, Kichern ... verschlungene Lianen, feingewebtes Blattwerk bis hin zu großfächrigen Blattziegeln, kunstvoll aneinander gefügt mit durchscheinendem Adernetz, von gelbgrün bis zu den verschiedensten Blauschattierungen in satten Schattenfarben ...
Träumerisch folgte mein Blick den schräg fallenden Sonnenstrahlen hinab zum sanften Moos mit den zarten, vereinzelt aufstehenden Gräsern, die sich im Waldesatem wiegten. Von weit oben reichte ein vereinzelter Ast mit runden Blättern und langen, flaumigen Haaren bis fast vor meine Nase. Vierbeiniges stelzte unbeholfen durch diesen Pelz. Unerschöpfliches Leben, das sich ununterbrochen regenerierte. Der große Baum, teilweise schon vermodert, bot reichlich Schutz und Nahrung: der goldfarbenen Kuschelraupe neben Ameisen, einem weißen Larvenwust in einer Höhle, kleinen Faltern, Insekten, einer verrotteten Blattrippe, die plötzlich davonlief, die Flügel ausbreitete und abhob ... sssssttttttt ...
»Die Treiber!« riß mich plötzlich eine Stimme aus meinen verzauberten Betrachtungen. Sabango deutete zur Seite. Ich

sah nichts und wurde unruhig. Vorsichtig pirschte ich mich heran und versuchte in sicherem Abstand die Ameisen auszumachen.

»Hier, die dicke schwarze Linie.« Sabango beugte sich über etwas. Ein immenser Baumstamm blockierte dort unseren Pfad. Er war so breit, wie ich hoch war, ich konnte kaum über ihn hinwegsehen. Auch das noch! Wohin sollte ich flüchten, wenn die Treiber angriffen? Nun endlich sah ich ein pechschwarzes Ameisenheer, faustdick, das sich langsam, aber stetig vorwärts bewegte. In mehreren Kolonnen strömte es nebeneinander auf die Lichtung zu und war so lang, daß ich die Ameisen bis zur letzten Biegung sah. Immer wieder tauchte die schwarze Masse woanders auf, wenn ich glaubte, sie wäre verschwunden. Es gab keinen Anfang und kein Ende. Es mußten Millionen von Treibern sein, die sich da bewegten ... bewegten ... unter der Borke verschwanden und plötzlich hier am Farn bei meinen Füßen einen gefährlichen Schlenker machten. Eine immense, aber faszinierende Gefahr. Ich mußte das unbedingt fotografieren. Mit der Makrolinse holte ich mir die Biester ganz dicht heran. Donnerwetter, so sahen sie wirklich erschreckend aus! Hoch aufgerichtet standen sie, die Vorderbeine mit gespreizten Zangen zum sofortigen Angriff bereit, ihr Panzer tiefschwarz glänzend, frisch geölt und geputzt. Das waren wohl die Soldaten, die den vorbeiziehenden Zug beschützten. Sie stellten sich dicht neben ihn und beugten ihre Vorderbeine weit über die unter ihnen durchziehenden Arbeitertruppen, wodurch ein langer Tunnel entstand. Mir fiel Adalberts Erklärung ein, als ich einmal wissen wollte, ob Treiber Menschen anfielen und fraßen. »Nein, so etwas passiert nicht, aber sie besetzen die Körperöffnungen, Ohren, Nasenlöcher, auch Augen. Bei den Menschen löst das Panik aus, es kommt zu einem Kollaps, der meistens tödlich endet.«

Ein Schrei riß mich hoch: »Julia, Ameisen an den Füßen.« Sabango deutete auf den Boden. Mit einem Riesensatz sprang ich entsetzt aus dem Gewusel, hin zum Baumstamm, schüttelte an Hose und Schuhen, stützte mich mit den Händen auf den glitschigen Stamm und griff nach Sabangos hilfreich ausgetrecktem Arm. Ich wollte hinüberspringen und rutschte aus, an der Borke entlang, streifte mit einem Bein die Ameisen ab, mit dem anderen umschlang ich rittlings den Stamm und wischte wieder mal alles, was sich hier seit Jahrzehnten angesiedelt hatte, in Hemd und Hose. Dann flutschte ich auf der anderen Seite herunter, mit dem Gesicht voran in die Pilze.

»Alles o.k.?« hörte ich von weit oben Sabango fragen.

»Alles bestens«, erwiderte ich böse und spuckte die Pilze aus.

Grinsend half Sabango mir auf die Beine, und ich sah, daß alle Ameisen zerquetscht waren. Es rührte sich nichts mehr zwischen Schuh und Gürtel, und es war auch kein Ameisenzug mehr zu sehen. Erleichtert atmete ich tief durch. Doch die eigentliche Katastrophe spielte sich in den folgenden Minuten ab.

Meine Angst hatte sich auf die Blase geschlagen, und ich suchte mir ein passendes Plätzchen. Während ich tiefer in den Wald ging, biß mich etwas furchtbar in die Wade, krabbelte tiefer und biß noch einmal zu. Ich schrie auf, drückte zu, sah an mir herunter und erstarrte ich vor Entsetzen. Ich stand inmitten eines fettschwarzen Ameisenheeres, das in Windeseile an meinen Schuhen und Hosen hochkroch. In Panik trat ich wie wild um mich und versuchte die Biester abzuschütteln, rannte zum Pfad, schrie und schlug um mich, wurde jedoch immer heftiger gebissen. Hundertfach krabbelte es an mir empor.

Sabango schrie mir zu: »Die Hose ausziehen, los schnell!« Ich zerrte an Reißverschluß und Gürtel zugleich und riß die

Hose herunter. Verdammt, was taten die Bisse weh! Ich sprang von einem Bein aufs andere, zog die Hosenbeine über die Schuhe und schlug wie wild auf die Ameisen an meinen Beinen ein. Große rote Flecken breiteten sich auf der Haut aus, es brannte wie Feuer, und noch immer sah ich voller Panik, wie sie weiter an mir hochströmten. »Hilfe, Sabango, Hiiiilllllfe!«

Sabango schüttelte meine Jeans aus und wurde dabei auch angegriffen, tanzte auf der Stelle und schlug nach ihnen. Langsam wurde ich Herr der Lage und beruhigte mich ein wenig. Die Pygmäen grinsten, ohne mich dabei direkt anzusehen. Wütend fauchte ich sie an:

»Habt ihr noch nie ein Weib in Unterhose gesehen?«

Auch Sabango lachte jetzt. »Doch, ich jedenfalls, aber selten mit Hut und Stiefeln dazu.« Er reichte mir die Hose zurück. Wir setzten uns wieder in Bewegung. Ich konzentrierte mich auf jede verdächtige Bewegung, und tatsächlich wurde ich noch einmal so schmerzhaft gebissen, daß ich laut aufstöhnte. Mein Bedarf an dieser Art von Herausforderung war gründlich gedeckt. Ich war mürbe geworden, niemandem hier konnte ich meine tiefe Abneigung, meine Ängste und den Horror mitteilen. Plötzlich standen mir Tränen in den Augen, und ich weinte stumm vor mich hin. Meine Beine brannten bis auf die Knochen, und meine Hände zitterten. Mir reichte es. Ich wollte zurück. Der Raffiapalmenwald mit Elefanten und Ringelpietz mit Anfassen konnte mir gestohlen bleiben. »Eh, Sabango, laß uns ins Lager zurückgehen, ich kann kaum noch laufen.«

Zurück erschien mir der Weg bis zur Lichtung viel kürzer, doch hier hatte sich inzwischen eine Tragödie abgespielt. Dimanche machte uns aufgeregt ein Zeichen stehenzubleiben, und dann sah ich das volle Drama. Das Unterholz war zertrampelt, und am Wurzelwerk des alten Baumes wälzte sich ein Elefantenbulle in qualvollen Zuckungen, die immer langsamer wurden. Ein Fuß war doppelt so dick wie die anderen und lag wie abgestorben am Boden. Aus der schrundigen, faltigen Haut ragte ein langes Metallstück, dicker als mein Daumen. Mein erster Impuls war hinzustürzen und es dem Elefanten herauszuziehen, doch Dimanche hielt mich zurück und zeigte hinter die Büsche.

Dort sah ich jetzt zwei finstere Bantugesichter, Männer, die offensichtlich zu dieser Tragödie gehörten. Ein langgezogenes Stöhnen drang herüber, und noch einmal bäumte der Elefant sich auf. Ein Zittern ging durch den gesamten Rumpf, dann fiel er zurück. Der Blick aus seinen kleinen Augen streifte mich, und ich wußte, daß er stumm um Hilfe flehte. Tränen der Wut und der Hilflosigkeit stiegen in mir auf. Fieberhaft überlegte ich, was ich tun könnte. Zornig zerrte ich Sabango am Ärmel und flüsterte: »Sag mir endlich, was hier los ist. Wir müssen etwas tun.«

Der Todeskampf dauerte an, doch die Bewegungen wurden langsamer. Der Riese hatte sich ergeben und fiel in eine apathische Starre, nur ab und an lief noch ein Zucken durch seinen Leib. Offensichtlich war dies das Ende seines langen Todeskampfes.

Sabango flüsterte furchtsam: »Diese Männer sind Wilderer und jagen Elefanten, indem sie lange Nägel in die Wanderpfade einbauen. Wenn die Elefanten darauf treten, dauert ihr qualvoller Tod viele Wochen. Die Männer sind sehr gefährlich.« Ängstlich nickte er zum Gebüsch hinüber.

»Und du bist sehr feige, Sabango.« Meine Wut war so angestiegen, daß ich aus meinem Versteck stürmte und ihnen zuschrie: »In fünf Minuten habt ihr sechs bewaffnete Ranger am Hals, die euch den Kopf wegpusten. Elefantenjagd ist verboten. Wir werden auch eure Familien finden und hart bestrafen, eure Frauen und Kinder!« Immer lauter schreiend rannte ich in den Wald, auf sie zu. Sabango packte mich am Ärmel und wollte mich zurückzerren, doch ich riß mich

los. Im gleichen Augenblick verschwanden die Wilderer, und ich hörte, wie sie durch das Holz rannten.
»Scheißbande! Schweine!« schrie ich in meiner ohnmächtigen Wut hinter ihnen her. Dann fiel mein Blick wieder auf den Elefanten, der nur ein paar Meter vor mir lag. Ameisen krochen bereits in sein aufklaffendes Maul und in die Augen. Ich hoffte inständig, daß er wirklich tot war. Dimanche bestätigte es mir.
Ich kniete mich neben das verletzte Bein, das steinhart war, und versuchte den Nagel herauszuziehen. Es ging nicht, so tief saß er drin. Bosso drehte eine Schlinge und zog stückchenweise den Nagel hervor. Er war mindestens dreißig Zentimeter lang, und mit ihm quoll unter fürchterlichem Gestank eine braune Suppe heraus. Ich wandte mich ab und heulte mein Elend heraus. Wie brutal und sinnlos dieser Tod war! Er diente nicht einmal als Nahrungsquelle. Sein Ergebnis waren vier Papierkörbe aus Elefantenfuß. Vor Schmerz hätte ich schreien können.
Dimanche beratschlagte aufgeregt mit den anderen, während Molo vor Angst im Gebüsch erstarrt war. Dann wandten sie sich an mich, und Sabango übersetzte, daß sie vom Lager Männer holen wollten. Ich sollte hier auf sie warten, weil die Wilderer wohl Angst vor mir hätten und deshalb nicht wiederkämen. Sie sahen mich erwartungsvoll an.
»Werden keine Raubtiere kommen?«
»Nein, vorerst nicht, und bis zur Dämmerung sind wir schon wieder weg.«
»O.k., beeilt euch.« Ich setzte mich an den Rüssel und strich dem Bullen über den rauhen, faltigen Kopf mit der eingekerbten Stirn. *Mon doubou*, mein einsamer Elefant. Meine Gefühle schwankten zwischen Trauer und ungeheurer Wut. Später erfuhr ich, daß ich mehr Glück als Verstand hatte, denn die Wilderer hatten bisher alle Verfolger umgelegt. Sie waren bis an die Zähne mit schweren Waffen aus dem

Tschad ausgerüstet und hatten überall im Urwald Munitionslager.

Nach kurzer Zeit kamen die Pygmäen zurück. Julien und Bosso machten sich daran, den Bullen zu zerteilen, was ich nicht mit ansehen wollte. Sabango trennte sich nur schwer von dem Elefanten und der Aussicht auf ein saftiges Stück Fleisch, doch ich wollte nur noch weg. »Die Männer werden dir ein Stück mitbringen, los komm jetzt.«

Im Lager herrschte große Aufregung wegen des Elefanten, und auch Angst, weil die Wilderer in der Nähe waren. Daher drängte ich zum Aufbruch: »Ihr müßt das Lager morgen abbrechen und weiterziehen. Auch wir werden früh aufbrechen, Sabango. Du packst alles zusammen und sagst unseren Freunden, daß wir uns beim zweiten Vollmond im alten Lager wiedersehen.«

Lange stand ich unter der Dusche und versuchte mir Trauer mitsamt Treiberleichen vom Körper zu spülen. Ich fühlte mich so elend wie noch nie in meinem Leben. Ein Fluch schien über meinem Besuch im Raffiapalmenwald zu liegen, aber er zog mich magisch an, und ich wollte mich nicht unterkriegen lassen. Es sei denn, all dies wäre ein Zeichen, daß der Wald mit seinen Elefanten in Frieden gelassen werden wollte ...

Meine Beine schmerzten fürchterlich. Vorsichtshalber nahm ich einen Antihistaminpips und legte die Füße hoch. Mada ließ mir Blätter holen, zerkrümelte sie und legte sie mir auf die Haut. *M'o nge'nga* – eine große Wunde. Ich kroch in mein Zelt, wo einige große Schlucke Rum mir helfen sollten, diesen Tag gründlich zu verdrängen.

Am nächsten Morgen hatten die Frauen ihre Habseligkeiten bereits in Körben verpackt und um den Kopf gehängt. Die Babys hockten auf der Hüfte, Männer durchlöcherten Fleischbrocken, die ich nicht genauer definieren mochte, mit Lianenschnüren, Sabango und ich warfen das Zelt zusammen, Säcke und die Kiste wurden aufgeladen. Diesmal kam Mungo als Träger mit, er wollte Saland kennenlernen. Ich umarmte meine Freunde, und dann trennten sich unsere Wege.

Wieder ging es durch den Dschungel: Schwüle, Mücken, Schwindel ... Ich war fix und fertig, als wir am späten Nachmittag nach sieben Stunden Fußmarsch an der verabredeten Stelle auf Mallo stießen. Besorgt wartete er bereits vor dem Rover.

»*Ça s'est bien passé?*« fragte er gespannt, doch ich winkte müde ab. »Sabango soll dir alles erzählen.« Und das tat er unterwegs ausführlich, so daß Mallo vor Entsetzen mehrmals beinahe von der Straße abgekommen wäre. Mit den letzten Sonnenstrahlen fuhren wir die Auffahrt hinauf. Ich sprang aus dem Auto und flog direkt in Tahims Arme.

15

Ich hatte Angst, daß dir was passiert.« Tahim drückte und küßte mich immer wieder auf Hals, Wangen und Stirn. Wir begrüßten uns leidenschaftlich. Mein Bedürfnis nach einer Dusche war diesmal aber stärker. Ich bat Sabango und Mallo, Tahim von unseren Abenteuern zu berichten, und zog mich ins Bad zurück. Später kam Tahim herein. Er war entsetzt.

»Julia, das ist doch nicht wahr, was Sabango erzählt. Du machst Sachen, die selbst erfahrene Männer noch nicht erlebt haben. Und sieh dir deine Haut an!«

Ich zog ihn zu mir und küßte ihn voller Hingabe und Zärtlichkeit. »Tahim, ich liebe dich so. Paß auf mich auf und laß mich nie mehr allein, bitte!« flehte ich ihn an. »Ich werde dich glücklich machen, und nie wieder möchte ich ohne dich aufwachen.«

Sanft trug er mich zum Bett. *»Je t'aime aussi, mon amour.«*

In diesem Moment hätte ich sterben mögen vor Glück. Tahim stöhnte vor Verlangen, zog sich aus und nahm mich mit solch schneller, heftiger Leidenschaft, daß mir die Luft ausging. »Julia, ich habe nie eine Frau geliebt wie dich.« Tränen stiegen mir in die Augen und liefen über meine Wangen. Tahim wischte sie besorgt fort. »*Chérie*, was ist passiert?«

Leise schluchzend erklärte ich ihm die Abgründe einer glücklichen Frau, daß sie weint, wenn sie glücklich ist, und lacht, wenn sie Angst hat. Er lachte glucksend, dann wurde er wieder ernst. Er grub seine Nase in meinen Hals und beschwor mich mit leiser Stimme:

»Julia, ich möchte einen Sohn mit dir, bald ... Er soll Jonas heißen, ja?«

Er hatte meine geheimsten Wünsche berührt. Glücklich drückte ich ihn fest an mich und wiegte ihn hin und her.
Als ich am nächsten Morgen neben dem geliebten Mann erwachte, konnte ich mich nicht sattsehen an seiner Schönheit. Zärtlich zog ich die Linien seines Gesichts nach, von den kantigen Wangen über die lange Nase, die gebogenen Wimpern und dann über die buschigen dunklen Augenbrauen. Lächelnd fing Tahim meine Hand ein. »Zählst du meine Falten, *chérie*?«
»Ja, ich bin bei fünftausendachthundertsiebenundsiebzig.«
»Du Ungeheuer«, rief er lachend und nahm mich in den Schwitzkasten.
Laut prustend rang ich nach Luft. »O.k. Du hast gewonnen. Du bist der Stärkere.«
Halb spielerisch antwortete er: »Vergiß das nicht ...«
Ich wollte ihn wieder küssen, aber er entzog sich mir. »*Chérie*, ich muß zum Sägewerk, es ist spät. Sonst bin ich immer schon um sechs Uhr in der Fabrik.«
Ich sah ihm eindringlich in die Augen. »Tahim. Es ist nicht mehr ›sonst‹, jetzt ist die Ära ›Tahim und Julia‹ angebrochen. Das mußt du bald lernen.«
Er nickte, schien jedoch in Gedanken schon ganz woanders zu sein. Vor der Tür wartete Zombie ungeduldig auf mich. Außer sich vor Freude sprang sie an mir hoch und um mich herum, als ich endlich zum Frühstück erschien. Ich streichelte zärtlich ihren schlanken, seidigen Kopf. Wieder mußte ich an den Elefanten denken, und Tränen stiegen mir hoch. Eigentlich war ich keine Heulsuse, aber in Afrika übermannten mich häufig intensive Gefühle. Tahim ergriff meine Hand.
»Ich werde die Gendarmerie benachrichtigen und mich sofort um alles kümmern, aber bitte weine nicht mehr.«
»So ein fürchterlicher, qualvoller Tod, Tahim! Wie muß er gelitten haben. Die Wilderer sind sicher über alle Berge.«

Das ganze Drama stieg in mir wieder hoch. David brachte Spiegeleier herein, doch mir war der Appetit vergangen. Tahim forderte ihn auf:

»Kümmer dich nachher um Madame und ruf mir den Chauffeur.« Er stand auf und beugte sich über mich. *»A tout de suite.«* Und nach einem kleinen Spatzenkuß war er auch schon verschwunden.

Ich war enttäuscht, daß er immer so abrupt aufbrach, aber eigentlich war das blöd von mir. Was wollte ich denn noch? War es nicht eine tolle Nacht gewesen, und hatte er mir nicht ständig und reichlich gezeigt, daß er mich liebte? Und hatte er nicht sogar gesagt ... genau!

»Tahim!« Ich rannte hinter ihm her, gerade fuhr der Rover an.

»*Bonjour*, Madame«, begrüßte mich Mallo freundlich lächelnd und trat auf die Bremse. Tahim beugte sich erwartungsvoll aus dem Fenster.

»Tahim, *pourquoi* Jonas?«

Er rieb sich die Nase. »Also, du kannst gern einen anderen Vorschlag machen. Ich finde Jonas gut, er hat sogar im Maul eines Wales überlebt.« Damit zog er bedeutungsvoll die Augenbrauen hoch, und der Wagen fuhr davon. Ich sah ihm lange nach und winkte, bis er um die Ecke war. Es war ein herrlicher Tag. Schon wieder ... immer noch ... schon wieder ...

Später inspizierte ich mit Zombie die Ananasplantage neben der Auffahrt. Die Früchte standen prall in den Stauden, bis hin zu dem Bambuswäldchen reichte der Anbau. Ein Sentinel kam angelaufen. »Madame, Sie müssen hier aufpassen, da sitzen oft Schlangen in den Ästen.«

Er hatte noch nicht zu Ende gesprochen, da pfiff ich bereits nach Zombie, und mit einem Satz waren wir wieder am Haus und auf der Terrasse. Zum erstenmal wurde mir bewußt, daß ich auch hier überall aufpassen mußte, auf mich und auf Zombie. Liebevoll fuhr ich ihr über die Stirn. Sie knurrte zu einer schwarzen Kindergruppe hinüber, die den kleinen Pfad zum Fluß hinuntersprang. Schon riß sie sich los und schoß wie der Blitz um das Haus herum. Ich hatte Angst, daß sie eine Viper erwischte, und rief ihr gellend hinterher: »*Zombiiiiiie! Arrête!*« Atemlos gelangte ich zur Auffahrt, wo zur gleichen Zeit David und der Sentinel eintrafen, die versuchten, Zombie einzufangen. Und nun sah ich das Malheur. Breitbeinig und mit gefletschten Zähnen hatte Zombie zwei kleine schwarze Wesen gestellt, die in der Mitte des Weges vor Angst wie festgenagelt schienen. Mein Hund knurrte, wie ich es noch nie zuvor gehört hatte. Auch David und der Sentinel hatten Angst und trauten sich nicht näher heran.

»Aussss. Pfui!« Energisch schimpfte ich mit Zombie, was sie aber nicht beeindruckte. Im Näherkommen erkannte ich die vor Furcht schlotternden Gestalten ... Majeke und Mungo, meine Freunde. »Das ist doch nicht möglich, Zombie. Sofort aus!« schrie ich noch einmal, und schließlich gab sie etwas nach. Sie setzte sich auf ihr Hinterteil, fletschte aber weiterhin die Zähne. Schützend legte ich den Arm um die beiden Pygmäen, dic noch kleiner geworden waren, so daß sie mühelos unter meine Schultern paßten.

»*Nabubalaw'e*«, begrüßte ich sie. Dann streichelte ich Zombie beruhigend.

»Zombie, auch wenn es dir nicht gefällt, das hier sind meine Freunde.« Ich hielt ihr kurz die Nase zu, dann gehorchte sie – vorübergehend, wie sie mir mit einem schrägen Blick zu verstehen gab. Als ich mich nach David umdrehte, war der verschwunden. Ich fand ihn hinter dem Schuppen wieder, wo er sich zusammengekrümmt und mit feuchten Augen von dem komischen Anblick der Pygmäen im Banne des Nationalungeheuers Zombie erholte. Majeke sah beschämt zu Boden. Vorwurfsvoll rief ich David näher.

»David, entschuldige dich sofort. Majeke ist ein tapferer Jäger. Du wärst wahrscheinlich vor Angst schon längst gestorben, wenn du vor einem großen, wütenden Hund ständest.«
David zog entschuldigend die Schultern hoch, während sich die beiden Freunde langsam erholten. Sie standen vorsichtshalber mit dem Rücken zur Hauswand, ohne Zombie aus den Augen zu lassen. David klopfte ihnen beruhigend auf die Schultern und nickte freundlich. Er holte ein Baguette aus der Küche und gab es ihnen.
»Sag ihnen, ich freue mich, daß sie hier sind.«
Majeke hatte Gefallen an meiner Hündin gefunden und betrachtete sie anerkennend. Dann sagte er etwas zu David. Der lachte wieder und erklärte mir: »Er will auch so einen Hund.«
Auch ich lachte nun schallend.
Der Rover kam zurück. Tahim sprang heraus und staunte nicht schlecht über meine fremdartigen Freunde, die hier nackt mit Lendenschurz, Steinaxt und Armbrust an der Hauswand lehnten.
»Tahim, darf ich dir Majeke vorstellen, den Dorfältesten von Ibengi Mbunsola, und Mungo, den ersten Jäger.« Dann wandte ich mich an Majeke. *»Majeke, c'est le patron Sadar.«*
»Ihhhhh.« Die beiden hatten mein Französisch verstanden. Tahim war außerordentlich nett, begrüßte die beiden herzlich und bat sie ins Haus, was zu weiteren Verkrümmungen bei David führte, der sich wieder vor Lachen schüttelte, ebenso wie Mallo. Für einen Bantu war es unvorstellbar, daß Pygmäen mit Respekt behandelt wurden. Sie galten ihnen nach wie vor als minderwertig und wurden teilweise schlimmer behandelt als Hunde.
Tahim suchte meine Hand und hielt sie fest. »Sonst ist alles in Ordnung, Julia?«
»Ja, *chéri*, danke, daß du so nett zu den beiden bist. Hast du

noch keine Pygmäen gesehen?« Das konnte ich mir kaum vorstellen.
»In dieser ursprünglichen Form noch nicht, lediglich bei den Schwestern in der Station. Da tanzen manche für ein bißchen Geld. Aber die sehen ganz anders aus und sind ziemlich verwahrlost.«
Im Haus blieb Majeke wie angewurzelt stehen und musterte den Raum, die Sessel, den großen Tisch, das Büffet, die Bilder und das Sofa. Tahim zeigte auf die Stühle, wir setzten uns. Da Tahim Sango sprach und Majeke ein paar Brocken verstand, konnte sich ein Gespräch entwickeln. Tahim erkundigte sich nach den Sorgen der Pygmäen, ihren Nöten und Krankheiten und wollte wissen, wie weit sie im Urwald herumkämen. Erstaunt erfuhr er, daß es ein immens großes Gebiet war. Bei der Schilderung, wie sehr die Rodung durch die weißen Männer das Leben der Pygmäen in Bedrängnis brachte, wurde er nachdenklich.
Währenddessen deckte David den Tisch. »Bleiben die beiden zum Essen?« raunte er mir zu.
Ich nickte, und er fragte eindringlicher: »Madame, ich meine ... hier am Tisch?«
Gute Frage, aber warum nicht. »*Oui, ici.*«
Mungo und Majeke betrachteten amüsiert die Waffen neben ihren Tellern, Messer und Gabel. Als das Essen aufgetragen wurde, wußten sie natürlich nicht, wie herum man sie hielt, und stocherten mit den Griffen im Papayasalat. David half ihnen. Tahim bot ihnen vom Hühnchen an, doch bei dem Versuch, das Fleisch so zu schneiden wie wir und die Happen auf der Gabel zum Mund zu balancieren, gaben sie nach einer Weile erschöpft auf. Während dieses Kraftaktes hatte Mungo sich dermaßen in der Tischdecke verheddert, daß sich das Tuch bei jeder Bewegung stärker um Stuhl und Bein wickelte, bis die Teller plötzlich am Rande des Tisches standen. Majeke war dies peinlich, und er nuschelte

etwas zu Mungo, worauf der hilflos die Schultern zuckte und sich freizustrampeln versuchte.
Zombie war das alles schon lange nicht mehr geheuer. Sie hatte ihr Nackenfell leicht aufgerichtet, saß nahe an der Pygmäenbeute und gab leise Knurrgeräusche von sich. Tahim aß ernst und mit gesenktem Blick. Er hatte wohl beschlossen, unsere Gäste nicht durch weitere Beobachtungen noch mehr zu verwirren. Vergeblich. Bei Masekes verzweifeltem Versuch, Mungos schmutzige Beine aus dem blütenweißen Damast zu wickeln, fiel mit lautem Klirren alles zu Boden. Die beiden sprangen erschrocken auf, die Stühle fielen um, Majeke stürzte und wurde zwischen Tisch und Stuhlbein eingeklemmt und anschließend von Huhn, Soße, Tellern, Bestecken und Tischdecke begraben. Mit schnellem Satz war Zombie bei ihrer Beute, die nun endlich zu Fall gekommen war, und hielt sie mit hochgezogenen Lefzen in Schach. Tahim war aufgesprungen und schrie nach David. Der – ich ahnte, wo er war und in welchen Zustand – erschien nicht, und so versuchten wir zu zweit, der Lage Herr zu werden. Ich zerrte Zombie zurück und wußte nicht, wohin ich blicken sollte, um meinen sich ankündigenden Lachkrampf nicht noch mehr zu reizen. Tahim zog Majeke unter dem Tisch hervor. »Entschuldigung, das tut mir so leid.« Nun stand auch David plötzlich neben uns und räumte mit triefenden Augen weiter auf, wobei er kurze, helle Wimmerlaute ausstieß, sobald er in die Richtung der beiden Männer sah.
Auch Tahim mußte schmunzeln, obwohl er sich als Gastgeber ein wenig schämte, denn er fühlte sich verantwortlich für die komische Situation. Ich konnte mich nicht länger beherrschen, ließ alles stehen und liegen und zog mich mit Zombie ins Schlafzimmer zurück, wo ich mich meinem Lachkrampf hingab. Als ich mich wieder beruhigt hatte, wagte ich mich hinaus. Inzwischen kreisten dicke Rauch-

schwaden um die Nasen der Männer, jeder hielt eine dicke *Romeo et Juliette* in der Hand, was bei Mungo und Majeke so aussah, als hielten sie einen Besenstiel in der Faust.

»*Ça va?*« fragte ich Majeke.

Er verstand und grinste ausgiebig. Mungo dagegen winkte erschöpft ab, seine Aufmerksamkeit war völlig von der Zigarre beansprucht. Er sah blaß aus.

Tahim war aufgestanden und verabschiedete sich. Er mußte wieder zurück zur Fabrik, und ich bat David, unseren Gästen zu übersetzen, daß wir uns am besten alle zur Siesta zurückzögen.

Später, als Tahim zurückkam, erfuhr er von David, daß den Pygmäen von den Zigarren speiübel gewesen sei und sie gesagt hätten, einen Elefanten zu erlegen sei einfacher, als ein Huhn am Tisch zur Strecke zu bringen. Aber Tahim war mit seinen Gedanken woanders. Nachdenklich ging er auf und ab. Ich erfuhr, daß die Probleme in der Fabrik sich verschärft hatten und Diebstähle an der Tagesordnung waren. Am nächsten Morgen wollten wir nach Bangui zurückfahren. Mittlerweile waren wir seit fast zwei Wochen im Dschungelhaus. Es wurde Zeit für die Heimfahrt.

In der Nacht aber kamen meine Kopfschmerzen wieder, diesmal schlimmer als im Urwald. Der Schmerz schwappte von der Stirn zum Hinterkopf, und ein lähmender Druck legte sich mir auf Hals und Schultern. Ich weckte Tahim, der sofort hellwach war.

»Nimm bitte sofort von den Nevaquintabletten und einen Citronelletee. Ich hoffe nicht, daß du einen Malariaanfall bekommst.« Er hatte inzwischen Fieber gemessen, 38,5°. Tahim verschwand, um einen Arzt rufen zu lassen. Ich trank brav den Citronelle, doch bei jedem Schluck taten mir die Haare weh. Plötzlich wurde mir speiübel. Nur mit Mühe erreichte ich die Toilette und erbrach alles, bis nur noch der

Magen selbst kam, wie mir schien. Wackelig erreichte ich das Bett. Mein Kopf glühte, obwohl ich vor Kälte schlotterte.

»David, such mir noch ein paar Decken, beeil dich.« Doch selbst unter drei Decken wurde mir nicht wärmer. Die Wände bewegten sich auf mich zu, und ich erbrach auf den Boden. Mir taten die Glieder so entsetzlich weh, daß ich sie kaum noch bewegen konnte, als endlich Tahim wieder da war.

»Der Werksarzt kommt sofort, bleib ganz ruhig, *chérie.*« Besorgt hielt er meine Hand und ließ sie nicht mehr los, bis Dr. Banda da war. Inzwischen war mein Fieber auf 39,8° gestiegen. Ich erhielt eine Spritze und Tabletten. Aus der Ferne hörte ich Stimmen. *»Le palu.«* Dann sah ich nur noch große weiße Kreise, bevor mir der Schädel platzte. Ich starb, und alle Augenblicke flog ein Teil meines Kopfes davon. Ich konnte mich nicht wehren, konnte nichts machen, war gelähmt. Meine Versuche, die Toilette zu erreichen, endeten an der Wand, in die ich meine Nägel krallte, um Halt zu finden. Alles bäumte sich mir entgegen, Tapeten, Boden, Magen, bis mich Tahim auffing und vorsichtig hinausbrachte. Von weither hörte ich meine dünne Stimme: »Sterben viele Menschen an Malaria?«

»Aber nein«, beruhigte er mich, »wenn man rechtzeitig behandelt wird, hat man immer eine Chance.«

»Aber ich habe es schon im Urwald vor Tagen gespürt und nichts getan, weil ich dachte, es sei die Prophylaxe.«

Vorsichtig setzte Tahim mich auf die Toilette. Noch bevor er sich umgedreht hatte, war ich auch schon zusammengesackt und erbrach rotbraune Flüssigkeit. »Tahim!« Es dröhnte und drehte sich und zerrte an meinen Eingeweiden. »Mir ist so schlecht!« Ich bäumte mich auf und wurde wieder heruntergerissen, meine Därme brannten wie Feuer. Es war der schlimmste und schmerzhafteste Durchfall meines

Lebens, während ich gleichzeitig erbrach, daß es mir fast die Speiseröhre zerriß. Ich krümmte mich vor Schmerzen und stöhnte laut um Hilfe, bis mich Tahim wieder ins Bett trug. Nach dem nächsten Fieberschub bekam ich so starken Schüttelfrost, daß es mich im Bett hin- und herriß und meine Zähne laut klappernd aufeinanderschlugen. Ich bekam sie nicht mehr unter Kontrolle. Mein Nacken wurde hart, und Eiseskälte kroch mir den Rücken hinunter. David versuchte mit Engelsgeduld, mir eine Suppe einzuflößen.

»Julia, du mußt Flüssigkeit zu dir nehmen, bitte.« Von weit hörte ich Tahims Stimme wie durch Watte. Dann sah ich, wie sich sein Kopf löste und zur Tür schwebte. Von dort hörte ich blechern: »Julia, ganz ruhig, bald ist es vorbei.« Der Kopf verschwand, und ein langer Elefantenrüssel wand sich durch den Riß in der Wand, große Tränen flossen aus ihm heraus und ergossen sich ins Bett. Ich versuchte ihn zu fassen und zu streicheln und sackte in die Kissen zurück, wo ich schließlich erschöpft wegdämmerte.

Ich hatte wohl länger geschlafen. Die Spritze tat ihre Wirkung, denn die Kopfschmerzen waren weniger schlimm, doch empfand ich das leiseste Geräusch als ohrenbetäubendes Dröhnen. Und schon ging es wieder los, Durchfall und Erbrechen. Erbrechen, bis das Waschbecken voll mit kleinen roten Stücken war, sicher mein Magen ... In meinem Kopf knirschte es, und ich tauchte ein in Fantasien, die nach München und zum Tiefseetauchen führten. Kleine durchsichtige Seepferdchen schwammen vorbei, begleitet vom lauten Klappern meiner Zähne. Als der Meeresboden in heftigen Bewegungen auf mich zuschlingerte, erkannte ich das Moskitonetz. Das Zimmer bewegte sich auf mein Bett zu. Lange Arme versuchten mich zu retten ... »Tahim, Tahiiim! Hilfe! Bist du da?«

»Ja, *chérie*, ich bin die ganze Zeit bei dir.« Er zog das naß geschwitzte Laken heraus und legte frische Handtücher unter mich. Mir lief der Schweiß in Bächen am Körper entlang. Dr. Banda beugte sich mit einer weiteren Spritze über mich und machte ein ernstes Gesicht. Schweißperlen glänzten auf seiner Stirn und tropften schließlich auf meinen Arm ... Erschöpft schlief ich wieder ein.

Als ich das nächste Mal erwachte, fühlte ich mich zwar schlapp, aber viel besser. Ich spürte, wie das Leben zaghaft wieder in mir strömte.

David klopfte und fragte: »Madame, soll ich das Frühstück hereinbringen?«

Ich saß inzwischen auf der Bettkante. Die Wand schwankte noch ein wenig, aber der Boden blieb verläßlich. »Nein, David, danke, ich komme auf die Terrasse.«

Mit Bärenhunger verdrückte ich die frische Ananas und das Baguette. »Wo ist denn der Patron, David?«

»Der kommt sofort wieder. Er mußte noch mal zur Fabrik. Sie haben sehr lange geschlafen, Madame. Das hat Sie gerettet. Der Patron hat sich große Sorgen gemacht und wollte sogar ein Flugzeug holen lassen.« Er stellte mir Spiegeleier auf den Tisch, aber ich wehrte ab.

»Das ist genug, David, gib es Majeke und Mungo.«

Er sah mich überrascht an. »Die sind schon lange zurück. Der Patron hat ihnen Macheten geschenkt, und dann sind sie aufgebrochen. Sie haben zwei Tage vor Ihrem Fenster gehockt.«

»Wieso zwei Tage, David?«

»Na, Sie waren fast drei Tage krank.«

Das war eine Überraschung. Als ich mich duschte, entdeckte ich drei ziemlich große Geschwüre unterhalb der Schulterblätter. Schon bald war mir klar, daß es keine Fieberblasen sein konnten. Doch das behielt ich für mich, behandelte sie mit Alkohol und zog mich an.

Tahim kam und nahm mich in die Arme. »Julia, schön, daß es dir wieder besser geht. Meinst du, wir können fahren? Ich

möchte dich so schnell wie möglich in Bangui weiterbehandeln lassen.«
Ich streichelte ihm über die Wangen, meinem geliebten Mann. Ob er wußte, wie sehr ich ihn liebte?
»*Oui, chéri, pas de problème.*«
»Ich habe dich per Radio für heute nachmittag bei Théodore angemeldet.«
Kurz darauf saßen wir im Rover. Zum erstenmal sah ich dunkle Wolken am Himmel. Tahim zeigte zum Urwald. »Da sammeln sich die ersten Wolken, die kleine Regenzeit beginnt.«
»Kleine Regenzeit? Ich dachte, der Regen beginnt im Juni?« fragte ich erstaunt.
»Wir haben im Februar und im März öfter Gewitter und Regenfälle. Richtig los geht die Regenzeit im Juni und dauert dann bis Oktober.«
»Ach, Tahim, du machst Witze. Vier Monate lang Regen?« Ich war entsetzt.
»Nicht ununterbrochen, aber ziemlich heftig.«
»Na ja, bis dahin ist ja noch ein bißchen Zeit.« Müde lehnte ich mich an seine Schulter und wachte erst wieder im Krankenhaus bei Théodore auf. Tahim war weiter ins Büro gefahren und wollte mich später abholen.
Nach langen Untersuchungen teilte Théodore mir kopfschüttelnd mit: »Du hast wohl nichts ausgelassen in der kurzen Zeit. Das war eine schwere Tropika. Du brauchst viel Ruhe und mußt dich schonen. Nimm es nicht zu leicht, bloß weil es dir besser geht. Was ist das denn?« Er hatte die Geschwüre entdeckt. »Bist du mal von einer dicken Fliege gestochen worden?«
»Du meinst, es sind Tsetsegeschwüre?«
»Ganz genau, aber wir können das gut behandeln. Wann wurdest du denn gestochen?«
»Na, vor zehn Tagen ungefähr, im Kongobecken.«

Er musterte mich streng und schüttelte den Kopf. »Das wird knapp, aber du schaffst es. Bist du häufig müde?«
»Nein, jetzt nicht mehr so.«
Er nickte. »Gut. Manchmal geht es ja passiv vorbei. Komm in drei Tagen wieder.«
Ich schluckte eine Menge Medikamente und war froh, relativ gut über die Runden gekommen zu sein. Später erfuhr ich, daß diese Form der Malaria zur Hälfte tödlich verlief. Zu Hause päppelte mich Billeba mit einer speziellen Ananaskur aus zur Hälfte gekochtem und frischem Saft auf. Das sei vor allem gut für die Leber.
Ich lag auf dem Bett und döste zwischen Benommenheit und Erschöpfung, als der erste Regen mit lautem Donnerschlag herunterkrachte, dann ans Fenster prasselte und erlösende Frische brachte. Tahim kam ins Zimmer, und hinter seinem Rücken lugte ein riesiger Rosenstrauß hervor. In Afrika hatte ich überhaupt noch keine Rosen gesehen, sie waren sicher viel zu empfindlich. Begeistert sah ich ihn an, doch er machte keine Anstalten, ihn mir zu schenken. Schließlich fragte ich: »Bist du eingeladen?«
»Nein, warum?«
»Na, wegen der Blumen.«
Er wußte nicht so recht, was er mit ihnen anfangen sollte, und legte sie achtlos neben den Fernseher. »Für dich.«
»Ach, Tahim, sie sind wunderschön.« Ich stand auf und roch an ihnen. Es waren mindestens hundert Stück. »Du bist verrückt, Tahim. Danke.« Zärtlich küßte ich ihn auf den Hals, worauf er sich verlegen abwandte. Er hatte keine Erfahrungen mit solchen Galanterien, wie ich jetzt bemerkte. Es war ihm unangenehm, seine Gefühle zu zeigen. Eilig rollte er sich zur Siesta unter das Netz und döste auch sofort ein. Trotz des Regens war es immer noch schwül und drückend im Raum. Ich stellte die Rosen in den Champagnerkübel und fand sie recht eigenartig zwischen Moskito-

netz und Palmenblättern, aber bildschön. Liebevoll und zufrieden schmiegte ich mich an Tahims breiten Rücken und suchte seine Hand.

16

In der Boutique hatte Ndiayne bereits eine Menge verkauft und zeigte mir stolz das Geschäftsbuch. »Julia, das sind fast 150 000 CFA, bin ich nicht gut?« Erwartungsvoll sah sie mich an.

»Du bist umwerfend, ich bin sehr stolz auf dich, Ndiayne.«

»Wir haben letzten Sonntag auf dich gewartet. Kommst du denn diese Woche?« fragte sie so beiläufig wie möglich. Doch ich wußte, daß mein Kommen ihr viel bedeutete.

»Ndiayne, entschuldige, aber ich war sehr krank. Meine erste Malaria hat mich böse erwischt.«

Sie nahm mich in die Arme und drückte mich fest. »Ohhh, meine Arme! Gleich mische ich dir einen Tee aus meinen Kräutern, damit es dir bald besser geht. Ich habe mich schon gewundert, daß du solche Ringe unter den Augen hast.« Sie schmunzelte. »Ich dachte, das sei die Liebe.«

»Beides, meine Süße. Kommst du zurecht? Kann ich dich noch mal allein lassen? Ich habe so vieles zu erledigen.«

»*Pas de problème*, Julia. Komm wieder, wenn du Zeit hast.«

»*Merci ma petite, kekereke …*«

Mallo fuhr mich ins Büro zu Claudine. Sie kam mir freudestrahlend entgegen. »Julia, endlich. Wir haben gehört, daß du dich mit Panthern, Elefanten, Ameisen und wilden Affen geschlagen hast. Schön, daß du wieder da bist. Théodore hat gesagt, es geht dir besser. Soll ich heute abend mal vorbeikommen?«

»Gern, laß uns zusammen essen.« Ich rief kurz Tahim an, um mich zu vergewissern, daß er Zeit hätte. Währenddessen öffnete Claudine geheimnisvoll eine Schublade und reichte mir ein braunes Kuvert und zwei Briefe.

Ich jubelte, Post aus Deutschland! Der Verlag kündigte das Erscheinen meines Fotobandes an und schickte mir ein Vorabexemplar.

»Das ist dein Buch, Julia?« Neugierig sah Claudine mir über die Schulter. Der Band sah wunderschön aus. Euphorisch blätterte ich ihn durch. Eine Schar von Angestellten hatte sich um uns versammelt und betrachtete unter beifälligen Kommentaren ebenfalls die eindrucksvollen Pygmäenporträts.

Claudine zog mich zur Seite. »Wie gefielen dir die Rosen?«

»Ach, Claudine, ein Traum! Er hat allerdings fast vergessen, sie mir zu schenken.«

Sie lachte. »Typisch Tahim, er hat überhaupt keine Erfahrung mit Frauen. Weißt du, daß er die Rosen selber und per Express in Paris bestellt hat ... für ein kleines Vermögen? Das kommt seltener vor als eine Mondfinsternis. Du kannst dir gar nicht vorstellen, was das bedeutet ... was er dir damit sagen will ...« Claudine hatte die Augenbrauen bis zum Anschlag hochgezogen, und ihre schwarzen Augen glänzten begeistert.

Doch, ich ahnte es.

Da ich schon seit einiger Zeit das Bedürfnis hatte, das Haus ein wenig umzugestalten, die schwerfälligen Möbel auszutauschen, die weiße Wandfarbe durch Pastelltöne zu ersetzen und afrikanische Bilder aufzuhängen, befragte ich Claudine, ob sie solche Veränderungen befürworten würde.

»Natürlich, du brauchst doch nicht zu fragen! Wieviel Geld brauchst du?« Schon telefonierte sie mit Julienne und orderte Bargeld. »Ich habe dir auch ein Konto im Supermarkt eingerichtet, du kannst soviel kaufen, wie du willst. Tu es auch, Tahim weiß sowieso nicht, wohin mit dem Geld.« Sie nickte mir ermutigend zu.

Das war mir gar nicht recht, und ich bestand darauf, wenig-

stens die Bilder selbst zu bezahlen. Aber da stieß ich auf Claudines empörten Widerstand.
»Auf gar keinen Fall wirst du hier irgend etwas selbst bezahlen, Julia. Tahim wäre das überhaupt nicht recht!«
Ich stand etwas ratlos herum, es ging alles so reibungslos. War es wirklich so einfach, soviel Geld auf die Schnelle auszugeben? Und ob! Ich machte die Erfahrung, daß es das war! Bis zum Abend hatte ich alles, was mir Freude machte, eingekauft: die köstlichsten Lebensmittel, feines Geschirr, Parfum und zarte Seifen, Videofilme und Champagner. Mallo schleppte ständig Kisten ins Auto.
»Haben wir alles, was wir brauchen, Mallo, fällt dir noch etwas ein?«
Er druckste ein wenig herum und ging dann zu der Lederabteilung, wo er sich eine Brieftasche ausgesucht hatte. Verlegen drehte er sie zwischen den Fingern.
»Ach, du meinst, für dich fehlt noch etwas?« Lachend steckte ich die Brieftasche zu unseren anderen Einkäufen. »O.k., aber dann schnell nach Hause.« Ich suchte noch ein kleines süßliches Parfüm aus. »Für deine Frau, sag ihr einen schönen Gruß, sie hat einen netten Kerl zum Mann.« Ich war froh, Mallo etwas als Anerkennung für seine Beschützerdienste spendieren zu können.
Seine herrlichen weißen Zähne blitzten mich an. *»Merci, madame, grand merci.«*
Zu Hause stellte ich das Menü für den Abend zusammen. Ich freute mich darauf, meine Freunde wiederzusehen. Théodore und Danielle wollten kommen, ebenso Hans und Helga, Claudine und Jacko sowie Jocelyne mit ihrem Laurence. Für mich war es die Feier meiner Wiedergeburt und natürlich auch des Fotobandes. Liebevoll deckte ich den Tisch mit Blüten und Früchten, stellte die Rosen ins rechte Licht und kümmerte mich um die Fischpastete. Mallo war gekommen und hatte Ndiayne im Schlepptau. Eilig kam sie

die Terrassentreppe herauf und brachte mir den versprochenen Tee mit der Aufforderung, ihn sooft wie möglich in kleinen Schlucken zu trinken. Meine Einladung, zum Abendessen zu bleiben, konnte sie leider nicht annehmen, aber sie wollte mir ein wenig bei den Vorbereitungen helfen. Schon war sie in der Küche und brühte die Kräuter aus der Savanne auf.

Unten fuhr eine Limousine vor. Tahim kam schwatzend mit einigen Männern die Treppe herauf, und ich verschwand schnell im Schlafzimmer, machte mich frisch und zog mich um. Das meergrüne, tief ausgeschnittene Kleid hatte ich für heute ausgewählt, trug dazu meine Haare wallend offen und und schminkte mir die Augen mit Kajal, was meine graugrüne Iris verführerisch zum Schillern brachte, roter Nagellack ... Ich fand mich schön und lächelte mir im Spiegel zu, als es leise klopfte. Ndiayne steckte den Kopf zur Tür herein. »Darf ich zu dir kommen?«

»Aber sicher, meine Süße, ich bin im Bad.«

»Tahim muß dich sehr lieben, Julia. Du bist die schönste Frau, die ich je gesehen habe. Deine hellen Augen und die schwarzen Haare, einfach magisch! Wenn du jemals Sorgen mit Tahim hast, mußt du zu mir kommen. Ich kann dir immer helfen.« Während sie mir dieses geheimnisvolle Versprechen gab, kämmte Ndiayne mir liebevoll die Haare.

»Aber Ndiayne, du bist doch auch wunderschön in deinem dunklen Zauber! Ich hoffe, du weißt das und benutzt nicht diese Bleichcremes und Eau Javel für die Haut und jagst nicht irgendwelchen hellen Träumen nach!«

Ihr Lachen klang ein wenig wehmütig. »Auch wenn wir schön sind, haben wir Schwarzen immer Komplexe. Alle Weißen haben Erfolg und sind gesund. Wir Schwarzen haben nicht einmal Geld, um unsere kranken Kinder ins Krankenhaus zu bringen, also sterben sie. Mein kleiner Sohn ist vor fünf Monaten gestorben, weil wir uns keinen Arzt leisten konnten.« Tränen standen ihr in den Augen, aber wie die meisten schwarzen Frauen war Ndiayne tapfer und unterdrückte den aufkommenden Schmerz. Und ich wollte nicht weiter daran rühren.

»Das ist doch keine Frage der Hautfarbe. Wir arbeiten konzentrierter und organisieren unser Leben besser. Wir setzen nicht fünf Kinder in die Welt, wenn wir gerade mal Geld für eines haben. Wir denken weiter voraus als ihr, aber das kann man alles lernen.«

»Wenn ich Djibril sagen würde, daß ich keine Kinder mehr möchte, würde er mich vor die Tür setzen. Für uns sind Kinder wichtig, damit wir von ihnen im Alter versorgt werden. Je mehr wir haben, desto sicherer ist unsere Zukunft.«

Ich mußte Ndiayne noch einmal widersprechen. »Falsch. Von deinen fünf Kindern kann dich höchstens eines später mal durchfüttern. Also erziehe eines oder zwei, schicke sie zur Schule. Dir bleibt dann auch Geld für einen Arzt und für ein Haus, damit ihr während der Regenzeit ein Dach über dem Kopf habt.«

Mit großen Samtaugen sah sie mich an. Ich merkte, wie ihr traditionelles Denken durcheinander geriet. Djibril würde mich für meine ketzerischen Gedanken verfluchen.

»Du hast ja recht, Julia. Aber es gehört viel Mut dazu. Ich wäre ganz allein mit dieser Idee.«

»Wenn du möchtest, helfe ich dir.«

Gelächter lockte uns in den Salon. Tahim sah mir erwartungsvoll entgegen, und seine Augen strahlten vor Stolz, als er mich betrachtete. Er stand sofort auf und bot mir einen Platz an, was mich an meine Tanzschulzeit erinnerte. Ich liebte seinen Charme der alten Schule.

Ndiayne verabschiedete sich, hüpfte lachend die Treppe hinunter, und Mallo fuhr sie heim. Théodore, dem nicht entgangen war, daß Ndiayne mir einen wirksamen Tee bereitet hatte, nickte beeindruckt. »Die traditionelle Medizin ist nicht zu verachten, aber leider wird sie immer mehr vergessen. Frauen mit dem Wissen Ndiaynes sind selten geworden.«

In dem Augenblick kamen laut hupend die Damen vorgefahren und belebten die Herrenrunde mit Lachen, Düften und raschelnden Kleidern. Claudine sah hinreißend aus in ihrem Kaftan mit silberner Stickerei.

Es dauerte nicht lange, und ich wurde heftig bedrängt. »Ehh. Julia, erzähle von den Pygmäen und deinen Abenteuern, die schon Stadtgespräch in Bangui sind. Ich habe heute beim Finanzminister von deiner Begegnung mit einem Panther gehört ... los, erzähl mal.« Danielle war schon ungeduldig. Ich mußte lachen, weil die Geschichten hier so schnell herumkamen. Als Tahim den Champagner knallen ließ und wir auf meinen Fotoband anstießen, trank sie mit einem Zug das Champagnerglas leer und hielt es Tahim auffordernd wieder unter die Nase. »Ein aufregender Abend und eine aufregende Frau, deine Julia.« Richtig beschwörend sah Danielle ihn plötzlich an, was mich ein wenig stutzig machte. Bei ihr wußte ich nie so genau, was sie meinte, obwohl sie oft sehr offen sein konnte. Jocelyne setzte sich dichter zu mir und sah erwartungsvoll auf meine Lippen. Hans und Helga prosteten mir zu.

»Also Julia, erlöse uns von dem Übel, erzähle«, forderte Hans mich auf ... und ich erlöste, erzählte, schwelgte, erklärte. Inzwischen hatten wir mit dem Essen angefangen, und während Billeba die Gänge servierte, kam ich zum Ende meiner Erlebnisse. Hans hielt es nicht mehr und schüttelte begeistert den Kopf.

»Außerordentlich, diese Frau. Könnte in Ruhe faulenzen und sich verwöhnen lassen und riskiert statt dessen ihr Leben für etwas, das so wildfremd ist und voller Gefahren steckt, höchst außergewöhnlich. Auf Julia!« Er hob enthusiastisch das Glas, und die anderen schlossen sich an.

Mir war das peinlich, und ich winkte ab. »Na ja, ich habe einen verzweifelten Schutzengel, der fürchterlich rotiert.« Ich hob mein Glas zu Tahim und sah ihm lange in die Augen. »Auf dich, *chéri*; und danke für deine Liebe.« Ich war ein wenig ergriffen, als ich meine Liebe zu Tahim vor den anderen derart deutlich äußerte. Dann versank ich in seinen schwarzen Augen.
Danielle räusperte sich leise und fragte: »Wie willst du deiner Pygmäengruppe denn nun helfen, wenn sie nichts mehr zu essen finden und zu jagen haben. Versorgst du sie mit Nahrungsmitteln, oder was hast du vor?«

Diese Frage löste eine Katastrophe aus, die ab jetzt unaufhaltsam auf mich zurollte.

»Ach, Danielle, das wäre keine Langzeitlösung. Das Problem liegt bei den Konzessionären. Da muß man anfangen und rigoros durchgreifen. Es ist einfach unglaublich, mit welcher Brutalität und Rücksichtslosigkeit diese Leute den alten Waldbestand abholzen, aus elender Profitgier. Was sind das bloß für Menschen?« fragte ich empört in die Runde. »In nicht einmal fünf Jahren werden hier Pygmäen, Großwild und Urwald vom Erdboden verschwunden sein.« Ich hatte mit Leidenschaft gesprochen, doch um mich herum herrschte plötzlich bedrücktes Schweigen. Tahim räusperte sich und rutschte auf dem Stuhl herum. Besteck klapperte leise, sonst blieb es still, keiner sagte etwas. Hans nahm sein Glas und trank es in einem Zug aus, und ich fing einen kurzen, strengen Blick von Danielle auf. Was war geschehen? Verwirrt musterte ich meine Freunde.
»Habe ich etwas falsch gemacht? Was ist denn auf einmal los?« wollte ich wissen und sah zu Claudine. Vielleicht klärte sie mich ja auf. Doch sie starrte auf ihren Teller, als gäbe es dort Interessantes zu sehen.

Tahim brach schließlich das Schweigen. »Na, das ist sicherlich kein Thema für heute abend. Laßt uns jetzt den Kaffee auf der Terrasse nehmen.«
Fast zornig sah ich erst ihn und dann die anderen an. »Ich verstehe euch nicht. Interessiert euch denn gar nicht, was da passiert? Das grenzt an Völkermord und scheint auch noch legal oder geduldet zu sein. Mein Fährtensucher hat mir erzählt, daß die Tiere von Wilderern regelrecht abgeschlachtet werden. Den Elefanten werden bei lebendigem Leib die Stoßzähne herausgebrochen, Blausäure wird in die Gewässer geschüttet, so daß die Tiere qualvoll verenden. Mein Erlebnis mit der Nagelfalle ist kein Einzelfall. Mit Schnellfeuergewehren erschießen sie Horden von Affen, metzeln Gorillas ab, und niemanden interessiert das hier?« Ich war nicht mehr zu bremsen. Plötzlich standen mir diese Greuel wieder lebhaft vor den Augen.
Hans stand auf. »Das ist ja entsetzlich, wieso erfährt man denn davon nichts?«
»Weil hier keine offiziellen Kontrollen gemacht werden. Die Konzessionäre holzen das Doppelte ab von dem, was erlaubt ist, und die Wilderer können mühelos durch die vielen offenen Schneisen in den Urwald vordringen und dort abknallen, was ihnen vor die Flinte kommt. Die Pygmäen haben dadurch Probleme: Jedes zweite Baby stirbt heute bereits an einer der neuen Krankheiten, die von Fremden eingeschleppt werden. Es ist erbärmlich mitanzusehen, wie dieses Volk, dem eigentlich der Wald gehört, systematisch und vor unseren Augen ausgerottet wird.« In mir war nun vollends die kalte Wut hochgestiegen, und ich bekam mich nicht mehr in den Griff. Claudine hielt mir stumm mein Glas hin. Ich griff danach. »Danke, entschuldige, daß ich mich so habe hinreißen lassen. Hier kann ja niemand dafür.«
Sie sah mich lange an und bat mich leise und eindringlich:

»Laß bitte das Thema jetzt. Du wirst noch reichlich darüber hören.«
»Was soll das denn heißen, Claudine? Kläre mich doch bitte auf!« bat ich sie inständig, doch sie reagierte kühl und wandte sich an Tahim.
»Hast du eigentlich die neuen Satellitenschirme schon bekommen? Jacko ist ganz wild darauf.«
»Ja, das wollte ich auch schon fragen. Ich habe bereits den alten Kaktus gefällt, damit Platz ist. Wann rechnest du denn mit der Sendung?« wollte Jacko wissen. Hilflos lachte er zu mir herüber. »Claudine hat den Salon umgeräumt, damit die große Leinwand angebracht werden kann.«
Ich war kurz davor, Claudine gewaltsam zu mir herumzudrehen und eine Antwort zu fordern. Es kostete mich immense Anstrengung, diese Eingebung zu unterdrücken. Meine Blicke wanderten zu Tahim. Was war los, was dachte er, warum sagte er nichts? Er war doch sonst so einfühlsam! Ich konnte nichts in seinen Augen lesen. Er war völlig verschlossen und hatte die Lippen fest aufeinander gepreßt. Irgend etwas stimmte hier nicht ...
Danielle hakte mich unter und behielt meinen Arm fest im Griff, während sie mich zur Seite zog und mir mit Nachdruck zuflüsterte: »Julia, bitte fang nicht wieder an, laß uns jetzt über etwas anderes sprechen. Dieses Thema ist ganz heiß, und du wirst bitte ein anderes Mal darauf zurückkommen. Nicht, wenn wir alle hier sind. Außerdem wollten wir doch deinen Bucherfolg feiern.«
Sie ließ es nicht zu, daß ich das Thema noch einmal anschnitt. Widerstrebend gab ich nach. »Also gut, vielleicht hast du recht. Heute kann ich ohnehin nichts mehr ändern.«
»So ist es gut, komm jetzt zu den anderen.« Damit zog sie mich hinter sich her wie ein ungezogenes Kind. Die Männer sprachen gerade von einem neuen libanesischen Fernsehsen-

der, in dem viel Bauchtanz zu sehen war. Billeba schenkte mir nach. Seine hagere Gestalt hatte er devot zusammengeklappt. Stets kam er in gebückter Haltung in meine Nähe, hörte nichts, sah nichts, außer daß seine klugen Augen über Teller, Gläser und Gesichter schweiften, um dort Wünsche abzulesen. Für mich aber war der Abend verdorben. Ich verstand gar nichts mehr und hatte nicht die geringste Ahnung, daß alle meine Probleme direkt neben mir standen ...

Tahim unterhielt sich mit Jacko. Die anderen Gäste hatten sich zu ihnen gesellt. Mich schien man zu meiden, und zum erstenmal kam ich mir fremd und ausgeschlossen vor, fast aussätzig. Fragend und hilfesuchend sah ich zu Tahim, doch auch da stieß ich auf eine Wand. Na, sie konnten mich doch alle mal! Der Champagner würde mich vielleicht ein wenig entspannen. Ohnehin war es schon spät, und dieser Abend würde bald zu Ende sein. Ich atmete tief durch, schenkte mir ein weiteres Glas ein und prostete mir laut zu. »Zum Wohl Julia, herzlich Willkommen bei hilfreichen Freunden!« Damit zog ich Zombie zu mir und streichelte ihr so wild die Ohren, daß sie sich erschrocken verkroch. »So, du also auch. Das merke ich mir.« Als hätte sie mich verstanden, kam sie zurück und legte mir sacht ihre lange schwarze Schnauze auf die Knie.

Nun nahmen mich auch unsere Gäste wieder wahr und stießen mit mir an. Jocelyne umarmte mich. »Auf das Glück und die Gesundheit!« Sie gab mir einen dicken Kuß auf die Wange und sah mich besorgt an. »Sei tapfer, Julia.« Damit verabschiedete sie sich.

Danielle drängte ebenfalls zum Aufbruch. »Théodore, es ist schon spät.« Sie sah die anderen dabei so eindringlich an, daß keiner wagte, noch länger sitzen zu bleiben.

Dann waren wir allein auf der Terrasse, Tahim und ich. Eisschollen klirrten zwischen uns und prallten aufeinander. Meine Kehle war wie zugeschnürt. Ich überlegte krampfhaft, wie ich meine Fragen friedlich … doch da regelte sich das Problem anders.

»Julia, ich bin müde und gehe ins Bett. Es war ein anstrengender Tag.« Ohne einen Blick zu mir verschwand Tahim mit eiligen Schritten zum Schlafzimmer.

»Bitte, Tahim«, rief ich ihm eindringlich hinterher, »ich habe noch so viele Fragen an dich.«

Vom Flur hörte ich nur ein energisches *»Demain!«*, und da krachte das Eis vollends aufeinander und hüllte den Salon in frostige Kälte.

»Madame, encore un peu de champagne?«

»Oui, Billeba, merci.«

Ich versuchte zu genießen, abzuschalten und an positive Dinge zu denken, knuddelte meine Zombie zärtlich und versprach ihr kleine Libanesenfüßchen zum Abfieseln. Meine Gedanken aber kreisten unentwegt um diesen merkwürdigen, unheilvollen Abend.

Zum erstenmal zog ich mich in mein Arbeitszimmer zurück, um dort zu schlafen. Traurig, unverstanden und von der Welt enttäuscht, teilte ich mit Zombie das Besucherbett. Das heißt, sie teilte es mit mir, denn sie lag bereits rücklings ausgestreckt mittendrin und überließ mir mit unfreundlichen Knurrlauten nur die hintere Ritze. Nase in Ohr … ihre in meinem und meine in ihrem … schliefen wir schließlich in warmem Mief ein.

17

Am nächsten Morgen war Tahim bereits im Büro, als ich in die Boutique fuhr. Ndiayne begrüßte mich herzlich und drückte mich an sich. »*Ça s'est bien passé*, Julia? War das Essen gut?« Kritisch musterte sie mich und merkte, daß etwas nicht stimmte.

»Ach, Ndiayne! Irgend etwas ist völlig schiefgelaufen, und ich habe keine Ahnung, was!« legte ich sofort los. »Man hat mich gestern regelrecht auflaufen lassen!«

Besorgt sah sie mich an. »Worüber habt ihr denn gesprochen?«

»Über meine Abenteuer im Urwald und die Katastrophen, die die Konzessionäre anrichten. Daß ich diese Leute brutal finde und so weiter.«

Ndiayne löste sich aus meinen Armen und sah betreten zur Seite, genau wie alle anderen gestern. Sie ging zum Schaufenster und starrte hinaus.

Das ertrug ich nun nicht mehr.

»Ndiayne, du sagst mir jetzt sofort, was los ist, sonst sind wir die längste Zeit Freundinnen gewesen!« Ich schüttelte sie so heftig, daß ihre kunstvolle Frisur ins Schwanken geriet. Aber Ndiayne entwand sich meinem Griff und sah mich traurig an.

»Ich kann dir nichts sagen, aber ich will dir helfen. Setz dich und höre mir zu. Und du wirst bitte versuchen, dein Temperament einmal zu beherrschen und auf meine Mentalität einzugehen!«

Ich war aufs Äußerste gespannt und deshalb zu allem bereit. Ich nickte. Ndiayne wand sich. Es fiel ihr schwer anzufangen. Schließlich räusperte sie sich und begann.

»Tahim wird dir selber sagen, wie es mit den Holzgeschäften hier steht. Laß ihm Zeit dazu. Du darfst ihn nicht drängen, denn er ist es nicht gewohnt, daß er kritisiert wird. Alle um ihn herum sind irgendwie von ihm abhängig und also auch dankbar. Man will nichts riskieren. Das betrifft uns alle!«

Sie setzte sich neben mich und nahm meine Hand. »Bitte verstehe, daß ich dir nichts weiter sagen will. Er muß es selber tun, denn das betrifft nur ihn und dich!«

»Willst du damit sagen, daß er mit diesen Konzessionsgeschäften zu tun hat!« Mir schoß es plötzlich heiß durch den Körper, und ich versuchte in Ndiaynes Augen die Wahrheit zu lesen. Sie sah zu Boden und flehte mich leise an: »Bitte Julia, du mußt es abwarten. Versprich es mir! Und bevor du irgend etwas unternimmst, sag es mir!«

Je mehr Fragen auftauchten, desto mehr drängte es mich, sie zu klären, und zwar sofort. Aber ich wußte auch, daß ich mit meiner Ungeduld schon vieles kaputt gemacht hatte. »Ndiayne, du mußt mir helfen, ruhig zu bleiben und abzuwarten. Wenn jedoch er nichts sagt, wirst du mir dann alles erklären?«

Sie stimmte zu. Dann gelang es ihr, mich mit einem Bericht über meine »Rivalin« abzulenken. »Gestern war die Mutter von Tahims Söhnen hier! Als sie hereinkam, bekam ich einen Schreck, denn Merguèse, so heißt die Dame, ist für ihren Jähzorn bekannt.«

Claudine hatte mich bereits gewarnt, daß diese Merguèse verdammt eifersüchtig sei, obwohl Tahim schon seit über zehn Jahren nicht mehr mit ihr zusammen war und sich auch nicht mehr für sie interessierte. Sie hingegen war immer noch ganz wild auf ihn. Mittlerweile war Tahim auch wegen seines Reichtums interessant. Sie war vom Stamm der Banda und tiefschwarz an Haut und Seele. Damals mußte Tahim sehr verliebt in sie gewesen sein, doch sahen sie sich nicht oft, weil er sein Geld in dem kleinen Krämerladen seines Vaters in Bagandou verdiente, 400 km von Bangui entfernt. Merguèse wurde schwanger, später untreu. Dann starb sein Vater, und Tahim sorgte anschließend für seine siebenköpfige libanesische Familie, Schwestern und Brüder, was ihn von morgens bis abends beanspruchte. Tahims Söhne wuchsen unter schrecklichen Umständen auf. Merguèse kümmerte sich selten um sie, und so wurden die Kinder in der Gosse groß. Tahim hatte nie eine Beziehung zu ihnen aufgebaut. Wohl zweifelte er auch daran, ob die letzten beiden der insgesamt drei Söhne tatsächlich von ihm waren. Schließlich war er der Affäre endgültig überdrüssig gewesen. Sein Geschäft aber florierte. Anfangs kaufte er Ladungen beschädigter Töpfe auf und schlug selbst die Beulen heraus. Dann kaufte er ein kleines Taxiunternehmen, das er bald vergrößerte. Den Gewinn investierte er in eine Kinokette in Bangui und so weiter ... arbeiten ... Geld scheffeln ... arbeiten!«

Ndiayne schloß ihren Bericht: »Dann ist sie hinausstolziert.«

»Das hört sich gar nicht gut an, was glaubst du, was sie von mir will?«

Unruhig suchend sah ich aus dem Fenster, obwohl ich nicht wußte, wie Merguèse aussah. Es interessierte mich brennend, welche Art Frau Tahim so lange fasziniert hatte.

Ndiayne zuckte mit den Schultern. »Ich weiß es nicht, wahrscheinlich will sie sich wichtig machen.«

Mallo fuhr vor, um mich abzuholen. Es war Mittag! Im Auto erklärte er mir, daß der »Patron« wegen einer wichtigen Versammlung mit Ministern nicht zum Essen käme, aber zum Trost überreichte er mir Post aus Deutschland.

Tahim kam abends erst spät und hatte den Kopf sichtbar voller Probleme. Ich dachte, er würde mit mir darüber sprechen, aber es kam nichts, und so blieb es auch in der nächsten Zeit. Tahim war verschlossen und reserviert, und ich hatte keine Lust, Fragen zu stellen. Ich wollte, daß er mir freiwillig etwas erzählte.

Von Claudine erfuhr ich, daß im Land ein Ministerwechsel stattfinde und deswegen mit Unruhen zu rechnen sei. Nur wenige Tage später rief Danielle uns aufgeregt in der Boutique an, um uns zu warnen. Randalierende Rebellen seien unterwegs zur *Place de la République* und warfen Steine in Schaufenster. Und schon hörten wir, wie Scheiben klirrten. Wir verbarrikadierten uns den ganzen Tag im Geschäft, hielten uns am Boden versteckt und sahen die grölende Menge vorbeiziehen. Autos wurden demoliert, bis endlich bewaffnetes Militär eingriff. Mir war ziemlich mulmig zumute. Zum erstenmal in meinem Leben sah ich mich mit einer Art Kriegsschauplatz konfrontiert. Schüsse ballerten ständig direkt über unseren Flachbau. Tahim konnte ich nicht anrufen, das Telefon war tot. Abends endlich wurde es still, die Rebellen hatten sich zurückgezogen, und wir atmeten auf.

»Gott sei Dank haben sie unsere Boutique nicht erwischt!« Erleichtert drückte mir Ndiayne die Hände, doch dann zuckte sie zusammen. »Sie haben Walli erschossen!« Aufgeregt zeigte sie nach draußen. Da lag sie, unsere Kleiderpuppe, mit durchschossenem Hut und verrutschter Perücke am Boden. Ihre Bluse war zerfetzt und der bleiche Busen entblößt. Ich mußte lachen, das war das geringste Übel, das uns geschehen konnte.

»Nicht schlimm, Ndiayne, Hauptsache, wir sind gesund.« Im gleichen Moment fuhr Djibril vor und war froh, daß wir wohlauf waren.

»Et le patron?« wollte ich wissen.

»Der saß in der Möbelfabrik fest, aber es geht ihm gut. Er ist unterwegs zum Büro.«

Djibril fuhr mich nach Hause, durch Straßen, in denen Autos brannten, Menschen rannten und Kinder schrien. Ab und zu sah man Soldaten mit Maschinengewehren hinter Sandsäcken. Zu Hause war alles ruhig geblieben. Billeba hatte nur Schüsse gehört und erkundigte sich aufgeregt, was passiert sei. Ich war erschüttert und fühlte mich in dieser schrecklichen Situation allein. Trost erhielt ich von meiner geliebten kleinen Zombie, die nicht von meiner Seite wich.

»Meine Süße, sieh mich nicht so besorgt an, es wird alles gut werden, großes Ehrenwort!« beruhigte ich sie, und schon senkten sich ihre bekümmert hochstehenden Augenbrauen ein wenig.

Als Tahim mitten in der Nacht nach Hause kam, schlief ich schon, und auch am Morgen sahen wir uns nicht. In den folgenden Tagen kam er mittags kaum noch und abends immer. Meist roch er dann nach Alkohol. Ich war in eine Art Starre gefallen, aus der ich mich alleine nicht befreien konnte. Nicht einmal unverbindliche kleine Gespräche, welche die Atmosphäre hätten auflockern können, gelangen mir. Im Grunde befürchtete ich, daß in einem klärenden Gespräch fürchterliche Dinge zum Vorschein kämen. So blieb der Kontakt zwischen Tahim und mir höflich und entsetzlich kühl.

In dieser Zeit erhielt ich eines Tages einen Anruf von Helga, der mich zutiefst erschütterte. Weinend informierte sie mich über ihre endgültige Abreise. »Wir haben zwar die üblichen fünf Jahre hier erfüllt, doch hatten wir auf eine Verlängerung gehofft. Ich bin so unglücklich, Julia, auch die Kinder weinen die ganze Zeit, weil sie sich nicht von ihren Freunden trennen wollen!«

»Ach, Helga, auch ich möchte euch nicht ziehen lassen, ihr seid meine einzige Verbindung mit der Heimat.«

Mit brüchiger Stimme lud Helga uns zu einem Abschiedsessen am kommenden Sonntag ein und beendete das Telefonat.
Abgesehen von Théodore, der sich liebevoll um meine abflauende Schlafkrankheit kümmerte, sah ich niemanden. Mir war in den letzten Wochen nicht nach Zerstreuung und Besuch bei Freunden zumute gewesen. Statt dessen hatte ich fleißig in der Boutique gearbeitet und dort den hinteren Raum für meine Ausstellung hergerichtet. Inzwischen waren die Dia-Vergrößerungen aus Paris eingetroffen. Ich hatte die einmalige Idee, als Rahmen Bambusäste zu verwenden und Lichtröhren unter den Dias zu installieren, so daß der ganze Raum in schummriges, urwaldmäßiges Grünbraun getaucht war.
In dieser Zeit war meine Anspannung gegenüber Tahim einer gewissen Luftigkeit gewichen, obwohl mir seine Zärtlichkeiten immer stärker fehlten. Wir machten höchstens kurze Bemerkungen, während wir fernsahen, oder tauschten knappe Mitteilungen aus. Zum Schlafen rollten wir uns in gebührendem Abstand zum anderen ins Kissen. Manchmal ertappte ich mich bei Ängsten, die andere Frauen betrafen, und ich beobachtete ihn heimlich und suchte nach eventuellen Hinweisen: Parfüm, Socken- oder Hosenwechsel, Telefonate … Ich fand nicht das geringste Anzeichen, obwohl ich mit allen Sinnen wachsam war.
Eines Morgens war ich schon früh auf und sah durch die vergitterten, jasminberankten Fenster in die Morgendämmerung. Der Mond lag auf dem Rücken seiner dünnen Sichel, und ein letzter Stern löste sich in dem aufziehenden rosafarbenen Sonnenstreifen auf. Der Oubangui glitzerte verheißungsvoll bis ins afrikanische Tiefland von Zaire hinüber. In dem frühen fahlen Licht funkelte er silbern, hellblau und auch rosa, wie aus Tausenden von Tränen, die Glück und Leid zusammenspülten.

Es war ein wunderbarer, friedlicher Morgen. Noch lag der Tau auf den Blütenblättern, kleine Tropfen stauten sich in der rippigen Mitte. Klar und akzentuiert waren die einzelnen Geräusche des anbrechenden Tages zu hören ... das tiefe Summen eines Mopeds, das entfernte Tacken eines Gehstocks, der schnelle Schritt des Gärtners auf dem dünnen Kies, leises Bellen ... Eine Schwalbe schoß vorbei, klebte sich an die Mauer neben ihrem Nest und schlüpfte durch den kleinen Lehmgang hinein. Schwalben am Haus bringen Glück ...

Schwarze Arbeiter liefen geduldig die lange Straße entlang. Manche waren bis zu vier Stunden unterwegs, um zu ihrem Arbeitplatz zu gelangen. Gemüsefrauen balancierten ihre frisch geernteten Früchte in flachen Schüsseln auf dem Kopf und trugen sie in die Stadt zum Markt. Der beruhigende Geruch eines Holzfeuers zog herauf, und ich sah unten vor der Terrassentür den Sentinel in ein weißes Gewand gewickelt auf seiner bunten Strohmatte liegen. Sicherlich hatte er die ganze Nacht neben der Feuerstelle geschlafen, anstatt Wache zu halten.

Im Hause war noch alles still. Zombie tatzelte verschlafen aus einer Ecke und begrüßte mich mit leicht eingezogenem Kopf. Ich liebte ihren verschlafenen warmen Hundemief. Zärtlich streichelte ich sie und schmuste mit ihr. Ich sah, wie sich auf dem Nachbargrundstück die langen, blühenden Gräser wie von Geisterhand zu Boden bogen, dann schnalzten sie zurück. Das lag an den vielen winzigen schwarzen Vögel in den Dolden. Sie wippten auf dem Halm bis zur Erde und pickten von dort die heruntergefallenen Samen auf. Lustig, diese schaukelnde Schar.

Billeba kam müde die Treppen herauf und schob das schwere Eisengitter zur Seite. »*Bonjour, madame!*« Er schlich weiter in die Küche, und ich hörte, wie er das Geschirr zusammenräumte. Eine Tür wurde zugeschlagen, und feste Schritte kamen näher. Tahim stellte das Radio an, kam in Pyjamahose auf die Terrasse, ging wie ein eisiger Lufthauch an mir vorbei ... Er unterhielt sich auf Sango mit dem Gärtner und Moussa und musterte interessiert die morgendlichen Aktivitäten auf der Uferstraße. Sehnsüchtig wartete ich auf einen Blick, einen Gruß ... Ich hätte auch grüßen können ... Und wie ich ihn so musterte, seine lange Nase, die dunklen Augen unter den buschigen Brauen, stieg zum ersten Male Haß in mir hoch: daß er mit den anderen redete und freundlich zu ihnen war. Haß auch gegen mich, daß ich mich so abhängig machte von einem kleinen Zeichen seinerseits. Als Billeba den Kaffee brachte, goß er sich schweigend eine Tasse ein und schlurfte wieder in den Gang zurück. Ich hörte Wasser in der Dusche. Gleich würde die Brause herabfallen, da! Das Scheppern und dann ein Fluch, ich freute mich.

Mir schien es eine Ewigkeit her, daß wir uns morgens in die Arme genommen, uns gestreichelt hatten, daß er zärtlich die Nase an meinen Hals gelegt und tief den Duft meiner Haut eingeatmet hatte. Es tat mir weh, daß diese Vertrautheit so unerreichbar schien und meine Zärtlichkeit unter Verschluß blieb.

Offensichtlich war sie nicht gefragt. Tief im Inneren wußte ich, daß es meistens meine Schuld war, wenn Katastophen dieser Art entstanden. Zu oft testete ich die Grenzen aus. Bei einem Mißerfolg fiel ich in eine Art Totenstarre und war zutiefst erschüttert, wenn eine Lawine auf mich zurückrollte und mich zu ersticken drohte. Es war immer das gleiche Verhaltensmuster.

Andererseits hatte ich ein unerschöpfliches Talent, durch dramatische Episoden Bewegung in verfahrene Situationen zu bringen oder mit kleinen erfundenen Geschichten die Atmosphäre aufzulockern. Ich konnte sie so geschickt servieren, daß ich mich mit ihnen identifizierte, als wären sie mein

persönliches Schicksal. So kam auch die Geschichte mit meinem Sohn zustande.
Ich hatte eigentlich keinen Sohn! Aber alle befreundeten Familien hatten Söhne, Tahim hatte sogar drei! Man besprach die Probleme der Kinder, spielte mit ihnen oder fütterte sie, Freunde kamen und bewunderten die Bälger ... In der letzten Zeit war ich mir deswegen oft ein wenig minderwertig vorgekommen, so ohne Kind. Also bekam ich jetzt einen Sohn: Melvin. Sieben Jahre alt. Lebte bei meiner Exfamilie in New York, und in den Ferien war er in Alabama bei den Großeltern. Natürlich war er ein süßer Fratz mit großen braunen Augen, wie sein Vater, hatte eine Stupsnase und einen kleinen Schmollmund wie ein Karpfen.
»Er ist ein echter kleiner Sportsmann!« schloß ich zufrieden meine Geschichte und blickte in den Freundeskreis, der sich wie immer sonntags bei uns am Pool eingefunden hatte. Claudine hatte gespannt zugehört. Ich spürte ihr Interesse und Mitleid, daß ich den Kleinen nicht sehen konnte, und sofort ging es mir viel besser. Ich war in den Kreis der Eltern aufgenommen. Wir sonnten uns, und Claudines Kinder Naina und Freddi tauchten begeistert der großen Schildkröte hinterher, die ins Wasser gefallen war. Claudine hatte eine seltene Gelegenheit wahrgenommen, gemeinsam mit ihren Kindern bei uns am Pool zu entspannen. Sie machte sich Sorgen um Tahim und mich und wollte hören, wie es mit uns stünde.
»Wir haben uns bis heute nicht ausgesprochen, weil ich ihn nicht drängen wollte. Aber es muß etwas geschehen. Er ignoriert mich völlig, und ich kann das nicht länger ertragen!« lautete meine trostlose Erklärung.
Claudine zeichnete mit dem großen Zeh kleine Kreise ins Wasser. »Ihm geht es auch nicht gut, er ist unfreundlich und mürrisch im Büro. Sprich mit ihm und versuche ihn zu verstehen. Orientalische Männer sind es nicht gewohnt, daß

Frauen sich in ihre Geschäfte einmischen oder ihnen widersprechen. Und Tahim ist ein ganz ausgeprägtes Beispiel dafür!«

Ich war bedrückt. »Aber er hat mich doch so kennengelernt und liebt meine selbständige Art, da bin ich sicher. Wieso sollte sich das plötzlich ändern, Claudine?«

Lachend zog sie ihre Augenbrauen hoch. »*Chérie*, das ist so, bis du in sein Haus kommst! Ab dann ist die Jagd vorbei, da möchten sie Ruhe, Zurückhaltung, Freundlichkeit und Verständnis!«

Das Telefon klingelte, und Billeba rief mich sofort nach oben. *»Madame, ça vient de chez vous, je crois!«*

»J'arrive!« Schon sauste ich die Treppe hinauf ... sicherlich war es Mammi!

»Hallo, Mammi, ich wußte, daß du es bist! Wie geht es dir?«

»Na ja, mir ganz gut, aber deinem Didi nicht, er liegt im Krankenhaus, und man befürchtet das Schlimmste. Er hatte einen Autounfall und ist seitdem bewußtlos. Eigentlich wollte ich dir nichts sagen, aber er ist schließlich dein bester Freund!«

»O Gott, Mammi, das ist ja furchtbar!« Mir traten Tränen in die Augen, Didi, altes Haus!

In dem Moment kam Tahim die Treppe hoch und sah mich weinend am Telefon. Er sah müde und abgespannt aus, und am liebsten hätte ich ihn in die Arme genommen, an mich gedrückt. In seinem Schlepptau befand sich Claudine, und ich konnte sicher sein, daß sie ihn bereits über meinen Sohn ausgefragt hatte.

Tahim kam näher und blieb erstaunt stehen, während ich das Telefonat beendete. »Ich melde mich am Wochenende wieder, paß auf dich auf, ja! Bye, bye!« Meine Blicke begegneten Tahims.

Claudine fragte: »Ist etwas mit deinem Sohn?«

Und da entstand eine Geschichte, der ich selbst erstaunt zuhörte. »Meine Mutter hat mir gerade mitgeteilt, daß mein Sohn einen Autounfall hatte und er jetzt bewußtlos im Krankenhaus liegt.« Irgendwie hatte das ganze Elend der letzten Zeit ein Ventil bekommen. Ich weinte nun tatsächlich los, dachte dabei natürlich an Didi und hoffte, daß niemand meine Gedanken lesen könnte. Tahim und Claudine sahen sich erschüttert an.

»Du solltest sofort mit dem Krankenhaus telefonieren!« schlug Tahim vor.

»Das hat wenig Sinn, sie geben keine Auskunft. Aber mein Exmann wird sich sofort um ihn kümmern. Er fliegt heute abend noch nach New York!«

Benommen setzten wir uns auf die Couch. Ich weinte, weil mir mein Sohn so leid tat, sah ihn im weißen Bettchen. Seine sonst so schmutzigen kleinen Hände waren fahl, und in der rechten Ellenbeuge hatte man einen Infusionsschlauch gelegt. Die lebenspendenden Tropfen sickerten langsam durch den durchsichtigen Schlauch. Sein kleiner Karpfenmund war blau, doch merkwürdigerweise hatte er keinen Verband, und ich wußte nicht, wie ich das Tahim erklären sollte. Normalerweise war doch der Kopf in weiße Binden gewickelt!

Tahim versuchte mich zu beruhigen. »Du mußt nicht sofort das Schlimmste denken. Kinder erholen sich ganz schnell. Wenn es lebensgefährlich wäre, hätte man es deiner Mutter gesagt! Nimm jetzt eine schöne Dusche und mach dich zurecht. Du weißt, wir sind heute abend bei Hans und Helga eingeladen!« Damit stand er auf und verschwand im Korridor.

Mich empörte es, daß Tahim an eine banale Einladung denken konnte, während mein Sohn auf der Intensivstation lag. Ich folgte Tahim ins Bad und machte ihm heftige Vorwürfe. »Du bist vielleicht herzlos! Wie kannst du mich jetzt an die-

ses Fest erinnern, während ich voller Angst an meinen verletzten Sohn denke!«
Tahim war überrascht über meinen plötzlichen Angriff. »Aber Julia, ich meinte doch nur, daß du im Moment nichts ändern kannst!« Ihm war die Seife aus den Fingern geglitscht, und er bückte sich danach, wobei er mir die nackten Hinterbacken zustreckte. Mein Interesse verlagerte sich kurzfristig.
»Herzlos! Du ziehst dich in die Dusche zurück, für dich ist das Thema erledigt!« Ich hatte mich so in meine Flunkergeschichte hineingesteigert, daß ich ehrlich böse war. Und das blieb so, bis wir bei Schnells waren.
Helga hatte sich viel Mühe gegeben und all ihre Freunde und Bekannte eingeladen, an die zweihundert Leute. An dieser bunten Mischung faszinierten mich am meisten die schönen schwarzen Damen in ihren kunstvollen Boubous. Manche hatten gewaltige Hüften, die sie gleichwohl graziös und schwingend bewegten. Welche Wärme und welch intensiver Charme ging doch von diesen Menschen aus! Wenn sie mich etwas fragten – und sei es nur ein »*Comment ça va?*« –, waren sie an der Antwort aufrichtig interessiert, während in Deutschland eine Frage nach dem allgemeinen Ergehen in der Regel mit oberflächlichen Floskeln abgetan wurde. Was mich außerdem an den Afrikanern bestach, war eine gewisse Demut, mit der sie Absagen hinnahmen. So oft geschah es, daß ich um einen Gefallen gebeten wurde, den ich nicht erfüllen konnte, einen Vorschuß, eine Anfrage nach einer Arbeitsstelle, eine Bitte um Medikamente. Nie fiel ein böses Wort bei einer Ablehnung. »*Ça ne fait rien, madame*«, antworteten sie mit bescheidenem Lächeln.
Der traurige Abschied von meinen beiden Freunden paßte zu meiner Stimmung, und Hans sah auch so aus, als sei er den Tränen nahe.
»Sag mal, weißt du schon, wo du hinkommst?« fragte ich

ihn so locker wie möglich, doch blieb mir nicht verborgen, wie oft er schluckte.

»Wir werden nach Mauretanien versetzt, was nicht so weit weg ist, falls du mal Sehnsucht bekommst! Helga ist ganz schön verzweifelt. Sie möchte auf gar keinen Fall dorthin!«

Tahim kam nun mit einem hünenhaften Mann zu uns, den ich noch nie gesehen hatte. Der begrüßte mich zu meiner Überraschung in fließendem Deutsch.

»Monsieur Gewehrsmann kommt aus Benin.« Bei dem Namen Gewehrsmann brach sich Tahim fast die Zunge, und er versuchte es gleich noch einmal, was sich noch komischer anhörte.

Lächelnd beobachtete ich ihn. »Die deutsche Sprache ist nicht einfach, was, Tahim?«

Konzentriert zählte er mir nun alle Brocken Deutsch auf, die er inzwischen bei mir aufgeschnappt hatte: »Achs gutt, bittenschen, viiso, gutten tack! max gutt, rausss ... *Tu dances avec moi?*« fügte er beiläufig hinzu.

Welche Überraschung! Dabei sah er mir in die Augen. Ich atmete tief durch und strahlte. »*Avec plaisir*! Uhhhh, *enfin* ... halleluja, endlich!«

Ndombolo, mein Lieblings-Zouk, der Tanz der Gazelle. Auch Tahim tanzte ihn mit Begeisterung, kam auf mich zu, schwenkte die Hüften, berührte mich mit dem Schenkel, mit dem anderen, *gba gue tí koli* ... Da wiegte ich mich auf ihn zu, verführte ihn mit kleinen, zuckenden Bewegungen, näherte mich, lockte, begutachtete die Beute und ließ sie wieder los. Endlich pulsierte wieder Leben in mir. Tahim faßte nach meiner Hand, und im Nu lagen wir uns in den Armen. Dreigestrichener Trompetenschall und jubilierender Engelschor, als das nächste Stück, ein Blues, uns engumschlungen die Umgebung vergessen ließ und in langersehnte Sphären des Glücks saxophonte! Geliebtes Kardamom, liebster

Mann. Geliebter! Endlich deine Nase wieder an meinem Hals und meine Hände fest in deinen.
Nach dem Tanz standen wir eng beieinander und hielten uns fest. Ich fühlte mich plötzlich wie ein Schulmädchen neben ihm, dachte darüber nach, was Männer doch für besondere Wesen seien und daß man sich ihnen einfach anvertrauen und ab und zu in ihrer Hosentasche nach Bonbons suchen sollte ...! Immer wieder mußte ich Tahim von der Seite ansehen. Würde ich je verstehen, was hinter dieser Stirn ausgebrütet wurde? Würde er mich je an seinen Gedanken teilhaben lassen? Ich beschloß, einfach stillzuhalten und abzuwarten. Diskussionen, die zwischen uns noch ausstanden, haßte ich sowieso aus tiefstem Herzen; meistens hinterließen sie nichts als verbrannte Erde. Ich wollte nur, daß er mir half zu verstehen, was mir hier fremd war, daß er mir sein Verhalten erklärte, inklusive seines orientalischen Balzverhaltens. Nie wieder wollte ich eine Eiszeit heraufbeschwören wie die letzte ... welche Zeitverschwendung!
Hans kam zu uns mit Gewehrsmann im Schlepptau und vier vollen Champagnergläsern auf einem Tablett. Er hatte uns schon länger beobachtet. »Für das schönste Paar des Abends.« Zufrieden reichte er uns den Schampus. Offensichtlich freute er sich über unser wiedergefundenes Glück. Er hatte ja reichlich vom Gegenteil mitbekommen und von Helga erfahren, wie es um uns stand.
Tahim schaute mir tief in die Augen ... ein Paradies öffnete sich weit und farbenfroh! Ich löste mich aus diesem Augenblick. »Danke, Hans, du hast vollkommen recht. Tahim ist der einzige Mann, der zu mir paßt, weil er so verdammt gut aussieht!« flachste ich und küßte Tahim zart auf die Wangen. Er hielt still.
»Julia, darf ich dir übrigens deinen neuen Botschafter vorstellen, Johann Gewehrsmann!«
Staunend nahm ich diese Nachricht zur Kenntnis. Man

hatte mit Schnells Nachfolger nicht lange gewartet. Und dann platzte wie eine Bombe folgende Bemerkung in mein gerade wiedergefundenes Glück.

»Monsieur Sadar, Sie sind der größte Konzessionär des Landes, wie ich hörte. Wäre es möglich ...«

In meinem Kopf explodierte etwas mit lautem Knall, und ich hörte plötzlich nichts mehr. Stimmen und Gräusche entfernten sich. Hilfesuchend schaute ich von Hans zu Tahim, und nur mit höchster Anstrengung brachte ich heraus: »Du bist der größte Konzessionär? Das stimmt doch nicht! Los, sag es! Er täuscht sich, er fängt doch gerade erst an!« Verzweifelt wandte ich mich an Hans. »Hans, bitte! Nimm deinen Herrn Botschafter mit. Er soll sich da nie wieder einmischen!«

Hans schaute unglücklich von Tahim zu mir und zog Gewehrsmann mit sich. »Kommen Sie, ich wollte Ihnen noch die Leute vom WWF vorstellen!« Sie zogen ab, und ich stand wie betäubt vor Tahim.

»Julia, bitte höre mich an. Ich weiß nicht, wie ich es erklären kann, damit du mich verstehst.« Er zog mich am Ellbogen in eine Nische. Ich hörte Tahims Stimme ganz entfernt, und wie in Trance schaute ich auf seine Lippen. «Ich holze den Wald nicht so wahllos ab, wie du behauptest. Wir suchen uns gezielt Bäume aus und würden auch sofort wieder aufforsten, wenn uns jemand sagen könnte, wie! Alle Projekte, die vom Ausland unterstützt wurden, waren keine Lösung zur waldgerechten Wiederaufforstung. Ich würde viel Geld dafür ausgeben, glaube mir! Hast du mir zugehört?« Beschwörend hielt er mich an den Schultern fest.

»Ich verstehe das alles überhaupt nicht. Ich möchte hier weg, nach Hause!« Ohne abzuwarten, drehte ich mich zum Treppenabsatz und eilte zum Wagen. Tahim folgte, und schweigend fuhren wir heim.

Verdammt! Wieder waren wir an dem gleichen Punkt wie

am Morgen, nur war die Situation jetzt noch hoffnungsloser, und ich empfand Leere und Trauer. Dabei klopfte mir die Sehnsucht nach diesem Mann in jeder Pore, und ich hatte eine Heidenangst, daß diesmal unsere Liebe tatsächlich auf der Strecke blieb.

18

Es folgte ein für den vierten Breitengrad ungewöhnlich frostiger Tropenmorgen. Traurig saß ich in Zombies hechelnder Gesellschaft am Frühstückstisch und schlürfte frischen Ingwersaft. Mir wurde klar, daß ich für einige Zeit fort mußte, um in Ruhe über alles nachzudenken. Abwesend kraulte ich Zombie hinter den Ohren.

Mir kam eine Idee. Ich wollte zum Flußhaus fahren und es mit all den afrikanischen Gemälden und Objekten ausstatten, die ich in den letzten Wochen erstanden hatte. Es sollte ein kleines Schmuckstück werden und zeigen, wie schön die hiesige naive Kunst war. Zum Beispiel war ich sehr stolz auf ein eindrucksvolles Ölbild von François, das eine galoppierende Zebragruppe darstellte. Es war nur in Grau und Schwarz und den Ockerfarben der Savanne gehalten. Man spürte praktisch die Panik der davonstiebenden Horde. Ich besaß zudem eine Menge ausdrucksstarker Aquarelle, die er vom glitzernden Oubangui und den vereinzelten Fischern gemalt hatte.

Ich mußte mich von meinen Schwierigkeiten mit Tahim ablenken, damit ich nicht in einer Kurzschlußhandlung noch mehr Scherben zerschlug. Dort in dem schönen Haus am verwunschenen Paradies konnte ich in Ruhe zu mir finden und einen Ausweg aus dem teuflischen Karussel finden. Ich wählte Tahims Telefonnummer und hörte ein lautes, niederschmetterndes »*Oui!*«

Erschrocken hielt ich den Hörer zur Seite, dann fragte ich leise: »Tahim, ist es möglich, daß ich morgen mit dem Chauffeur zum Flußhaus fahre?« Lange Pause. »Hallo? Bist du noch da?«

»Ja ja, das ist möglich. Danke!« Ich wartete noch, doch das Gespräch war beendet, und ich hatte keine Ahnung, wofür er sich bedankte.
Später fuhr ich in die Boutique und sah schon von weitem Wallis neues, funkelndes Gewand, in dem sie wiederauferstanden war. Ich mußte lachen, denn es standen viele kleine Gaffer um sie herum, die immer wieder auf den rosa Spitzenhut mit dem Durchschuß zeigten. Der Sentinel hatte Mühe, sie mit kleinen Klapsen fernzuhalten. Ndiayne hatte Walli mit einem rot funkelnden Paillettenbustier geschmückt. Für die untere Hälfte hatte sie wohl noch nichts Passendes gefunden. Als die Bande mich sah, stürmte sie mir entgegen: »*Maman, j'ai faim!*«
»*Je sais!*« Ich streichelte dem vorderen Rotzlümmel über die staubigen Kringellocken und sammelte meine Münzen zusammen. Beim Verteilen sah ich bewegt in diese gierigen Kinderaugen, die Not und zugleich soviel Lebensfreude ausstrahlten.
Mit der Boutique hatten wir gut verdient. Die Stiefel waren der Hit in Bangui und fast ausverkauft. Ndiayne hatte einen guten Vorschlag. »Warum stellen wir nicht einen Schneider an und machen Herrenhemden. Du hast noch so schöne Seidenstoffe und Modelle hier. Unsere sind bald ausverkauft, und es wird ständig danach gefragt!«
Zögernd ging ich durch den Laden und sah mir die restlichen Sachen an. Sehr viel hatten wir wirklich nicht mehr zum Verkauf. Und der Zoll war so hoch, daß ich mir keine neue Ware leisten konnte.
Ndiayne war ganz aufgeregt. »Wir können auch Kleider nähen, nehmen Walli als Modell, und du entwirfst die Sachen!«
Nachdenklich blieb ich vor ihr stehen. »Ja, warum nicht?« Mode machte mir großen Spaß, und ich hatte auch Talent zum Zeichnen. »Aber woher nehmen wir die Nähmaschine,

und der Schneider kostet auch Geld. Ich habe mein ganzes Geld in die Ausstellung gesteckt!«
»Laß mich das mal machen, du brauchst nur noch ›ja‹ zu sagen.«
Ich hatte ein schlechtes Gewissen, weil Ndiayne sich so aufopfernd um die Boutique kümmerte und ich schon wieder wegfahren wollte. Ich überlegte, wie ich es ihr am besten beibringen konnte. Doch löste sich dieses Problem elegant.
»Geht es wieder mit euch beiden?« wollte sie wissen.
»Ach, Ndiayne, wir kriegen das nicht mehr hin! Gestern hat er mir die Wahrheit über die Holzkonzession gesagt, und ich kann diese Tatsache mit meiner Einstellung nicht vereinbaren! Verstehst du das?«
»Ja, natürlich. Aber versuche es wenigstens, du bist so eine starke Frau und wirst einen Weg finden! Fahre ins Flußhaus und denke in Ruhe darüber nach. Er wird nachkommen, und ihr werdet euch wieder versöhnen!«
Mit einfachen Worten hatte Ndiayne meine Wünsche zusammengefaßt, und sie würden sich auch erfüllen, das wußte ich jetzt!
Mittags nahm mich Ndiayne mit zu sich nach Hause. Ich hatte es schon so lange versprochen, und heute konnte ich ihr diesen Wunsch nicht abschlagen. Djibril holte uns mit dem Pickup ab, und wir fuhren am brütendheißen Markt vorbei, durch schmuddelig grüne Abwasserpfützen, entlang schwatzender Marktfrauen unter bunten Sonnenschirmen, vorbei an all den Utensilien, die wie immer in praller Sonne dargeboten wurden. Karren mit blutigen Hammelköpfen und Rinderhörnern kreuzten vor uns; Jungen sortierten Baguettes im roten Sand, ab und zu pinkelten Männer ungeniert an eine Ecke. Vorbei zogen Türme aus grauen Bohnen und Maiskörnern für Hühner, weiße Seifenberge, buntes Blechgeschirr, rosa Moskitonetze und schwarz geräucherte Raupen, oder waren es Fliegen?

Ndiayne drehte sich zu mir. »Ich freue mich so, daß du endlich zu uns kommst. Ich habe eine Überraschung für dich. Da vorn steht schon die Schwiegermutter, und das Haus mit dem weißen Vorhang ist unseres.«

Die flachen, armseligen Hütten aus bröseligen Ziegelsteinen standen dicht gedrängt. Zum Teil waren sie eingestürzt oder noch nicht fertig, rot und staubig, manche mit Strohmatten verkleidet und mit Blech oder Holzlatten gedeckt. Brennholz lag am Boden neben Maniokkrümeln, die zum Trocknen ausgelegt waren und in denen Hühner pickten. Männer hockten vor den offenen Eingängen und diskutierten laut. Ein Büschel blutroter Lilien glühte trotzig an einer tristen Hausecke. Dies war das schwärzeste Viertel Banguis, *Quartier kilomètre douze*. Hier gab es Kinderprostitution. Diebstahl war an der Tagesordnung, außerdem undurchsichtige Machenschaften wie Schwarzhandel u.ä. Für Weiße war diese Gegend nicht empfehlenswert. Ein etwa zwölfjähriger Bengel schlurfte sichtlich krank mit aufgeschürften Füßen durch den Staub, an einem Auge hatte er eine häßliche Wunde. Ndiayne nickte verächtlich zu ihm rüber.

»Den Jungen da kauft sich regelmäßig eine Frau aus diesem Viertel. Ihr Mann ist Taxifahrer und kaum zu Hause. Sie gibt dem Jungen nur ein paar Pfennige, und wenn er nicht kann oder wegrennt, schlägt sie ihn!«

Ich wollte das nicht glauben. »Der ist doch höchstens dreizehn Jahre und außerdem so dreckig.«

Ndiayne rümpfte geringschätzig die Nase. »Das interessiert hier niemanden. Die Frauen sind auch schmutzig. Sie ziehen die Jungs einfach irgendwo in den Straßengraben. Manchmal zahlen sie nicht einmal!«

Hier waren es die Frauen, die sich Liebe erkauften ... Ich hatte keine Zeit, weiter darüber nachzudenken, denn Djibril parkte mit Schwung vor einem kleinen grauen Lehmhaus mit Blechdach, inmitten kreischender Kinder, aufstiebender Hühner und fetter Fliegen. Sofort waren wir umringt, klebrige Kinderhände krallten sich in meine, mein Rock wurde in die Länge gezogen, und ein dünner Arm wand sich um meinen Oberschenkel.

»*T'i lasso alingbi a'we!*« Ndiayne scheuchte die Bande zurück und setzte sich einen kleinen Wurm auf die Hüfte. Stolz erklärte sie: »Das sind alles meine: Jerôme, da hinten Boulybo, und hier ist Lina.« Sie lächelte ihr kleines Mädchen an, das mit Rastazöpfchen gespickt war und ein rosa Blümchenkleid trug.

Djibril bat mich ins Haus, aus dem lautes Stimmengewirr drang, und als ich durch den verschlissenen Spitzenvorhang trat und mich ein wenig an die Dunkelheit gewöhnt hatte, erkannte ich in einer schummrigen Couchecke mindestens vierzehn Augenpaare, die mich aus unterschiedlicher Höhe musterten. Einen Moment lang herrschte Stille, dann wurde es wieder laut. Die Frauen unterhielten sich so aggressiv auf Sango, als wäre ein fürchterlicher Streit im Gange. Zornig deuteten sie immer wieder zum Fenster. Ndiayne sah mit weit offenem Mund entsetzt von einem zum anderen. Djibril hielt einen jungen Mann fest und fragte auf französisch: »Wann ist das passiert?« Das blanke Grauen stand ihm im Gesicht.

»Jetzt gerade, vor höchstens zwanzig Minuten hat man es gefunden!«

Leise fragte ich Ndiayne. »Bitte sag mir doch endlich, was los ist!«

Tränen standen in ihren Augen. »Man hat einen kleinen Jungen umgebracht. Gleich in der Nähe, an den Palmen.«

Plötzlich rief ein älterer Mann etwas in den Eingang, Durcheinander entstand, und die Leute sprangen auf. Ndiayne zog mich mit sich nach draußen. »Wir sollen mitgehen und sehen, ob es ein Kind aus der Nachbarschaft ist, komm!«

Schon zog sie mich weiter, obwohl ich mich sträubte. Ich war nicht darauf erpicht, ein totes Kind zu sehen.

»Woher weißt du denn, daß es ermordet worden ist?« rief ich ihr ins Ohr. Inzwischen waren wir in eine Menschenmenge eingekeilt, und lautes Kreischen und Gezeter umgab uns. Auf einmal kam der Pulk zum Stehen, und ausgerechnet ich landete direkt neben der Palme, an deren borstigen Fußfasern ein verdrehter Kinderfuß zu sehen war. Dann fiel mein Blick auf den Rest des Dramas, das einer Horrorvision glich.

Die Kinderleiche war nur teilweise mit einer Jacke abgedeckt. Die Brust war durch und durch mit Blut getränkt und eingefallen, als wäre dort ein tiefes Loch. Der Unterleib lag frei in einer immensen Blutlache. Die Beine waren verdreht, und im Leib klaffte eine Wunde, aus der hellrotes Blut sikkerte.

Ich übergab mich an den Baum und konnte mich nur mühsam auf den Beinen halten. Um mich herum nahm ich vor Grauen erstarrte Gesichter wahr. Ndiayne hielt mich fest und weinte fürchterlich. Ein Mann brach plötzlich in laute Klagelaute aus und warf sich über den Kinderkörper.

Ich ertrug das nicht mehr. »Ndiayne, bitte! Ich muß hier weg!«

Heulend fielen wir uns in die Arme. Djibril kam und zog uns zurück zum Haus. »Seit Januar ist es jetzt schon das drittemal passiert, und man kann nichts machen!« schluchzte er.

»Wieso kann man nichts machen, Djibril? Ihr habt doch eine Polizei. Am hellichten Tag müssen Leute doch etwas bemerkt und Schreie gehört haben? Da kann man doch einen Mörder finden. Wie kann man so etwas nur einem Kind antun, und wieso?« Fassungslos starrte ich ihn an. Er wandte sich fragend zu Ndiayne, schüttelte dann aber kläglich den Kopf.

»Los, sagt was, irgend etwas stimmt hier doch nicht!« drängte ich weiter, worauf beide beschämt zu Boden sahen. Dann klärte Ndiayne mich mit monotoner Stimme auf: »Bei bestimmten Ritualen werden das Herz und die Genitalien eines Kindes herausgeschnitten und dann zubereitet. Sie erhalten die Kraft und Gesundheit des Mannes, der sie ißt.« Ungläubig schüttelte ich den Kopf. »Soll das heißen, ihr erlaubt diese Morde, weil sie Ritualen dienen?« Das war doch unfaßbar. Ndiayne war mir immer so fortschrittlich erschienen.

Sie ging resigniert an eine kleine Kommode und holte eine dreieckige Bonbontüte heraus. »Was willst du machen? Fast alle hohen Persönlichkeiten geben Aufträge zu so was, und Männer aus dem Quartier erledigen den Mord für Geld und überbringen die Organe.« Traurig gab sie mir eine kleine zusammengedrehte braune Tüte. »Für dich. Damit wird alles wieder gut werden. Du mußt es am Körper tragen und dafür sorgen, daß es niemand außer dir berührt.«

Ich steckte die Tüte ein und bat Djibril, mich nach Hause zu fahren. Kaum war ich dort angekommen, schickte ich nach Mallo, und eine Stunde später saßen wir im Auto Richtung Saland, endlich!

Mit großem Eifer verteilten Mallo, David und ich die Bilder und Holzplastiken im Salon. Ich hatte auch Pagnes in herrlichen Ockerfarben gekauft und drapierte sie zu Vorhängen und als Couchüberwurf. Es sah gelungen aus, schöner, als ich es mir erträumt hatte. Warme Farben prägten den Raum. Die exotischen Bilder hatten wir in Motivgruppen zusammengestellt. Schließlich nickten David, Mallo und ich uns zufrieden zu.

»Serrr gutt!« hörte ich von Mallo und mußte lachen.

Ich bat David um ein kaltes Bier. Mallo beauftragte ich damit, Sabango oder Dimanche ausfindig zu machen, damit ich am nächsten Tag zu den Pygmäen konnte. Ich wollte sehen, ob sie mit der Plantage weitergekommen waren.

Sturm kündigte sich mit dunklen Wolken an, und schon klatschten schwere Regentropfen auf Blätter, auf das Gras und den roten Sand. Der Wind peitschte die Erde in kleinen Fontänen hoch, und im Nu war der Vorplatz mit breiten Wasserpfützen gefüllt. Es war jetzt Ende Juli, der Beginn der Regenzeit, die sich schon seit Tagen mit vereinzelten Güssen angekündigt hatte. Ich saß entspannt auf der Terrasse, das kühle Bier vor dem Dschungelpanorama, als mir die kleine braune Tüte wieder einfiel. Neugierig fischte ich sie aus der Tasche. Ein kleiner Lederbeutel mit weichem Inhalt kam zum Vorschein. Irgendwie scheute ich mich hineinzuschauen und suchte statt dessen eine kleine Kordel, um ihn umzuhängen. Offensichtlich ein Fetisch, der mir Glück bringen sollte, und ich wollte ihm sein Geheimnis nicht entlocken. »So, nun mach mal!« forderte ich ihn auf, als ich ihn mir um den Hals band.

Am nächsten Morgen weckte Mallo mich mit einem heftigen Klopfen gegen die Wand. »Madame, ich habe niemanden finden können. Anscheinend sind alle zur Jagd. Der Patron war schon am Radio und wollte wissen, ob alles in Ordnung ist. Er war nicht einverstanden, daß Sie nachher allein zu den Pygmäen wollen. Ich soll mit Ihnen mitgehen!«

Ich war inzwischen aufgestanden. »Aber du hast doch Angst!«

»Der Patron will es aber so!«

»Also gut, ich komme sofort.«

Ein schnelles Frühstück, und schon saßen wir im Wagen. Ich war zuversichtlich, daß ich mittlerweile den Weg allein finden würde, ohne Pisteur. Wieder ging es über die gefährlich enge Brücke. Diesmal schäumten uns die Wellen hoch entgegen, und wir rutschten und schlingerten gefährlich nah an die morsche Brüstung. Der Lobaye hatte Hochwasser, und

Mallo blickte bang zum Ende der Brücke. Da schlitterten wir quer über die nächsten Bohlen, die übernächste fehlte zur Hälfte. Ich bekam Angst. Mallo stand inzwischen vor Anspannung fast senkrecht vor dem Lenkrad und starrte auf die Planken. Es ging um Millimeter, und wir hielten beide die Luft an. Der Rover fing sich wieder, traf die nächste Planke mittig, dann die nächste, und nun hatten wir es geschafft. Als unser Fahrzeug in einer schlammigen Senke fast rückwärts auf die Brücke zurückgeschleudert wurde, fiel mir mein Fetisch wieder ein. Ich drückte ihn, und siehe da ... plötzlich befanden wir uns auf festem Boden.

Wir parkten am alten Weg, der so zugewachsen war, daß Mallo ihn mit der Machete freischlagen mußte. Erst jetzt sah ich, daß er seine schönen Schuhe anhatte. »Warum trägst du deine Sonntagsschuhe im Urwald?«

Mallo lächelte kläglich. »Ich dachte, wir bleiben im Haus und bekommen wichtigen Besuch, wie sonst auch!«

»Das tut mir ehrlich leid.« Mitleidig schaute ich auf die schon jetzt lädierten Slipper. Als Mallo ängstlich das Dickicht musterte und trotz Machete keinen Eingang fand, ging ich mutig voran. Plötzlich schien es mir ganz einfach. »Bleib dicht hinter mir und paß auf Treiberameisen auf!« Ich sah sein erschrockenes Gesicht. »*Courage*, Mallo, schlimmer als auf der Brücke ist es im Dschungel auch nicht!«

Dann verschluckte uns der Wald. Lange marschierten wir. Ich konzentrierte mich auf jeden Laut und jede Bewegung. Eine Affenschar begleitete uns hoch oben in den Ästen. Ab und zu sah ich sie mit grau-schwarzen Masken durch die Äste huschen. *Ho ho ho ho,* schrien sie albern zu uns herab, und dann war da noch dieses metallische Pfeifen, das mir bis heute niemand erklären konnte.

Ich fand zu der Lichtung, dann weiter zu dem markanten Baumstamm. Der Lianenwald kam, und es wurde dicht,

dämmerig und schlingig. Wir waren schon drei Stunden marschiert, als ich merkte, daß Mallo nicht mehr hinter mir war. Mir wurde es unheimlich. Wie mochte es ihm wohl erst gehen. »Malloooo!« schrie ich laut hinter mich. Kein Laut ... *ho ho ho* ...
Von weit hörte ich dünn: *»Madaaaaame?«*
»Oui, je suis là. Dépêche-toi, la panthère arrive!« fügte ich gemeinerweise zu.
Wie schnell krachte da Mallo hinter mir durch die Büsche, auf schlammigen Socken. In den Händen hielt er, was von seinen Schuhen übrig war. Er war blaß, und um Augen und Nase hatten sich Wolken von *Mut Mut* gesammelt, die ihn piesackten. Kopfschüttelnd knickte er zusammen. »Madame, ich muß mich ausruhen! Sie laufen viel zu schnell.«
»Aber du kannst hier nirgends Rast machen, außerdem ist es nicht mehr weit.« Ich wollte nicht unnötig lange im Wald bleiben, bevor ich nicht die Pygmäen wiedergefunden hätte. »Komm, wir haben es bald geschafft!« forderte ich ihn freundschaftlich auf.
Wir zogen weiter, doch auf einmal war ich mir des Weges nicht mehr sicher. Ein schmaler Tierpfad tat sich plötzlich auf, aber ich war der Meinung, wir müßten in die entgegengesetzte Richtung. Da aber war kein Durchkommen!
»Mallo, kannst du erkennen, ob es irgendwo heller wird, ob irgendwo eine Schneise ist?«
Angestrengt schaute er sich um und deutete dann entschieden den Tierpfad entlang. »Da hinten!«
»Bist du sicher?«
»Oui, madame!«
Wir krochen dicht hintereinander den schwammigen Pfad entlang. Plötzlich sah ich frischen Elefantenkot und machte Mallo Zeichen, leise zu sein. Ich deutete auf den Riesenflatschen, in dessen Mitte es sich regte und bewegte: Insekten,

Larven und auch schon zarte Keimlinge. Mallo machte entschieden Zeichen, schnell weiterzugehen, ich aber hatte meine Angst verloren, erstaunlich.
Endlich stießen wir auf die kleine Lichtung mit der Plantage und dem neuen Dorf daneben. Ich war stolz, daß ich sie tatsächlich allein gefunden hatte, ohne Ängste. Die Plantage sah gut aus, kleine Bananenstauden standen zwischen Maniokpflanzen. Molo, Bolle und Majeke saßen vor ihrer Hütte. Mada und Dsibou schnitten Koko. Kekele schaukelte auf einer Lianenwippe in schwindelnder Höhe, und Esakola, Mokoma und Boleba saßen hintereinander und lausten sich gegenseitig. Maseke zupfte auf seiner kleinen Urwaldharfe. Er sah mich und strahlte über das ganze Gesicht. Wir liefen uns entgegen und begrüßten uns freudig, redeten zur gleichen Zeit. Dann umarmte ich die anderen, die laut johlend auf mich zu kamen. Ich liebte diese gutturalen Laute mit dem hohen Kiekser am Ende.
Mallo fiel erschöpft auf den Baumstamm neben Majeke und schüttelte ständig den Kopf, während er zu mir herübersah. Er erklärte etwas auf Sango, und die Männer lachten kräftig. Ich nahm an, er schilderte, wie schnell ich durch den Wald marschiert war.
»Mallo, frag sie doch, wo die anderen sind und wie es ihnen geht!«
Bosso und Mungo waren zur Jagd, und Makum, Dsibous älterer Sohn, lag schwer hustend auf dem Lager. Mada ließ mir durch Mallo berichten, daß zwei Babies inzwischen an Fieber gestorben waren und daß es das früher nicht gegeben habe. Auch Musalla stand hustend vor ihrer Hütte und legte gerade Blätter zum Trocknen auf das Dach. Diese Bronchitis verbreitete sich beängstigend schnell. Meine kleinen Freunde waren durch die Nähe zur großen Trasse anfälliger geworden. Es gab nicht mehr genug Bäume und Hölzer, die gegen die Kälte der Nacht schützten.

Auf einmal zog Sturm auf, urplötzlich und sehr gewaltig, Donnerschläge krachten dicht hintereinander, und nicht weit entfernt schlug etwas tosend nieder. Blätter wirbelten senkrecht hoch, Töpfe und Äste flogen in Sekundenschnelle zwischen den Hütten hindurch und über die Laubdächer. Schützend hielt ich mir die Arme vor die Augen. Da krachte es schon wieder, diesmal direkt über uns. Vor Angst rannte ich in Richtung Wald, als mich Mallo packte und unter den großen Musangabaum zerrte. »Hier bleiben und gut festhalten!«
Da wurden wir auch schon an den Baumstamm gepreßt, daß mir Hören und Sehen verging. Was für ein Tag! Kinder schrien irgendwo. Es schüttete in Strömen auf uns herunter. Mallo sah ich nur noch schemenhaft neben mir. Ein großer Ast knallte neben uns zu Boden, und nur knapp konnte ich zur Seite springen. Dann schoß er an mir vorbei, quer durch das Camp, wo er zwei Hütten zerstörte. Dort stürzte gleichzeitig ein ganzer Baum auf die Lichtung, in die Plantage. Von meinen Freunden sah ich nichts mehr, anscheinend waren sie in Sicherheit. Meine Kräfte ließen rapide nach, und ich konnte mich kaum noch am Baumstamm halten, so zerrte der Sturm und peitschte der Regen. Ich rutschte an der Rinde entlang, krampfhaft Halt suchend, als im gleichen Moment Teile von einer Lagerstatt vorbeifegten, ein Balken hinterher. Wieder konnte ich nur knapp ausweichen. Dann drückten mich Sturmböen zu Boden und wirbelten mich durch das Lager. Hüttenteile folgten und versetzten mich in panische Angst, weil ich nicht mehr wußte, wohin ich sollte, so schnell wirbelten Gegenstände vorbei. Es war verdammt gefährlich, und mit großer Anstrengung kämpfte ich mich aus dem Lager zum Wald vor. Ich wußte einfach nicht, wie ich mich gegenüber diesen Urgewalten verhalten sollte: hin zu Bäumen oder weg von Bäumen, hinlegen oder stellen? Ständig krachte es in den Baumkronen, und ich

fürchtete herabstürzende Baumteile. Da schoß auch schon ein gewaltiger Wipfel auf mich zu, riß Äste mit sich und donnerte an den Baum, an dem ich eben noch Schutz gefunden hatte. Schwein gehabt! Aber wo war Mallo? »Malloohh!« schrie ich gellend zum Lager. Ich sah überhaupt nichts. Plötzlich stand Bolle neben mir und riß mich hinter sich her zu den anderen, die sich im Dickicht verschanzt hatten. Auch Mallo hockte dort am Boden, Gott sei Dank.

Windböen peitschten den Regen wie eine Stahlwand voran, Blitz und Donner jagten sich gleichzeitig und von allen Seiten. So etwas hatte ich noch nie erlebt. Es waren mindestens fünf Gewitter, die hier zur gleichen Zeit explodierten. In der Walhallaluke tobten schwefelgelbe Wolken um fahlweiße Blitze. Frankenstein hätte dort seine ganze Familie zum Leben erwecken können!

So überraschend, wie es gekommen war, verschwand das Unwetter wieder. So als sei nichts geschehen, blieb nur ein schlaffer Schnürlregen zurück. Langsam fanden sich alle wieder ein, naß bis auf die Knochen. Wie durch ein Wunder war niemand verletzt und außer Molos Bettstatt, die in etlichen Metern Höhe zwischen Ästen eingekeilt war, gab es keine Verlustmeldungen. Mungos Hütte war etwas flacher geworden. In Bossos Dach war der schwere Ast eingebrochen, und sein Stamm ragte seitlich heraus.

Erlöst lachten wir, und die Männer begannen sofort mit dem Wiederaufbau. Mallo erkundigte sich nach meinem Wohlbefinden. Ich mußte noch mehr lachen, als ich ihn vor mir sah. Sein Körper war mit Blättern und sein Gesicht mit schlammigen Erdspritzern besudelt. Als auch er mich angrinste, wußte ich, daß ich mindestens genau so komisch aussah!

Während die Pygmäen sich mit der Reparatur ihrer Hütten beschäftigten, untersuchten Mallo und ich die Lichtung. Mungo gesellte sich zu uns. Zum Glück war der Schaden

nicht so groß, wie ich befürchtet hatte. Die Plantage war bereits gerodet und zum Teil bepflanzt.
»Mallo', sag Mungo, daß sie unbedingt das Unkraut besser jäten müssen. Es soll mit der Wurzel entfernt werden. Auch müssen die Abstände zwischen den Pflanzen größer sein. Sie sollen das gleich morgen machen!
Wenig später machte ich gerade Fotos von dem Durcheinander, als ich plötzlich aufgeregte Stimmen hinter mir hörte. *»Hio hio ja bot'e!«* Es raschelte, Äste knackten, es wurde lauter. Vorsichtshalber brachte ich mich in Sicherheit und zog auch Mallo voller Unbehagen zu dem Lianengestrüpp. Dann sahen wir, was los war.
Zum Vorschein kamen Bosso mit einem großen Netz über Kopf und Armen und ein junger Jäger mit Lanze. An einem Stock trugen sie über den Schultern ein zusammengeschnürtes großes Schuppentier in die Mitte des Lagerplatzes. Bosso schnürte es fester und begutachtete dabei die Beute fachmännisch. Ein Quastenfloßler. Das arme Ding versuchte den herabhängenden Kopf hochzuheben, immer wieder und immer verzweifelter. Mein Retterherz schlug bis über alle Ohren, fieberhaft überlegte ich, wie man es retten könnte. Dabei war mir klar, daß das Unsinn war. Hier wurde gejagt und gegessen, und war es nicht dieses Tier, dann würde es später ein anderes sein. Das unglückliche Tier schlug mit seinem schutzlosen, nackten Gesicht und dem kurzen Rüssel von einer Seite zur anderen. Der lang beschuppte Schwanz suchte verzweifelt Halt an dem Trageast. Dann schien das Tier Kraft und Mut zu verlassen, denn es ließ langsam den Kopf nach unten baumeln, dem Schicksal ergeben.
Mallo sah es sich genauer an. »Das ist ein Pangolin. Ekadi nennen ihn die Pygmäen. Der hier ist sehr groß, mindestens anderthalb Meter und noch voller Ameisen! Sehen Sie, wie geschickt er sich festhält! Er kann den ganzen Tag an seinem

zusammengerollten Schwanz am Baum hängen und schlafen.« Er winkte mich näher heran. Doch mir tat das Tier leid, ich wollte es nicht sehen. Es sah so traurig aus, und ich konnte nicht helfen. Der Pangolin wurde abgeknüpft und fiel zu Boden, wo er sich totstellte. Er bekam einen Schlag auf den Hinterkopf und sackte zur Seite. Ein Zittern ging durch seinen Körper.

Bolle und Molo hatten ein paar trockene Holzscheite in den Hütten gefunden und bereits Feuer gemacht. Nun wurde dem Pangolin die Hölle heiß gemacht. Man hielt ihn mitten in die Flammen, er bäumte sich in einem einzigen, langgezogenen Kampf auf, und schon wurde er gewendet und von der anderen Seite gegrillt. Mir zog sich der Magen zusammen. Unerträglich fand ich diese Qualen bei lebendigem Körper. Gerade wollte ich zur Feuerstelle und den zusammengekrümmten Körper aus dem Feuer schubsen, als ich bläuliche Rauchschwaden aufsteigen sah. Da wußte ich, daß der Pangolin auf dem Weg zum großen Schuppenmanitu war. Endlich! Ich atmete tief durch.

Das Tier wurde von Mungo enthäutet, im Sand neben der Feuerstelle ausgenommen und zerteilt. Ein Schenkel wurde unter den hungrigen Blicken aus mindestens zwanzig Augenpaaren weitergegrillt und dabei fachmännisch gewendet, damit nichts verbrannte.

Mussala winkte mich zu sich. Sie hatte Dinge zum Tauschen für mich aufbewahrt. Am Eingang lag ein Büstenhalter, den ihr wohl der neue Kontakt zur Außenwelt beschert hatte. In der Hütte entdeckte ich einen jungen Jäger auf dem Rindenbett, der gerade mit einem Bambusmesser tief in eine riesige Eiterbeule neben seinem Fußnagel stach. Ich wußte, daß man die Füße so von Sandflöhen befreite, aber daran gewöhnt hatte ich mich noch nicht.

Mussala zeigte mir ein hübsches Raffiafaserröckchen, hellrot mit dem Saft der Kossaliane eingefärbt, Tanzketten aus getrockneten braunen Nüssen und eine kleine Glocke, in deren Nußhülle ein Knöchelchen schellte. Zum Tausch bot ich Mussala ein Messer und Geld, damit sie sich eine neue Kasserolle kaufen konnte. Das Glöckchen benutzten die Pygmäen übrigens auf dem Heimweg von der Jagd, damit die Hunde nicht verlorengingen. Hohe Lebenserwartungen hatten die kleinen, zähen Burschen nicht, aber mit ihrem lauten Gekläff erleichterten sie die Arbeit der Jäger und Treiber. Leider brachten die Hunde weitere Krankheiten ins Lager, Bandwürmer und andere gefährliche Parasiten. Sie gehörten erst seit kurzem zum Leben der Pygmäen.

Mir klebten die tropfnassen Sachen am Leib und zogen eklige Fliegen an. Ich versuchte sie gerade mit Alkoholtupfern zu vertreiben, als Bosso mit entschlossenen Schritten auf mich zu kam. Er deutete auf Mungos Hütte, in die ich kommen sollte. Welche Rituale warteten da wohl auf mich? Immerhin hatte ich mit Mungo ein wenig geflirtet, für mich Flachserei, aber für ihn?

Mungo saß mit Majeke und den anderen Männern um die Feuerstelle und blickte mich aus blitzenden Augen an. In sicherem Abstand blieb ich stehen und sah mich nach Mallo um. Er war plötzlich wie vom Erdboden verschluckt. Unbehaglich sah ich in die Runde, in der alle an den Resten des Schuppentieres nagten. Mungo nahm etwas vom Boden auf, wickelte es in ein Blatt und bot es mir freundlich an. Ich erstarrte. »*Non, non! Kobe mingi sardines!*« stotterte ich, und alle lachten begeistert.

Doch Mungo schüttelte energisch den Kopf. »*Kila-gil tunga tngombe.*« Damit schob er mir die Urwaldroulade in die Hand.

Ich gab sie entschieden zurück. »*T'i lasso allingbi 'a we!*«

Mallo kam endlich dazu und nickte anerkennend über meine Sprachkünste. »Madame hat schnell gelernt!«

»Ja, aber sag ihnen, daß wir jetzt aufbrechen müssen. Ich

will das hier nicht essen, habe vorhin schon Sardinen gehabt!«

Mallo lachte glucksend und betrachtete gierig das Streitobjekt. »Ich helfe Ihnen!« Dann erklärte er unseren Freunden meine Einwände und nahm mir die Roulade ab. Aufatmend wandte ich mich zum Gehen, winkte allen noch einmal zu und wollte aufbrechen, als Mungo plötzlich dicht neben mir stand und lächelnd den Kopf schüttelte.

»*'Oko niama!*« Damit hatte ich die Roulade wieder in der Hand. Nun ließ es sich nicht mehr vermeiden. Ich sollte ein Stück von dem Tier essen, dessen Tod mich so geschmerzt hatte.

Madsenge, ein Cousin von Mungo, kam dazu. Er hatte sich mit langen, ehemals weißen Unterhosen und einem durchlöcherten rosa T-Shirt fein gemacht und blickte mich erwartungsvoll an. Auch Mallos interessierte Augen sah ich wohlgefällig auf mir ruhen, alle sahen mich an.

»Also gut!« Und rein mit dem Bissen ... uuuaaahhhhhh!

»Madame, das ist eine große Ehre, daß sie das erste Stück für Sie aufgehoben haben. Man nennt sie hier ›Mama Tschulla‹.«

Ich mußte über ihre Version meines Namens lächeln. Mallo war sichtlich stolz auf mich, und ich wollte niemanden enttäuschen. So knautschte ich mit langen Zähnen auf dem Schuppentier herum, ohne ihm weh zu tun, winkte, nickte freundlich zu allen zurück ... und bei der nächsten Biege flog das Fleischstück in hohem Bogen dorthin zurück, wo das Tier vor einer Stunde zappelnd vorbeigetragen wurde. Mallo stolperte müde hinter mir her, und nach vier endlosen Stunden waren wir wieder am Rover. Er zeigte entsetzt auf seine Füße.

»Sie sind so dick wie Elefantenfüße, und das ist von den Schuhen übrig.« Er hielt mir zwei durchlöcherte Sohlen entgegen und ein Stück Schnürsenkel.

»Ich kaufe dir in Bangui ein paar neue aus schwarzem Lackleder, o.k. Mallo?«

»*Oui, madame.*« Er strahlte wieder, und wir fuhren erschöpft die schmalen Wege zurück, schlitterten noch mal unter Streß über die glitschige Brücke und trafen völlig erledigt, naß und frierend bei Dunkelheit am Flußhaus ein.

19

Zu meiner Überraschung sah ich Tahim in der Auffahrt, wo er unruhig auf und ab ging. Als er den Wagen sah, kam er uns entgegengelaufen. Ich freute mich wahnsinnig, ihn zu sehen, und sank ihm wortlos in die Arme. Er hielt mich so fest, daß ich seinen Herzschlag hörte, als wäre es meiner. Ich schloß die Augen und wollte nie mehr loslassen.
Während ich duschte, ließ Tahim sich von Mallo über unseren Ausflug berichten. Schließlich kam er zu mir.« Du kannst nichts auslassen, was?« Zärtlich drückte er mich an sich und küßte mich auf die Stirn.«Ich bewundere dich! Wir werden jetzt essen, und dann wirst du dich schön ausruhen.« Damit führte er mich in den Salon.
»Ein großes Steak wäre jetzt der Traum meiner schlaflosen Nächte!« flüsterte ich vor mich hin.
Nicht einmal zwei Stunden später saßen Tahim und ich in Bangui im *Chez Bitar* vor großen Steaks mit Princesse-Böhnchen und einer Flasche *Château Clarke Baron Eduard de Rothschild*. Was für ein Mann! Fuhr abends drei Stunden durch die Savanne, weil er sich Sorgen um seine streitsüchtige Frau machte, um dann noch mal drei Stunden zurück durch die Pampa zu fahren, nur um ihr ein Steak zu kaufen!
Ich hielt seine Hand. »Mein großer Zauberer, geliebter Mann! Ich liebe dich so sehr, daß keine Stunde vergeht, in der ich nicht an dich denke!« Mir wurde es warm um Herz und Bauch, und Liebe erfüllte mich durch und durch. Alles andere war vergessen, verdammt ... Ich wollte auch nicht daran denken, ich wollte diese Liebe, diesen Mann!
Tahim strich zärtlich über meinen Arm. *»Je t'aime aussi,*

Julia, je t'aime!« Seine schwarzen Augen sprachen Bände, und ich brannte lichterloh.
Es wurde eine wunderschöne Nacht, in der wir Raum und Zeit vergaßen. Es wurde heiß und wieder kühl, laut und wieder leise, die Zeit zerfloß in Zärtlichkeit.
»*Happy Birthday to you, happy Birthday to juhuhuu*«, sang ich in Tahims Ohren. Es war früher Morgen, und ich umarmte meine große Liebe und küßte seinen schlanken Hals und die dunklen Locken, die sich auf der olivfarbenen Haut kringelten.
»Alles Liebe, für dich und auch für mich!« Zärtlich drückte ich mich an ihn. Er lachte glucksend und küßte meine Ohrläppchen, dann schweifte sein Blick verträumt zum Fenster, und er bekam einen glücklichen Zug um die Lippen. Sicherlich dachte er gerade an eine Reise mit mir an die Fjorde Norwegens, so wie es sein großer Traum war, oder er saß mit mir in einer bunten Sommerwiese, Händchen haltend …
»Liebling, woran denkst du?« Er sollte mir ruhig auch einmal sagen, daß er von mir träumte!
Ertappt schloß er die Augen und schielte dann zu mir. »Daß ich heute unbedingt die Transaktion auf die Rothschildbank machen muß, ich werde gleich anrufen!« Und schon sprang er aus dem Bett.
Sommerwiese! Ich sah träumend aus dem Fenster zu der sanft wiegenden Voyageurpalme und dachte dankbar an das Schicksal, das es gut mit mir meinte. Zum erstenmal in meinem Leben spürte ich den tieferen Sinn der Liebe, die Kraft der Gemeinschaft, Vertrautheit und Fürsorge. Sommerwiese …
Tahims Stimme erklang von der Terrasse herüber. »Julia, ich fahre schnell noch mal ins Büro. Wir sehen uns später im Saland! *A tout de suite, chérie*!«
Ich hörte seine eiligen Schritte auf der Treppe, Autogeräusche, und schon fuhr er mit der schweren Limousine die

Auffahrt hinunter. Ich winkte hinterher ... meine Liebe, mein Leben! Lächelnd berührte ich meinen Talisman, den ich nun immer in einem kleinem Lederetui bei mir trug, und dachte dankbar an Ndiayne. Mein Blick fiel auf den stillen Fluß. Das Wasser des Oubangui war ruhig. Es glitzerte in allen Farben und schien mein Glück zu spiegeln.
Mallo holte mich ab und fuhr mich zur Boutique. Sofort kam Ndiayne herausgelaufen, und wir lagen uns in den Armen. »*Hallo, ma chère amie*. Ich danke für alles! Ich habe es wahnsinnig eilig, weil wir gleich noch mal ins Flußhaus fahren und Geburtstag feiern!« Ich drückte sie stürmisch und ließ sie nicht mehr los, tanzte auf der Stelle.
Zufrieden schaute sie mir in die Augen. »Und sonst? Alles in Ordnung?«
Ich nickte glücklich. »Es könnte nicht schöner sein!« Lächelnd hielt ich ihr den Talisman unter die Nase. »Er hat alles in den Griff bekommen!« Und schon war ich wieder draußen, froh, daß ich Ndiayne das Geschäft überlassen konnte.
»Jerôme wird am Sonntag getauft, ich würde dich so gern als Taufpatin haben, Julia!« rief sie mir noch beschwörend hinterher. »Kommst du?«
»Ja, gerne, das ist eine schöne Idee! Ich freue mich, Ndiayne, bis Sonntag, *bye bye*!«
Im Flußhaus stürzte ich mich mit Elan in die Vorbereitungen für das abendliche Geburtstagsfest, hängte mit David Luftballons auf, ließ die langen Tische und Bänke unterhalb des duftenden Franchepane-Baumes aufstellen, deckte sie mit bunten Pagnes, verteilte duftende Blüten in Kalebassen, stellte Getränke kalt, kontrollierte Gläser, Gedecke und schließlich den Cabri am Spieß. Es gab außerdem noch Hammeleingeweide in Erdnußsoße, Tahims Leibgericht.
Zufrieden zog ich mich in unser sonnendurchflutetes Zimmer zurück, wo der Ventilator leise schnurrte. Langsam

kleidete ich mich aus und dehnte mich vor dem Spiegel. Aufmerksam musterte ich meinen Körper, als Tahim zurückkam und eilig in die Dusche lief. Im Laufen ließ er die staubige Kleidung fallen und sah mich dann vor dem Spiegel.
»Du bist so schön, Julia!« Bewundernd blickte er in meine Augen und auf meinen Körper, und ich genoß es.
»... und ich liebe dich!« fügte er noch leise an.
Plötzlich drang Lärm von der Auffahrt herüber, Räder bremsten im Sand, Gelächter erklang, und Stimmen kamen näher. Unsere Gäste waren da, und wir mußten uns beeilen.
Außer unseren Freunden war auch Gewehrsmann gekommen, obwohl ich ihn gar nicht eingeladen hatte. Und schon donnerte der nächste Wagen heran mit Pierre und Jerôme und den anderen Freunden Tahims aus der Bar. In bester Stimmung standen sie um die Autos und sahen in ihren bunten Boubous farbenfroh aus.
Strahlend begrüßte ich sie. »Ahhh, die Mafia von Bangui, willkommen, meine Lieben!« Lautes Hallo, Umarmungen.
»Bitte kommt herein, fühlt euch wie zu Hause!«
David und der Sentinel halfen beim Gepäck, während wir uns auf die Terrasse zu den Drinks begaben. Claudine entführte mich in eine Ecke und wollte wissen, wie es uns ging.
»Das Schicksal meint es gut mit uns, wir sind glücklich, Claudine!«
Tahim kam in bester Laune dazu, ganz in Weiß gekleidet und wunderschön. »Wollen wir den Champagner in Angriff nehmen?« fragte er in die Runde. Alle waren begeistert. Tahim ließ die Korken knallen und schenkte ein, während ich versuchte einen Toast auszubringen.
»Tahim, *mon amour*, ein langes Leben und Gesundheit, viel Champagner, wenig Sorgen wünsche ich dir ... und mir zu deinem Geburtstag!«
Dann küßten wir uns und wurden mit Bravo-Rufen beglückwünscht, alle beide.

Der Sentinel nahm gerade den Spieß herunter und zeigte mir, daß der Braten gar war, als David mich in die Küche rief. »Madame, die kleinen Platten sind fertig!«

»Wunderbar, David, bring sie herein und biete jedem etwas an! Du hast alles sehr schön vorbereitet, danke! Bring nachher auch den Chauffeuren zu essen!« Anerkennend klopfte ich ihm auf die Schultern. Dabei sah ich, wie Francis gerade aus seinem Pickup stieg und dem Boy zwei Gallonen übergab. Francis kam lächelnd auf mich zu und blieb so dicht vor mir stehen, daß ich ein paar Schritte zurückwich.

»*Bonjour Julia, ça va*? Sie sehen fantastisch aus«, begrüßte er mich. Auch er sah verdammt gut aus in seinem offenen Hawaiihemd, so nach Flirt und Wasserski.

»*Merci* Francis! Das ist sicherlich Palmwein?«

»Ja! Vom Feinsten, wir haben ihn erst heute früh gezapft und seitdem eiskalt gelagert!«

»Tahim ist auf der Terrasse, ich komme sofort nach!« Damit ließ ich Francis stehen und kümmerte mich um Théodore, der gerade um die Ecke bog. Ich wollte weder mit Francis allein herumstehen noch Tahims Eifersucht reizen, ich wollte meine Ruhe und keine Provokation.

Ich zog Théodore auf die Terrasse zum Champagner. Dort kreiste David gefährlich schwankend mit einer großen Platte, und die Täubchenstücke, die Billeba nach meinen Rezept gemacht hatte, schlitterten von Ost nach West. Unsere Freunde amüsierten sich, es war ein gelungenes Fest. Außerdem hatten wir großes Glück mit dem Wetter, heute goß es einmal nicht!

Später, beim Essen, saßen wir an den langen Tischen mit Blick ins Paradies: Zwischen den beiden Königspalmen sahen wir auf den friedlichen Lobaye bis hinüber zum blaugrünen Dschungel auf der anderen Seite. Ich erzählte meine Abenteuer und lud zu meiner Fotoausstellung ein, die ich nächsten Monat eröffnen wollte. Tahim, der zwischen seinen »Mafiafreunden« saß, rauchte eine dicke Zigarre, sah genüßlich von einem zum anderen und lächelte mir zufrieden zu.

Pierre hatte seinen Blick aufgefangen. »Du hast verdammtes Glück gehabt mit deiner Julia! Donnerwetter, mein Freund!« Sie stießen darauf an, und dann hörte ich, wie Tahim bemerkte: »Du kennst ja meine Ansichten über Frauen, sie sind leichtsinnig und untreu! Ich hoffe, es ist diesmal anders!« Dabei stieß er dicke blaue Rauchkringel aus und sah nachdenklich zum Fluß hinunter.

Ich wollte es nicht glauben: Wieso konnte Tahim immer noch an meiner Liebe zweifeln und meiner Treue mißtrauen! Niemals käme ich auf die Idee, einen anderen Mann zu lieben oder zu begehren. Das mußte ich ihm beweisen. Plötzlich hatte ich eine Idee. Ich setzte mich neben ihn und schlang die Arme um seine breiten Schultern. »*Chéri*, hast du einen kleinen Augenblick Zeit für mich!« Ich hakte ihn unter, und wir gingen ein paar Schritte zum Bambuswäldchen. »Tahim, ich möchte dich heiraten, wenn du mich jetzt noch willst!« Nun war es heraus, und es folgten ein paar bange Sekunden, bis er sich zu mir drehte und lächelnd fragte:

»Bist du sicher, daß dich mein Geld nicht mehr stört?«

»Ja, *chéri*! Ich habe hier Fuß gefaßt und kann meinen Unterhalt selbst verdienen. Verdammt! Willst du mich nun?«

Wir blickten uns tief in die Augen. Ich versank in schwarzes Feuer, und dann sagten wir zur gleichen Zeit: *»Oui«*. Tahim küßte mich lang und selbstvergessen. Es war wie ein Siegel. Nun wollte ich also tatsächlich heiraten! Ganz weich wurden mir die Knie bei dem Entschluß, den ich so plötzlich gefaßt hatte.

Musik dröhnte herüber, jemand kreischte und johlte, unsere Freunde tanzten und lachten laut auf der Terrasse. Tahim griff übermütig nach meinen Händen, und schon standen wir zwischen den anderen. Ich konnte endlich zeigen, was ich bei Ndiayne hinter dem Vorhang der Boutique gelernt hatte, den Gazellentanz. Ich schob die Hüften vor, dann Schritt seitlich, drehte das Becken, zweimal links, einmal rechts, stakste mit hohen Schritten um Tahim herum, der inzwischen seine Hüften im Takt kreisen ließ und mit kleinen Bewegungen auf mich zu kam. Wir sahen uns in die Augen, fasziniert und wie in einem Sog. Tahim schlängelte in dichteren Kreisen um mich, die Musik wurde langsamer, und ich zuckte im Rhythmus des Schlagzeuges in lasziven Abwärtsbewegungen an seinen Beinen hinunter, die Arme weit gespreizt, die Hände als Hufe zum Boden gerichtet. Die Gazelle duckte sich noch tiefer, stakste langsam voran, immer tiefer durch die breitgegrätschten Beine Tahims. Die Zuschauer klatschten und johlten. Sie hatten einen Kreis um uns gebildet und stampften mit den Füßen im Rhythmus, der alle anheizte. Ich drehte mit kurzen Stakkato-Bewegungen mein Hinterteil nach oben und zuckte paarungsbereit unter den Schenkeln meines Mannes …

»Bravo!« Unsere Freunde jubelten uns zu, und ich fiel nun doch noch hin, lag nach Luft ringend zwischen Tahims Beinen. Am Fenster drückte Mallo sich die Nase platt, und auch die Sentinels nickten begeistert zu uns herein.

Ein wunderschöner Tag ging zu Ende, als es dämmerte und unsere Freunde sich zum Aufbruch zusammenfanden. Sie verabschiedeten sich schnell, denn Blitz und Donner brauten sich zusammen, und die Straßen nach Bangui waren nachts kein Vergnügen.

»*A demain! Et merci beaucoup!*« riefen wir ihnen nach, und in rasantem Tempo verschwanden die Autos in roten Wolken.

Tahim und ich saßen noch lange in schweigender Eintracht auf der Terrasse, ich hatte mich an ihn geschmiegt, als der große Regen niederging und eine tiefgrüne Landschaft hervorzauberte.

»Unser Verlobungstag!« flüsterte ich. Es war einer der schönsten Tage meines Lebens. Ich würde ewig an ihn denken und jede Sekunde mit ihren Gerüchen, Farben und Geräuschen wiederfinden.

20

Die folgenden Tage und Wochen waren voller Harmonie, meine Fotoausstellung war ein Erfolg, die Boutique lief, und ich verdiente gutes Geld. Inzwischen hatte ich auch drei Schneider und Nähmaschinen. Wir entwarfen die verrücktesten Modelle in einem kleinen Atelier und verkauften sie. Staunend entdeckte ich täglich neue Talente an mir, die ich mit den hiesigen billigen Arbeitskräften sofort in die Tat umsetzte. Mit einer prächtigen Modenschau im *Hôtel du Centre* machte ich Furore.

Die Geschichte mit meinem Sohn versuchte ich in Vergessenheit geraten zu lassen. Ich bat meine Freunde, nicht weiter darüber zu sprechen, denn das Thema schmerze mich zu sehr. So mußte ich nicht noch weiter schwindeln. Ich hatte oft überlegt, wie ich aus dieser Schwindelkonstruktion herauskäme, die eine eigene Dynamik entwickelt hatte. Man wunderte sich, warum mein Kind nicht zu mir käme oder ich nicht zu ihm reiste. Manchmal sehnte ich mich auch nach meinen Münchner Freunden und vor allen Dingen nach Mami.

Tahim verwöhnte mich mit Diamantenschmuck, und zum Geburtstag schenkte er mir ein Auto. Natürlich freute ich mich über die vielen Aufmerksamkeiten, doch hätte ich auch ohne sie leben können. Wichtig war mir nur das Leben mit Tahim.

Unsere geplante Hochzeit blieb unser Geheimnis. Wir wollten nächstes Jahr zur Regenzeit bei einer Kreuzfahrt zu den Fjorden heiraten. Nur Ndiayne und Claudine wußten Bescheid, ich wäre sonst erstickt. Sie waren natürlich begeistert und konnten es kaum für sich behalten. In langen Sitzungen hatten wir bereits mein Kleid entworfen und beschlossen, daß ich dreimal heiraten mußte, weil wir drei verschiedene Modelle hatten, eines schöner als das andere. Ich konnte es kaum abwarten. Aber bis dahin sollte noch vieles geschehen ...

Das Thema Holzkonzession mieden wir sorgfältig, obwohl ich ständig in mir den Konflikt zwischen meiner Liebe zu Tahim und dem brisanten Ultimatum seiner Waldrodung spürte. Ich hatte eine Höllenangst, daß unsere Liebe an diesem Problem zerbrechen könnte. Inzwischen hatte ich soviel gesehen und gehört, daß ich eigentlich nicht mehr tatenlos zusehen durfte. Irgend etwas mußte geschehen. Andererseits liebte ich Tahim. Er und mein Leben hier in Afrika bedeuteten mir mehr als alles andere auf der Welt, und so hoffte ich in kindlicher Naivität, daß sich aus heiterem Himmel eine positive Lösung präsentieren würde. Gleichzeitig schämte ich mich, daß ich begann, dieses Thema zu verdrängen.

Bei meinem letzten Besuch in Ibengy Mbounsola hatte ich mit Entsetzen bemerkt, wie schnell sich inzwischen die breiten Trassen in den Urwald gefressen hatten. Tag um Tag wurde mehr Wald vernichtet und somit auch die Lebensgrundlage der kleinen Waldmenschen. Auf zehn Hektar Regenwald fielen mehr Baumarten, als in ganz Nordamerika heimisch waren. Das bedeutete, daß ein holzwirtschaftliches Großprojekt wie Saland Tausende von Tier- und Pflanzenarten für immer ausrottete. Und damit war auch der Untergang meiner kleinen Freunde absehbar. Sie waren nicht die einzigen, es gab ungefähr 3000 weitere Pygmäen in der Zentralafrikanischen Republik, die Ba Binga, Ba Bensele, Ba Aka.

Majeke war mit seiner Sippe noch näher an die große westliche Kongo-Straße gezogen, denn dort hatten einige von ihnen inzwischen Arbeit gefunden. Unsere Plantage war längst verwuchert, weil die Sippe ständig unterwegs war. So schnell ging das! Meine Idee, ihnen ein Reservat zu schaffen, hatten sie abgelehnt. Zwei Monate zuvor hatte ich deswegen eine Zählung veranstaltet. Von vierhundert Pygmäen hatten nur zwanzig dafür gestimmt, hauptsächlich die Alten, die lieber im Wald bleiben und traditionell leben wollten. Alle anderen zog es in die sogenannte Zivilisation, worunter sie Radios verstanden, Taschenlampen, Schule und Häuser an den Straßen. Doch der Übergang in das vermutete Schlaraffenland ging zu schnell. Keiner half ihnen mit Geduld und Verständnis, Schritt um Schritt aus der Steinzeit in die Gegenwart zu finden. Welch ein Weg in 360 Tagen! Die übrige afrikanische Bevölkerung hatte kein Verständnis für die Probleme der Pygmäen. Sie behandelte sie nach wie vor wie Sklaven. Das hatte eine lange Tradition. Außerdem gelang es den Pygmäen nicht, seßhaft zu werden. Sie kamen nicht regelmäßig zur Schule, als sie endlich die Möglichkeit dazu bekamen. Statt dessen wurden sie von Stationsschwestern missioniert, sollten ihren Göttern abschwören und Gebete lernen, die sie nicht verstanden. Wie konnten sie so ihre Identität bewahren?

Die letzten Pygmäen dieser Erde mit ihrer einzigartigen, Jahrtausende alten Kultur und ihrem immensen Wissen fristeten nun ein würdeloses Leben an staubigen Straßen. Hungrig schossen sie gegen Bezahlung das letzte Wild und ernährten sich selbst kärglich. Dsibou und Mada verkauften sich an Bantusiedler. Esakola war schwanger und wußte nicht, von wem. Mungo hatte begonnen sich mit Palmwein zu betrinken. Musalla hatte eine stinkende Geschlechtskrankheit und steckte die Männer an, und Majeke wurde täglich trauriger.

Anfangs hatte ich versucht ihre schönen Lianenkörbe und Samenketten in meiner Boutique zu verkaufen, ließ sie auch

Hängematten flechten, um mit dem Erlös ihre Plantage zu vergrößern, doch sie ließen alles verkommen. Ich hatte nicht gewußt, daß ihr Nomadentrieb so stark war. Immer wieder zogen sie fort, zur Raupenzeit, zur Jagdzeit, zur Honigzeit. Ich wußte nicht mehr, wie ich helfen sollte. Es war ein Wettlauf mit der Zeit, und mir wurde klar, daß hier erfahrene Organisationen eingreifen müßten, und zwar schnell, um diesen letzten Gottestänzern und Herren des Waldes einen Übergang in lebenswerte Formen zu ermöglichen und für sie einen würdigen Platz zu finden.
Ein einziges Mal führte ich ein kurzes Gespräch mit Tahim über diese Probleme, und es endete positiv. Er sagte eine Einschlagsverminderung in seinen Konzessionen zu und versprach eine Aufforstungspflanzung. Er war mit meinem Vorschlag einverstanden, diese zusammen mit Majeke zu errichten, denn nur die Aka kannten die Samen der großen, wertvollen Bäume. Ich freute mich über diese Entscheidung. Sie mußte allerdings schnell realisiert werden, und das war bereits ein neues Problem: Afrika in Zusammenhang mit dem Wörtchen »schnell« war ebenso eine Utopie wie eine eisgekühlte Cola in der Sahara.
Viel später erst wurde mir klar, daß Tahim gar keine Anstalten machte, die Versprechen einzuhalten, die er gab. Es hätte bedeutet, auf Reichtum und Einfluß verzichten zu müssen, und er war ein eiskalter Geschäftsmann. Außerdem erfuhr ich, daß er mehrere Konzessionen unter verschiedenen Firmennamen besaß und daß diese ebenfalls viel größer waren, als erlaubt! Ich wurde furchtbar wütend. Es bedurfte nur noch einer Kleinigkeit, um das Faß zum Überlaufen zu bringen.
Es war der 23. Dezember nachmittags, und meine Weihnachtsvorbereitungen liefen auf Hochtouren. Verzweifelt versuchte ich bei vierzig Grad im Schatten und wogenden Palmen in Weihnachtsstimmung zu kommen. Ich schnitt

Staniolpapier in Lamettastreifen und ließ vom Gärtner große Palmzweige schlagen, die ich im Salon als Weihnachtsbaum verkleiden wollte.
Tahim hatte Freunde und seine Familie eingeladen, es sollte ein großes Fest werden.
Die Zubereitung der Gerichte für die unterschiedlichsten Bedürfnisse machte viel Arbeit. Für die Muslime aus Tahims Familie wurde hinter dem Haus geschlachtet, wo man den Hühnern die Gurgeln durchschnitt. Für Christen gab es Räucherlachs, für die anderen kein Schwein. Danielle aß seit dem Aufstand keinen Flußfisch mehr, weil so viele Leichen im Oubangui schwammen. Sicherheitshalber hatte Tahim tonnenweise Austern und Leberpastete aus Paris bestellt.
Gerade war ich im Gästezimmer dabei, meine Geschenke zu verpacken, als Tahim mir zurief: »Ich habe völlig vergessen, dir zu sagen, daß wir noch eine Verwandte zu Besuch bekommen. Hoffentlich ist dir das recht.«
»Natürlich, gar kein Problem! Ich werde gleich morgen das Zimmer richten! Wann kommst sie denn?«
»In einer Stunde. Aber keine Sorge, der Besuch macht keinerlei Umstände. Wir müssen losfahren, kommst du, Julia?« Schon nahm er mich bei der Hand und zog mich eilig zur Treppe, wobei er in sich hineinlächelte.
»Du scheinst dich ja mächtig zu freuen. Ist es eine nette Person?« wollte ich wissen. Statt eine Antwort zu geben, nickte er nur. Da hörten wir auch schon das Brummen des Flugzeugs über uns. In rasanter Fahrt ging es zum Flughafen, den wir gerade rechtzeitig erreichten. Wir drängelten uns zwischen den Wartenden voran. »Wie sieht sie denn aus, deine Verwandte?«
Tahim wand sich verlegen. »Na, ich weiß nicht so genau.« Die ersten Fluggäste kamen schon an die Sperre.
»Wieso weißt du das denn nicht?«

»Wir haben uns lange nicht mehr gesehen. Ich glaube, sie ist groß und blond!«
»Groß und blond in deiner Familie, wie kommt das denn?«
Während ich »groß und blond« unter den Ankommenden suchte, ergänzte er: »Vielleicht ist sie auch brünett und doch eher klein.«
Irritiert sah ich ihn an. »Aber es ist nach wie vor eine Frau?«
»Bien sûr.«
Da – ich traute meinen Augen kaum – sah ich, groß und blond, meine Mami stehen, schweißgebadet. »Das darf doch nicht wahr sein, Tahim!« Ich fiel ihm um den Hals. »Du Halunke ... klein und brünett oder blond!« Ich rannte durch die Absperrung an den schwarzen Zöllnern vorbei. »Mammmiiiiii!« Zwei Uniformierte liefen hinter mir her, doch mit Leichtigkeit hatte ich sie abgeschüttelt. »Mami!«
Sie drehte sich zu mir und strahlte über das ganze Gesicht. Ich war am Paßhäuschen, hinter mir weitere Beamte, inzwischen verfolgten sie mich zu fünft.
»Madame, c'est interdit, arrêtez!«
Tahim spurtete nun ebenfalls, vorbei an lachenden Zuschauern. Er beruhigte die Beamten. »Sie kommt sofort zurück.«
Da lag ich auch schon in Mamis Armen. Wir drückten und umarmten uns und ließen nicht mehr los. Dann stellte ich ihr Tahim vor. Inzwischen hatte uns ein kleiner, dicker Kommissar eingeholt und bat uns, ganz wichtig, in einen Nebenraum. Nun hatte Tahims Stunde geschlagen. Mit Charme und vielen Scheinen regelte er alle meine Übertretungssünden, woraufhin der Kommissar eigenhändig Mamis Gepäck zum Auto brachte.
War das eine Freude! Wir hielten uns die gesamte Rückfahrt eng umschlungen, und zu Hause gab es Champagner zum Willkommensgruß. Mami war begeistert von Tahim, dem Haus, Billeba und allem.

»Sag mal Mami, wie kam es eigentlich zu der Einladung nach Bangui?«

Ihre Antwort machte mich hellhörig. »Das wollte ich dich schon längst fragen. Als Tahim mich anrief, fragte er nach deinem Sohn. Er wollte ihn zu Weihnachten einladen und dich damit überraschen. Julia! Was ist das für eine Geschichte, wo kommt ein Sohn her?«

»O Gott, Mami, was hast du ihm gesagt?« Mir wurde übel.

»Ich tat, als würde ich nichts verstehen, um Zeit zu gewinnen, und dann war er so charmant, mich statt dessen einzufliegen.«

»Wie furchtbar, hoffentlich hat er nichts gemerkt! Ach Mami, eine gräßliche Geschichte, die so harmlos anfing.« Und ich berichtete ihr alles, erzählte auch von meinen anderen Sorgen. Es wurde eine lange Nacht, in der ich mir endlich einmal alles von der Seele reden konnte.

Der nächste Morgen war von lauten Jubelrufen gekennzeichnet. »Ist das schön, Julia, ein Paradies und der schöne Garten, mit dem Pool, die Tiere, Julia! Ich freue mich so für dich. Endlich hast du alles, wovon du geträumt hast!« Mami hielt ergriffen meine Hand, während Billeba frischen Ananassaft brachte.

»Bonjour, madame.«

Mami sprach nur ein paar Brocken französisch, doch hatte sie überhaupt keine Verständigungsschwierigkeiten, da Charme und viele Gesten ihr über Sprachprobleme hinweghalfen.

Wir schmückten die Palmblätter. Mami hatte kleine Engelchen und Goldkugeln mitgebracht, doch je mehr wir an die Palme hängten, desto komischer sah sie mit dem Glitzerzeug aus. Allmählich trafen unsere Gäste ein. Niemand war auf weihnachtliche Stimmung eingestellt, nicht einmal mit Geschenken hatte man gerechnet. Die Bräuche waren hier anders. Trotzdem zündete ich die Kerzen an, Lametta funkelte, und die Palmblätter sahen überrascht aus ihrer silbernen Wäsche, etwas albern das Ganze. Immerhin saßen wir gemütlich beisammen. Das wunderbare Büffet wurde gewürdigt, Mami hofiert. Ich war glücklich, daß sie verwöhnt wurde, fröhliche Weihnacht!

Der Abend verlief heiter. Schließlich verabschiedete sich Claudine als erste und küßte Mami. Dabei raunte sie ihr mit einfachen Worten ins Ohr: »Geht es Melvin besser? Julia will nichts mehr erzählen, aber wir haben uns Sorgen gemacht!«

Mami schaute erstaunt zu mir, denn ich hatte vergessen, ihr bei der Geschichte den Namen meines Sohnes zu sagen. »Wer ist denn Melvin?« Sie fragte sie mich zwar auf deutsch, aber ich hatte das Gefühl, daß alle verstanden hatten, vor allen Dingen Tahim. Für eine Oma höchst ungewöhnlich, daß sie den Namen ihres Enkels vergißt!

Fieberhaft suchte ich nach einer Erklärung, verdammt, nun war wohl alles zu spät. Außer einem zu lauten Lachen fiel mir nur dazu ein: »Eigentlich heißt er Thomas, aber mein Exmann fand Melvin schöner, Mami vergißt das immer.« Mein Bruder hieß Thomas, und wenigstens kannte Mami diesen Namen und nickte auch schon. »Ach ja, Thomas! Dem geht es gut!«

Ich fing einen merkwürdigen Blick von Tahim auf und versuchte ihn abzulenken, indem ich jedem sein Geschenk überreichte. Bald darauf machten sich alle zufrieden auf den Heimweg.

Als wir allein waren, war mir ziemlich mulmig zumute. Ich hätte mich ohrfeigen können wegen der Story über Melvin. Sie verfolgte mich gnadenlos! Ich nahm mir vor, endlich Tahim alles zu beichten. Billeba räumte die Essensreste ab und schenkte uns zu trinken nach, als Tahim zwei Päckchen vom Büffet nahm und Mami und mir überreichte. Neugierig

packte ich meines aus und fand einen wunderschönen schweren, hellen Armreif mit Goldintarsien *Pour Julia, mon Amour*.
»O Tahim, ist das schön! So ausgefallen! *Merci, merci beaucoup*!« Ich umarmte ihn und küßte ihn auf die Wange. »Auch deine Überraschung mit Mami war eine tolle Idee! Ich danke dir!«
Er war zurückhaltend. Ich holte tief Luft, um einen Aufklärungsversuch zu unternehmen, als Mami in entzückte kleine Schreie ausbrach. Dabei drehte sie zwei Diamantstecker in den Händen. Tahim wurde etwas lockerer, als Mami sich überschwenglich bei ihm bedankte. Doch dann verabschiedete er sich abrupt.
»Ihr habt euch sicherlich viel zu erzählen und ich bin sehr müde! Bis morgen, meine Lieben! Susanne, es war mir ein Vergnügen, dich kennenzulernen!« Küßchen rechts und links, dann verschwand er in den dunklen Gang.
Ich entschuldigte mich bei Mami mit der Erklärung, dringend mit Tahim sprechen zu müssen, und folgte ihm. Doch das Unglück hatte seinen Lauf genommen. Er lag in dem neuen Morgenrock, den ich ihm zu Weihnachten geschenkt hatte, auf dem Bett und las. Als ich mich an ihn schmiegen wollte, drehte er sich so abrupt zur Seite, daß ich fast von der Bettkante fiel.
»Ehh, Tahim, was ist denn? Ich wollte mich bei dir noch einmal bedanken, für den schönen Abend und die Geschenke!«
»Warum bist du nicht bei deiner Mutter?« gab er mürrisch zurück.
»Sie ist müde, und ich muß unbedingt mit dir reden!« Ich drehte ihn ein wenig zu mir. Doch als ich seinen abweisenden Ausdruck sah, verließ mich der Mut. Er wirkte so unnahbar und verschlossen, daß es sicher nicht der richtige Moment für die Beichte meiner dummen Notlüge war. Nun überschüttete er mich mit Vorwürfen.

»Ich habe dir schon einmal gesagt, daß ich keine Märchen mag, und irgend etwas stimmt hier nicht, sogar deine Mutter war über deine Erklärungen erstaunt. Ich möchte nicht, daß sich in meinem Haus obskure Dinge entwickeln!«
Damit war das Thema für ihn beendet, und er gab mir keine Chance zu einer Erklärung. Ich hatte das dumme Gefühl, daß ich diese Beichte mein Lebtag mit mir herumtragen müßte.
Aber das Schlimmste kam erst noch. Deprimiert schlich ich mich in den Salon. Mami hörte ich im Badezimmer plätschern, und Billeba schob gerade das große Eisengitter zu. Er bedankte sich noch einmal für das Weihnachtspäckchen und verabschiedete sich mit der Bemerkung, er habe das schöne Elfenbeinarmband auf meinen Schreibtisch gelegt.
Ich war verwirrt. »Wovon sprichst du denn?«
»Na, das schöne Geschenk des Patron.«
Elfenbein! Mir stockte das Blut in den Adern. Ich holte den Reif und rannte ins Schlafzimmer.
»Hast du gar keine Hemmungen, mich zu quälen, mir ein Geschenk zu machen, das mit dem unnötigen Tod von Elefanten verbunden ist! Scheust du denn vor gar nichts zurück, und sind dir meine Gefühle so gleichgültig? Wie kannst du nur so herzlos sein! Wie kannst du so etwas unterstützen!« Wütend hatte ich ihm das Armband auf den Bauch geknallt. Erstaunt sah er zuerst auf das Armband und dann auf mich.
»Das muß ein Irrtum sein, ich habe nie ein Elfenbeinarmband gekauft!«
»So? Und was ist das? Vertrocknete Hundekacke?« Ich hielt ihm den Reif unter die Nase und konnte meine Wut kaum beherrschen. Er griff danach und musterte ihn eingehend, sagte aber nichts, sondern legte ihn schweigend beiseite. Nun war es soweit, das Faß war übergelaufen, und alles, was ich seit Monaten unterdrückt hatte, brach wie Eiter an

die Oberfläche. Ich wußte, daß es das Ende unserer Liebe bedeuten würde, doch ich konnte nicht anders, die Lawine rollte ...

»Seit Monaten versprichst du, mit dem Holzen aufzuhören, dich um die Aufforstung zu kümmern, Barrieren für Wilderer zu errichten! Nichts ist passiert, noch schlimmer! Du gräbst noch mehr Trassen und vernichtest dadurch noch mehr Wald! Hältst du dich für den Herrgott, daß du ein ganzes Volk und alle möglichen Tierarten ausrottest?« schrie ich ihn an und umkreiste das Bett wie eine Löwin.

»Julia, bitte schrei nicht so, deine Mutter ist nebenan! Und Justin.«

»Na und?« schrie ich weiter. »Dann hören sie wenigstens mal, was für ein rücksichtsloser Mensch du bist!«

Damit rannte ich in den düsteren Salon und lief immer noch im Kreis. Es war nicht wahr, es war nicht wahr ... Immer wieder schlug ich mir mit den Fäusten an die Schläfe. Wie konnte er mir so etwas antun! Warum kam er nicht hinterher, erklärte alles und versuchte mit mir zusammen einen Ausweg zu finden. Angestrengt lauschte ich, doch das Haus lag in tiefem Schweigen. Nur Zombie tatzelte verschlafen zu mir und sah mich mit traurigen Augen an.

»Meine süße Mutze, du bist immer da, wenn ich Trost brauche!« Liebevoll zog ich sie zu mir auf die Couch und streichelte sie, bis ich mich ein wenig beruhigt hatte. Dann goß ich mir ein Bierglas voll Whisky ein ... Als schließlich der Mond sein fahles Licht durch den wuchernden Jasmin am Fenster schickte und entfernte, monotone Tamtams eine Beerdigung ankündigten, schlief ich erschöpft ein.

Tahim sah ich am nächsten Tag überhaupt nicht. Als ich abends bedrückt mit Mami auf der Terrasse saß, kam der Chauffeur mit zwei Flugtickets, die er mir lächelnd übergab.

»Mami, sieh mal, eine Reise nach La Gounda, dem Naturschutzpark St. Floris, von dem ich schon soviel gehört habe!

Das ist eine wunderbare Idee. Auf diese Weise hat sich Tahim meiner unangenehmen Gegenwart entledigt, und wir beide sehen die schönste Savannenlandschaft Afrikas, im Norden der Zentralafrikanischen Republik.« Ich wandte mich an Mallo. »Holst du uns morgen früh ab, so um sieben Uhr?«

»*O.k. madame, à demain!*« Er nickte Mami freundlich zu und verschwand wieder.

Alle mochten Mami, fanden sie toll, so blond, so blauäugig, so gut gebaut, und sie fühlte sich hier bereits zu Hause. Sie schaute mich nachdenklich an. »Ist das nicht herrlich, wie wir von diesem Mann verwöhnt werden? Wir werden uns ein paar schöne Tage machen und eine Lösung für euch finden.«

21

Ich freute mich über die Reise. Seit langem schon wollte ich in dieses Savannenparadies, doch hatte mich die kleine Maschine abgeschreckt, mit der man flog. Meine Angst vor dem Fliegen kam gleich nach der vor Treiberameisen, und sie sollte anderthalb Stunden andauern.

Am nächsten Morgen herrschte bereits tropische Schwüle auf dem Rollfeld, als wir zu einer kleinen Cessna liefen, die am hinteren Ende in flimmriger Luft stand. Ich hoffte immer noch, daß ein richtiges Flugzeug auftauchen würde, aber vergebens. Diese Spielzeugkiste war unsere, und der Pilot begrüßte uns forsch. Ein Journalist flog ebenfalls mit. Schon hoben wir ab! Ich mochte nicht hinaussehen, doch nach paar kräftigen Schüttelanfällen in den Tragflächen war alles in Ordnung. Der Pilot zeigte nach unten. Wir befanden uns über einem Waldmassiv mit vielen Kahlstellen.

»Das war vor zwei Jahren alles noch Urwald, dicht zugewachsen. In weiteren zwei Jahren wird dort alles kahl sein!« Es sah beängstigend aus, lauter hellgrüne Stellen, die sich dicht aneinanderreihten.

Schließlich verloren wir an Höhe, und ich sah Steppe und ausgedorrte, graue Büsche. Es war jetzt die heißeste Zeit des Jahres. Unter uns preschte ein Tierrudel in einer Staubwolke durch die Ebene. Im Zickzack rannte es vor unserem Schatten davon. Es kam eine scharfe Rechtskurve, wieder eine Linksschleife, und gleichzeitig ging es noch tiefer. Ich schielte zu Mami, die kritisch aus dem Fenster sah. »Ob er wirklich weiß, wo wir hin müssen?«

Eine weitere saloppe Schleife folgte, und ich wischte meine schweißnassen Hände am Hosenbein ab. Nun riskierte ich

noch einen Blick nach unten und sah, daß wir einem Flußlauf folgten, der in einen tobenden Wasserfall mündete.
»Das müssen Sie anschauen, *les chutes de* Boali«, erklärte unser Pilot und ging senkrecht hinunter. Es rüttelte fürchterlich, so daß ich glaubte, die Türen würden sich öffnen. Mir saß inzwischen der Magen im Hals. Blöde Wasserfälle ... Der Journalist fragte, ob wir noch einmal kreisen könnten, aber das wehrte ich entschieden ab.
»Bitte nicht, meine Tür ist nicht ganz zu!«
Der Pilot grinste und hatte Mitleid. In großem Bogen zog er eine Schleife, und sachte ging es weiter hinunter. »Wir landen gleich.«
Ich suchte verzweifelt einen Hinweis auf eine Landebahn, da sank er noch tiefer, flog ein wenig nach rechts, dann nach links. Wir sahen Hütten und schmale Wege ... aber eine Landebahn?
Der Pilot griff zu seinem Mikro. »Vessa an Gounda. Vessa an Gounda, bitte kommen!«
Es knackte lange und dann: »Hier Gounda an Peter, Vessa bitte kommen! *A vous.*«
»Wir sind im Anflug, aber die Piste ist am nördlichen Rand zugewachsen, bitte säubern, *à vous*!«
»Verstanden Peter, sind schon unterwegs. *Over*!«
Der Pilot drehte ab und kreiste über dem Gebiet. Mami zupfte mich am Ärmel. »Bist du schon mal Fallschirm gesprungen?«
Ich lachte verkrampft. »Dazu fällt mir im Moment nichts ein!«
Der Journalist hinter uns war nun auch blaß geworden und machte eilig Notizen, wohl letzte Wünsche an seine Frau. Ich holte meinen Fotoapparat heraus und machte hübsche Schnappschüsse von Mami am Fenster und dann von den sechs Personen, die am Boden in Windeseile mit je zwei Macheten das Unterholz freischlugen. Siehe da, es kam

vage eine zweispurige Bahn zum Vorschein, wenngleich ich nie auf die Idee gekommen wäre, daß wir da landen sollten.

»Hier Gounda an Vessa, alles o.k., ihr könnt kommen! *Over*!« Und schon ging es in einer Schraube zurück. Plötzlich zog der Pilot die Maschine wieder hoch.

»Gounda, bitte kommen, im Anfangsbereich bitte Querast entfernen! *A vous*!«

»Ja, verstanden!«

Ich sah, wie jemand auf die Piste deutete, drei Personen losflitzten und dann an einem Holz zogen. Bewundernd wandte ich mich an den Piloten. »Gott sei Dank haben Sie so gute Augen, sonst hätte es wohl ein Unglück gegeben!«

»Ach, das geht noch. Schlimmer wäre eine Büffelherde. Hier zieht häufig eine vorbei. Aber jetzt geht es wieder! Vessa an Gounda, wir kommen, Landeanflug, bitte Piste frei! *Over*!«

Wir gingen jetzt tatsächlich hinunter, und wie mir schien, auf dem direkten Weg, nämlich senkrecht. Kurz bevor wir aufsetzten, sah ich, wie vor uns jemand heftige Zeichen machte.

»Was ist denn jetzt wieder?« Der Pilot wurde nervös und sah sich suchend um. Der Mann rannte voraus und scheuchte zwei gazellenartige Tiere zur Seite. Wir schaukelten fürchterlich. Mamis Hand war fest in meine gekrallt. Rumms! Es schepperte noch einmal, und ich stieß mächtig mit dem Kopf an das Dach. Ein weiteres Scheppern, und die Maschine krachte von Loch zu Loch, hüpfte hoch, wurde langsamer, rollte aus.

»Mami, bist du da?«

»Ja, meine Süße, alles bestens, jetzt bloß raus!«

Ein Mann näherte sich uns gebückt unter dem Propeller und öffnete die Tür. »Willkommen in La Gounda, wir freuen uns auf Sie! Ich bin der Manager, Pierre, und da im Auto ist meine Frau Linda!«

»Sehr erfreut!« Erleichtert schüttelten wir einander die Hände, und da zeigte er auch schon zu den hohen, dürren Steppenbäumen. »Giraffen!«

Wir blinzelten suchend, denn es war nichts zu erkennen. Dann aber sahen wir sie, in perfekter Tarnung mit den großen braunen Flecken auf beigefarbenem Pelz, bildschön anzusehen mit dem endlos langen Hals und den sanften Augen zwischen den Blättern. Zwei Giraffen standen unbeweglich zwischen den Ästen. Nur die zuckenden Ohren hatten sie verraten, alles andere war Ton in Ton mit dem Baumwerk.

Als wir anschließend im Jeep saßen und über den Savannenweg holperten, überstürzten sich die Eindrücke. Am schmalen Pfad etwas seitlich dieser Baumgruppe entdeckte ich die geschmeidige Gestalt eines Löwen. Pierre nickte mir bestätigend zu. Eindrucksvoll, wie er mit halbgeöffnetem Maul so dicht vor uns stand. Ich konnte sogar die gesprenkelte braun-gelbe Iris erkennen. Dann kam eine kleine Büffelgruppe. Die dürren und etwas scheuen Tiere hatten schmale, weit über den Kopf gezwirbelte Hörner. Zwei Kälber waren dabei. Sie ließen sich durch uns nicht stören. Seelenruhig kreuzten sie unseren Weg und dann die Landepiste hinter uns.

Pierre erklärte: »Die Tiere greifen keine Menschen an. Sie sind an uns gewöhnt. Alle unsere Safaris machen wir prinzipiell ohne Waffen.«

Für den nächsten Tag hatten wir uns zum Hippo-Besuch angemeldet und brachen schon früh mit dem offenen Jeep auf. Wir fuhren durch trockenes Buschland. Dann kamen wir in die weite Savanne, in der wir eine Gruppe witziger Warzenschweine sahen. Auf ihren kurzen Beinen und mit den tiefhängenden Bäuchen preschten sie in behendem Galopp

davon. Zwei dicke, langsamere Nachzügler bildeten das Schlußlicht.
Immer wieder begegneten wir merkwürdigen, tiefroten verlassenen Termitenhügeln – die reinste Kraterlandschaft. Das Gebiet wurde feuchter, verdörrtes Gras wurde zu Schilf, und schon sahen wir die ersten Reiher in elegantem Schwarz, mit langen weißen Hälsen und roten schmalen Schnäbeln in merkwürdigem Spiel. Sie flogen an, hopsten bei der Landung ein paarmal über den Boden, breiteten weit die Flügel aus, hopsten dann wieder in die Luft und schwangen sich mit zügigem Flügelschlag davon. Webervögel hingen an buschigen Bäumen mit ihren länglichen Nestern, sehr günstig für Schlangen gelegen, aber das war diesmal nicht mein Problem.
Wir hielten an. Unser Fahrer wies mit ausholender Geste und nicht ohne Stolz zu einer Senke, die mit Schilf bewachsen war. Mittendrin schwebte zwischen den langen Grasenden ein grauer Vogel in regelmäßigem Auf und Ab zum anderen Ende der Senke. Es sah zu komisch aus, dann erkannten wir mehr: Auf dem bulligen Schädel eines Flußpferdes wurde der Vogel durch die Senke getragen. Er ließ sich spazieren führen, sagenhaft! Ich mußte lachen und stieg aus, um besser fotografieren zu können.
Der Fahrer erklärte, daß dies eine Art Teamwork sei: Der Vogel hackte dem Hippo Ungeziefer vom Rücken und ernährte sich davon, und das Hippo trug ihn dafür spazieren. Das wäre vielleicht eine alternative Symbiose für Tahim und mich, falls alle Stricke reißen sollten.
Ich hatte mich ein wenig vom Wagen entfernt, als plötzlich der Boden dröhnte. Erschrocken drehte ich mich um, und da sah ich drei weitere Kolosse, höchstens zehn Meter entfernt. Sie drehten sich ein wenig zu mir, während sie vorwärts trabten. Kleine rote Augen schielten zu mir herüber, während die kurzen, runden Ohren ständig gegen Fliegen

wedelten. Breite Nackenwülste hingen bis zur Brust, und die monströsen Kiefer mahlten wiederkäuend. Tonnenweise Tier auf kurzen, schwerfälligen Beinen.

»Madame, kommen Sie bitte in den Wagen. Manchmal werden sie bösartig, wenn sie gerade ein Junges dabei haben«, ermahnte mich dringend der Chauffeur. Blitzschnell sprang ich an der Reling des Rovers hoch, und es war tatsächlich knapp. Ein Tier kam eilig auf mich zu. In gefährlicher Nähe sah ich die rosa Lefzen und ein paar große Hauer, die seitlich herausstanden. Schnell zog ich Mami zu mir herüber, doch da entschloß es sich, mit seinen Gefährten durch ein sandiges Becken in die Tiefe zu steigen. Auf einmal waren alle Hippos verschwunden.

Ich wollte unbedingt wissen, was da unten los war. Der Fahrer nickte zustimmend, bat mich aber, vorsichtig zu sein. Wir stiegen aus und stiefelten durch den Sand, wobei wir breiten Tierspuren folgten und an mächtigen, ausgeblichenen Schädelknochen vorbeikamen, die wie Urzeitrelikte aus dem Sand ragten. Nach einer kleinen Biege tat sich ein Bild des Friedens und exotischer Schönheit auf. Wir standen am Ufer eines nicht sehr breiten Wassers. Mittendrin und rundherum schwammen, schnaubten und suhlten sich mindestens vierzig Nilpferde. Fontänen sprühten geisterhaft auf, kleine Hippos schwammen zum Ufer. Teilweise sah man nur breite Nasenlöcher in den Wellen oder einen Vogel, der auf einer borstigen Stirn balancierte – ein wahrhaft paradiesischer Anblick, der frommes Staunen zauberte.

Der Fahrer rief uns von der kleinen Anhöhe besorgt zurück. Weitere Hippos näherten sich durch die Senke. Mit einem sportlichen Satz landeten Mami und ich im Rover. Schon kamen die Kolosse uns entgegen, diesmal ganz dicht am Jeep vorbei, aber sie beachteten uns nicht. Das letzte kotete laut furzend hellen Brei und wedelte ihn mit dem kurzen, breiten Schweif an unseren Wagen und über seine mächtigen Hinterbacken. Dort arbeiteten schon zwei Putzervögel und pickten an der besudelten Schwarte. Als die Gruppe weg war, fuhren wir etwas näher an den Teich und betrachteten noch lange das imposante Bild der badenden Hippos.

Am folgenden Tag machte ich den Schnappschuß meines Lebens. Pierre war diesmal dabei, weil wir in ein Löwengebiet wollten und er ein guter Spurenleser war. Der Wagen fuhr langsam durch eine Art Hohlweg, auf dem eine Perlhuhngruppe mit hysterischem Gekreisch vor uns flüchtete. Die Hühner kamen nicht auf die Idee, sich seitwärts in die Büsche zu schlagen, sondern liefen panisch direkt vor unseren Reifen. Endlich kam eine kleine Lichtung, in die sie verschwanden, wobei mein Blick auf einen nicht weit entfernten Löwen fiel, der lauernd und unbeweglich mit dem Hinterteil zu uns am Boden verharrte. Die Quaste am Ende seines sehnigen Schweifes zuckte ab und zu, und ich folgte der Richtung seines Kopfes. Sein Opfer mußte etwas ganz Aufregendes sein, daß er sich nicht um uns scherte, denn das Motorgeräusch war nicht zu überhören. Vorsichtig machte ich Pierre Zeichen zu halten, und nun entdeckte ich, worauf der Löwe lauerte. »Mami, sieh mal!«

Ein paar Meter seitlich vom Löwen äste in ahnungsloser Unbekümmertheit eine kleine Antilope. Elegant hatte sie den Kopf zwischen die weit gegrätschten Vorderbeine gebeugt, als sich plötzlich der Wind drehte und sie heftig sicherte. Der Löwe hatte inzwischen seinen Hinterhalt verlassen und war in Zeitlupe näher an sie herangeschlichen, wobei er fast doppelt so lang wurde und sich ganz dicht über dem Gras bewegte. Aufgeregt schoß ich eine Fotoserie und hoffte auf das Jahrhundertfoto, denn nun, von einer Sekunde zur anderen, ging die Hetze los. Wie auf ein plötzliches Zeichen sprang die Antilope senkrecht hoch und zugleich nach hinten, als der Löwe hinter her schoß. Mit weiten Sprüngen hatte er sie beinahe eingeholt, da gewann sie durch einen Zickzackkurs wieder an Boden. Doch der Löwe setzte mit ungeheurer Kraft in den Hinterläufen über die Büsche hinweg und war wieder bei seinem Opfer. Nun waren nur noch einzelne Bewegungen auszumachen. Ich erkannte nicht mehr, was zu wem gehörte, und eigentlich wollte ich das auch gar nicht. So aufregend schön es in seiner Ursprünglichkeit und Wildheit war, so grausam erschien mir gleichwohl das Spiel von Jäger und Opfer, von Fressen und Gefressenwerden.

Pierre meldete sich wieder. »Da habt ihr eine tolle Jagd miterlebt! So etwas sieht man nicht oft!«

Auch in den nächsten fünf Tagen, die wir hier noch verbrachten, geschahen viele aufregende Dinge. Am See lauerten wir dem letzten, steinalten Krokodil auf. Für 5000 CFA hatten wir ein dürres Huhn erstanden, mit dem wir es lockten. Mami sprang entsetzt beiseite, als nach langer Zeit tatsächlich das alte Schuppentier in Ufernähe auftauchte. Neben ihm entstanden Kreise und Kringel im Wasser, das ansonsten sumpfig grün und ohne Leben schien. In weitem Bogen warf der Fahrer das zeternde Huhn in den See, und mit einem Schnappen zeigte uns das Krokodil sein breites Maul mit den vielen spitzen Zähnen. Schuppiger graubrauner Schwanz peitschte kurz durch das Wasser, das Gackern des Huhnes endete abrupt mit einem Gurgellaut, dann war Stille. Nicht die kleinste Feder erinnerte mehr an ein kurzes afrikanisches Hühnerleben. Was blieb, waren einsame Wellenkreise.

Unseren letzten Tag ließen wir geruhsam mit einem Whisky *on the rocks* auf der Terrasse unserer Lodge ausklingen. Mami schlug mir vor, für ein paar Wochen nach Europa zu kommen, neue Informationen für eine Wiederaufforstung zu sammeln, Organisationen für den Schutz des gefährdeten Tropenwaldes zu gewinnen und dann zurückzufahren. Mir gefiel die Idee, zumal ich einen neuen Fotoband verkaufen wollte über den Tod der letzten Riesen. Aber andererseits war ich unschlüssig, ob ich Tahim jetzt allein lassen sollte. Möglicherweise dachte er sich in seiner Eifersucht die schlimmsten Geschichten aus.

22

Bereits am nächsten Tag wußte ich mehr. Wir waren heil auf dem Rollfeld von Bangui gelandet. Es herrschte eine Hitze von 45 Grad, und die brennende Luft verätzte unsere Kehlen. Tahims blaue Limousine fuhr vor. Der Patron höchstpersönlich holte uns ab. Er versprühte Charme und gute Laune. Hatte er sich so wohl gefühlt, ohne mich?

»Schön, daß ihr wieder gut gelandet seid. Ich habe jeden Tag an euch gedacht!« begrüßte er uns.

»An uns?« fragte ich erstaunt.

»Hauptsächlich natürlich an dich und unsere Probleme!« fügte er düster hinzu.

»Laß uns später darüber reden, ja?«

Mami war Tahim bereits erlegen und schmachtete ihn wie ein Backfisch an. Tahim setzte uns an der Boutique ab. Er wollte noch etwas sagen, unterließ es dann aber mit einem Seitenblick auf Mami.

Schon kam uns Ndiayne entgegen. Sie freute sich, Mami kennenzulernen. Die sah zum erstenmal den Ausstellungsraum und war begeistert. »Julia! Das ist ja ein richtiges kleines Schmuckstück. Was sind das für schöne Bilder!« jubelte sie.

Ndiayne und ich sahen uns zufrieden an, und dann musterte ich die neu eingetroffenen Bilder. Es waren zum Teil reine Meisterwerke der naiven Kunst, und immer wieder unverkennbar der abstrakte Stil von François, mit seinen wunderbaren, verwaschenen Farbkompositionen. Da hatte ich nun eine richtige kleine Galerie: am Entrée meine Dias mit Urwaldstimmung und durch einen lichten Bambusvorhang getrennt die Gemälde und Aquarelle.

»Wollt ihr nicht zu mir zum Essen kommen?« fragte Ndiayne voller Charme.
»Mal sehen Ndiayne, Mami ist ein bißchen müde!«
Aber Mami war von dem Vorschlag begeistert, und so schickte ich den Sentinel mit einem Zettel zu Tahims Büro, damit er uns den Chauffeur schickte. Mallo kam, und es ging wieder in das bunte Viertel, an das ich die schlimmsten Erinnerungen hatte. Wir kamen zu Ndiaynes Haus, wo Kinder spielten. Die Bantu-Tante kochte am offenen Feuer in der großen Kasserolle rote, pralle Palmfrüchte in Öl. Hühner und dicke Fliegen waren um uns herum, als wir ausstiegen und die vielen Kinder begrüßten. An Mamis Rock krallten sich bereits unzählige kleine braune Hände.
»Siehst du, Mami, da drüben? Der kleine Mann, das ist Moussa, mein Patenkind, Ndiaynes Jüngster!«
Der Kleine stand dicht neben der dicken Tante vor der Feuerstelle und schwankte mächtig auf den dünnen Beinchen. Ich winkte ihm zu, woraufhin er sich verlegen die Hände vors Gesicht hielt. Und da geschah das entsetzliche Unglück, das ich wie in Zeitlupe wahrnahm. Die Tante erhob sich schwerfällig, strauchelte und stieß dabei gegen den kleinen Burschen, so daß er ins Wanken kam und mit den Ärmchen ruderte. Ndiayne sah das Unglück nahen und schrie auf: *»Non! Moussa!«*
Mit einem gellenden Schrei stürzte der Kleine kopfüber in die Kasserolle, in das siedende Öl. Plötzlich herrschte Stille, alle schienen erstarrt. Dann folgten hektische Bewegungen, Schreie. Ndiayne rannte zur Kasserolle, faßte ins kochende Öl und zog die verbrannten Ärmchen heraus, der rote ölige Kopf folgte, und gemeinsam zogen wir das Kind auf den Boden. Ndiayne schluchzte auf und beugte sich über den glühenden Körper. *»Mon bébé!«*
Moussa brüllte laut und schrill. Der Topf kippte um, und das heiße Öl lief uns über die Füße, doch niemand spürte

Schmerzen. Ndiayne riß sich ein Stück von ihrem Pagne ab und tupfte Moussa die glühende Ölschicht von Gesicht und Brust.

Ich schrie dem Chauffeur zu: »Mallo, schnell einen Arzt, bring ihn gleich mit, *vite, vite*!« Dann stürmte ich in die Küche und suchte Mehl. *»Farine! Il faut de la farine, vite!«* Verdammt, keiner rührte sich, alle standen unter Schock, und so suchte ich allein. Endlich fand ich es und rannte wieder hinaus. Ndiayne wimmerte in herzerweichenden Tönen neben ihrem Baby, und bestürzt erkannte ich, daß ich zu spät kam. Der Kleine war so zugeschwollen, daß man keine Konturen mehr erkannte. Er röchelte, und nur noch gelegentlich kam ein schmerzvoller Schrei.

Ich konnte meine Tränen nicht mehr halten. Sie stürzten auf die verklebten Löckchen, während ich den verbrannten Kopf mit dem Mehl bestäubte. Ndiayne zupfte wie in Trance heiße Palmölfasern von seinem Gesicht, als laut hupend Mallo zwischen den Leuten herangefahren kam. Inzwischen standen viele Nachbarn um uns herum und halfen oder verteilten Ratschläge.

Der Arzt untersuchte den Kleinen. Mallo kam auf mich zu und erklärte mir leise: »Madame, bei so einem Unglück ist es besser, die Familie bleibt unter sich.« Er sah mich ernst an, und ich verstand. Der Kleine würde sterben.

Ich beugte mich noch einmal zu Ndiayne. Moussa war in ihren Armen stumm geworden. Die Augen entsetzt und starr auf seine Mutter gerichtet, hatte er die kleinen Fäuste noch im Todeskampf zusammengeballt. Welch eine Tragödie, so ohnmächtig dem Schicksal ausgeliefert zu sein. Ich heulte laut los und streichelte Ndiayne über die Schultern. »Es tut mir so schrecklich leid. Wenn ich irgendwie helfen kann, sag es mir!« Dann küßte ich sie auf die Stirne und drückte sie an mich.

Sie schüttelte stumm den Kopf und winkte mich fort. Laut

schrie sie ihren Schmerz heraus, und noch im Wegfahren hörten wir ihr Schluchzen.
Mallo hatte uns schweigend zum Büro gefahren, denn ich wollte zu Tahim, brauchte seine Nähe und Hilfe. Ich stieg aus und bat Mallo, Mami nach Hause zu fahren. Immer noch saß sie völlig versteinert da. Ich drückte sie an mich. »Weißt du, Mami, Tod und Leben liegen in diesem Land so dicht beisammen, daß man das Leben hier viel intensiver lebt als bei uns. Die Menschen sind stark, weniger sentimental. Sie können viel besser mit dem Tod umgehen als wir. Sie fassen sich schneller, da der Tod ein ständiger Begleiter ist. Täglich gibt es rätselhafte Todesfälle, ungeklärte tödliche Krankheiten, Unfälle durch Fahrlässigkeit. Ndiayne wird bald wieder zum normalen Tagesablauf zurückfinden!« Ich umarmte sie noch einmal. »Bis gleich, meine Liebe!«
Im Büro sah Tahim mich mit eisigem Blick an. Ich war überrascht, da er sich am Flughafen noch so liebenswert gegeben hatte. Weinend erzählte ich ihm von dem entsetzlichen Tod des kleinen Moussa. »Kann man etwas für Ndiayne tun, Tahim? Oder für die Familie? Ich habe so ein schlechtes Gewissen!«
Unbewegt schaute er mich an und griff zum Telefonhörer. »Martine, bitte sagen Sie meine weiteren Termine ab, *merci*!« Dann lehnte er sich zurück und wartete.
Ich hatte das Gefühl, daß nun etwas Fürchterliches geschehen würde, und bevor ich noch die Situation erfassen konnte, hörte ich schon die verhängnisvollen Worte.
»Julia, alle Beziehungen, die du hier begonnen hast, stehen unter einem schlechten Stern. Zuerst die Pygmäen: Bis zu deinem Eintreffen lebten sie wunderbar. Kaum warst du da, gab es bei ihnen ein Problem nach dem anderen. Dann Ndiayne! Kaum wart ihr zusammen, gab es dieses Drama mit dem Ritualmord, jetzt der Tod ihres Sohnes. Auch unsere Beziehung funktioniert nicht. Sie hat einen Sprung, den

man nicht kitten kann!« Tahim machte eine lange Pause, in der ich versuchte zu begreifen, was er da gerade sagte. Da kam schon der nächste Schlag. »Ich halte es für besser, wenn du nach Europa zurückkehrst!«

Eiseskälte war in mir hochgekrochen. Alle Versionen, die ich jemals gedanklich zu diesem Thema durchgespielt hatte, waren immer gut ausgegangen. Kühn hatte ich einmal mit dem Gedanken an Trennung gespielt und ihn in meiner Wut durchaus praktikabel gefunden. Doch nun vor die Tatsache gestellt, brach alles in mir zusammen. Mühsam sammelte ich mich.

»Wie kannst du sagen, daß unsere Beziehung einen Sprung hat, weil soviel Schlimmes geschehen ist. Auf die schrecklichen Ereignisse hatte ich doch keinen Einfluß! Und was unser Beziehungsproblem betrifft, so habe ich lediglich versucht, deine Macht in positivere Bahnen zu lenken. Du hattest Änderungen versprochen, die du nie eingehalten hast. Wie kannst du deinem Land, das du so liebst, öde und verbrannte Erde hinterlassen? Das ist unverantwortlich und geht uns alle an! Kannst du mir verdenken, daß ich dagegen ankämpfe?«

»Nein, Julia, gewiß nicht. Es ist die Summe aller Probleme. Du kostest mich mit all deinen Aktivitäten zuviel Kraft. Du zerrst täglich an meinen Nerven, und das will ich nicht. Das habe ich noch nie gemocht!«

»Und unsere Liebe, Tahim? Wir lieben uns doch.« Ich kniete mich vor ihn. »Du kannst es doch nicht leugnen!« Ich umschlang seine Knie und schaute ihm flehend in die Augen. Alles in mir sträubte sich zu akzeptieren, was er von mir forderte.

Doch die Kälte blieb. Tahim wich meinem Blick aus. »Julia, es hat keinen Sinn! Es gibt noch anderes, was mich stört. Wie du an meinem Geburtstag mit Francis geflirtet hast … Glaubst du, ich bin blind? Oder Hans, dein Botschafter. Jeder zweite Mann hier ist hinter dir her. Das ist doch nicht normal, du forderst das doch regelrecht heraus! Wie kann ich dir denn glauben, wenn du von Liebe sprichst!« Jetzt wurde er laut und ereiferte sich. »Du bist genau so untreu wie alle anderen Frauen, die ich kenne! Alle treiben sie ein falsches Spiel! Ich habe es doch täglich erlebt, wie sie um meine Gunst werben, und ein paar Minuten später sind sie freudestrahlend bei ihren Ehemännern!«

»Tahim, wie kannst du so etwas von mir annehmen. Wie kannst du mich in einen Topf mit deinen alten Erfahrungen werfen? Und wenn du es mir schon nicht glaubst, müßte dich wenigstens die Logik überzeugen. Oder denkst du, ich habe mein schönes Heim, meine Freunde, einen tollen Beruf, soziale Kontakte, finanzielle Sicherheiten, all das aufgegeben, lebe hier mit einem Mann zusammen, der mich verwöhnt und mich liebt, um dann alles wegen eines dusseligen Flirts zu riskieren? Francis wußte genau, daß ich kein Interesse an ihm hatte, daß ich nur Augen für dich hatte. Das hat ihn anscheinend mächtig angeregt, deswegen hat er mich ständig provoziert. Ich bin ihm schließlich sogar aus dem Weg gegangen! Wieso geht das nicht in deinen Schädel?« Fast brüllte ich ihn nun an. Ich wurde wütend. »Wieso kannst du dir nicht vorstellen, daß eine Frau genug an einem einzigen Mann hat, daß eine Frau einen einzigen Mann aus tiefstem Herzen lieben kann und daß diese Frau gar keinen anderen Mann möchte! Deine Beschuldigungen, schon allein die Vermutungen, sind entwürdigend! Wenn du dir eine solche Liebe nicht vorstellen kannst, dann hast du armselig gelebt, trotz deines immensen Reichtums!« Erregt stand ich vor ihm und sah ihm fest in die Augen, doch er sprang abrupt auf.

»Entschuldige, ich habe noch zu tun!« Damit öffnete er die schwere Ledertür und ging gesenkten Kopfes durch das Vorzimmer.

Wie betäubt setzte ich mich auf das Sofa. Das also war das Ende?

Im Haus fand ich Mami vor einem großen Cognacglas. Ihre Verfassung war der meinen nicht unähnlich.
»Alles ist meine Schuld, Julia! Wäre ich nicht mitgekommen, wäre die Tante nicht aufgestanden und der kleine Kerl nicht umgefallen. Ich verkrafte das nicht! Julia, ich möchte auf der Stelle abreisen, ich kann nicht länger hier bleiben in diesem traurigen Paradies!«
»Ach Mami! Es ist doch nicht deine Schuld!« Beide weinten wir.
Traurig sah ich hinaus auf den Fluß, den ich so liebte. »Wie viele Tränen hat der Oubangui von mir bereits gesehen. So viele Tränen der Freude und jetzt der Trauer! Tahim will mich nach Europa zurückschicken! Wir hatten eine heftige Aussprache, und er sagt, ich mache ihm zu viele Probleme, er will seine Ruhe. Ich bin so unglücklich, ich weiß nicht, wie ich ohne ihn leben soll. Ich bin so unglücklich!« Ich heulte Rotz und Wasser, und es schüttelte mich dermaßen, daß ich mich nicht mehr in den Griff bekam. Heulend lief in mein Zimmer und warf mich auf das Bett. Ich wollte sterben, mein Leben hatte keinen Sinn mehr, ohne Tahim. Da war nur noch Verzweiflung und Hoffnungslosigkeit …
Es dauerte Stunden, bis meine Tränen versiegten. Ich war zu dem Entschluß gekommen, daß ich ein letztes Mal um unsere Liebe kämpfen wollte, obwohl ich wenig Kraft dazu spürte. Wenn es sich als hoffnungslos herausstellte, würde ich im Flußhaus Abschied nehmen von dieser schönsten Zeit meines Lebens … würde mir von Majeke unter irgendeinem Vorwand das Gift für die Jagd mischen lassen. So könnte ich ohne Qual durch meine Walhallaluke reisen …
Traurig schlich ich durch die Gänge, als ich Stimmen auf der Terrasse hörte. Tahim und Mami saßen beisammen und

wirkten angesichts der Katastrophe relativ unbekümmert. Als ich näherkam, stand Tahim hastig auf und ging mit eingezogenen Schultern an mir vorbei zum Schlafzimmer.
Mami schaute mich angetrunken-fröhlich an. »Julia, wir haben gerade beschlossen, daß ich mit der nächsten Maschine zurückfliege, und du kommst mit!« Mit ausgestreckten Armen kam sie mir entgegen.
Schon brach ich wieder in Tränen aus. »Wie kannst du dem so leicht zustimmen? Soll ich einfach alles aufgeben, Tahim verlassen? Du müßtest mich doch kennen und wissen, daß ich bis zum letzten Hoffnungsschimmer kämpfe!«
»Glaube mir, Kind, es ist das Beste für euch beide. Vielleicht renkt sich ja alles nach einiger Zeit wieder ein!« Sie zupfte mir eine widerspenstige Strähne aus der Stirn.
»Nein, Mami, ich bleibe!«

23

Drei Tage später flog Mami zurück. Ich war traurig und deprimiert, in dieser elenden Situation allein zu bleiben. Der Abschied fiel mir besonders schwer, weil ich wußte, daß ein Wiedersehen ungewiß war. An meiner Entscheidung hatte sich nichts geändert ... Tahim oder Walhallaluke.

In den folgenden Tagen war ich zutiefst deprimiert und blieb im Bett. Ndiayne besuchte mich besorgt, als wäre mein Verlust genauso schlimm wie ihrer. Wir hatten uns nur einmal nach dem Unfall gesehen. Da war sie in einem völlig apathischen Zustand, und ich hatte ihr nicht helfen können. Doch heute sah sie hübsch und munter aus. Sie fragte nach dem *cri cri.*

»Es ist hier in der Schublade, weil es sich immer im Nachthemd verheddert hat!« Ich suchte danach, fand es aber nicht. »Das gibt es doch nicht, es ist weg!«

Vergeblich suchten wir nun alles ab. Plötzlich merkte ich, daß mir dieser Talisman viel bedeutete. Ich befragte Billeba, ob er wüßte, wo er sei.

»*Mais madame, je n'ai rien pris!*«

»Aber Billeba, ich würde doch nie denken, daß du etwas genommen hast! Ich will nur wissen, ob du es irgendwo gesehen hast?«

Bekümmert schüttelte er den Kopf. Als er draußen war, rückte Ndiayne den Blumentopf zum Fenster und scharrte zu meinem Erstaunen in der Erde. Vorsichtig ergriff sie einen kleinen Gegenstand, dann noch einen und noch weitere. Sie brachte Stecknadeln zum Vorschein, die sie mir triumphierend unter die Nase hielt.

»Ich habe es geahnt. Jemand will dir Böses, Julia! Man steckt Nadeln in die Erde eines Blumentopfes oder in einen Gegenstand im Zimmer desjenigen, dem man den bösen Zauber schickt. Wer betritt denn dein Zimmer?«
»Jetzt ist aber Schluß mit dem Hokuspokus! Wer soll mir denn hier im Haus Schlechtes wünschen, alle mögen mich doch!«
»Und die Söhne von Tahim? Sie sind auch Söhne von Merguèse!«
Ich überlegte. Nein, das traute ich weder Justin noch Jean-Luc zu. Aber wenn diese Merguèse mir wirklich Übles wollte, dann hatte sie viele Möglichkeiten. Ihre Familie war weitverzweigt hier in Bangui.
»Hast du nicht den Boy ausgetauscht?« wollte Ndiayne wissen.
»Ja, aber das ist mindestens ein Jahr her! Und er ist außerdem Kongolese, sicherlich nicht verwandt mit dieser Dame!«
Ndiayne schüttelte zweifelnd den Kopf. »Bei allem Verständnis für deine Freundschaft mit Billeba: Ich weiß, daß er früher für Merguèse gearbeitet hat, und sie sehen sich immer noch ziemlich oft. Er kennt die Bedeutung des *cri cri*, das ich dir geschenkt habe. Damit es dir kein Glück mehr bringt, hat er es verschwinden lassen!«
Mir fiel eine eigenartige Geschichte ein. »Vor ungefähr zwei Monaten hat er eine Quarkspeise extra für mich zubereitet und sie schnell weggenommen, als Tahim davon kosten wollte! Er behauptete, der Fettgehalt sei zu hoch für den Patron, aber mir kam es merkwürdig vor. Meinst du, daß Billeba ...?«
Ndiayne nickte verschwörerisch. »Paß bitte auf dich auf! Versprich es mir, auch wenn dir mein ›oküsspoküss‹ komisch vorkommt!«
»Ach, Ndiayne, sei mir nicht böse. Ich komme einfach mit

meinen Problemen nicht mehr zurecht. Tahim ist völlig abweisend, ich weiß nicht, wie ich es anpacken soll, ihn zurückzuerobern, ohne daß ich meine Einstellung aufgeben muß. Meine Kräfte sind verbraucht, ich bin völlig leer.«
Ndiayne nahm meine Hand. »Ich werde dir helfen, aber du mußt ernst nehmen, was ich dir sage!«
Ich nickte. Ich war bereit, an die afrikanische Magie zu glauben. Verschwörerisch rückte sie näher und begann mit leiser Stimme:
»Deinen Morgenurin mußt du in einen kleinen Behälter machen und ihn dann rundherum auf den Boden deines Zimmers und vor die Tür träufeln. Das hält das Böse fern, es kann da nicht drüber!«
Das kam mir so abstrus vor, daß ich zum erstenmal seit langer Zeit wieder lächelte.
Ndiayne freute sich. »Mit einem solchen Lächeln und etwas Anstrengung kannst du deinen Mann zurückerobern. Versuche es gleich heute abend! Und wenn es nicht klappt, bringe ich dich zu einem Marabou. Aber du darfst niemandem davon erzählen!«
Ndiayne hatte mir Mut gemacht. Ich überredete mich, an ihren Zauber zu glauben, und stimmte mich, als ich wieder zu Hause war, für den Abend ein. Zu meinem Schlachtplan gehörte ein Glas Wein, romantische Musik, ein aufreizender Körper, geduscht, gesalbt und parfümiert ... Mein Spiegelbild war vielversprechend. Um halb sechs hätte ich mich normalerweise auf den Weg gemacht, um Tahim abzuholen. Doch heute wußte ich nicht, wie ich die Sache weiterspinnen sollte. Keinesfalls wollte ich zu Hause abwarten und gegen Mitternacht enttäuscht allein ins Bett sinken, wie so oft. Ich beschloß, »zufällig« bei ihm vorbeizufahren. Im nachtblauen Kleid mit langem Seitenschlitz, hohen Hacken und wallenden Haaren fuhr ich zum Büro, trat mir im Geiste kräftig in den Hintern und klopfte an Tahims Tür.

»OUIIIIIII!«
Au weia, das hörte sich ja streng an! Entschlossen öffnete ich die Tür und sah in Tahims verdutztes Gesicht.
»*Bonsoir*, Tahim. Ich hatte in Erinnerung, daß wir heute abend eingeladen sind«, log ich keß.
»Ah bon?« Er sah in seinen Kalender und schüttelte den Kopf. *»Non, rien!«*
»Dann habe ich das wohl verwechselt. Hast du Lust auf einen Apéritif im *Minerva*?« wagte ich mich weiter vor.
Er musterte mich wohlgefällig. Sein Blick blieb an meinen runden Hüften hängen. »*Oui, pourquoi pas*. Fahr schon mal vor, ich komme gleich nach!«
O nein, mein Lieber, diese Nummer nicht noch einmal, du würdest einfach nicht kommen. »Ich warte lieber draußen auf dich, ok?« Und bevor er antworten konnte, verließ ich mit einem verheißungsvollen Lächeln das Büro. Tatsächlich saßen wir etwas später im Auto und fuhren ins *Minerva*. Ich war aufgeregt wie ein Teenager, versuchte mich so zwanglos wie möglich zu geben, doch dabei dachte ich immer nur an das eine: Wie könnte ich ihn zurückerobern, was würde ihm gefallen? Ich trank reichlich Pastis und wurde langsam lockerer. Tahim war aufgekratzt, lachte viel, bezog mich in die Unterhaltung mit seinen Freunden ein, und es wurde ein alberner Abend. Ich triumphierte, als wir aufbrachen, und freute mich auf eine heiße Nacht der Versöhnung. Doch spukhaft war auf einmal alles Fröhliche verschwunden, als wir im Auto nebeneinander saßen. Tahim schwieg bis zum Haus, auch mir fiel wenig ein. Ich fragte ihn über seinen Freund Jacques aus, obwohl er mich nicht interessierte, und Tahim antwortete kurz angebunden. Am Haus angekommen, eilte er vor mir die Treppen hinauf, und ich hörte, wie eine Tür ins Schloß fiel.
Mutlos, enttäuscht und traurig stieg ich langsam die Stufen zur Terrasse hoch und ließ mich im Salon in einen Sessel fal-

len. Ich hörte die Dusche. Gleich würde es scheppern, da! und dann sein Fluch »*Merde alors!*« Geliebtes Wesen, bitte gib mir doch eine Chance, laß mich bei dir bleiben …

Ich hörte, wie Tahim zum Schlafzimmer tappte. Kurz darauf kam er in Badehose und Handtuch wieder zum Vorschein und ging langsam die Treppen zum Pool hinunter. Ich war verdutzt. Abends war er noch nie schwimmen gegangen. Ein Omen? Neue Sitten? Ich beschloß, es positiv auszulegen, schlüpfte schnell in meinen Bikini und folgte ihm zum Pool. Mit einem mächtigen Satz sprang ich direkt vor seine Nase. Prustend tauchte ich wieder auf und hielt mich an seinen breiten Schultern fest. »Ehh Tahim, du auch hier? Was für ein Zufall!« Lachend glitt ich um ihn herum, so daß er nicht vorwärts kam.

»Julia, bitte! Laß mich schwimmen!« forderte er ungeduldig.

»Erst einen Kuß, bitte!«

Er wandte sich zu Seite.

»Einen kleinen?« fragte ich leise weiter, doch es kam keine Reaktion. Ich wollte es nun genau wissen. »Tahim, bitte! Sag mir, daß du nicht ernsthaft glaubst, daß ich mit einem Mann zusammen war. Du wolltest nur testen, was ich dazu sage, stimmt's?« Ich war inzwischen dicht vor seinem Gesicht und wollte ihn gerade küssen, als er gleichgültig antwortete:

»Du kannst machen, was du willst und mit wem du willst. Ich brauche dich nicht! Du bist doch sowieso völlig unabhängig von mir in allem, was du bis heute getan hast.«

»*Mais chéri*, du hast mich doch so kennengelernt. Wieso stört dich meine Unabhängigkeit plötzlich? Wir hätten darüber reden können!«

»Über solche Dinge diskutiere ich nicht, die muß man merken.« Damit drehte er eine Schleife und schwamm mit gleichmäßigen Zügen auf die andere Seite.

Ich war ernüchtert ... *Du kannst machen, was du willst und mit wem du willst*! Was hatte ihn nur so tief verletzt, daß uns anscheinend kein Weg mehr zusammenführte? Mir schossen die Tränen in die Augen.

»Tahim, bitte höre mich doch an. Ich liebe dich und möchte nicht ohne dich leben. Du bedeutest alles für mich, mein Leben, mein Zuhause, meine Heimat. Bitte!« Ich flehte ihn an.

»Es hat keinen Sinn! Ich schlage vor, du fährst so schnell wie möglich nach Hause. Ich werde dich finanziell unterstützen.« Damit drehte er kaltblütig die dritte Runde.

»Du kannst dir deine Kohle sonst wohin stecken. Dein Geld habe ich noch nie gebraucht. Du bist das größte, egoistische Ekel, das mir jemals begegnet ist!« Ich war auf einmal furchtbar wütend geworden und schlug auf das Wasser, daß die Wellen spritzten. Ich sprang hinaus und rannte wie blind die Treppen hoch. Im Salon kam mir der gedeckte Tisch gerade recht. Mit einem Zug riß ich das Tischtuch mitsamt den Tellern und Gläsern herunter. Das war noch nicht genug! Ich feuerte die Flaschen von der Bar hinterher – hatte den ersten Tobsuchtsanfall meines Lebens. Ich zerschlug alles, was nicht niet- und nagelfest war und schrie aus vollem Hals meine Empörung heraus. Billeba schaute ängstlich durch die Küchentür und schloß sie erschrocken wieder, als eine Ginflasche in seine Richtung flog. Plötzlich hörte ich, wie der Wagen unten gestartet wurde, und sah die blaue Limousine fortfahren. Dies war wohl endgültig das Ende. Erschöpft ging ich in mein Zimmer, in dem es heiß und stickig war. Ausgepumpt und hoffnungslos sank ich auf das Bett.

Als ich Ndiayne am nächsten Tag in der Boutique sah, fragte sie nicht weiter. Sie nahm mich einfach in die Arme und hielt mich fest. »Wir fahren sofort ins Quartier Manamba, wir werden schon erwartet. Ich habe es so kommen sehen.«

Ich wollte nicht mehr weiterkämpfen, aber sie bat mich,

noch einen letzten Versuch zu unternehmen. Schließlich war ich einverstanden, und schon saßen wir im Auto. «Du solltest eine Sonnenbrille aufsetzen, man muß dich nicht unbedingt in diesem Viertel erkennen! Nicht daß du noch mehr Schwierigkeiten bekommst!«
Ndiayne lotste mich um hundert Ecken. Gehorsam folgte ich. Die Gegend wurde immer verwahrloster. Über sumpfigen, grünschillernden Straßengräben standen Wolken von Stechmücken. Kinder wateten im Dreck, und magere Enten schwammen lustlos in der Brühe herum. Plötzlich machte Ndiayne Zeichen zum Anhalten, und ich bremste vor einem rostigen Tor, dessen eine Hälfte aus den Angeln hing und den Weg versperrte. Wir stiegen aus, krochen durch das Gitter in einen vergammelten Hinterhof. Fragend sah ich zu Ndiayne. Mir war das alles nicht geheuer. »Wer wohnt hier überhaupt?« flüsterte ich ihr leise zu.
Da erschien geräuschlos eine alte, verwegen aussehende Frau und winkte uns vielsagend in die Baracke. Dies war also der Marabou. Ich machte Ndiayne Zeichen voranzugehen, und sie schlich grinsend an mir vorbei.
»*Courage*, Julia! Du bist doch sonst so mutig!«
Wir setzten uns in eine düstere Ecke, und Ndiayne unterhielt sich auf Sango mit der alten Frau. Diese hatte am Hinterkopf dünne, blauschwarze Haare zu einem Knoten gezwirbelt, und in die Stirne hingen wirre, weiße Strähnen. Ihre schmutzigen Finger mit den langen Krallen legten sich um ein Kartenspiel. Sie deckte einige Karten auf, deutete auf eine Pik Dame, und Ndiayne übersetzte mir, daß ich mich vor einer Frau in der Nähe meines Mannes in acht nehmen solle, daß zwei Söhne in meiner Nähe seien und einer davon störe. Ein Mann, der jeden Tag im Haus sei, wolle mir Böses. Das kam so überzeugend und einfach, daß ich von der Selbstsicherheit dieser Frau beeindruckt war. Ndiayne hatte mir vorher versichert, ja sogar geschworen, daß die Frau

nichts über mich wüßte. Die Alte machte uns Zeichen, ins Nebenzimmer zu gehen. Es war hier so dunkel, daß ich nichts erkannte, außer daß der Raum extrem niedrig war. Die Frau besprach sich mit Ndiayne, die mir übersetzte: »Du sollst dich ausziehen, auch den Schmuck.«
»Ich soll mich ausziehen, ganz nackt?« Ich war perplex.
»Ja, das gehört dazu!«
Zögernd legte ich Kleidung und Schmuck ab und behielt nur den Slip an. Die Alte kam mit einer Metallschüssel und machte mir Zeichen, die Beine zu spreizen. Mir wurde es zuviel. Ich dachte, daß sie mir etwas einführen wolle, und winkte ab. Doch sie ließ nicht locker, ich solle den Slip ausziehen und die Beine breit machen. Ich nahm mich zusammen und zog den Slip herunter. Die Frau schob mir die Schüssel zwischen die Beine, dann verschwand sie wieder und kam mit einer Wasserkaraffe zurück, goß langsam leicht bläuliches Wasser in die Schüssel und schlurfte wieder hinaus. Ich stand mit gegrätschten Beinen und unguten Gefühlen über der Wasserschüssel und beobachtete die Umgebung. Vielleicht gaffte ja irgend jemand durch irgendwelche Ritzen. Die Alte schleppte eine bleierne Masse an und warf sie mit Schwung in die Flüssigkeit. Kleine Kügelchen bildeten sich, und ich mußte plötzlich zur Toilette. Ich hatte noch nicht einmal gefragt, da wies sie mir schon die Richtung. Hinter einem Holzverschlag stand ein Plumpsklo, das ich gerade noch erreichte. Ich pieselte in langen Strömen und dachte, daß es nie mehr aufhören würde. Als ich die Bretter wieder öffnete, saß eine gefleckte Katze neben der Schüssel und starrte mich erwartungsvoll an.
Ndiayne rief von nebenan: »Sie will wissen, ob du klein oder groß gemacht hast.«
»Pipi!« Die Alte nickte und bedeutete mir, wieder über die Schüssel zu steigen. Ich war etwas benommen von den aus der Schüssel aufsteigenden Dämpfen, die zwischen faulig

und aufreizend süßlich rochen. Plötzlich leckte die Katze von dem Gebräu, und die Alte nickte zufrieden. Ich durfte mich wieder anziehen, und wir gingen zu Ndiayne zurück.
»Du wirst deinen Mann zurückbekommen. Morgen wird sie dir eine Flasche in die Boutique bringen. Mit der Flüssigkeit sollst du dich abends einreiben und dann zu deinem Mann gehen!« übersetzte Ndiayne. Die Sitzung war beendet, wir wurden hinausgeleitet.
»Soll ich nichts bezahlen, Ndiayne?«
»Morgen, wenn sie in den Laden kommt.«
Wir verabschiedeten uns von der Frau, und ihre Augen waren auf einmal hellblau. Irgend etwas träumte ich hier ...
Am nächsten Tag mußte ich ständig daran denken, daß mich ein Sohn störe, und suchte in Jean-Lucs Zimmer nach Hinweisen. Im Schrank fand ich tatsächlich die Lederschnur meines Amuletts. Wie sonderbar!
Als Tahim kam, stieg schlagartig all meine Traurigkeit in mir hoch. Ich dachte, daß er sich zu meinem gestrigen Anfall äußern würde, und sah ihn in banger Erwartung an. *»Bonjour, Tahim!«*
»Salut«, murmelte er abwesend, nahm einen Brief vom Tisch und verschwand wieder. Er mied meine Gegenwart, und meine tapferen Vorsätze, noch einmal um unsere Liebe zu kämpfen, wurden im Keim erstickt.
Spät nachmittags brachte Ndiayne mir ein geheimnisvolles braunes Fläschchen und drückte es mir ernst in die Hand. »Hiermit wird sich dein Schicksal zum Guten wenden. Ich wünsche dir alles Glück!« Wir umarmten uns.
»Merci, petite sœur!« Ich küßte sie auf die Wangen und zog mich ungeduldig in mein Badezimmer zurück. Dort hatte ich einen kleinen Kühlschrank für meine Kosmetika und Medikamente. Auch eine Champagnerreserve hatte ich mir angelegt und fand nun den ultimativen Anlaß, eine Flasche zu köpfen. Ich prostete mir auf diesen allerletzten Versuch

zu. Immer noch war mir ein wenig schwindelig von den Dämpfen des Vortags. Merkwürdig, daß die Wirkung so lange anhielt, oder kam sie aus dem verheißungsvollen Fläschchen? Ich mußte lachen. Glaube konnte bekanntlich Berge versetzen, aber auch Eisberge? Meine Gedanken kreisten immer um dasselbe. Nichts schien mir mehr wichtig außer Tahim und der Frage, wie ich mich verhalten sollte. Andererseits hatte ich es immer schon erbärmlich gefunden, wenn jemand nicht begreifen wollte, daß eine Beziehung zu Ende war, würdelos, aber wie sollte ich solche Würde mit meiner Sehnsucht vereinbaren?

Zombie schlich sich zu mir und schmiegte sich zart an mich. Meine geliebte Mutze! Liebevoll streichelte ich ihre Ohren und den schmutzigen, braunen Bauch, was sie mit halbgeschlossenen Augen genoß. Hellwach lauschte ich auf jedes Geräusch. Der Wagen fuhr vor. Mir klopfte das Herz bis zum Hals. Ich hörte alle vertrauten Geräusche, dann die Schlafzimmertür. Der Fernseher wurde angeschaltet, und eilig schenkte ich mir Champagner nach. Mut, Julia! Ich musterte mich im Spiegel und war zufrieden. Ich hatte zwar stark abgenommen, aber das gab mir einen leicht morbiden Zug, der mir gut stand, fand ich.

Plötzlich hörte ich leises Schnarchen und wußte, daß meine Stunde gekommen war. Ich öffnete das kleine Fläschchen und hätte mich am liebsten am ganzen Körper mit der Essenz eingerieben. Aber sie roch ziemlich eigenartig, muffig, schwül. Ein paar Tropfen hinter die Ohren sollten reichen. Ich tupfte noch etwas auf die Schenkel. Dann stand ich vor der Schlafzimmertür und hatte Hemmungen, sie zu öffnen. Eigentlich hatte Tahim mir deutlich und oft genug erklärt, daß es keinen Sinn mehr hätte ... Aber nun stand ich hier, und schlimmer, als es war, konnte es ja nicht werden.

Langsam drückte ich die Klinke hinunter, sah den geliebten Rücken, den kleinen Hintern unter der Pyjamahose, die

breiten Schultern und schloß leise die Tür hinter mir. Behutsam stellte ich den Fernseher ab, löschte das Licht und legte mich in Zeitlupe auf die freie Bettseite. Ich atmete tief durch und musterte mit liebevollen Gefühlen sein Gesicht; sah seine dichten Wimpern, die buschigen Augenbrauen, den schmalen, sinnlich geschwungenen Mund, die lange, eindrucksvolle Nase und spürte eine so starke Zärtlichkeit für diesen Mann, daß es fast schmerzte. Eng schmiegte ich mich an ihn, atmete seine Haut und war ihm endlich wieder so nahe, daß ich den Duft von Kardamom und seiner männlichen Sinnlichkeit einatmen konnte. Er dehnte sich wohlig und drehte sich auf die andere Seite, so daß ich mich mühelos an seinen Rücken schmiegen konnte. Zufrieden legte ich den Arm über ihn und streichelte durch seine Brusthaare. Schlafend ergriff er meine Hand und hielt sie fest. Ich war selig, unendlich glücklich über diese kleine Geste. Mehr wollte ich gar nicht, ich hätte immer so liegen können.
Doch da wachte Tahim auf, hielt inne, zog seine Hand zurück, drehte sich um und sah mich. »Julia, was machst du denn hier!« Er war plötzlich hellwach und setzte sich abrupt auf.
»Tahim, ich hatte solche Sehnsucht nach dir. Laß uns doch zusammen sein. Du hast doch auch noch Gefühle für mich, das merke ich doch! Ich möchte so wahnsinnig gerne mit dir schlafen!«
Nun war er vollends aus dem Bett gesprungen. »Entschuldige, aber ich bin müde!« war alles, was er dazu sagte, bevor er fluchtartig das Zimmer verließ.
Ich sprang auch aus dem Bett und folgte ihm zur Terrasse. Leise und eindringlich bat ich ihn: »Ich verspreche dir abzureisen, aber laß uns noch einmal zusammen sein. Brauchst du denn gar keine Zärtlichkeit? Mir fehlt sie ganz furchtbar. Ich sehne mich so sehr nach deiner Liebe!« Ich stand dicht hinter ihm, als er sich langsam zu mir umdrehte. Ganz nah

waren seine dunklen, melancholischen Augen. Ich legte meine Arme zärtlich um seinen Hals, küßte ihn innig auf die Wangen und sah, wie er langsam die Augen schloß.

24

Ein paar Wochen später mußte Tahim nach Libreville zu einem Meeting, und ich wollte die Gelegenheit nutzen, meine Pygmäenfreunde zu besuchen. Ich hatte sie fast drei Monate nicht gesehen und kaum an sie gedacht. Tahim hatte mich viel Kraft gekostet. Es hatte lange gedauert, bis die Wunden einigermaßen verheilt waren, und der Schreck saß mir noch tief in den Gliedern. Tahims Gefühle zu mir köchelten auf Sparflamme. Er hatte noch nicht zurückgefunden zu der Unbeschwertheit unserer anfänglichen Liebe. Ich sprach nicht darüber. Ich war einfach dankbar, daß wir wieder zusammen waren. Alles Weitere würde sich finden.
Wir standen am Flughafen und umarmten uns zum Abschied. »Bleib nicht so lange. Du hast hier eine Frau, die sehnsüchtig auf dich wartet. Wenn du zurück bist, wird alles so sein wie früher! Ich liebe dich. Wirst du es mir endlich glauben?«
»Ich will es versuchen, Julia.« Wir küßten uns, zum erstenmal seit langem wieder voller Zärtlichkeit und Verlangen. Mich durchströmte Wärme und Glück. Tahim hielt lange meine Hand und ließ erst im letzten Augenblick los. Er küßte mich noch einmal zärtlich. *»A bientôt chérie!«* Dann verschwand er mit eiligen Schritten in der Menge.
Geliebter Mann, nichts sollte mich je wieder von dir trennen. Aber mir war klar, daß unser Glück an einem seidenen Faden hing und keine weiteren Belastungen ertragen würde.
Am nächsten Tag ließ ich per Funk Sabango ins Saland bestellen, packte ein paar Sachen zusammen und machte mich mit Mallo auf den Weg zum Flußhaus. Ich freute mich unbändig und fühlte mich wie neugeboren. Laut singend nahm

ich all die Schönheiten am Straßenrand auf, die Farben, die freundlichen schwarzen Menschen und die wechselnden Landschaften. Mallo hatte sich um die Geschenke für die Pygmäen gekümmert und den Rover beladen. Freudestrahlend erzählte er mir unterwegs, daß seine Frau wieder schwanger sei, und verstand kaum, daß mich das ärgerte.
»Wie kannst du ständig Kinder in die Welt setzten, wo du kaum genug Geld für ein einziges hast! Der Staat zahlt euch doch sogar die Antibabypille. Das ist jetzt dein siebtes Kind. Mallo, das ist zuviel!«
Er lachte. *»Mais madame, ma femme est contente. Elle aime les enfants!«*
Ich gab es auf. Heute hatte ich keine Lust zu diskutieren.
In der Auffahrt standen Sabango und David und begrüßten uns freudig. Sabango wurde aufgeladen, und dann ging es sofort weiter zum schmalen Waldweg, wo Mallo uns entließ und vier Tage später wieder abholen sollte.
Sabango erklärte mir, daß die Pygmäen wieder in das ehemalige Lager zum Jagen gezogen waren, und schon kroch die alte Urwaldangst in mir hoch. Waren es die Erinnerungen an die erste Expedition? Ich konnte mir meine Ängste nicht erklären, denn die letzten Märsche im Alleingang hatte ich ja bestens überstanden, ohne Furcht und Tadel. Doch nun musterte ich den Boden vor jedem Tritt, schaute auf Lianen, in das Dickicht, achtete auf Laute und Bewegungen. Die *Mut Mut* machten mich nervös und klebten schon wieder in allen Öffnungen. Schweiß rann mir in Strömen über das Gesicht. Mir war ganz merkwürdig, schwindelig und flau im Magen. Die letzten Wochen waren doch recht anstrengend gewesen und hatten an meiner Gesundheit gezehrt. Ich atmete tief durch, um wieder einen klaren Kopf zu bekommen. Dabei sog ich eine Handvoll Mücken ein und hustete mir fast die Lunge heraus. Wir kamen zügig voran. Ich blieb dicht an Sabangos Fersen, und nach fünf-

stündigem Marsch erreichten wir das alte Dorf Ibengy Mbounsola.

»Ihhhhhhh!« Majeke lachte vor Freude von einem Ohr zum anderen. Dann kamen die Frauen aus den Hütten, Musalla, Mada, Esakola mit ihrem Baby – sie selbst war ja auch noch ein Kind –, Boleba, Djibou, die niedliche Bangba ... Bolle kam aus dem Wald angerannt und schüttelte lange meine Hand. Schließlich kam Mungo von der Jagd und trug das leere Netz stolz um die sehnigen Schultern. Er lächelte mich mit diesem ruhig-unverschämten Ausdruck seiner Augen an, den ich so mochte.

Musalla, die sehr bedrückt aussah, machte mir Zeichen, in ihre Hütte zu kommen, und zeigte auf den kleinen Minsuku, der fiebernd auf der Matte lag. Er war immer noch krank und sehr abgemagert. Er schlief, doch atmete er viel zu schnell, zu flach und hatte einen glühenden Kopf. Ich streichelte Musallas rauhe Hände. Sie hatte traurige Augen und steile Sorgenfalten zwischen den buschigen Augenbrauen. Tröstend drückte ich sie an mich und rief dann nach Sabango.

»Bitte erkläre Musalla, daß sie mit zerdrückten, feuchten Blättern jede Stunde die Waden wickeln soll. Sie soll das Wasser frisch aus dem Bach holen, damit es kühl ist.« Ich gab ihr den Rest Hustensaft, den ich in meinem Rucksack hatte, und erklärte die Dosis. Sie nickte schwach, als Mada in die Hütte kam. Ich forderte sie auf, die Früchte zu sammeln, aus denen man Ngala machte, den stärkenden Saft für kranke Kinder. Die beiden Frauen waren verblüfft, daß ich davon wußte. *»G'uga k'ek'o a b'ue nb'us u.'«* Anerkennend sahen sie sich an.

Als wir später zusammen um das Feuer saßen, erfuhr ich, daß die Elefanten in den Raffiasümpfen seien. Ich war fasziniert und einen Moment erschrocken. Sollte ich ganz allein mit meinen kleinen Freunden auf diese schwere Exkursion gehen, die schon so oft abgebrochen worden war? Dann überlegte ich nicht weiter: Mein großer Traum sollte endlich in Erfüllung gehen.

Wir kamen überein, am nächsten Tag aufzubrechen. Ich zog mich in mein Zelt zurück, rollte mich, so gut es auf dem harten Boden ging, zusammen und hörte die Schreie und Rufe der nächtlichen Geister, das keckernde Lachen eines Nachtwesens, das in der Nähe sein Unwesen trieb, und das langgezogene Heulen des kleinen Youka, einer Art Eichhörnchen. Das Grunzen eines Buseys kam näher, ein meterlanger nächtlicher Kletterer, der am liebsten Bienennester ausleckte. Endlich schlief ich ein und träumte von langen Elefantenrüsseln, die mich auf graue, breite Rücken hoben und in einem feierlichen Elefantenreigen zur Königin aller Njokous machten.

»Tschulliaaaa!« Eine Stimme riß mich aus tiefstem Schlaf. Müde sah ich aus dem Zelt, wo die Männer bereits startklar vor meinem Eingang stehen. Sofort war ich hellwach. Der Marsch fiel mir wieder ein, und schon packte mich Abenteuerlust. Ich war in Hochform und spürte, daß dies mein großer Tag würde. Und schon verschluckte uns der Wald.

Schweigend und konzentriert liefen die kleinen Gestalten voraus, Sabango hinter mir. Ab und zu sprangen graugesichtige Affen durch die Wipfel, die uns neugierig folgten. Mungo bückte sich nach abgebrochenen Zweigen und zeigte mir die Schlafstatt einer Antilope. Der Platz war noch ganz warm. Schweigend ging es weiter. Wir querten das pilzige Viertel. Ich erkannte meinen Leidensbaum wieder, über den ich schon in den verschiedensten Positionen gerutscht und gefallen war. Diesmal zierte ich mich nicht lange, sondern schlitterte ohne Umwege über ihn hinüber und fiel auf der anderen Seite in den Matsch. Es wurde anstrengend und furchtbar schwül. Den kühlen Wald hatten wir hinter uns

gelassen und liefen über eine glühende Lichtung, offenbar eine neue Rodung. Der Boden war noch nicht zugewachsen, und ein paar tiefe Wurzelkrater waren zu sehen. Trauer überkam mich bei diesem Anblick.
Dann kamen wir in sumpfiges Gebiet, und in mir stiegen der Ekel und die Angst vor Schlangen wieder hoch. Durch den Modder floß ein kleiner Bach. Das Wasser war flach und angenehm frisch. So kühlte ich ein wenig Kopf und Hals, näßte den Hut und setzte ihn wieder auf. Ich war froh, daß diesmal unsere Exkursion zu den Raffiasümpfen offenbar erfolgreich verlief. Auf einmal wurde mir wieder übel und schwindelig. Ich hoffte inständig, daß ich keinen Malariaanfall bekam, nicht schon wieder! Es gab ja noch so viele andere schöne Krankheiten ... Wir wateten durch das Wasser. Es kühlte mich etwas ab.
Wir kamen an eine dichte, rosarot blühende Liliengruppe, deren sinnlich-fleischige Blütenblätter duftend geöffnet waren und den umschwirrenden Insekten zitternde, gelbliche Staubpolster darboten. Die By Aka nannten sie Bokoko und verwandten ihre Wurzel als Heilpaste. Mada hatte mir einmal den braunen Brei auf meinen entzündeten Arm gestrichen, und schon am nächsten Tag war die Schwellung zurückgegangen. Die Urwaldapotheke war ein immenser Reichtum, die Basis unserer gesamten Medizin. Aufrichtige Andacht überkam mich angesichts der Wunder und Schönheiten dieser einmaligen Natur. Und mich erfüllte auch Bewunderung für das immense Wissen der Pygmäen, das leider in Vergessenheit zu geraten drohte.
Am anderen Ufer sah ich eine der seltenen Ibolo-Lianen, aus deren kleinen roten Früchten Gift für die Jagdpfeile gewonnen wurde und dessen Zubereitung mich schon immer interessiert hatte. Gespräche über die Gewinnung und Verwendung von Gift behandelte Majeke jedoch als Tabu. Mir gelang es nur mit viel Überredungskunst, sein Schweigen für

eine spärliche Auskunft zu brechen. Schließlich könnte man das Wissen gegen die Pygmäen verwenden. Wie wahr! Aber ich erhielt das Rezept für den sogenannten Notfall.
Als der Marsch uns über Geröll abwärts führte, rutschte ich plötzlich hüfttief ins Wasser. Zum Glück hatte ich einen Stock mitgenommen und konnte mich abstützen. Sorge bereiteten mir die näherkommenden Wasserkringel, und ich rief Sabango zu: »Wie lange müssen wir noch durch das Wasser waten?«
Statt einer Antwort erhielt ich von Mungo heftige Zeichen, still zu sein. Der Zug blieb abrupt stehen. Aus einem Dikkicht drang ein gutturales Bellen, und plötzlich sah ich zwei gewaltige, graubehaarte Arme, die den Baumstamm umfaßten und sich gemächlich emporzogen. Ein Gorillamännchen erklomm den Baum! Trotz seines fülligen Körpers, den ich auf mindestens hundert Kilo schätzte, hangelte er sich behende voran. In einer Gabelung bellte er kurz, griff nach Früchten und steckte sie sich ins Maul. Seine rötliche Kappe leuchtete in der Sonne. Plötzlich drehte er den mächtigen Schädel in unsere Richtung, und ich sah so intensiv auf den Boden vor mir, bis ich in ihm verschwunden war. Kein Gorilla konnte mich mehr sehen. Bosso plätscherte leicht im Wasser und erntete einen strafenden Blick von Mungo. Ergriffen standen wir da. Offensichtlich handelte es sich um ein junges Männchen, das sich von der Sippe entfernt hatte, um besser Nahrung zu finden. Seine rötlichen Haupthaare waren typisch für die westlichen Flachlandgorillas.
Auf einmal bellte eine andere sonore Stimme aus dem tieferen Wald, worauf dieses Männchen sich auf die Brust trommelte. Er blickte in die Richtung, aus der das Bellen erklungen war, und schwang sich behende hinab. Von hinten sah ich den breiten, kurzen Nacken, die muskelbepackten Schultern, einen stämmigen Rumpf und die monströsen Hinterbacken. Bei jedem Schritt schaukelte seitlich der

Bauch heraus. Offensichtlich hatte der Gorilla sich den Wanst ordentlich vollgeschlagen. Dann war er im Dickicht verschwunden.
Wir sahen uns beeindruckt an. Keiner rührte sich oder sagte etwas. Mungo musterte eindringlich die Wipfel, und nach einer Weile gab er das Zeichen zum Weitermarsch. Leise schlichen wir voran, verließen endlich den Bach und drangen noch tiefer in den Dschungel, den Primärwald, ein. Hier spürte man den Atem Gottes. Wie kam ich mir neben der Größe und Vollkommenheit dieser Schöpfung erbärmlich vor mit meinem Hader und meiner Angst.
Auch Mungo und Grégoire waren still, ja beinahe andächtig geworden. Wir marschierten nun auf einem frischen Elefantenpfad, und alles deutete auf ein bevorstehendes Abenteuer hin, Vogelrufe, Herzklopfen, Ästeknacken ... Sabango untersuchte den Boden nach Spuren und das Dickicht nach Hinweisen auf Leben in den Wipfeln. Plötzlich bremste er vor mir und zeigte auf längliche Einkerbungen an einem Baum, aus denen eine helle Masse quoll. Das war also der berühmte Pakabaum, über den ich soviel gelesen hatte. Vorbeiziehende Elefanten, die die Borke mit den Stoßzähnen verletzten, lösten diesen Harzfluß aus. Bei Dunkelheit konnte man die quarzähnliche Masse anzünden. Sie brannte hell und lange. Wir rubbelten den zähen Brei ab und verstauten diese Urwaldkerzen.
Allmählich wurde der Weg undurchdringlich. Wir kamen nur schleppend voran, hauptsächlich in der Hocke oder über Wurzeln grätschend. Ständig schlang sich etwas um den Hals, wand sich um die Arme. Von irgendwo tropfte es in den Halsausschnitt. Glitschige Lianen ringelten sich spiralförmig um dicke Baumleiber. Moosige Äste klammerten sich um knorrige Rinde und wurden überwuchert von frischem, dichtem Grün. Feuchtigkeit vermischte sich mit Wärme und gebar die Ursuppe am Rande der Welt: die

Sümpfe, in denen alles zu Ende schien und doch auch alles wieder begann ... Hier dampfte die göttliche Waschküche. Auf allen vieren kamen wir stolpernd und hangelnd in eine völlig neue Umgebung. Es wurde heller, und da lag wie eine Insel eine Oase, der Raffiapalmenwald, majestätisch wie aus einer anderen Welt. Der Glut der Sonne trotzend breitete er seine Riesenfächer über den Sumpf. Hier, außerhalb des schattigen Dschungels, wurde die Hitze wieder unerträglich.

»Diese Gruppe ist mindestens ein paar tausend Jahre alt!« flüsterte Sabango beeindruckt. Daß die einzelnen Palmen sehr alt waren, sah man an der rissigen, langfaserigen Borke, die wie ein langer Rock bis zum Boden hing. Die Ursuppe ringsherum bestand zum Teil aus grauer Kruste über tiefem Modder. Bis zum Knie watete ich bereits im Schlamm. Eine angenehme, leichte Brise kam auf, als Mungo plötzlich Zeichen machte zu schweigen. Begeistert deutete er auf scharf umrissene Elefantenspuren und zeigte mir auch frische Fußabdrücke von Waranen, so groß, daß sie auch von der Urechse Nessi hätten sein können. Ich machte ihm ein Zeichen, daß wir uns hinsetzen, ausruhen und abwarten sollten, und er nickte. Er setzte sich ein wenig abseits mit Bosso und Grégoire und rauchte. Grégoire holte aus einem Blätterbündel ein Lianenstück und brach etwas ab. Als er meinen fragenden Blick sah, gab er mir zu verstehen, daß er Kopfschmerzen habe. Dann kaute er bedächtig auf dem Holz herum, während Sabango sein Kerzenwachs vor der Hitze rettete und am Dickicht in Blätter rollte.

»Eh, Madame, die Elefanten können nicht weit sein. Der Mist hier ist ziemlich frisch!« rief er leise herüber.

»Ach ja?« Elektrisiert musterte ich die Umgebung. Ich dachte an den sterbenden Elefanten und merkte, daß ich auf einmal keine Angst mehr vor den Dickhäutern hatte. Ich war gespannt auf sie und fühlte mich ihnen tief verbunden.

Ich spürte, daß hier etwas Außergewöhnliches geschah. Mein Blick fiel auf Grégoire, der zu einer Art Salzsäule erstarrt war. Angestrengt musterte er den nahen Waldrand. Mungo flüsterte Grégoire etwas zu, und schon pirschten sie geräuschlos davon.

»Was ist denn los?« flüsterte ich Dimanche zu, der plötzlich nur noch halb so groß aussah. »Sie wissen es nicht genau, aber wir sollen leise sein!«

Mungo, immer wieder Deckung hinter Bäumen suchend, war am Waldrand angekommen, hockte sich nieder und lauerte auf etwas. Leise machte ich die Kamera schußbereit, als Grégoire uns von der anderen Seite der großen Palme aus heranwinkte. Vorsichtig schlichen wir näher und sahen weitere riesige Fußabdrücke, die mit Schlamm und hellem Wasser gefüllt waren, abgestoßene Borke und geknickte Zweige über uns. Grégoire hatte seine Augen überall und atmete kaum. Auch ich hielt die Luft an, in meinen Schläfen hämmerte es. Kein Laut! In Zeitlupe deuteten zwei Finger schräg zur Seite, und da sah ich die ersten wedelnden Waldelefantenohren meines Lebens.

Gut getarnt am Rande des Dickichts stand ein kleiner grauer, wohl ganz junger, und fächelte mit den Löffeln. Dahinter suhlte die Mutter ihren Rüssel tief in einem Wasserloch und wankte auf dicken Füßen hin und her. Von dem Bullen sah ich nur die mächtigen Stoßzähne und den wulstigen Rüssel, der gerade geschickt eine Mahlzeit aus hohen Blattgefilden angelte. Ich hätte sie umarmen mögen, so glücklich war ich. Sie sahen so klein und handlich aus, fast ungefährlich. Doch da belehrte Bosso mich eines besseren. Er machte ein dringendes Zeichen, unbeweglich hinter den Bäumen zu bleiben. Freudig stellte ich fest, daß ich keine Angst mehr hatte, offensichtlich konnte ich mit sichtbaren Gefahren gut umgehen. Ich erfuhr hier ja eine Menge über mich selbst.

Etwas abseits stand eine Gruppe aus drei Elefanten, und ich war sicher, daß mich der vorderste gesehen hatte. Jedenfalls sah ich ihm genau in die Augen, und da kam er auch schon auf mich zu. Na, Mahlzeit! Auch die anderen Elefanten hatten Wind bekommen, Ohren und Rüssel standen in unsere Richtung. Ich musterte die Palme über mir und stellte fest, daß ich nicht hinaufkäme. Dimanche stand ebenfalls ungedeckt hinter einem viel zu dünnen Stamm. Meine Sinne und Muskeln waren äußerst gespannt. Schon roch ich den kleinen Bullen, sah die kleinen Augen und die Borsten auf dem Rüssel. Die breiten Ohren hatte er in meine Richtung aufgestellt, während er vorwärts trabte.

Ein wunderbares Bild, ich mußte ein Foto riskieren, um jeden Preis. Ich war fasziniert von dieser unauslöschlich eindrucksvollen Situation. Könnte doch Tahim dies einmal sehen! Ich war sicher, er würde meine Liebe und Sehnsucht nach Rettung und Erhalt dieser wunderbaren Natur begreifen. Vorsichtig schoß ich eine Fotoserie. Doch bei dem letzten Bild wurde mir ein wenig mulmig. Der Bulle schnaubte laut, blieb abrupt stehen und machte einen Drohschritt auf mich zu. Ich wagte nicht, mich zu bewegen, geschweige denn zurückzuweichen. Das würde ihn vielleicht noch mehr erregen. Ich erstarrte, als der Bulle seinen Rüssel weit nach oben schwang, drohend zu mir herüber. So ein schöner Kerl! Mutter und Kind zogen sich bereits eilig in den Wald zurück, der Kleine dicht an Mutters Hinterbacken. Auch die anderen folgten nun in raschem Trab und als letzter, erst noch unschlüssig, doch dann in stolzer Würde folgend, Big Boss. Die grüne Wand schloß sich hinter ihm und schützte erneut die großen wie die kleinen Geheimnisse des urgewaltigen Regenwaldes. Immer noch starr lauschte ich andächtig dem Knacken und einem letzten Trompetenstoß.

Langsam kamen wir wieder zusammen, und leise erzählte Mungo Sabango eine Geschichte. Der erklärte mir:

»Mungo hat mir gerade seine letzte Jagd beschrieben, wo sie auch so dicht wie heute am Njokou waren. Der *maître chasseur* wirft da mit all seiner Kraft die Lanze hinter die linke Vorderflanke, um das Herz zu treffen.«

Ich wollte das eigentlich jetzt nicht hören, gab dann aber Sabangos gekränktem Einwand nach, daß ich solche Informationen gern aufschriebe. Ich holte das Buch heraus, und Sabango fuhr fort:

»Wenn das Tier ungünstig steht, wirft man den Speer von oben nach unten in mittlerer Höhe des Hinterbeines, um in der oberen Hälfte die Bewegung zu hemmen und in der unteren Hälfte die Arterie zu durchtrennen ...«

Nach meinem genervten Blick wegen der blutigen Details schloß Sabango enttäuscht das Kapitel ab: »Na ja, jeder Jäger hat seine eigene Methode. Es gibt ungefähr zehn verschiedene für die Elefantenjagd. Die Ngando-Falle am Wasserbassin ist eine seltene Methode, bei der die tötende Lanze durch Wasseraufsaugen ausgelöst wird. Majeke ist übrigens ein Meisterjäger gewesen!«

Mir fiel der Fetisch an seinem Lendenschurz ein, der aus Pantherfell und einer Elefantenquaste bestand. Ich berichtete von einem Zeitungsartikel, den ich kürzlich gelesen hatte. Eine Forscherin hatte erklärt, daß so viele Elefanten in dieses Gebiet kommen, weil sie sich Mineralstoffe aus dem Morast der Salinen holen. Auch sei dies ihre Urwaldapotheke, wenn sie krank sind. Der Boden enthalte Kaolin, das die Gifte unschädlich macht, die die Elefanten täglich mit dem Grünzeug und den Früchten aufnahmen.

Wir brachen auf, die Zeit zur Dämmerung wurde knapp. Bosso knickte unterwegs ein paar Äste in nördliche Richtung. Damit zeigte er anderen Pygmäen an, daß er eine Wildspur hier noch weiter verfolgen wolle. Die Fährte gehörte ihm, und seine Zeichen wurden von allen akzeptiert. Auf dem Rückweg nahm ich wehmütig Abschied von einem

Zauberwald, den ich wohl so nie wieder sehen würde. Jede Stimmung, jedes Krabbelbein und jeden Atemzug prägte ich mir ein, bis mir schließlich ein dicker Kloß im Hals saß. Auf einmal merkte ich, welch große Bedeutung dieser Dschungel für mich hatte und daß meine ursprüngliche Angst einer starken Liebe gewichen war. Ich wollte nicht weg, weder von hier noch von Bangui und schon gar nicht von Tahim! Aus meinen trübsinnigen Gedanken riß mich plötzlich monotoner Trommelschlag. An den betretenen Gesichter von Mungo und Bosso erkannte ich: ein Toten-Tamtam aus unserem Dorf! Mir wurde ganz kalt.

Eilig marschierten wir weiter, Mungo und Grégoire diskutierten aufgeregt. Im Dorf hatten sich Besucher vor Musallas Hütte versammelt. Ich wußte sofort, daß Minsuku gestorben war. Drinnen saß Musalla schluchzend auf der Borkenpritsche vor dem kleinen Leichnam. Ich nahm sie in die Arme und drückte sie fest an mich, wiegte sie und weinte mit ihr. Es schnürte mir die Kehle zu. Der kleine Kerl war ihre ganze und einzige Liebe, eine letzte Erinnerung an ihren verstorbenen, geliebten Mann. Musalla ohne den lachenden Minsuku auf den Knien konnte ich mir nicht vorstellen. Ich war zutiefst erschüttert. Wieder einmal war ich in engem Kontakt mit dem Tod eines Kindes. Hatte Tahim doch recht mit seinen düsteren Behauptungen?

Minsukus kleines Gesicht war blaß und friedlich. Nur Musallas Tränen tropften schwer auf seine kühn geschwungenen Wimpern, so daß es aussah, als ob er weine. Ich wischte die Tränen aus ihrem schmerzentstellten Gesicht, doch sie flossen wie ein Rinnsal, eine stumme Klage. Auch die Frauen draußen weinten herzzerreißend, als betrauerten sie den eigenen Sohn. Mada stimmte leise ein klagendes Lied an, und wir saßen, in Trauer verbunden, bis spät in die Dunkelheit zusammen. Später, auf meinem Lager, hörte ich noch lange vereinzelte, schmerzerfüllte Schreie, die sich mit dem

Klagelied vermischten. Dumpfes Tamtam begleitete den monotonen Gesang.
Im fahlen Morgenlicht wurde Minsuku hinter der Hütte mit dem Kopf zur Morgensonne begraben. Verwandte waren eingetroffen und trauerten mit Musalla, die in den Armen des Familienclans Trost fand. Kinder sind das Leben der By Aka. Deren ganze Liebe, Zeit und Sorge sind ausschließlich auf das Wohl der Kinder ausgerichtet. Wenn Kinder sterben, sterben die Mütter. Gestützt auf Mada und die schluchzende kleine Esakola sah Musalla unverwandt auf das kleine Grab. Ich hatte das Gefühl, sie hätte sich am liebsten dazu gelegt.
Ich war gleichermaßen von Trauer über den Tod wie über meinen Aufbruch erfüllt und verabschiedete mich weinend von meinen kleinen Freunden. Plötzlich wurde um mich herum alles schwarz. Dumpfes Dröhnen klopfte in meinen Schläfen. Ich taumelte, suchte Halt und wirbelte in eine endlose, sich überschlagende Woge, bis mir mit einem hohen, langgezogenen Ton die Sinne schwanden.

25

Mein Mund war ausgedörrt, und im Arm steckte eine Kanüle. Verschwommen erkannte ich Francis neben dem Bett, der mit verschwitzten Haaren und müden Augen auf einem Stuhl döste.

»Was ist denn los, wo bin ich?«

Francis schreckte hoch und sah mich ungläubig an. »Na endlich, Julia. Sie waren fast zwei Tage besinnungslos. Pygmäen sind neulich nachts ins Saland gekommen und haben Sie auf einer Art Trage mitgeschleppt. Sie waren ohne Besinnung und haben wirres Zeug geredet. Mallo und ich haben Sie dann bei Nacht und Nebel hier nach Bangui ins Krankenhaus gefahren. Théodore hat sich sofort um Sie gekümmert, und Tahim ist auch auf dem Weg hierher!«

Mit einem Ruck war ich hellwach. »Tahim kommt hierher?« Ich hatte die schlimmsten Befürchtungen. In seiner Eifersucht würde er diese Situation garantiert mißverstehen.

»Bitte, Francis, lassen Sie mich allein, sofort. Bitte!« Ich blickte ihn flehend an.

In diesem Augenblick ging die Tür auf, und Tahim stand auf der Schwelle. Nie werde ich sein Gesicht vergessen. Der Ausdruck äußerster Sorge wandelte sich sekundenschnell in Versteinerung. Mit einem hämischen Seitenblick zu Francis sagte er: »Wie ich sehe, geht es dir bereits besser. Ich dachte, es sei etwas Schlimmes passiert!« Er kam nicht einen Schritt näher, sah durch mich hindurch, ein Eisblock. Francis stand auf. »Pygmäen haben Julia ins Saland gebracht, und ich habe sie so schnell wie möglich hergefahren!«

»Ist es nicht komisch, daß sie ausgerechnet zu Ihnen kamen?« fragte Tahim schneidend.

»Wie meinen Sie das? Mein Haus liegt doch am nächsten bei der Straße!« Francis schaute verständnislos zu mir herüber, und ich hätte ihn auf der Stelle töten können.
»Bitte, Francis, so gehen Sie doch endlich, ich möchte meine Ruhe!« fauchte ich ihn an.
Beleidigt verabschiedete er sich, wollte Tahim die Hand schütteln, doch der wandte sich abrupt zur Seite und murmelte knapp: »Bis morgen!«
Dann schlug die Tür hinter Francis ins Schloß. Schweiß rann mir den Hals hinunter, und ich fühlte mich hundeelend. Es tuckerte mir in den Schläfen, und kleine rote Kringel tanzten vor meinen Augen. Matt fragte ich: »Hat dir Théodore gesagt, was ich habe?«
»Nein, aber er wird es dir wohl selber sagen. Wenn du etwas brauchst, laß es mich wissen!« Damit drehte er sich zur Tür und wollte gehen.
»Tahim!« Ich nahm alle Kraft zusammen und rief so eindringlich wie möglich: »Tahim, bitte bleib doch! Laß uns nicht wieder alte Geschichten aufwärmen, ich bitte dich. Ich weiß nicht, warum du auf einmal so böse bist. Ich kann nur vermuten, daß du dir eine irrwitzige Situation ausdenkst!«
Barsch fuhr er mir über den Mund. »Julia, es hat keinen Sinn mehr, über irgendwelche Situationen zu reden. Für wie dumm hältst du mich eigentlich! Liegst hier halbnackt in einem Zimmer in Begleitung eines Typen, der schon lange hinter dir her ist! Wie gesagt, wenn du etwas brauchst, sag Bescheid!« Eilig ging er hinaus, und die Tür schloß sich mit einem endgültigen Geräusch, das sich in meinen Ohren vervielfältigte, so daß mir das Trommelfell zu platzen schien. Dann wurde mir wieder schwarz vor den Augen.

Théodore hielt meine Hand und sah mich traurig an. Ich war inzwischen zu Hause und lag in meinem Zimmer. Anscheinend war ich länger ohnmächtig gewesen.

»Ach, Théo! Was ist denn bloß geschehen? Ich habe geträumt, daß Tahim furchtbar böse auf mich war, als er ins Krankenzimmer kam. Was habe ich denn eigentlich?« Ich richtete mich auf und sah ihn erwartungsvoll an. Er räusperte sich lange.

Plötzlich hörte ich lautes Rufen auf der Straße, Männer johlten und grölten. Vorsichtig stand ich auf und sah aus dem Fenster. Unten zogen Massen von Männern in grauen Kitteln und zerrissener Kluft vorbei. Drohend reckten sie die Fäuste zu unserem Haus herüber und warfen sogar Steine.

Erschrocken wich ich zurück. »Was ist das, Théo, was ist hier los?«

»Du weißt wirklich nichts, Julia?« fragte er mich gedehnt und ungläubig.

»Nein, nun erzähl doch schon!«

Es hatte einen Aufstand in Bangui gegeben. Fast wäre der Präsident gestürzt worden, doch Kolingba konnte sich rechtzeitig zurückziehen. Inzwischen waren Gefangene ausgebrochen und hatten mit der Unterstützung von Banditen und Plünderern die Stadt besetzt. Théo ging im Zimmer auf und ab und sah mich abwartend an. Irgend etwas fehlte da noch, ich hatte kein gutes Gefühl. Er blieb vor mir stehen. »Hat dir Tahim nichts gesagt?« Wieder sah er mich so traurig an.

»Nein, was ist denn passiert?« Voll böser Erwartungen setzte ich mich langsam auf.

»Ich weiß nicht, wie ich es anfangen soll.« Er wand sich furchtbar, und plötzlich standen ihm Tränen in den Augen. »Sie haben Zombie erschlagen!«

»Neiiiiiin! Nein, bitte bitte nicht! Nein, nein, bitte nicht.« Ich rannte auf den Flur, in den Salon und rief laut nach meiner Mutze. »Zombie, meine Süße ... Zoooooombiie!« Ich stürzte die Terrassentreppe hinunter und stolperte fast über

den Sentinel, der eine rote Spur vom Boden wischte und sie hastig zu vertuschen suchte.
Ich erstarrte. »Zombie?«
Er nickte bloß, und dann fiel ich in mich zusammen, landete auf dem Zementboden neben Zombies Blut. Ich heulte laut los, völlig hemmungslos. So sinnlos kam mir plötzlich alles vor, meine arme kleine Zombie. Hoffentlich hatte sie nicht gelitten! Ich wagte nicht zu fragen, es tat so verdammt weh! Verzweifelt sank ich in eine tiefe Leere. War sie gestorben, als ich endlich meine Elefanten sah? Sollte dies etwa ein Zeichen sein?
Théo zog mich sanft nach oben und brachte mich wieder in den Salon. Sachte legte er mich auf die Couch. »Es tut mir alles so leid, Julia. Auch das mit Tahim. Ich bin ihm begegnet, wie er aus dem Krankenzimmer stürmte, und wir haben über eure Beziehung gesprochen. Er läßt sich nicht erweichen, ich habe alles versucht. Dabei leidet er selbst sehr unter dieser Situation, ich habe ihn noch nie so deprimiert gesehen. Doch wenn das Schicksal einmal zuschlägt, macht es vor nichts Halt. Es geht Schlag auf Schlag, bis man völlig am Ende ist. Du mußt an dich glauben, Julia. Eines Tages wird es wieder aufwärts gehen. Du wirst bald wieder einen freudigen Grund zum Leben haben, eine richtige Aufgabe!«
Er hatte meine Hände fest in den seinen und drückte sie liebevoll.
Ich war völlig apathisch. Aber was hatte er am Schluß gesagt: ein freudiger Grund zum Leben ... »Théodore, was soll das für ein freudiger Grund sein?«
Er lächelte mich an: »Du bist schwanger, Julia!«
Ich war so verblüfft, daß mir die Worte fehlten.
»Ja, und zwar schon ziemlich lange, circa drei Monate. Hast du nichts gemerkt?«
»Doch, ich hatte meine Regel nur ganz schwach. Diese Ohnmachten, kommen die etwa daher?«

»Nicht nur, du hast auch eine leichte Malaria gehabt!«
Théo verabschiedete sich. »Ich muß wieder ins Krankenhaus, ich bin gespannt, was Tahim zu der Neuigkeit sagt!«
Ich sprang auf. »Du wirst ihm bitte kein Sterbenswort über meine Schwangerschaft sagen. Ich möchte keine Almosen, auch nicht für sein Kind. Das ist nun endgültig vorbei. Ich werde noch in dieser Woche abreisen, Théo. Verstehst du das?«
Er nickte bekümmert. »Ihr wart so ein schönes und glückliches Paar. Selten habe ich eine Frau so strahlen sehen wie dich.«
Schluchzend fiel ich ihm in die Arme. »Ach, Théo, ich weiß nicht, wie ich es ertragen soll. Ich spüre lähmende Leere und so eine fürchterliche Stille in mir. Mein Leben ist so sinnlos ohne ihn und nun auch noch der Tod meiner geliebten Zombie.«
»Sie hat bis zum Schluß tapfer gekämpft. Wäre sie nicht gewesen, hätten die Banditen das Haus gestürmt und Tahim angegriffen. Dem Sentinel haben sie mit der Machete ein Ohr abgeschlagen.«
»Bitte hör auf, ich kann nichts mehr hören!« Ich drückte Théodore noch einmal fest an mich, ein echter, aufrichtiger Freund, den ich achtete und liebte.
Schweren Herzens stieg er die Treppe hinab und winkte noch einmal zurück.
Die Straße wurde inzwischen von Soldaten geschützt. Meine Blicke schweiften über den glitzernden Oubangui. »Endlich siehst du meine letzten Tränen ...« Das Kind fiel mir wieder ein, ein Wesen der Liebe, das in meinem Bauch wuchs. Würde es sich lohnen, dafür weiterzuleben? Langsam reifte in mir der Entschluß: Ja, ich würde es versuchen. Das Kind würde mir Hoffnung machen.
Ich rief Djibril an und bat ihn, mir bei den Zollformularen

zu helfen. Dann telefonierte ich mit Claudine und fragte, ob sie mir beim Kistenpacken hälfe. Kurz darauf war sie bei mir und nahm mich traurig in die Arme. Wir weinten beide.

»Ach, Claudine, wenn du wüßtest, wie unglücklich ich bin! Ich will ihn doch nicht verlassen, ich will auch nicht wieder nach Europa! Ich weiß nicht, wo ich hin soll, habe doch alles aufgegeben, keine Wohnung mehr, kein Zuhause. Aber es gibt diesmal kein Zurück.«

Inzwischen hatte der Sentinel die fünf Seekisten auf die Terrasse gehievt, und wir machten uns ans Packen. Ein Wagen fuhr vor, und herauf stürmte Ndiayne, in einigem Abstand folgte Djibril.

»Ach, Julia, nun ist es doch soweit! Hat nichts genutzt?« Traurig sah sie mich an und drang nicht weiter in mich. Sie sah meine Qual und half mir mit ihrer wunderbaren Leichtigkeit und liebevollen Aufmerksamkeit. Bis abends war fast alles gepackt, Djibril hatte die Formulare ausgefüllt und versprach, die Zollformalitäten rasch zu erledigen. Er fuhr wieder ins Büro, und ich feierte traurigen Abschied von meinen Freundinnen.

Eine letzte Flasche Champagner knallte, und dann war auch dieser Tag endlich vorbei.

Tahim sah ich nur kurz am nächsten Morgen und begrüßte ihn kühl. »Würdest du dich bitte um mein Ticket kümmern, ich möchte am Freitag mit der *Air Afrique* nach Europa zurückfliegen. Bitte laß mir noch heute Bescheid geben, ob das in Ordnung geht.« Dann ließ ich ihn einfach stehen. Sein Anblick tat mir weh, und ich wollte das verdammt noch mal nicht mehr zulassen.

In den nächsten Tagen nahm ich schmerzerfüllt Abschied von allem, was mir teuer geworden war. Sogar Danielle weinte. Aufopfernd versuchte sie, mich in den letzten Stunden abzulenken. Sie fragte mich, ob ich mich wenigstens auf

das Kind freue. Théodore hatte ihr natürlich davon erzählt, aber sie versprach, das Geheimnis zu hüten.
Na, da war ich mir nicht so sicher ...
Abends machten mich die ständigen Geräusche, die auf Tahims Gegenwart hindeuteten, völlig mürbe. Ich fragte mich immer wieder, ob es richtig war, ihn zu verlassen, ob ich nicht doch zurückstecken könnte und einfach abwarten ... Wäre das so schlimm? Ich drückte mir die Nase platt am Fenster, wenn ich seine Limousine hörte, ging wie zufällig in den Salon, vielleicht ergab sich ja etwas ... lauschte an der Tür, um seine Atemzüge zu hören ... Manchmal erhaschte ich einen traurigen Blick aus seinen dunklen Augen. Er schaute mir nach und ging gebeugten Kopfes ins Schlafzimmer.
Der Tag der Abreise war gekommen, und mir drückte es die Kehle zu. Am liebsten wäre ich in irgendein Loch gekrochen. Irgendwie schämte ich mich, so das Land zu verlassen, als Verliererin ...
Am Frühstückstisch sprach mich Tahim das erstemal seit langem an. »Deine Maschine geht um ein Uhr dreißig. Ich hole dich kurz vorher von zu Hause ab. Ich habe noch eine wichtige Besprechung!« Er zögerte einen Moment, und ich hatte das Gefühl, er wolle mir einen Kuß geben.
Am liebsten hätte ich mich in seine Arme geschmiegt, aber ich fürchtete eine Zurückweisung. Tränen stiegen mir in die Augen. Ich lief in mein Zimmer und warf mich auf die Koffer. Die Zeit rannte davon. Zu gern hätte ich noch einen Tag länger gehabt. Das Telefon klingelte. Es waren meine Freundinnen, die mich zum Flughafen begleiten wollten. Ich lehnte dankend ab, denn ich wollte die letzten Minuten mit Tahim allein sein. Aber sie ließen nicht locker, und schließlich verabredeten wir uns in der Abflughalle.
Ich wartete bis zwölf Uhr zu Hause, Tahim kam nicht. Das war doch nicht möglich! Er würde mich so fliegen lassen,

ohne Abschied ...? Traurig schloß ich die Koffer, als es klingelte, Tahim!
»Julia, es tut mir leid, ich bin noch beim Premierminister und komme nicht weg. Ich sehe dich aber am Flughafen in einer halben Stunde. Jacko wird dich inzwischen hinausfahren.«
Ich hatte plötzlich ein ganz dummes Gefühl. »Tahim, wirst du wirklich kommen? Ich muß dich noch einmal sehen. Bitte komm, ja?«
»Natürlich komme ich, Julia. Ich muß dich auch sehen, ich habe mir noch etwas überlegt! Bis gleich!« Dann legte er auf.
Freude kam in mir auf, Hoffnung. Hatte Danielle ihm etwas gesagt? Fehlte ich ihm doch ein wenig? Wollte er es noch einmal versuchen? Ach, es war wieder einmal mein blöder Optimismus, der mich der Realität entfernte. Melancholisch sah ich mich noch einmal im Salon um und verabschiedete mich von Billeba, dem Boy und dem Sentinel. Alle hofften, daß ich bald wiederkäme, und Billeba steckte mir noch eine Dose mit Erdnußpaste und frisches *piment rouge* zu. »Damit Sie zu Hause Ihr Goundja bereiten können, Madame!«
»C'est très gentil, mon ami!«
Jacko fuhr vor, und im Eiltempo ging es zum Flughafen, ein letztesmal durch den langgezogenen Markt, an scheppernden Taxen vorbei. Meine letzten Blicke voller Tränen fielen auf stolz schreitende Gemüsefrauen, Kinder im Dreck, Affen am Spieß und schwarze, geröstete Raupen auf Packpapier. Wie durch einen Schleier sah ich den Markt in grauen Farben und hörte nur ein dumpfes, dröhnendes Geräusch. Am Flughafen ging es rasant weiter, Gepäck ausladen, anstellen, Kofferkontrolle ... Ich wollte noch nicht durch die Sperre, wartete sehnsüchtig auf Tahim. Alle meine Sinne waren auf die Tür gerichtet, aber er kam nicht. Ich war si-

cher, daß er unterwegs war. Er würde kommen, hatte es doch versprochen ... *Ich habe mir noch etwas überlegt* ... Das waren doch seine Worte.
»Julia, du mußt jetzt hinein!« Jacko drängte mich freundlich. Inzwischen waren Ndiayne und Danielle angekommen und hielten mich tröstend an der Hand.
»Sei tapfer, Julia, du hast noch soviel vor dir. Vergiß Tahim und fang ein neues Leben an.« Danielle umarmte mich. Dann hielt mich Ndiayne fest und wünschte mir mit feuchten Augen alles Glück. Ich hörte nicht mehr hin. Mir war die Kehle zugeschnürt. Ich hatte nur noch Augen für den Eingang. Sehnsüchtig blickte ich hinüber.
Tahim, bitte komm doch. Küß mich noch einmal zum Abschied! Bitte!
Jacko drängte mich weiter zur Paßkontrolle. Ich war tatsächlich der letzte Passagier. Mir fiel die Tasche herunter. Alle Papiere flatterten über den staubigen Boden, allen voran ein großes Foto von Tahim und mir. Nur mühsam konnte ich mich beherrschen und die Tränen zurückhalten, als ich es wieder einsteckte. Die letzte Kontrolle kam, die letzte Möglichkeit für einen Blick nach draußen, nichts! Dann ging es auf die Landebahn, auf den klebrigen Teer, zum letztenmal die sengende Hitze, der karge Flughafen. Die Bluse klebte mir schweißnaß am Körper, die flimmernde Rollbahn wurde überquert, weiße Nashornvögel schwebten elegant vorüber. Noch einmal schaute ich die Piste entlang durch den Zaun zur Auffahrt, eine leere, lange, feindliche Straße. Dann ging es die Gangway hinauf, an Stewardessen vorbei, und ich saß auf Platz 17a.
Ich suchte nach meinem wiedergefundenen *cri cri* und drückte ihn fest in meiner Faust. Sehnsüchtig preßte ich meine Stirn an die Fensterluke, um besser sehen zu können. Plötzlich wußte ich, daß er gleich kommen würde. Die Maschine setzte sich in Bewegung. Er würde direkt auf die Piste

fahren, anhalten und herausspringen, dem Tower Zeichen geben, das Flugzeug umkehren lassen. Wir beschleunigten, es ratterte laut, dröhnte in den Ohren. Jetzt würde das Flugzeug abdrehen, die Stimme des Piloten ertönte. « Mesdames, Messieurs, durch außerordentliche Umstände veranlaßt, drehen wir bei und steuern noch einmal das Flughafengebäude an für einen kurzen Stop. Ich danke Ihnen für Ihr Verständnis. «

Mir schlägt das Herz bis zum Hals. Ich höre nur noch den lauten Schlag. Die Gangway wird herangerollt, die Maschine bremst aus, und durch die Luke sehe ich, wie Tahim auf die Piste läuft. Die Tür wird geöffnet, ich rase die Treppe hinunter und in seine Arme.

»Endlich, Liebster!« Wir küssen uns leidenschaftlich, endlos. Nichts, nichts wird uns je wieder trennen ...

Ein plötzliches Rütteln riß mich aus meinen Träumen. Wir überflogen gerade das Flughafengelände. Und da sah ich tatsächlich die blaue Limousine ... In rasender Geschwindigkeit fuhr sie die Auffahrt entlang, bremste, eine Türe öffnete sich. Da flogen wir eine starke Rechtskurve, und die blaue Limousine entzog sich meinen Blicken. In der langgezogenen Schleife entschwand der Wagen endgültig aus meinem Blickfeld ... verloren ... für immer. Ich schmeckte salzige Tränen auf meinen Lippen und fragte mich, ob ich wohl jemals eine Antwort auf Tahims letzte Worte fände: *Ich habe mir noch etwas überlegt ...*

Wir flogen über den weiten Urwald, und ich sah, daß doch noch vieles grün, daß auch hier noch nicht alles verloren war. Es war noch Zeit. Ich spürte, es würde auch für jenen letzten Satz eine Stunde geben, denn ...

Alles hat seine Stunde.
Für jedes Geschehen unter dem Himmel gibt es eine bestimmte Zeit.

Eine Zeit zum Gebären und eine Zeit zum Sterben,
eine Zeit zum Weinen und eine Zeit zum Lachen,
eine Zeit zum Suchen und eine Zeit, um zu verlieren,
eine Zeit zum Lieben und eine Zeit zum Hassen.
Gott hat alles zu seiner Zeit
auf vollkommene Weise getan.

CORINNE HOFMANN

Die weiße Massai

Die große Liebe
in einer fremden Welt

Die Schweizerin Corinne Hofmann hat gegen jede Vernunft alle Brücken hinter sich abgebrochen, um den Mann ihres Lebens heiraten zu können – den Massai-Krieger Lketinga. Vier Jahre lebte sie im afrikanischen Busch und erfuhr dabei Himmel und Hölle zugleich: Die Verständigung mit ihrem Mann und seiner Familie ist schwierig, die Ernährung ungewohnt, das Rollenverständnis völlig anders. Als ihre Tochter geboren wird, scheint sich alles zum Guten zu wenden, jedoch dann…

Eine Liebesgeschichte der ganz besonderen Art.

»Corinne Hofmanns uneitles Buch lädt ein zum intensiven Eintauchen in ein uns unvorstellbares Leben.«

Münchner Merkur

KUKI GALLMANN

Afrikanische Nächte

Zauber Afrika: Die Menschen, die Tiere, die Schönheit der Landschaft – all dies wird lebendig durch Kuki Gallmanns großes Erzähltalent in dieser strahlenden Hommage an den Dunklen Kontinent. Eine zarte Beschwörung der Seele Afrikas.

»... wenn die eigentümliche Stille der Nacht erfüllt ist vom Zirpen Abertausender von Zikaden ... dann denke ich an vergangene Abenteuer, an die Menschen, die ich kannte, und ich erzähle ihre Geschichte ...«

Kuki Gallmann

Knaur

STEFANIE GERCKE

Ich kehre zurück nach Afrika

Der große Schicksalsroman
einer Frau, die ihren Traum
von Afrika zu verwirklichen sucht.

Als die junge Henrietta Ende der fünfziger Jahre auf Geheiß ihrer Eltern nach Südafrika zieht, ist das eigentlich als Strafe gedacht. Doch Henrietta ist glücklich, dass sie der Enge und den Konventionen ihrer Heimatstadt entfliehen kann, und baut sich in dem fremden Land ein neues, glückliches Leben auf.

Ihre Seele blieb in Afrika …